石英

人性文化随笔选

石英 著

山东教育出版社

图书在版编目（CIP）数据

石英人性文化随笔选 / 石英著 . —济南：山东教育
出版社，2015
ISBN 978-7-5328-8804-7

Ⅰ . ①石… Ⅱ . ①石… Ⅲ . ①随笔—作品集—中国
—当代 Ⅳ . ① I267.1

中国版本图书馆 CIP 数据核字（2015）第 043303 号

石英人性文化随笔选

石 英 著

主 管：山东出版传媒股份有限公司
出 版 者：山东教育出版社
　　　　　（济南市纬一路321号　邮编：250001）
电 话：(0531) 82092664　传真：（0531）82092625
网 址：www.sjs.com.cn
发 行 者：山东教育出版社
印 刷：山东新华印务有限责任公司
版 次：2015年4月第1版第1次印刷
规 格：880mm×1168mm　1/32
印 张：16.5印张
字 数：313千字
书 号：ISBN 978-7-5328-8804-7
定 价：55.00元

（如印装质量有问题，请与印刷厂联系调换）
电话：0531-82079112

作者自序

人们所俗称的随笔，从广义上说也属于散文的范畴。之所以称为"随笔"，约定俗成的涵义是在散文总的框架下具有说理性和知识性的特点。但无论是说理性与知识性，都被融入文学的况味之中，而相对说更具有某种吸引力。从另一方面说，无论是纯艺术性的散文还是在广义散文中的随笔，都必须在它各自应具的特色和所承担的使命中表现出称职的水平。在同样称职的水平之上，是不应以其品类特点不同而妄评优劣的。

随笔作为散文家族中的一个品类，其优势和特色是显而易见的。它的笔调可能是"随意"的，但表达的意向却应是比较"刁"的；与一般传统意义上的散文相比，它意在说明某种"道理"，但却是一种很有意味的道理；这是一种什么样的意味，可能是幽默的、挺"逗"的，也可能是很典雅的、颇值得品味的，还可能是口语化、家常味十足的；它涉猎的方面很广泛，历史的、地理的、哲学的、艺术的、世情人生的，无所不包，知识含量比较丰富，但有一点，不应是枯燥、干巴、"学术"气令人窒息，沉重得如泰山压顶。如是这样，即使有"理论"有"知识"，而无文学，那也不是我们具体所指的"随笔"。至于是什么？因不在文学的范围之内，只能被认为是另类的"客人"。

大致本着这样的目标，这样的追求，我将这几年写作并发表的七十多篇随笔性文字，编成这本《石英人性文化随笔选》。之所以将"人性"这个词语特别鲜明地亮出，不仅是因为本集中有专门的一组名为《人性探索》的篇章，而且在各组作品中无不渗透着对人之本性尤其是善恶问题的体悟。尽管从表面上看，本集各组作品涉及史、地、艺、文的方方面面，却都或隐或显地围绕着人性探索这个核心命题而展开。唯其如此，才能彰显这些随笔对某个重要问题的沉思与深化，否则便极易造成对相当杂乱的意念的堆砌，那可真成了想到哪儿写到哪儿的"随笔"文字，而构不成系统性的相互依存的组合。

当然还少不了文化，文化是一个很大、覆盖面很广的概念，但本书名中的这个"文化"，还是专指一种带知识性的品类文章。这种所谓知识性包括某些专业的、普通的、直接与间接的知识和经验。当然，它们大都带有笔者自身阅历的痕迹。

说到阅历，便不能不联系到这些随笔的特色。特色不只是表现在文字风格上，更能在思想内容特别是价值观、审美观中体现出来。每个人都从他所追求的道路上一路走来，总是带着他所喜欢的气息，表现出他习惯的步态,甚至选择他所擅长的歌声(有声的与无声的),也留下了体现他自己独特经历与文化个性的足迹。本集中就有不少具体写足迹的文字,如《史地遗痕》《自不量力的旅行》等等。其中也有某种文化的内涵,但这些"文化",又都带有作者心灵的烙印。即使是占不小篇幅的史性文章,固然在史实上要尽求严格忠于本事,却又带着笔者对历史的观照眼光和审美取向。其实这并没有什么奇怪,也并无多么难解的独特。因为无论哪个时代的人来反观历史,都会带着那个时代的具体个人对历史和历史人物的理解。如此推演下来,才构成对历史和历史人物的多棱投射,使后世人看到历史的各个角落与历史人物的各个侧面,以便启人多思,减少了"盲人摸象"的偏狭。

我的散文写作之路,本来是以纯艺术散文开始的,而在仅三四年前还集中出版了一本《石英美文选》(天津百花文艺出版社)。那些年,我在散文创作方面,是以美文为主体的。有的文友甚至还调侃说:"你是追求唯美主义的。"唯美也许说得过了一些,但在散文的情致、意境和语言文字等方面确是有追求的。当然,在这之前,也有一部分随笔性的作品问世,但对随笔类散文的兴趣,不断增浓还是近几年的事。其原因可能一是对"美文"的兴趣和追求不再那么单一,而是根据不同的内容、不同的感觉,而采取与之相适应的更为灵活的表现形式,更利于表达自己的想法。二是随着年事增长,生活阅历的加深,觉得随笔类散文更能挖掘多年来的生活储存和知识积累,更适于以较理性的文字来表达对人生的深层思考。这些"资源"是不能被忽略而被"荒废"的。在这种情况下,比较集中的"挖掘"条件接近成熟。所以,本书所收集的随笔有的固然是前几年写成的,而其主体部分则是近年来思考提炼的结果,也可以被认为是我散文创作的一个新的阶段。

需要说明的是,从作品形式和写法上讲,这些随笔文字在界线上并不那么绝对严格,那么清晰。也就是说,并不是每一篇随笔都与通常意义的叙事或抒情散文有绝对不同的界线。但就其主体部分,绝大多数篇章而言,均应被认为是约定俗成的随笔文字。这种在形式和写法的"越界"现象,其实是很正常的,即使在不同题材之间,有时也会有某种交错。如:某些叙事散文与短小说之间,以及过去所谓的"文艺通讯"与散文之间,都有少量互被认同的情况。

即使这些同被认为是随笔的文字,其篇幅、形式、写法也不尽相同;而且,作为作者的我,向来主张同一个作家也要善于使用几种笔墨,以使其尽量多姿多彩,意趣横生,而少雷同,尤忌"一个模子磕出来的标准件"。至于是否达到了这一标准,不敢绝对妄言,只能说主观上已做到了有意为之。

颇感欣慰的是:出版社接受了这部书稿,使我多年的"资源"积累和心血付出得以凝成有形的读物,笔者深切感谢之意难以言表。至于作品究竟如何?只能由可敬的读者进行品评。正是:随笔非随意,散文不散心;读者权威重,理解抵万金。

目　录

人物背影

人性探索

哲思憬语

心迹履踪

史眸独观

与历史上"农民起义"
相纠结的几个问题

近些年来，曾在"文革"前评价甚高、步步走红的"农民起义"好像碰上了背运，在诸种舆论上渐趋式微，不论其作为还是其领头人的评价似亦向背面倾斜。譬如对黄巢、张献忠，极状其嗜杀；譬如对洪秀全，斥其淫奢无度，才占了不到半个中国，而酷享几乎超过了正牌皇帝，等等。过去在充分肯定"农民起义"推动历史前进的巨大功绩之外，至多说几句"历史局限性"之类的套话，而如今差点就是干脆"提不得"了。

全面深入地论证历史上"农民起义"这样一个大课题，肯定不是这一篇短文所能承载的。这里仅就近几年来与"农民起义"相纠结的几个问题谈谈笔者的看法。

一、"农民起义"的发生是否具有必然性的问题

肯定地说，有压迫就有反抗；一般而言，压迫愈重，反抗愈烈。封建王朝在其初建之时，往往接受了前朝统治者败亡的某些教训，采取一定的缓解措施，如赋税减轻，使农业及其他方面得以恢复和发展。愈到后来，往往便愈苛愈重。如果再碰上天灾人祸，被压迫者反抗加剧，有时即使是表面上的一个偶然因素也可能一触即发。最典型的例子，如秦末陈胜吴广同戍卒九百人戍边，在大泽乡（今安徽宿县西南）遇雨误期，惧被处死揭竿而起，为秦末农民大起义之始也。像这样的起义就是逼出来的，当然就是有天经地义的必然性。而且秦末之农民大起义还有一个相当特殊的情况：在秦始皇统一中国之后不久其子二世元年（公元前209年）即行爆发。原因固然还有其他，但与秦之非常暴政、人民不堪重苛直接相关。自古至今，虽有不少人探讨无数，其主要原因似乎是板上钉钉毋庸赘言的。另如汉末黄巾大起义，也是因为在当时东汉王朝宦官掌权，大肆兼并土地，造成广大农民失去命根子，纷纷逃亡，可谓民不聊生，这就是张角等人率众起义的社会背景。再如北宋末年的方腊起义，其背景是北宋统治者沉迷享乐，不惜对辽和西夏屈辱纳贡，大肆搜刮民财，加上花石纲，人民不堪其苦，起而反抗。明末李自成、张献忠等的率众起义，则因当时明王朝宦官极度腐败，横征暴

敛，加之陕北一带连年荒旱，农民食不果腹。于是，领头者振臂一呼，从者甚众，声势不断扩大，便是非常自然的了。至于元末红巾军等农民起义，更是阶级压迫和民族压迫双重压榨的必然结果。因为，元朝统治者自入主中原以来，百多年来一直采取的是高压政策，一旦爆发，必然很快蔓延成全国的态势。总之，在封建制度下，尤其是当它处于相对腐弱走下坡路的阶段，自然是到处堆满了干柴，随时都可能形成大火燎原之势。当然，也有的起义是在一个王朝的初期即行爆发，如宋初四川王小波起义发生在宋太宗赵光义时期，明初山东唐赛儿起义发生于明成祖朱棣在位期间。具体到这些时间的起事原因，亦当有其一定的必然性。总之，都不可能是无来由之举。

二、起义者首领的身份、性格及借用问题

曾见到一些文章对"农民起义"的性质有所质疑，其理由主要是某些起义其领袖的身份相当复杂，并非真正的农民，缘何过去多少年都冠以"农民起义"的名义？在对这一问题作出具体剖析之前，笔者以为在一般情况下，质疑的理由尚不足以改变"农民起义"的性质。其根本原因在于：在封建社会中，农民是一个汪洋大海，纵然有的农民起义军首领并非地道的农民，但其参加者的最大多数还是农民。参加者的成分在很大程度上无疑反映了起义的性质，也代表了农民大众的要求。

当然，对起义者首领的身份和性格应做具体分析，其中有的确乎不能算是纯粹的农民。如唐末农民起义首领黄巢是贩私盐的出身；宋初起义军首领王小波是茶贩；北宋起义军首领方腊家中拥有漆园；清代太平天国起义军首领洪秀全算是乡村知识分子。这些似乎都还够不上如朱元璋那样的赤贫出身，或如李自成、张献忠那样的脚夫、杂役之类贫贱。但在这样的问题上也不宜搞机械的"唯成分论"，还要结合他们各自的经历与际遇加以考察。有据可查的是：黄巢在贩盐的过程中、王小波在贩茶的过程中以及方腊在漆园的经营中，都遭遇过贪官污吏的重重刁难、盘剥乃至无休止的勒索，较之一般农民对社会有更深刻的体会与不平，而且在抗争中早就经历了磨炼。这中间还有一个比较特殊的起义者首领，就是隋末群雄逐鹿中的李密（记得有位伟人在早年论及农民起义的文章中提到过此人："李密，窦建德等"）。李密出身于贵族，但在当时风起云涌的时代大潮中投身于瓦岗起义军，经历了起起伏伏，最后还是在与李唐王朝的较量中败亡。笔者觉得任何时期任何一支农民军的首领在起事、发展和结局中，不仅其身份会或多或少留下烙印，其性格乃至个性对事业更会产生不可低估的影响。性格的形成不仅与生长环境和阅历有关，其"基因"中的天性成分肯定也占着很大的因素，一般来说，大都不甘示弱，尤其是在遭遇屈辱甚至意愿未达时即有反抗之志。最起码是迥异于逆来顺受那一类人。如上述的黄巢、王小波、方腊等人均有从业受阻或受辱的遭遇，于是便在大环境有一定可能的条件下揭竿而起。毫无疑义，作为首领没有相当的勇气和魄力是难以为之的。清代洪秀全的直接出发点是科考不第，愤而掷孔丘牌位于地，拍案而反！试想古代屡试不第的有才者不知凡几，多数也只能"认命"，其中有的虽胸有郁愤，也只能借笔墨以宣泄，以文学作品融胸中之块垒。如《西游记》作者吴承恩、《聊斋志异》作者蒲松龄、《儒林外史》作者吴敬梓等就是。但如洪秀全这样起而举事叛逆朝廷者毕竟鲜见。当然，其他一些起义首领也并非完全都是老粗，如黄巢本来也粗通文墨，却不像京剧《珠帘寨》中表达的那样：巢中了状元，只因容貌丑陋而被革去功名，因而便起而造反——那只是"说书唱戏"的杜撰而已。

另外，一个不能否认的事实是：除了北宋王小波，明初唐赛儿（自称佛母），明代中叶刘六（名宠）、刘七（名宸）等起义可能因时间比较短尚未成足够气候而外，绝大多数的"农民起义"在举事后的或短或长的时间必称王即帝。也许在被迫起义之初未必都想到做皇帝，但绝不能否认其中不少首领有这个野心。在这方面，"出身成分"是打不了保票的。明末李自成、张献忠的皇帝欲就很不淡泊，成了较大气候之后就亮出了新皇朝的国号。按照"历史局限性"的说法，可以理解为当时的起义军的首领不知道还有什么新体制新章程而不走老路，最终难以走出改朝换代的怪圈。但从私有制度下的人性本质加以考察，帝王的威权对他们的吸引力也太大了，想当皇帝过皇帝瘾，该是"人欲"发展到登峰造极的体现。要不为什么直到今日在影视屏幕上的"皇风"还猛吹了一个时期呢？何况在那个时代！然而，他们中如细分起来也并不绝对一样。一种"风格"如隋末农民起义首领窦建德，最后也称了"夏王"，有了国号曰"夏"，但直到这时仍是自奉素食布衣，相当节俭；作战时缴获了战利品，每每分赏给诸将士。另如黄巢，过去有的宣传曰流寇所至，劫掠无度，其实也很片面。有据可查者，记载黄巢攻克洛阳后，军纪严整，市肆晏然；进入长安后，许多市民夹道欢迎而并非是完全迫于压力。另一宗"风格"显然是带负面倾向的，如张献忠入川嗜杀，固然有镇压地主豪绅武装激烈抗拒之必需的一面，也有"玉石俱焚"枉杀无辜之嫌。除此而外，张献忠即使在流动过程中也不忘纵情色欲：别的东西可弃，妻妾"嫔妃"不可少也。而洪秀全才得了不到一半江山，攻入南京前即多拥妻妾，占领"天京"后更是倍加奢享，年刚及半百即"病死"，固然与当时形势峻急有关，恐也是长期纵欲的必然结果。当然，近年来有的说法也未免过分夸张，说洪秀全在天京享乐奢华的程度不亚于清朝帝后。这多是脱离实际的说法。甭说别的，单就前些时候笔者听清东陵管理处的负责同志讲慈禧太后的陪葬品，其价值至少可达两千万两白银之巨。可见洪秀全"天王"再牛，比之"老佛爷"还是要自愧不如的。

　　为什么同是起义军首领，却显现出以上的不同？笔者认为这与他们各自起事的动机和个人的品质有极大关系。如上所述，有些东西是他们个人也难以抗拒的，好像那个时代环境中的一种惯性使然，而有些东西是个人能够把握或在很大程度上可以施加影响的。这样一正一反当然就会出现不同的结果。譬如隋末农民起义军首领窦建德，至今在鲁西北夏津、武城乃至冀南一代口碑不倒，说当时在他统治的地区内"勤课农桑，境内无盗，商旅野宿亦安"。他最后虽然失败，魏州（今河南安阳）人民仍建庙来纪念他。这充分说明至少在他开创起义事业的当时，没有丧失劳动人民的本色，行为本身即已表明他的目的性。对照近年来某些对农民起义几近全盘否定者的结论，似乎凡为举事者的首领，其出发点和动力都是为了实现个人私欲，这至少是一种偏见者的武断。不可否认，有的起事者从开始就颇具投机色彩，整个过程亦少可圈可点的色彩。如元末的张士诚，出身盐贩（又是一个盐贩！），攻城略地一年后即急于称王，国号曰"周"，建元"天佑"。可惜这国号基本上未叫起来，天也未特别护佑于他，屡败而亡。在一个时代大动乱的背景之下，鱼龙混杂乘机捞取者应该说是并不奇怪的。有如张士诚者，是未必能够进入真正的农民起义军之列的。

还有的质疑者对历史上农民起义军往往借用某种教门或带有迷信色彩的口号以掩护与号召民众之举表示不屑，甚至单从此点看即很难有什么正义性。从表面上看确乎如此，如东汉末年黄巾军借用"太平道"；北宋末年方腊借用"明教"组织群众；明初唐赛儿以"白莲教"网罗道众；清太平天国洪秀全等借"拜上帝会"以号召。如此种种，不一而足。如以今天的观点来看，这类做法似乎都有蛊惑民众之嫌。但在当时的社会背景下，可以理解为一种无奈"借用"，以迎合一般俗民之心理，增强起事的号召力，恐不能以现代社会应有的科学思想等同要求。然而，这种"借用"客观上还是有诱惑作用的。不过，尚不能因此而不加分析地一律称之为今天的邪教组织。

通过以上分析，可见所谓"农民起义"者，其情况还是相当复杂的。正确的做法是进行具体分析，视其主流、本质而定，不可以偏概全，更不能脱离了时代大环境，以非历史主义的观点轻率地臧否，乃至武断地根本否定。

三、关于农民起义是否推动历史前进与发展的问题

这是一个带有原则性的问题。今天年龄稍大些的人们应该都读过这样的经典性的书籍或文章。认为历史上的农民起义毫无疑义是推动了社会的发展与前进。但近些年来，对这个似乎不成问题的问题也有较大的质疑和争议。

对此，我觉得不宜过于笼统，要进行具体分析。首先要弄清的是直接还是间接问题。如前所述，由于农民起义者的眼光、思想的局限性不可能打破称王称帝、改朝换代的怪圈，更不可能提出真正的新政纲以突破封建的桎梏。因此，要不就是完全失败，要不就是通过一个换汤不换药的大转身，实现的是另一个改朝换代而已。他

们直接的效果大都是"破"，很难甚至就谈不上"立"。但若辩证地看，农民起义（或曰农民战争）对改变社会改变历史还是有其推动作用的。间接而言，纵然起义的成果被本阶级的"转身"人物成功地获取，或被地主贵族强势人物所利用，而在改朝换代后大都还是有推动有改进，对社会生产力的发展有较大的作用。从这个意义上说，农民起义及其延续的战争虽有破坏，亦有补偿；虽有丧失，亦有恢复；虽有动乱，亦可换来安定，使社会或能跨上一个新的台阶。历史上大的改朝换代，如刘邦建立的西汉、李世民建立的大唐（之间经历其父李渊）、朱元璋建立的明王朝，都是在经过秦末、隋末和元末农民大起义的基础上（甚至是战争废墟上）重振起来的。他们无不总结吸取了前朝败亡的经验教训，实行相对缓和的政策，使农民得以"休养生息"。李世民深知"民可载舟亦可覆舟"的至理，故施以相应措施以减少人民的反抗。这些措施，无疑促进了生产力的发展和农业生产的恢复，在历史上出现了所谓西汉的"文景之治"和唐初的"贞观之治"。从大的方面看，农民起义和战争绝不只是如过去所说的"成为改朝换代的工具"的消极含义，也有不可低估的推动历史前进的正面效果。

当然，具体而言，有的农民起义"预后效果"并不明显。如东汉末黄巾、唐末黄巢等，当他们失败后，引出的还是全面的大动乱，前者形成"三国"后者形成五代十国的分裂局面。这只能说明不同时期的事物在发展中不平衡所致，有必然因素也有偶然的因素。还不能忽视的一点是：与不同时期主导形势发展的关键性人物也有很大关系（绝不应低估这类人物与类似人物之间关系的重要性）。另有的农民起义声势不可谓不大，影响不可谓不烈，而且有的还占领了封建皇朝的都城，或占领了重要大城市以建都，立了国号，尽管沉重地打击了封建统治势力，最后还是惨败了，而且无论从直接和间接的角度说似乎也看不出推动了社会的前进。这类情况如明末的李自成、张献忠，清代中后期的太平天国等等。这类情况之所以如此，一是起义军领导层有严重缺陷和重大失误，再是他们的对立面相当复杂。事实上，李自成和张献忠并非败于明朝统治者，而是败于后金（清朝）贵族统帅的骁骑之手。而太平天国面对的对手也不止是曾国藩的湘军和李鸿章的淮军等本国悍敌，还有英、法等帝国主义者侵华武装"洋枪"的助攻。历史雄辩地说明，在两军相搏的反复较量中，"实力"这个硬邦邦的东西绝对不是闹着玩的。

上面以较大篇幅讲了农民起义推动社会前进的"间接"功绩（纵然最后看似失败了也不能抹杀），但并非说就不可能产生直接推动作用。其实许多农民起义以他们有限时间的展示已经证明：他们是有可能在一定程度上改变社会面貌、推动历史前行的。如前面提到的隋末窦建德起义军，在其所占领与能够管辖的地区形成了比较安定、祥和、温饱的良好环境，便足有理由推想如果他事业做大后也是相当可观的。这使人联想到现代的中国共产党领导的解放区已经为未来的新中国做出了榜样。两个时代的区别在于：我们解放区有了先进的政党指明正确的方向，而一千多年前的农民起义军则没有这样的条件，加以窦建德的对立面李唐家族领导的军队又太强大，所以不可能像千年之后的朱元璋那般幸运。历史的幸运没有落在那位"夏王"的头上，亦没有使他在更大的范围得以展示。另外北宋王小波起义的宣言是："吾疾贫富不均，今为汝均之。"据说他在有限的地域范围内也是这样践行的。虽然这样的口号有些绝对平均主义的"乌托邦"味道，但在那个时代能够有这样的思想愿望已是难能可贵。上述窦建德与王小波一类的农民起义，明显表现出相对朴素的风貌。然而，仅有良好的动机和不错的践行，但如在能力、谋略、运气，最终是在实力上不如人意的话，最终也难免悲剧的结局。在残酷的博弈中，历史的天平不会多垂青于质朴与善良。

没有理由只凭感情用事地从总体上否定历史上的农民起义的必然性和积极意义是不可取的，但具体情况还是要具体分析。如果不进行具体分析，认定每一种起事都推动了历史发展也未免过于简单化了。质疑未尝不可，却不能抽调了应有的理性；不循旧说也许不无意义，却不能搞历史虚无主义的一味颠覆，更不能将过去的传统说法完全翻转过来。那样的话，将一个本是严肃的课题引向何处，人们当可想而知。

四、农民战争与国之内外矛盾的处理问题

这是笔者长时间以来一直思考的一个问题，也是许多农民起义会碰到的一个重大纠结。毫无疑问，每起农民起义和战争不论规模大小，矛头都是对着封建统治者或地方政权的，不论其结果如何，也都严重损耗了对方的人力、财力、物力，程度不同地打击和削弱了封建统治者。但事情往往就这样双刃并行，历史上往往会出现这样的情况：农民起义举事或进行时，常常也是强悍的外族乃至外敌入侵的时候。这类情况不胜枚举：北宋江南方腊举事的同时，北方辽、西夏等的侵扰也时刻威胁着北宋政权；南宋初年金兵南侵时，南方洞庭湖杨么起义也如火如荼；明代的情况更为典型，李自成、张献忠等起义与明王朝的连年战争，几乎同时是后金咄咄逼人南侵的高峰时段；清太平天国起义发生在第一次鸦片战争与第二次鸦片战争之间，等等。总之，这些起义与战争往往与国之外患交织，呈现出并行交错之势。

那么，究竟是一种偶然无关联的碰撞，还是互相伺机的利用？笔者觉得不可一言蔽之，还是要根据实际情况进行具体分析。有些决策者的心理动机今已很难察考，已有的材料缺乏足够的依据。但有些起义的触燃点是明显的，如北宋末年江南睦州（今浙江淳安）方腊起义，源起于北宋王朝对外屈辱献媚，横征暴敛，当地人民衣食困顿，忍无可忍而揭竿。从表面上看，起义与外患有一定关联，

却非是有意识的利用，而是有一定的自然因果关系。同属江南而时间相差无几的南宋初年杨幺起义，情况近似却又有所不同。后者举事时间正当南宋军队与金邦南侵之军鏖战之际，且襄阳、武昌等前哨与杨幺的根据地相距亦不远。不论杨幺之主观故意为何，以其盛时所部达二十余万众之声势，在战略格局上对南宋抗金已构成牵制之虞。南宋多次派军进剿均未果，公元1135年岳飞奉命率军进剿，杨幺被击败。多年来，许多有关岳飞的史传和文章都指出他击灭杨幺一节是其污点。其实也是一种失于简单化之论。一是岳飞当日是奉旨之举，不可能不遵；二是在抗金的炽战中，后有杨幺掣肘，客观上不可能不是一种腹背之忧。清扫背患，也是岳飞志在抗金大业之一环。这与后来统治者们"攘外必先安内"有本质上的不同。另外必须清楚的是：从记载上，面对外敌，杨幺既无抗金之意，更无抗金之举，设若岳飞等抗金部队不能阻止金兵南下，以骁金之锐，杨幺如碰上，结果必不理想。至于明之李自成、张献忠，一直都避后金之锋，很长时间均未接敌。许多人只以为清兵入关后才进入华夏腹地，其实早在其大举入关前的多年，即不断派兵从喜峰口等关口奔袭明朝腹地，侵扰掠夺，无恶不作，明军常常需要两面作战。明将卢象升就是公元1639年（崇祯十二年）在河北巨鹿与清军血战牺牲的，而此时李自成、张献忠正在豫、陕、鄂等地与明军鏖战之中。由此，笔者不禁联想到一个问题：由于农民起义军的眼光、胸怀和政治智慧所限，尽管他们也拥有所谓的军师、谋士，但他们还是不大可能在复杂纷纭的各种矛盾纠集面前洞若观火，尤其是在北方悍勇骁骑的进逼中理清头绪，明彻"螳螂捕蝉黄雀在后"的道理，随时做出明智深远的决策，而非只是一时短浅狭隘的图谋。他们在当时虽未必有意借用外敌来削弱他们急欲推翻的皇权，但在客观上已造成对方首鼠两端、疲于应对。明末的形势则又不比南宋初年，那时的洞庭湖杨幺毕竟尚局促于一个局部；另一方面，在封建时代的官军中，也罕有"岳家军"这样几乎是战无不胜、攻无不克的劲旅。正是如此，明末的李自成、张献忠农民军屡挫屡败，而终能复燃。然而，他们却始终未与后金骁骑碰撞过。是绝无机会？有如上述，不是！他们是能够"接火"的。当不得已触撞时，抛开这样或是那样的客观因素，总的来说，还不是强弓铁骑、戴马蹄袖的八旗军的对手（在公元17世纪三四十年代，实战证明只有袁崇焕能有效地对抗清军，却又被崇祯帝自毁长城）。在类似的错综复杂的内外矛盾面前，只有到了现代，在中国共产党领导下的人民军队，才能在外敌入侵群情激愤的情势下，基于民族大义，认清时代主流，鲜明提出"停止内战，一致对外"，促成抗日民族统一战线。既保存和壮大了自己，又捍卫了国家民族的独立，获得了最后的胜利。所有这一切，皆有赖于头脑、胸襟及其目标与策略的正确。这当然不是近千年前的如杨幺者，近四百年前如李闯王、张献忠者所能具备的。这里面除了我们今天可以谅解的时代局限性之外，与他们急功近利的私利目标直接相关。当他们自度有了足够气候之后，便急于要抢占龙墩一坐，哪里还顾得上其他。如果说李闯王进京很快遭遇到强劲的清军，而张献忠还远在四川就做他的"大西王"美梦，岂知没有蹭过多少时候，也遭到西充之役的败亡。"覆巢之下安有完卵"是也。

当然，以上的意思并非要求古人达到现代先进政党的境界，何况他们面临的敌人情况也很复杂，绝非一厢情愿能够办到的事。而是旨在说明当时的农民军对面临的矛盾和复杂的情势显然也远未达到明彻的程度。

言及此，应该说到太平天国了。这个太平天国在大的农民起义军中离今天最近，所受的訾议也最多。由于主题和篇幅所限，笔者不想全面评论其是非功过，单说一点，即太平军面对外敌的立场是不含糊的，至少还保有中国人应有的骨气。他们在上海和宁波等地遭遇到以洋枪武装起来的外国侵略军时，临敌不惧，进行了英勇的抵抗。相反，这些年来在不少文章和文学作品中被翻捡出来的曾国藩和李鸿章等清朝的高官要人走红得很，军事、政治、外交连同个人私德都被推得扶摇直上，几近完人。在这里，笔者同样不想对这些人物做出全面评价，只说一点，他们确实勾结和利用了侵华的英国戈登的"常胜军"与法国德克碑的"常捷军"之流夹攻太平军，并取得了赫赫战果。在这里，笔者只想说：翻案文章不是不可做的，但要尽量理性些，态度要公正些。一句话，就是要实事求是。难道非得非此即彼不可吗？难道就不能做得"正好"吗？退一步说，哪怕是做得"中庸"一点也好。对我们的前人，一方面不粉饰，另一方面也尽量做到不冤枉他们。

最后，想到文学作品。有关农民起义这个题材，过去出得较多，现在较少，但揭示、表现到位者显然不易。少有接触这个题材的原因可能与牵扯的问题比较复杂有关，但最希望不要知难而退。不管怎样，这是历史上的一个大课题，一个绕不开的大课题。尤其对于今天的年轻人，应该给予他们比较明彻的、合宜的解答——无论是理念上的，还是形象上的，启智解惑，功莫大焉。

又逢"甲申"

一

六十年前，在当时的抗战大后方山城重庆，作为诗人和历史学家的郭沫若，经过深思熟虑，在文思涌动之下，以长江和嘉陵江水研墨走笔，潇洒间，尽显郭体书法之妙，此文题为《甲申三百年祭》。因时当农历甲申，距李自成进入北京的甲申年恰已三百年矣，文章面世后，引起很大反响。传至延安，震响了宝塔山塔铃，毛泽东特批为整风学习文件之一，以警示全党同志从李自成终致失败的结局中吸取应有的教训。当然，在国民党政府的"陪都"重庆的反响也不啻为一场小小的地震。那位据说癖好骂"娘希匹"的蒋委员长，指令御用报纸对郭文大加讨伐，指斥为含沙射影，借古讽今。其实，以今天的眼光来看，不论郭文的初衷是怎样的，老蒋和他的御用工具基本上是神经过敏，二者是风马牛不相及。因为无论从他们的来历还是政权性质看，李闯王的大顺朝与蒋家王朝都有很大的不同。用一种形象性的说法：委员长的礼帽与李自成的毡笠儿，怎么也互换不到对方的脑袋上；大顺王的雪青马纵然能够日行千里，也赶不上蒋氏夫妇的"美龄号"专机。

二

三百年去已矣，闯王自然读不到三百年后的这位大学者的文章。假如有魂灵的话，李自成此时也只能在湖北九宫山的树丛间沉思：为什么他亲手掀起的那场狂飙，竟来也速去也速，恍似一场恶梦，留给后世多数人的并不是那么轻松愉快的回味。最初是非同凡响的：陕北的一介脚夫，竟敢言造反，直指大明皇朝；三十岁继为闯王，该是何等气魄！中经几多血战，几度近于湮灭，又能死灰复燃，仅余数骑数十骑却旋即扩至万众乃至数十万众。1644年（农历甲申）春自太原直捣北京，所经之地，除了不识时务的周遇吉与宁武关一同"玉碎"，其余关隘守将都似泥塑面捏。在这一不长的过程中，闯军又可谓给了"摧枯拉朽"这个古老成语加了新的注解——在汹汹洪水的威势面前，任何高大的城垣无非是多米诺骨牌，紫禁城内那个"真龙天子"崇祯，刹那间，也落地还俗，在歪脖槐树上自断气脉。这一切，似都发生在恍惚中，一切都颠倒得使孔圣人也目瞪口呆。然而，新的大顺皇帝的龙袍还未及做，金銮殿的龙椅也还未及留下改朝换代者的体温，时势又匐然逆转：闯王的军队山海关一战失利，犹如大堤溃决，兵的洪水倒转向西仓皇流去，只是其势不再那么汹涌，波浪无形。也怪了，此时距闯王进京之日才四十余天，难道历史故意给"永昌"年号开了个天大的玩笑？多年来我一直在想：为什么兵还是那些兵，帅还是那个帅，因何忽然不在状态？因何就找不到往日感觉？自出京之日起再也压不住阵脚，再也组织不起一次像样的反击战。这到底是为什么，为什么呵？多年来纵有不少明公解惑析疑，我却未尽释然，相当长的时间里，仍在闷葫芦里搔头。

三

其实不只是郭老，多少后世大腕，多少戏剧等作品，总是以后人比前人高明的宏论与卓见，透析三百年前的这段盛衰兴亡，但大抵未出《甲申三百年祭》的框架。无非是，大顺军入京后迅速骄傲自满，纷纷然昏昏然，将相腐化，士无斗志。主将刘宗敏霸占吴三桂的爱妾陈圆圆，激恼山海关前线的吴三桂一怒献关，引来清军骁骑入主中原。对否？拜服拜服，一百个正确！骄纵致败，腐化误国，天经地义的至理。不然为什么一代伟人毛泽东反复强调："我们不做李自成。"随后进京"赶考"，公正的历史考官果然给了高分。

如今又是一个甲申轮回，三百六十年前的痛切教训，如日月江河之光，常常折映出李自成饮恨九宫山的悲剧。这当中，虽有好心者为了安抚后人，造出一个湖南石门夹山寺奉天玉大和尚，说这就是李闯王的化身。此说不仅受到许多专家的质疑，认为缺乏经得起推敲的有力依据。我在想，恐怕就连李自成本人如地下有知，也会在草丛间连连摆手：不不，宁可惨败也不自欺欺人，惨败尚可给人以裂骨的刺痛，给后世以警醒；而安慰无异于在伤口上撒糖，甜得使人傻笑，心尖滴血。无论如何，李自成还应是一条汉子，不致做出这样徒然的选择。

四

已有的就是最后的完全的结论吗？是否已没有讨论的余地了呢？不然，恐怕未必像剪尾巴那样斩截一丝未剩。须知世事犹如一柄三尖两刃刀，纵然三尖都已见血，两刃也许还裹在雾里，有时单一的公式很难完全破开十分复杂的课题。在大的原则和条律之下，最好再作更具体、更切实的观察。譬如说，胜与败仅仅决定于首领的清、浊吗？不一定如此。在这方面，李自成绝不比刘邦、朱元璋之流更耽于享乐。为什么要提起这两个宝贝？因为，他们两个同是在秦末和元末人民大起义浪潮的基础上登基的开国皇帝，然而他们都成功了。所谓的"成功"，就是都做稳了皇帝，而且延续了数百年的个人皇家基业，当然就没有落得李自成那样的结局。如以清、浊而言，难道他们比大顺王更"廉洁拒腐"？还是因为他们的将帅没有"男女作风问题"？今人谁能回答得一清二楚。能回答的只有咸阳未央宫的废墟，还有南京明孝陵石人石马的一脸苦笑。许多人谈问题常常习惯于单刀出手，攻其一点两点，有时为了需要而定题，以达到立论的目的。在下愚钝，但在接受了多年来已有的结论之余，又别有所思，至少有如下几点——

一是不可忽略他们面临的不同环境和条件，这也是一种排列组合。如：刘邦的对手是年轻气盛恃勇乏谋的霸王项羽，朱元璋面对的也是比他相对简单的草莽张士诚、陈友谅之辈；而李自成的对手却是波澜迭起，强中又强。开始面对的是明朝军队，明军貌似强大，又有孙传庭、曹变蛟、周遇吉等并不含糊的将领，正因如此也给闯军造成了一些麻烦。然而，大明朝毕竟已呈日薄西山之势，强弩之末虽还不到"不能穿鲁缟"的地步，也还是渐成颓势，以至不支。然而，最不利的是李自成前门伏龙还未及喘息，后门又抖擞出双料恶虎以十倍的疯狂扑来！憋足了劲的清首领早已垂涎太和殿的龙椅，自小粘在马背上的八旗骄子一个个却箭在弦上；加上吴三桂这支养精蓄锐的复仇军，给大顺军造成了强大的压力。李自成的毡笠儿好歹挤掉了大明朝的末世皇冠，但在清军骁骑和吴军夹击之下，说得客气点是有些不适应，说得干脆点就是非常吃力。因为，战争毕竟是实力的较量，强弱的抗衡也不单是战术运用如何了得！最不应忽略的就是实力对比。在这之前，闯军毕竟没有和清军骁骑交过手。我们不能因为二百年后清八旗军在列强洋枪洋炮面前是豆腐渣，就仿佛觉得在1644年他们也是那般窝囊。用毛泽东的一句传世名言形容，无论在明朝军队和大顺军队面前，总的说来他们还是

"真老虎""铁老虎"。要不为什么曾给闯军造成很大麻烦的洪承畴、曹变蛟、祖大寿等明军将帅，后来都栽在清军手上？（在这之前袁崇焕是一个特例，自从崇祯害死袁以后，明军几乎再无胜绩）用一句老百姓最通俗最好懂的话就是"打不过"。既然明朝军队打不过，难道就不许李闯军打不过？打不过就是打不过，这是实在没办法的事，不能因为谁打不过谁，就一律判定赢者是正义一方，负者就是非正义一方。三百六十年后的今天，老美打这个打那个，而且总的说来都打成了，我却也看不出它正义都在哪里！多少年来，有不少明公指责大顺方在统战问题上有大失误，除了陈圆圆外，还极大地难为了吴三桂的父亲吴襄。这些无疑都是这个农民政权的目光短浅所致。不过，从另一方面说，也必须充分估量那个反复无常、嗜色如命的吴某，这个典型的小人纵然一时归附也极靠不住，稍有风吹草动必然就会反水。狼毕竟不同于狗，永远是一个养不熟的小祖宗。

二是要看首领的不同经历、性格和素质。很显然，地道的陕北脚夫怎能和泗上亭长相比？米脂汉子又岂能与凤阳痞子同流？论"心理素质"，李自成肯定难及那个声言别人烹其父他也能跟着喝汤的主儿刘邦；论本真性情，他身上还有较多的黄土气息。不然，他怎么可能布衣芒鞋上殿？应该说，与庄户人和普通兵丁相处，相对淳朴也许是一个优长，但作为皇帝，如此反倒缺少了一点权谋与诡诈。遗憾的是大顺王没有手机，不然我可以与那个世界的他来个电话采访：实话实说，您当皇帝可称职？准备可够充分？你那班宰相、谋士牛金星、宋献策等人，不过是失意和投机的举子和占卜术士之辈，类如"十八子主神器"的号召力和吸附力的寿命还有几何？他们与刘邦、朱元璋的谋士张良、刘伯温等人相比，恐怕不是后来者居上，反而很差了些档次。其实，刘、朱他们在逐一剪除对手的征战中，已基本完成了做皇帝的条件和必要准备；而李自成却不然，应该说是还没有完全摆脱在长期流动中的积习。过去的统治者和士大夫蔑称其为"流寇"，当然是出于他们的偏见，但在将要进入京城时还没有做好执掌全国政权的调整，仍然是简单的冲冲打打，或者是"黑瞎子掰棒子掰一穗扔一穗"，那就无法应对改变了的新局面，恐怕就只能是流动而进又流动而出。造成这种情况的有领导层的品性和素质问题，在很大程度上更有智慧、权谋和能力的不足。

三是"运气"。恕我直言，自成后运不济。运者，势也，并非虚妄的谶言。譬如说，许多主观因素和客观因素的交叉与背离，乃至偶然性也会导致福祸颠倒。拿现在的话说：一个烟头能使高楼大厦尽成火海，但如碰巧有只大脚踩熄这个烟头便可转危为安。又譬如说，李自成轻忽了山海关之战（在某种意义上，这是决定命运的一战），在主观上仓促应战是一回事；还有偶然因素，面对春天的沙尘暴大顺军也不占先机。当时清、吴军在北，而闯军在南，北风迷眼倒霉的主要是他们。这种倒霉的偶然性虽不是决定胜负的本质因素，却也不能说是完全无关紧要。三百六十年过去，到底是怨天？怨地？还是怨他们自己？……

无论如何，不仅从李自成和他的"大顺"军致败的道德因素方面，也从实力、能力乃至性格方面全面加以审视，对于警策后世也许更全面、更切实，更有教益。对否？

五

罢啦，看三国掉眼泪大可不必。今日评说"自成"搞不成，成了又该如何？大不过又多了个不长不短的王朝，反正中国的封建帝制绝不会到他那里终结。

"我们一定不做李自成！"明智。不仅是不做坐不稳龙位的李自成，也不做坐稳了龙位的李自成。记住"甲申"，不仅以腐败误国为训，也以封建皇朝某种阴魂不散为训：君不见文艺作品中的清皇朝情结，膜拜辫子，风靡了屏幕，一色的"天子圣明"。难道说不成功是遗憾，失败了全都是教训；而成功了就欢呼，胜利的一方都是佳话。明正德皇帝狎民女李凤姐、清多尔衮与其嫂孝庄皇后的种种轶事，如今在舞台和屏幕上就是佳话。如果真是这样，那可是典型的成败英雄论。其实只要封建制度没变，成功了也无非是一人得势鸡犬升天，弄不好只是多几个挨烹的走狗韩信和蓝玉（后者为朱元璋的功臣大将）。说到这儿，我倒是多少为李自成的大将刘宗敏庆幸。正因为大顺朝没有坐稳，否则，他说不定不是死于败退中的乱阵而是亡于主子的禁宫之中。

　　从这个意义上说，也不必为哪个坐不稳而惋惜，或者为哪个坐稳了又破涕而笑。因为．充其量也只是在封建制度下的改朝换代而已。

　　公元2004年，又是一个农历甲申。我们中华民族，既不同于三百六十年前那个甲申，又完全不同于六十年前那个甲申。一个新的中国，雄姿屹立于世已五十五个年头。相信下一个甲申，将是一番更辉煌的风景。尽管我们不做李自成，但六十年一个甲申，今又重逢，毕竟是一个相当重要而且很有纪念意义的年份。可否以李自成陕西老家地道的西凤酒向南遥祭，请品尝这三百六十年后的佳酿，其味有何变化？

崖海涛声感慨多

距今七百三十多年前，在广东新会南面潭江、西江出海的崖门口史称崖海的地方，发生了一场中国历史上少有的大规模海战。此役以南宋军全军覆没、张弘范率领的元军全胜而告终，它标志着南宋朝从此彻底败亡。

我当年在故乡胶东上高小时就听教历史课的李老师讲过这段故事，去年赴广东时又专程去崖门实地感受了一番。其实我心里早想为此写篇东西，及至去过后这种愿望就更加强烈。

故事的主角表面上是南宋小朝廷的幼主益王赵昰和广王赵昺，事件发展的历程好像是君臣人等的海上大逃亡。实质上却是在南宋"正宗"皇帝恭宗赵㬎在谢太后带领下向蒙元当局投降后，由礼部侍郎（后为左丞相）陆秀夫和保康军节度使（后为金书枢密院事）张世杰等人护送幼王赵昰和赵昺南下福州，并在福州拥立益王赵昰为帝，鲜明地打出了拒降坚持抗元的旗帜。在福建，他们又联合陈吊眼、许夫人等畲族队伍及福建等地的勤王军民，共与南侵的元军作战。兵败后率大军十七万，民兵三十万余与二王进入广东。公元1278年，赵昰病死，他们又拥立赵昺为帝，改景炎三年为祥兴元年。这时高州、雷州、琼州一带均被元军占领，他们所据的硇州岛（在今湛江市）已成无援孤岛，于是又迁至新会崖山，建立行朝，继续抗击元军。

辗转数千里，陆秀夫和张世杰他们没有一点犹疑，一丝动摇，带着幼主和一线生机，几乎是夜夜席不暇暖，任风浪打湿最后的征程。作为半生鏖战勇烈过人的武将张世杰，他很懂得避其锋锐、击其疲师的道理；必要时坚壁固守、整军操练，以用兵一时。张世杰之后半个世纪有个秀才冒元朝当局迫害之险写诗赞他"曾拥貔貅奏凯歌""寨列千艘保海阿"。作为以弱对强的一方，从战略上和战术上考核都是无可挑剔的。作为主要决策人物的陆秀夫，本是江北盐城的一介书生，文天祥的同科进士，在京城临安时虽然官做到"副部长"一级，却绝少见识耀眼的雪花银，倒是饱看了都城沦陷、逆风中的血腥，临危衔命，艰痛状况可知，正气之士乘上乱世末班车，注定是一路颠簸与泥泞。同样是稍后有人诗赞陆公曰："赤县已无行在所，丹心犹数中兴年。""板荡纯臣有如此，流芳千古更无前。"

既然还存在不屈者，骁敌就决不会放过。公元1279年初，元将张弘范与李恒分水陆两路追至崖山，并堵住海门。张世杰集战船千余艘，于海门中列阵，誓师御敌。正激战中，张弘范遣张世杰外甥前来劝降，被世杰痛拒；张弘范又监押文天祥来崖门，逼迫他写招降书，自然遭到严词拒绝。有关这一节，文天祥亦有诗证之："一朝天昏风雨恶，炮火雷飞箭星范。""我欲借剑斩佞臣，黄金横带为何人？"当元军在张世杰的坚船固栅面前连连失利后，便以船载淋油茅草，乘风势火攻。而张世杰则命宋军在舰船上涂泥浆，以长木缚于舰前，火不济事，元军又未得逞。这时，元军采用断绝崖山与周围通道的灭绝之法，逼使宋军旬日只能嚼干粮饮海水坚持战斗，尽管呕吐不止，疲惫不堪，然斗志未减。直到二月六日李恒趁早潮退海，自北面突袭，张弘范利用午间潮涨夹攻于南面。宋军腹背受敌，自平明血战至黄昏，伤亡过半。此时，陆秀夫自知大势已去，便背负幼帝赵昺及自家亲眷投海殉国。与此同时，行朝军民及后宫人等也纷纷投海，呈现出"流尸漂血海水浑"的惨烈局面。张世杰乘夜雾率少数舰船突围出海。为复国计，他率残兵欲往占城（今越南），然天也势利，当世杰途经今海陵岛时，遇飓风，船倾溺水而殁。至此，宋军人等尽皆死难，无一拱手降敌者。

在这个历史上的重大事件中，幼主和太后（杨太后）固然结局惨烈，而决策主战大臣陆秀夫、张世杰乃至早些时候被元军俘获的文天祥则更惨烈。从某种意义上说，事件的真正主角不是皇帝赵昺，而是陆秀夫和张世杰。由正直刚烈之士主宰的事件，其结局自然绝无卑琐龌龊之气，必定有惊天地泣鬼神的魂魄！崖门的霍霍涛声可以作证。同是末朝残局，由不同的人导演，气味就不会相同。设想，假如由南宋末的贾似道或南明朝的马士英、阮大铖这类佞媚邪恶之辈来导演，今日也就不可能有崖山忠烈祠的重修工程。也许，有人将陆秀夫、张世杰的行为简单地归结为忠君思想使之然，这是我们多少年来的习惯结论定式。其实，将一个复杂、深层的事物加以简单化是最容易的，道德、是非乃至人性上的泾渭却不是一个"忠君"或"不忠君"简单的概念所能囊括的。陆秀夫、张世杰与他们同时代的文天祥一样，在国难家仇、山河飘摇中，思想中的支撑点早已超越了一般的忠君意识，而凝结成一种人间正气的坚守。正如文天祥的《正气歌》，开篇即首肯"天地有正气"。当然，不能没有"君"，不能不立"君"，说是他们的"局限性"也罢，说是"正统观念"也罢，反正是必须有一个名正言顺的象征，一面用来号召的旗号，却就是不能将他们与一般愚忠者一样视为"君"之被动的工具。不然，陆秀夫也就不可能有那份胆量携帝跳海。所以，我总不认为他背负的只是一个弱小的皇帝，分量很轻；其实他背负的分明是一个残破的江山，期望在大海里整合。当然残破的王朝不可能复原，却成就了一个不死的生命。

这个不死的生命，也许就是久已不常说的气节。而陆秀夫、张世杰，更典型的是文天祥，都是"气节"之义的诠释者。

所谓气节，实质上是对原则的一种坚守；对人间正气的一种维护；对平等对话的一种奉行；对屈辱乞求的一种拒绝；对暂时卑污利益的睥睨；对高尚人格的一种珍爱。亦即如先贤所倡言的那样：富贵不能淫，贫贱不能移，威武不能屈。在此价值观之下，紧要关头纵以生命换气节亦毫无犹豫，泰然应对。

既为弱势，又处于辗转颠沛、一日数惊之中，名之为君，稚子寡母亦心存彷徨，只能依靠陆、张及众军民，哪里还有在都城临安那般"烟柳画桥，风帘翠幕"旖旎胜景，又哪里顾得日享金宴夜赏歌舞的摆谱？好歹落脚崖山，建临时行宫三十余间，军屋三千余，开设"草市"，以利交易。其实所谓"行宫"也好，"军屋"也好，都是匆匆建成，充其量也都是简易房而已。在这种情况下，例行的君臣、尊卑、上下之间的关系多属形式上的，虽不能说达到完全平等，也不可能不暂时拉近了距离。这当中有一个人物最值得一提。此人原名杨巨良，为枢密使杨镇之长女，南宋度宗时初选入宫为"美人"，生下赵昰后，封为淑妃。1276年正月，当谢太后、恭宗皇帝降元前夕，这位杨淑妃不仅拒降，且带着亲子益王赵昰和俞修容所生的广王赵昺等先奔温州，再入福州。陆、张等大臣拥立赵昰为帝，杨淑妃被册封为太后，临朝听政，其亲生子赵昰病死后，群臣又拥立赵昺为帝，她继续听政。崖海大战失败，当她知道少帝昺已投海，悲痛欲绝，亦随即赴海死，时年36岁。这位宋末女子有如电光掠海划涛而过，在漫长的历史上也许算不上是多么重要的角色。但有她出现，却使那悲壮的一页又添了些许光色，而且在所谓君臣军民之间的关系上无形中有了某种人文主义意味，还起到了一定的纽带作用。以其教养和性格，肯定不似汉初吕后那么阴鸷暴戾，但又不像戚夫人那么娇柔。关键时她能作出果断的抉择，有一定的远见和坚韧的素质。在危难的情势下，能使各种关系变得较为平易与简朴，虽属不得已而为之，但能随时适应也非易事。难怪后世有不少诗作赞她"深明大义"，有她的"配合"，使陆、张等人的举措也便于施行，也才使那个海上"流亡政府"得以延续三年之久。非常时期，关系、地位的自然变化，行事趋向于简朴，这本身就少了些封建等级的森严与艰涩，而增加了相互信赖的人情味，必然有利于君臣军民的团结抗敌。这当然不同于封建皇帝统获天下的极盛期，君王往往蹙眉挥剑，臣下如履薄冰，"伴君如伴虎"。这便是为什么当年隐居隆中等待"明主"的诸葛亮不投"谋士如云猛将如雨"地广势大的曹操而偏偏选择处于劣势几乎无落脚之地的弱势集团刘备一方了。而当刘备死后，在后主刘禅驾前仍大体能够运筹裕如按自己的将略目标行事而无大碍。陆、张拥佐的弱势群体虽属时势迫成，但此间的相对诚朴与悲悯意味无疑也接近于普通百姓的审美观，自然会赢得当时及后世不同人们的追忆和同情。

而相反的情况则完全不同，强势的一方虽有压顶之威，却充满为所欲为的霸气和弱肉强食的绝对不平等，更无任何正义感可言。当时，被攻占地区的民众深受火水涂炭之苦。历史的发展愈到后世，特别在当今高科技时代，较之冷兵器时期和热兵器时期，必然更加有利强势一方而更不利于弱势群体，弱肉强食的法则不会因世界物质文明的高涨而削弱，甚至会显得更加突出。本文所叙的十三世纪后期那攻守的双方，攻方固因其骁骑强弩势如狂风而获胜，被占领区的百姓只不过是迫于威势而俯首，而大都不会甘被奴役，更谈不上是由衷的欢迎。

但无情的事实与无可挽回的"气数"还是导致陆秀夫、张世杰他们的努力以海浪的悲叹而告终。不管怎么说，这个弱势群体还是不同于别的许多改朝换代中的角色。如公元589年南朝陈叔宝在隋朝大军南下后被俘而陈亡，公元618年隋炀帝杨广大势已去时在江都行宫被大将宇文化及所杀而国祚告终。陈叔宝和杨广当时都已成弱势，但一般人都毫无惋惜同情可言，根本原因是他们极度奢靡而导致民怨沸腾，改朝换代已成历史定向且合民心。而陆秀夫、张世杰乃至文天祥所做的抗敌辅国努力则已具有了别种性质，故虽败而不辱，甚至成败的结果已不是最重要的，最重要的是千古不朽的正气与精神，这是比暂时维系住一个小朝廷更有价值的人文财富。正如明代成化年间进士丁玑诗云：

　　诸老丹心悬落日，楼船王气逐秋风。

　　生如卖国荣犹辱，死得成仁败亦功。

又：现代田汉先生在《崖山怀古》一诗中写道：

　　艰难未就中兴业，慷慨犹增百代光。

　　二十万人齐殉国，镜湖今日有余香。

可见，那种正气与精神古今是一脉相承的。

古代"士"的感恩情结

　　这里所说的"士",不单指读书人,而是凡与庶民相对的有相当地位者,无论文武均囊括于内。一般而言,他们中总的倾向是提倡和推崇感恩,所谓"有恩不报非君子"就是这种意识的体现。当然,历史上的有地位者包括"士族""士宦"之类,也有知恩不报的"白眼狼"。

　　我首先列举的是明初人称"正学先生"侍讲学士的方孝孺,公元1402年燕王朱棣攻破南京后,方因拒绝为其起草登基诏书而被杀,并祸灭十族,被诛杀达八百七十余人。后世的许多慨叹主要是说此公过于狷介耿直,甚至"迂"(迂腐)"愚"(愚忠)兼备而付出了如此惨重代价。人家朱家闹家务纠纷,干你甚事?不是自讨无趣吗?

　　从表面上看,好像这位方大作家就是死维护一个"正统"的名分，但细究之，事情并不可作此简单的理解。因为自古以来，还有另外一些天经地义的说法：天下，有德者居之。而朱棣不是别家，也是正儿八经的太祖血脉，由他来取代皇位，也是说得过去的，在明朝之前，也有类似的先例。唐代李建成虽尚未继位，但已名正言顺地被立为太子，只是因为乃父李渊尚未"驾崩"而暂未就位；其弟李世民（后来的"英主""天可汗"）不是就趁机抢先发动了"玄武门事变"，杀了太子建成和其弟元吉并迫其父李渊下台了吗？而在这个流血大事件中，世民的亲信干将尉迟恭等人不是一马当先挥鞭亮锤毫不含糊吗？他们并没有因为建成是老皇钦定的正牌太子而稍为手软。后来的戏曲舞台上的建成、元吉之流都扮成了"三花脸"，那是"败者寇"的处理方式。而在这以后，当事人哪个也没有自愧为"非正统"（当然，事件中的急先锋尉迟恭晚年笃信方术，闭门不出，不知与早年的参与活动有无关系）。毕生"读万卷书"的大知识分子方孝孺肯定不会不熟知前人类似的种种。如果他援引这些完全说得过去的取向时，自然是绝对有先例可循的。

然而他没有，他还是明确无误地拒绝了已经接管了大明江山的朱棣！为什么？除了上述"名分"问题不足以构成方孝孺的决绝态度之外，还与他的性格或者说是个性有关。这里我不想以文绉绉的"狷介""耿直"这类字眼加以形容，觉得还不如用"倔"和"拧"（读去声）以状其脾气更易理解。生活中（尤其是在古代）有些人在高压之下偏偏更能激起内心的"抗体"而不屈从于强暴。

而且，这类人往往还有一个"特性"，即相对而言反而同情乃至倾向较柔弱的一方。当时的情势是：建文帝朱允炆虽为皇帝，但较为文弱，是否够得上仁厚且不去说，至少没有他叔父朱棣那么强悍而富于暴力；尽管他在一些谋臣的推助下志在削藩，而其真正的实力是远远不够的。相比之下来自燕京的所谓"靖难"大军朱棣所部经过了多年精心准备，可谓虎狼之师，应属强悍的一方。对那强势压来，咄咄逼人，且为了达到目的而不择手段的一方，方孝孺这样自命为正直的"倔"性子是难以臣服的。这样说，绝不仅仅出于推测，即以方之文章进行剖解，就是很靠谱的依据。在他的一些慷慨陈词、痛快淋漓的文章中，或隐或显地对统治者翻云覆雨、指鹿为马、诬害无辜的行为，表示出无可抑止的愤激。如在《蚊对》中对"人类同类相残更甚于蚊虫"的行径表示深恶而痛绝之。他鞭笞那种形貌岸然的衣冠禽兽"白昼俨然乘其同类而陵之"；而善良的生灵"饿踣于草野，流离于道路，呼天之声相接也"。从中可以清楚地见出他的善恶观和爱憎倾向。

但与此紧密相连的，也是最具体最核心的一点是方孝孺骨子里的"感恩"情结。有根据证明：当年的老皇朱元璋尤其是现时的朱允炆对他都是很不错的，而建文帝对他还够得上相当尊重。可以想见，愈是这种偏性子的家伙对于相对尊重他的人就愈是感动于心而绝少更移也。据说现代血型学发现：某种血型的人性子比较偏犟，他认为不合于理者纵然已成为现实也不肯轻易俯就。这种说法，不知在多大程度上是有道理的。当然，六百多年前尚未发现血型学，而今天则无法得知方孝孺是何血型，只能就其性格表现进行分析。至少他对建文帝是比较买账的；以现今的说法，也可以说在"气场"上是比较对路的。方从建文皇帝那里感受到的，必是相对而言要真诚些，温暖些，仅此，身处在封建时代的臣子对君王就要感激涕零了。而在燕王朱棣那里，纵然可能得到封赏的许诺，他也不会有起码的信赖感。因为，真正的"士"是绝不会以浅近的功利主义论价的。像方孝孺这样的"士"，将真诚与尊重者看得很重，一旦"恩泽"沁入肺腑，纵是为之效死也可能是心甘情愿的。在这方面，或许不只是个"忠"字，也还有"义"的成分在。那么，既然这样的恩义已被其深深地认定，付出的代价再大恐亦难以顾及了。无疑，方的感恩情结在这一惨剧中是占有很重的成分的。

　　几乎与方同时的还有铁铉之案例。铁铉（1366—1402），河南邓州人，三十出头即为山东参政。燕王朱棣率大军南下，势拔济南。铁铉以棣为不义战，组织全城军民死守，浩气凛然，不唯忠君，亦带有抗暴性质。朱棣久攻不克，只好绕城南下。铁铉守城有功，升授兵部尚书之职，年仅三十六岁，愈发感建文帝厚恩。朱棣攻破南京后，旋复北攻铁铉，铉被执后誓死不屈。此时建文帝已被推翻，或被焚或化装远遁。然铁铉既不"识时务为俊杰"，亦未走"良禽择木而栖"的道路，终被剁成肉酱，又以油锅烹之。铁铉是又一例不畏强暴和感恩情结的典型。为此，英年赴死，无反顾也。

由此我不禁联想起近期参观的一处与明成祖朱棣有关的遗迹，也许主办方为了刺激旅游业，也或许是过度的皇权意识使然，在碑刻上标以极其醒目的提示语，说朱棣在中国历史上的"功业最高，贡献最大，无人能及"。当然，我们许多人都耳熟能详的该朱的"功业"诸如北狩靖边、削藩以巩固中央集权、遣郑和六下西洋、大修《四库全书》以利文化建设等等，在他的履历表上都是应该大书一笔的。然而他为人之暴戾、嗜杀，还是很有几分他老子的"遗传基因"的。而且，当时代已推进至十五世纪的近古节段，他仍将古代的殉葬制推行至狂热。这位永乐皇帝死时，竟然令六十多名嫔妃宫女"自愿"吊死为其陪葬。事实上，就是地地道道的杀殉，这也正是方孝孺、铁铉之辈本能地"嗅"出这位美其名为"靖难"而恃强逞暴不可接受的内在原因，并非只是维护"正统"的表层解释。当时一腔激愤充斥的非常关头，要求该人预见这位未来皇帝的雄才与"业绩"，恐怕是太不实际了吧？

还有一个"感恩派"人士情况比较个别而特殊，他就是自方孝孺和铁铉时代再上溯一千二百年左右的东汉末年的蔡邕（字伯喈），为当时的文学家、书法家，拥有的学问是多方面的。但一生命运多舛，始被诬陷，遭流放。后因为宦官所怨恨，亡命江湖达十余载。而当董卓专政时，被见用，为侍御史，官至左中郎将。未几，董卓被诛，邕亦受株连被当时掌权者王允所捕。一个重要情节是：卓暴尸于市时邕曾伏尸恸哭，此举与众人无不欢庆相悖，因而允不容之。邕乞求，伏罪并申辩，《三国演义》中邕云："邕虽不才，亦知大义，岂肯背国而向卓？只因一时知遇之恩，不觉为之一哭，自知罪大，愿公见原；倘得黥首刖足，使续成汉史，以赎其事，邕之幸也。"众官员亦怜邕之才，无不为之说情，允皆不准，坚持将邕在狱中缢死，"后人论蔡邕之哭董卓，固之不是；允之杀之，亦为已甚"。曾见一些评论者言当日蔡邕接受董卓之"任命"，纯然是迫不得已之举。此说固有道理，也未必全是。须知蔡邕早年仅为"议郎"，还常因触忤上意而遭斥，可谓压抑半生，偶得见用，虽主子并非正类，但出手"价码"不算悭吝，在半推半就状态下接受了也在情理之中。另外，人与人之间的印象问题往往相当微妙，董卓虽非善者，但面对蔡邕这样一个具体的人，并不一定绝对逆反，何况给个一官半职也只是上下嘴唇一吧唧的事儿，说不定尚可以这样一个大学问家装点一下门面，有何大不了的。可在被赐予的一方，也许是一桩意外的惊喜。其实蔡邕再迁，何尝不知"董太师"是啥样货色，但毕竟当时权倾朝野，久旱将枯之时得此雨润也便有了某种感动。像蔡邕这样的正经八百的读书人，绝无独立支撑之术，毫不依附焉有他途。以上他对王允之答辩虽是小说家言，亦甚合常理："只因一时知遇之恩，不觉为之一哭。""一时"，自知非根本也；"不觉"，善良心地之人的真性情也。他想得比较单纯，哭上一顿，也算回报了死者之恩，未必还始终念念不忘。何况，也未曾著文称颂"董公之德"。谁知这小小的报恩之举，竟导致他"死定了"。不过，也创下了一个知其非明主而权且一哭以求心理平衡的特殊报恩的典型案例。

与此相似却又有所不同的是陈宫这个人物。早年的曹操刺杀董卓未成逃跑途中受到陈宫的保护；随后陈又因操枉杀吕伯奢全家别操而去，投奔了吕布为谋士，布败，陈宫也一同被操俘获。操劝其降，陈宫宁死不从。操问他为何弃他而去。宫答："汝心术不正。"操又说："吾心不正，公又奈何独事吕布？"宫答："布虽无谋，不似你诡诈奸险。"这就是陈宫的价值观和善恶观。以他的头脑，他何尝不知吕布并非能成大事业之人，也不是对他能够言听计从之人，但暂时无处可去，无以施展，也只能权宜而为。小说中那句"布虽无谋"之语，倒也耐人寻味，说不定主子无谋也是他的一种选择。纵然不能完全"实现自我价值"，至少可以栖身，最低限度也能确保"饭碗"。而况吕布也并非完全不拿他当回事，起码不会时时地暗算他。他只能说是对布深表遗憾，还不能说是心存怨怼。这种复杂的心态是否多少夹杂一点感念的成分呢？值得后人去细细品咂。

以上的"士"境遇不同，感恩程度与具体情由也各有差异。但他们都生活于封建社会，所受的影响无法完全跳出封建道德的范畴。因此他们的行为轨迹中也不可能没有这方面的烙印。然而，他们也都是具体的活生生的人，而且就以上所举的几位——方孝孺、铁铉、蔡邕和陈宫，从骨子里说都应属于正直之士，从其本性上说当为"滴水之恩当涌泉相报"一类。不是所有的"士"都具有这种本性，但他们偏偏是具备的。因此，无论其影响大小而知名与否，抑或由于性格差异而造成的悲剧的惨烈程度如何，但从各方面的条件来看，他们的行为一开始就注定了命运的悲惨结局。这是没有办法的事，也不是后悔不后悔的问题。后人如何评价，说是愚昧也好，说是可怜也罢，对当事人而言都是没有多大意义的。只能这样说，感恩与否，并不绝对取决于对方是"好人"还是"坏人"；怨愤与否，亦不绝对决定于对方前景是否隆盛。古代"士"的感恩行为，只能是具体情况具体分析，很难以今天的标准去界定它的积极意义或是相反。一切都是各该当事人曾经行为的结果，无复他哉。

历史的重合与基因的弱化

　　也许当我们稍稍注意一下，便不难发现：历史的某一个阶段，某一个重大事件，尽管距离百年、千年，却出现了惊人的相似和重合。多数人对此好像并不奇怪：碰巧呗，偶然性呗！其实是偶然出现的吗，也未必。另有一些人的看法并不如此简单，如此不以为然。他们总觉得在时空的进程中，人和事的行进轨迹似乎是会有某种规律可寻的。这也许就是历史走到某一阶段，重要人物的某些活动便出现了相似与重合的内在原因。

　　这样的例证并非个别，这里仅举人们较为熟知的汉末和三国时期的一个突出事例加以剖析。公元220年曹操之子曹丕逼汉献帝刘协将皇位"禅让"给他，是为魏（史称曹魏）；而当四十五年后的公元265年，司马懿之孙、司马昭之子司马炎又逼迫魏主曹奂（所谓魏元帝）让位于他，即晋朝的第一位皇帝晋武帝是也。四十余年间，尽管曹魏经历曹丕、曹叡、曹芳、曹髦和曹奂五个皇帝，但总的来说都是短命的。曹丕享寿仅三十九年（传统说法为"虚岁"四十岁），在位不足七年；其子曹叡活得更短，仅三十四岁，在位十三年；叡之子（据说乃"乞养"之子）曹芳继位时仅八岁，十五年后（公元254年），被司马师废掉，立高贵乡公年仅十三岁的曹髦为帝（髦亦为曹丕之孙、东海定王曹霖之子），在位六年后仅十九岁即被司马昭杀害，又立常道乡公曹奂即位。奂为魏武帝曹操之孙、燕王曹宇之子，在位仅五年后即被等得不耐烦的司马炎赶下了台，彻底结束了由曹孟德打下基础、其子曹丕开创的曹魏皇朝。而且，这五任魏主，除丕与叡为正宗遗传外，余虽为曹氏血脉，但芳、髦、奂均非直系正传：曹奂乃曹操庶出儿子之子，曹髦却是曹丕庶出儿子之子，这就是说，最后一帝魏主竟是倒数第二帝魏主的堂叔辈分。当然这主要是因为真正的朝政掌控者司马氏"乱点皇帝谱"的结果。

这五任魏主之所以短命，原因有共同性也有其不同点。至少第一、二任丕与叡与一般封建皇帝那样纵情声色、生活不节有关。以丕之子曹叡为例，在位时虽两面受敌，长年用兵，但在许都和洛阳均大兴土木，广造宫室园林，终日与宠妃人等于芳林园中宴乐，身体严重受损，因此父子二任均才过"而立"未过"不惑"即离世。第三任曹芳据传亦淫逸不节，喜狎近娼优，但早年即被司马氏黜逐外乡，郁郁而毙，亦不得寿。四任曹髦之短命系遭害而卒。唯五任之曹奂虽最后被司马炎逐出都城，却以五十六岁时寿终，在五任魏主中享寿最长者，但也是苟活而已。

如从这五任魏主再上溯至"挟天子以令诸侯"的魏王曹操，祖孙几代的经历中实在有不少惊人的重合之处。公元3世纪初，曹操剪灭群雄，权势日隆，虽未直接夺取皇位，但汉献帝（刘协）已名存实无，操视这位傀儡皇帝如"鸡豚"，平时带剑上殿，献帝朝不保夕，奉操为魏公乃至魏王，加"九锡"。但协仍心存不甘，在悸恨中作徒然挣扎，先后与董妃之兄董承和伏后之父伏完以衣带密诏等形式力图联络谋曹之士"讨贼"，败露后反招来更大惨祸，操与心腹华歆等杀董承、董妃与伏完、伏后并灭皇子等，一再制造宫中的喋血惨案。正如京剧《逍遥津》中汉献帝的一段"二黄慢板"中的唱词："欺皇人在金殿不敢回对，欺寡人好一似猫鼠相随；欺寡人好一似那犯人受罪，欺寡人好一似那木雕泥堆……"这虽然是后世的戏中语，却也是当时的大致真实情状。时间过了半个世纪左右，在司马氏专擅朝政的曹芳、曹髦时期，司马师、司马昭兄弟又重演了带剑上殿，对傀儡皇帝颐指气使，甚至"反臣为君"，视后者为鸡豚的话剧；不过不是称魏公魏王，而是称晋公，仿佛又依当年模式复映了一轮。而傀儡皇帝却同样不甘屈辱，作了一些徒然挣扎。如曹芳之臣、皇丈张缉等三人也领受了芳之"衣带诏"，但同样与当年的董承一样，尚未行动即败露而被杀，连同曹芳之张皇后尽皆灭族……

事情的重合尚不止此，这五任的曹魏皇帝自身也在许多方面循环着，重合着。如曹丕先纳袁熙之妻甄氏为夫人（甄氏为其生子即曹叡），后纳郭氏为贵妃，郭氏为进一步得宠，设计使丕厌弃甄氏，最后则干脆"赐死"；而其子曹叡（即魏明帝），先纳毛氏为后，而又纳更为美貌的郭氏（又是一个郭氏）为贵妃，由于毛氏被冷落而不满，叡闻之大怒，与其父一样立将毛后赐死，又是一个惊人的重合。

还有一个类似的重合情节是：自公元220年至265年，有三起由新的君主或权臣反"封"原帝王为有名无实爵位的。即魏文帝曹丕赐原汉献帝为"山阳公"；而曹芳则被总揽朝纲的司马师贬为"齐王"；最后晋朝新皇帝又赐原魏主曹奂为"陈留王"。公也好，王也罢，实质上都已废为庶人。其中有的做顺民亦不可得，不久即遇害矣。

人们很自然会提出一个问题：为什么作为雄才大略、威加海内，被后世许多大人物反复称道的魏武帝曹操，他后世曹魏事业的承继者竟每况愈下，一代不如一代。何耶？这不仅是一个应深加研究的历史现象，也是一个复杂而微妙的社会现象乃至遗传学问题。应该说，曹操之下的两代某些方面尚差强人意。如在文学方面，操、丕、叡被后世称为"三祖"，实则曹丕尤其是曹叡远不及曹操。操之诗作虽在钟嵘的《诗品》里不被看中，那是出于钟的审美眼光和艺术偏见所致，而后世则趋向于认为操之诗作大气古朴，苍劲浑厚，颇具思想内涵。丕之作品亦有可取者，特别是其文艺论著《典论·论文》具有经典之传世价值；而叡虽也有诗和散文（大都已散佚），但与其祖、父均不在一个层面上。至于以下几任魏主，在文化素养与表现上已难以评估了。

至于在事业开拓、政经将略方面，曹丕一代与吴、蜀虽有碰撞，但已谈不上有开拓进取之绩可言；曹叡时代对外作战已不得不倚重司马懿。史书上虽对其有生性颖悟、弓马娴熟之语，但少有实践表现；对野心勃勃、深藏而善机变的司马懿尽管开始也有戒心，但终还是逐渐落入其掌控之中。懿之后，更大权旁落于其子司马师、司马昭之手，以致芳、髦、奂三帝均未摆脱傀儡身份，所谓"曹魏"之天下基本上已成为空壳。

之所以如此，的确颇耐人思索。首先，是否系盈极而亏的不成文法则在发生作用？过去曾有人这样认为：类似曹操这样生前将权谋、能力乃至体魄发挥到极致的人物，其后代往往难以在高水平的状态下承继长久，故其子曹丕次之，其孙曹叡再次之，再以后则更等而下之。这种盈极之后必亏无已的说法看似有理，历史上却也有并非如此甚至相反的例证。但从科学道理上讲，在一定条件下基因弱化导致难以为继或状态不济的情况是并不奇怪的。以曹丕所纳之甄氏夫人为例，她本是曹丕在曹操攻破邺城之后掠夺的袁绍之媳袁熙之妻，因丕见其颇为美貌而动心，操见之亦称"真吾儿妇也"。于是纳之，后生曹叡，而被定为继位者。该甄从仅有的资料中看，除姿色为其非常之处而外，还可能有些多情善感；至于智慧、能力等等，似均无明显表现。《三国演义》中交代：城破之时，甄与其婆母只有嘤嘤啼哭的份儿，仿佛除了任人摆布别无处置。而且从绍妻口中可知：当时袁熙出征外地，甄氏不愿随同前往，故留此而被掳。由是便不难看出作为一位娇美女性，首要考虑的是避险而图安，心性胆气可见。归曹后，除被赏玩，恐无别的作为，所以时间稍久，即被冷落而抛掷。作为曹叡之母，体弱与否尚在其次，而"心弱"则几乎是肯定的。这样的基因影响，其子表面的体貌极有可能是不错的，也可能还表现出一些小处的聪慧，但绝非大器，更难独当一面支撑江山。当曹丕弥留之际将叡托付给曹真、陈群、司马懿三人"保驾"时，唯一的窃权"大鳄"出手之机已经开始。当然，如果没有司马父子的内外支撑，以曹叡的智能与胆魄，甭说是向外开拓，即使守住曹魏已有基业恐也够吃力的。

由此可见，甄氏的基因影响及于其子至少有一半因素。还有，曹叡所传之子曹芳，据说并非自己血脉，而是"乞养"而来。如是，其基因弱化当可见出又一佐证。而基因问题，是现代科学发现的"硬件"，至少应是具有可靠参考价值的。至于曹髦和曹奂，如前所述，不仅属于别支庶出，而且都被玩弄于司马兄弟的股掌之上，已无展示自身意志与能力的条件，那就不仅是基因，而且后天的一切也被人为地挤扁了。

除了基因，还有成长环境。早年曹孟德征战四方，几乎无不亲历，出生入死，砺炼了心智、胆魄与将略，而且兼具挥鞭扬波，横槊赋诗的大气与潇洒。其子魏文帝虽也随父出征过，但并未短兵相接，戟戈碰撞，作为世子，少不了被多方保护，自然还是锻打不足。及至曹叡以下，基本上未离宫阙，更缺乏临阵之体验。颤羸的环境弱化了人的自身，当然也萎缩了当事者的心魄。

不过，在沉抑晦暗的大环境中也有突发的一声尖啸的插曲。这就是公元260年魏主曹髦在司马昭的高压和欺凌下忍无可忍，爆发了一记略带哀鸣的生死拼搏，他纠合了仅有的宫中亲随人等执戈梃杖，做了一次也许是鸡蛋碰石头但不能再有的抗争！其结局可想而知：对手司马昭并未露面，只令亲信贾充出头应对，贾指示打手成济就彻底"解决"了。也许对这样一位并未展示雄才、在历史上的君王中基本上是微不足道的人物干出这样一件"蠢事"，人们觉得既鲁莽而又自取其祸。而我却认为：如果将其视为一个不甘屈辱、不计安危、奋起抗争的十九岁青年，至少还有几分并未泯灭的血性，也会产生出应有的不乏惨烈的悲悯之情。而且不应忘记：这位姓曹的青年在他的生命历程中还曾发出过这样的呼号："司马昭之心路人皆知！"这句话一直在空气中回荡了一千七百多年，穿越时空，突破了当时的具体指向，而演化为一种具有深刻含义的警示语。我进而又在想：由此一点亦可推论：这位"青年"未必没有思想，未必不能有作为，而在过度的挤压之下，纵有思虑的火种，并无擦碰的契机，更无施展作为的起码的空间。由此可见，客观条件不是不可能使有价值的人生能量"报废"了的。

　　最后，我忽又想到：假如当年那位赫赫强势的人物——魏武帝曹操能够透视时空的雾障看到他后世一代不如一代的情状，是否会对他生前未能断然剪除的司马氏深感悔恨而气恼？对曹氏后辈子孙的不争气而焦灼无奈？还是也能对自己曾经的某些作为有几分反思？都是我们无法考据的了。不过，这就是纠结着基因、权力还有人性的历史，一团乱麻厮缠着的历史。不是吗？

中国古代思想家是寂寞的

  说到中国古代的思想家，人们很自然会想到先秦春秋战国时代的诸子百家。所谓的"百家争鸣"，非一时之盛。可能连没上学的不算太笨的过来人，也可能知道孔子、老子、荀子、孟子、墨子以及庄子、韩非子等等。恐怕其中很多人尚不详知他们的具体名号，只有一"子"代之而已。的确，那是一个霸业角逐的时代，也是一个思想活跃的时代；那是一个"礼崩乐坏"的时代，也是一个流派纷呈的时代。从总的情况上说，那个时代的物质文明离"现代"尚远，但表达观点的自由度却不甚局促。一个比较易见的证明是：今天人们比较熟知的当时的思想巨子大都还寿终正寝，唯到后来秦皇建立统一帝国前后，思想观点与政治权谋日趋扣紧，情势自然有变，始有韩非子被杀戮这样的事件发生。也意味着先秦诸子百家争鸣时代的结束。

从表面看，诸子百家所处的环境是通达的，隆盛的，有比较自如的形成与表述意向的空间条件；有的还有足够时间形成为全面的体系。但究其实，在当时具体操作上亦并非易事。孔子的一生中虽在鲁国做过"司寇"一类的"大官"，但时间很短，后只能周游"列国"（宋、卫、陈、蔡、齐、楚等），宣扬他的政治主张，自称："如有用我者，吾其为东周乎？"但终不见用。孟子也曾游历齐、宋、滕、魏等国，并一度作为齐宣王的客卿，因其主张不被接受，不得不退而与弟子万章等著书立说，提出"民为贵，君为轻"等主张，亦不为各国君主所重视。墨子学说中的"非攻"等在下层民众和小有产者中很有影响，但在许多方面均与儒家思想对立，以致后来，当封建统治者推行尊孔抑墨，墨家便更加式微。韩非子本韩国人，他的法家思想在韩国却"吃不开"，而被秦召用，终因与别的"法家"人物李斯等龃龉，下狱而毙。

所以，无论他们的思想在后来"走红"也好，被冷落也罢，这些思想家在他们生活的年代中应该说是很辛苦的，甚至还是很颠沛的，有时还很有些寂寞感。如果说不是被嗤之以鼻的话。在此之后，也是历时两千余年几乎是唯一不寂寞的高管（曾任江都相和胶西王相）兼哲学家董仲舒，因其向汉武帝进献"罢黜百家，独尊儒术"的主张而被采纳，由此开创了中国历史上为封建统治阶级和等级制度服务的以儒学为正统的局面。也承当了孔丘身后隆盛，事实上的"大恩人"（尽管是两百多年前的孔圣人所不可能知道的）。

董仲舒的幸运也是中国古代思想家中罕有享受到的。然而，封建正统思想在社会的发展中还是遇到了挑战者。最值得一提的如东汉的王充，乃浙江上虞人，年轻时赴京城洛阳，欲图进身，不达，回乡却未完全"赋闲"，可谓以毕生的时间与精力完成了《论衡》一书的著述。本书全面论证了"气"为万物本原的学说，比较透彻地解释了人与自然、精神与肉体的关系，全书贯彻着唯物主义精神，针锋相对地批判了当时流行的谶纬等封建迷信思想。但在当时，受到了封建统治者的打击，他的观点被斥为异端邪说。晚年多病，可说是强支病体完成了这部二十多万字的巨著。这在文言文时期是一个罕见的现象。但毫无疑问，作者的处境是寂寞的孤独的；其书也长期被埋没。

当公元五六世纪之间，南朝齐梁时的范缜又一次举起无神论的鲜明旗帜，提出"形神相即"的学说："形存即神存，形谢则神灭"。此论既出，朝野震动，权势人物集王公贵族及僧侣等人对其进行责罚声讨，范缜无所惧，利诱亦不为所惑，也断然"卖论取官"。在南北朝神佛"国教化"的主流浪潮中，他的独树一帜的思想和不畏高压的精神唱响一种积极的声音。当然，在封建统治的社会条件下，他的思想至少在大面上不可能得到广泛的认同，因此其本人同样也是清寂而孤独的。

可想而知：积极的、有主见的思想家不可能绝迹，但永远也不可能如山中泉流，到处都在汩汩涌出。

宋代（北宋和南宋）疆土相对局促，但经济、文化却有可观之发展，思想领域也较为活跃。如被列宁称为"中国十一世纪的改革家"的王安石，不仅是一位杰出的政治家和文学家，也是一位有创见的思想家。他认为历史是变化的，因此主张应"权时之变"，反对因循保守。所谓"天命不足畏，祖宗不足法，人言不足恤"。看来，他的改革方略是由思想观点所支撑。但在当时的历史条件下，其改革的条件与支持力都是有限的，更谈不上长久而有效。在反方力量的抵制下终于无法进行下去，他本人也退居江宁，抑郁而终。

与王安石活动年代大致相当的"二程"（程颢、程颐兄弟）与后约一百年的南宋朱熹（1130—1200）被合称为程朱理学，是宋代理学的主要派别。对于他们的哲学思想虽不宜以简单的肯定和否定而下结论（如所谓"理"的某些可取之处、治学方法，以及朱熹在宋儒中的渊博学问等等）。但就其思想倾向的核心部位而言（如"存天理，灭人欲"之类），颇有为人质疑的虚伪说教之处。自宋以后，明清时代封建统治阶级之所以利用程朱理学（尤其是朱熹）进行鼓吹，将其抬高至完全正宗的统治工具绝非偶然。充分说明从出发点到观点气息上都有契合之处。还有，我一直在思索：北宋与南宋时期正是内忧外患深重的历史阶段，尤其是北方强敌，先是辽、西夏，后是金和蒙元，虎视眈眈，进逼侵凌中原腹地，阶级和民族矛盾十分激烈。而二程和朱熹正是生活于这个时期。譬如：程颐谢世时，民族英雄岳飞已出生五年；而岳飞被害时，朱熹已十三岁。当战尘烽起、血染中原之际，他们尽管是教育家、哲学家，想来也不可能耳目充塞，但似乎什么也未发生。当然对于"文化学者"，不应要求他们请缨杀敌，亲赴战阵，也不能要求统统像政治家那样在朝堂辩论是重在防守还是主动出击的方略；但具有民族意识的知识分子，总应有一定的民族正气和社会责任，不可能完全超然于局外。可惜我们作为后来人看到与听到的这些理学大师留下的"佳话"和传说，多是"程门立雪"与"狐女夜访"，乃至"纳尼为妾"（朱熹）之类的故事。纵有争论，也不过是门派之间局部和细节的分歧而已，与国家民族的生死危亡好像关系不大。所以，这些思想家不说是浩然之气，就连孤寂与郁郁似也体会不多，更多的恐是温适与恬然。他们对后世而言，或许有一定的学养价值，却缺了些启人向上的力量。

此后的历史"中间带"有一位哲学思想家是我们不能越过的，这就是明代中叶的王守仁，因他曾筑室于故乡阳明洞中，故又被称为"阳明先生"——王阳明是他的另一个名号。此公的命运经历与他的哲学思想近似，不幸与幸运杂糅，此种与彼种倾向并俱。早年因反对权宦刘瑾专擅，被贬至僻远的贵州龙场做一名小小的驿丞，而当他十分卖力地镇压农民起义，平定了宸濠之乱，又被封为新建伯，南京兵部尚书。在哲学思想中，他主张"知行合一"，却又将封建的伦理道德说成是人所具有的"良知"；他自认为是反传统反教条者，却又在"心"与"理"这类概念上绕来绕去，总也未得表达得清晰无误。尽管此公在国内外很有影响，却很少有人能够简明表述出其哲学思想所体现的鲜明立场。

好在思想长河的上空并不那么'黯然'。公元16世纪中后期，福建泉州人李贽（号卓吾），在云南姚安府任上弃官不做，至湖北麻城等地书院讲学。这位明后期的思想家、文学家仿佛是锐意出世的巨星，在封建浊世的腐赜空间灿然闪亮。他以不无论据的理由认定：许多儒家经典不过是当时弟子们写下的随笔记录，"并非万世之至论"，从而对封建传统教条和假道学的虚伪性进行了犀利的揭露。反对"咸以孔子之是非为是非"，终被封建统治者以"乱道惑众"的罪名迫害致死。在文学方面，他反对复古主义者的摹拟剽窃，主张文学应抒发己见，张扬个性，所著有《李氏焚书》《续焚书》《藏书》等，对后世有很大影响。这位思想家不仅孤寂立身，而且以生命伴随他的无声呼号隐落于大明晚期的暮霭中。

稍后，明清之间社会更加动荡，国内外各种力量的博弈激烈而残酷，卑污与高洁，投机与坚守，叛卖与不屈相互对衬，浊流更加沉沦，志士更加奋起。在后金骁骑蜂拥入关、挥鞭南下之际，江南的一些杰出思想家也投入抗金的阵列。他们的籍属不一，却同仇敌忾，志向惊人一致。他们中的代表人物有江苏昆山的顾炎武、浙江余姚黄宗羲、湖南衡阳黄夫之（船山）。他们自年轻时即有社会的担当与爱国情怀。黄宗羲之父为"东林"名士，遭魏忠贤陷害。宗羲十九岁入京讼冤，并毙伤仇人。顾炎武的人生宗旨是"天下兴亡，匹夫有责"。王夫之毕生"完发以终"（即始终未剃发），以保持自身的气节无损。他们共同的生命历程是：顾炎武抗清失败后，远赴西北考察，晚年隐居华阴，卒于曲沃。王夫之数十年隐于石船山中，专心著述。共著书一百多种，真正是著作等身。他们的哲学思想为"气"乃宇宙的实体。在学风上反对空谈，提倡"经世致用"，认为"六经之旨与当世之务"应该结合。并提出"博学于文，行己有耻"，坚持探讨学问与操守气节同样重要。而他自己可谓这些主张的忠诚践行者。黄宗羲的哲学思想和政治观中有强烈的社会平等和民主主义精神，他说"天下之治乱不在一姓之兴亡，而在万民之忧乐"。这种对"家天下"皇权的本质认识，在那个时代应该说是非常了不起的。他在治学问题上"求证于史"的观点，也很有见地，故他在史学上的成就是很高的。著有《宋元学案》《明儒学案》《明夷待访录》等。王夫之则认为"尽天地之间，无不是气，即无不是理也"。"气"是物质实体，"理"是可观规律。他还阐述了刚柔、寒温、生杀等等之间辩证关系以及相互演变的道理。

这几位思想家和学者的一生充满着奔波和艰危。如黄宗羲与"复社"始终坚持对宦官权贵的斗争，几遭惨杀。顾炎武、王夫之在抗清斗争中也险象环生，侥幸脱身。后来在隐遁中也过的是清苦简朴的生活，但矢志不渝，终己一生。

有清时期虽在"文字狱"等高压钳制之下，但先进思想的芽孢也时能在石隙间艰难钻出，可圈可点的代表人物亦令人注目。龚自珍通常被认为是一位杰出的诗人，但他也是一位难得的思想家。他是嘉庆、道光年间提出"通经致用"的重要人物，在哲学思想上，他反对认为人先天即有道德观念的说法；不同意孟子和荀子的本来"性善"与"性恶"论。他在多篇政论中，都揭露了清王朝的黑暗统治，并提出"更法""改图"的政治纲领。更可贵的是，他对英国等列强的侵略有预见，在《送钦差大臣林公序》中，建议加强战备，决不与之妥协。表现了他的远见卓识和民族气节。他的诗瑰丽奇肆，思想卓异，自成一派。略引数句："避席畏闻文字狱，著述都为稻粱谋。田横五百人安在，难道归来尽列侯？"（《咏史》）"浩荡离愁白日斜，吟鞭东指即天涯。落红不是无情物，化作春泥更护花。"（《己亥杂诗》之一）"九州生气恃风雷，万马齐瘖究可哀。我劝天公重抖擞，不拘一格降人才。"（《己亥杂诗》之一）。自珍虽为进士出身，却官居区区礼部六品主事，是各司中最低的一级，一生中甚少风光之盛。

与龚自珍大致同时代的思想家还有魏源，他和龚共同主张"通经致用"。因他卒年略后于龚，当面临列强侵略，他主张"师夷长技以制夷"。与龚一样，力主图变，强调"变古愈尽，便民愈甚"。其人与自珍相似，或诗情或思想甚为活跃，但职分仅为两江总督之幕府，帮办之类耳。

本文的题目既为"古代"，便截至于此，鸦片战争之后清朝末年不述。

综观两千年来之思想家，大致可梳理出值得注意的要点：其一，儒家的创始人孔子本人在其一生中的大部分时间也只是和人办学的"校董"和"教授"，而令他本人始料未及的是：身后的若干年，儒家却成为中国古代社会占统治地位的中心思想。尽管在两千多年的过程中，也有人向这种体系或部分提出挑战；辛亥革命后的"五四"运动中还有过"打倒孔家店"的激进口号；20世纪六七十年代的"文化大革命"中孔子及其思想受到了广泛的批判，但仍没有把他打倒。这是一个似乎有点奇怪却也可以理解的现象。如果说思想家寂寞的话，那么孔子在生前至少是不那么风光，身后的某个不短的段落不仅是寂寞，甚至还是相当不堪的。但总的命运应该说是大大优于其他所有的思想家。其二，历史上一些先进的思想家，往往涌现于封建糟粕泛滥或是社会重大转折关头，内忧外患极其严重的时期。如东汉王充、南朝范缜之于封建迷信无处不在，唯心主义思想意识弥漫于人际空间，所以他们的思想主张具有很强的针对性，也可以说是战斗性很强的思想家。而明代后期政治极度腐败，宦官当道，外敌咄咄进逼，社会矛盾加剧，因而出现了李贽那样激烈挑战儒家思想体系的"异端"，既属独特亦非偶然。当然他的结局也最惨。明清之交的几位大思想家也是战士和爱国者。他们的一个共同特征都是浩然正气的杰出代表。也许，如要鉴别是否代表先进思想的思想家，即应看他是否具有真正的浩然正气，是否能够勇于担当社会责任。而在这方面，顾炎武、黄宗羲和王夫之是最无愧于此的代表人物。其三：在北宋和南宋以及明中叶，总有那么一段相对平静期，或因都市经济发展、市民意识浓郁；或因居于江南山水秀美之区比较怡然，也会出现一些学者、哲学家。他们或超然于时势动荡之外，或暂居于战火尚未燃及的"安全区"，进行讲学，研讨，争论不已。这类士人学者除以上列述的二程、朱熹、王守仁外，还有北宋之周敦颐，南宋之陆九渊等。他们中除明之王阳明外，其他诸人素与刀兵、抗敌等事无涉；有的生活年代大都居于兵荒马乱时期，然从其学术活动及著作中基本上并无反映。但一个非常有趣的现象是：在他们之后甚至直到今天，其中有的（如朱熹、王阳明）影响依然很大，知其名者，甚至超过了历史担当的重要人物、正气浩然的代表者顾炎武、黄宗羲、王夫之他们（如朱熹就是这样）；有的还在国外（如东瀛日本）也很有影响（王阳明就是这样）。其原因为何？是为当事人的学识渊博所吸引？还是某些生活化、人情化的故事传说易于感染普通人？也许有道理，但似乎又不尽然。因为如明清之交的陆、黄、王的学识都很渊博，学术成就都很卓著。反复思之，我觉得，正因为某些学者、思想家远离社会斗争现实、不去触动封建统治的神经，才使自己有了一块较安定的平台，也恰合于承平时期希冀安逸、宴然的人们的心理追求。因此，尽管朱熹之类将封建道德纲常演绎到极致，给后世造成了严重的负面效果，在许许多多人们心目中也"不臭"，而他们本人在当时也过得安逸无患。其四，相对而言，在国势比较隆盛，社会比较安定的时代，如唐朝，政治家欲显身手，诗人诗情喷涌，而沉于理性思考的哲人反不多见，大思想家似乎少有。至于游牧民族崛起，骁骑入主中原如金元时代，过于动乱，少有宁日，肯定也不利于滋养推助哲学思想的孕育与生发。迨至清季，思想者多隐遁而避祸，蜗居而禁口，有思想亦难成家。学者只能在"六经"的故纸堆里下些死抠索隐的功夫。尤其在清前期更是如此。这一时期，有的思想家隐于小说或戏曲中，却难以系统成"家"。

不过，在中国封建社会中，思想家安逸也好，隐遁也罢，风光也好，争论也罢，总体而言还是比较寂寞的。一般说，他们都当不了高官，成不了权势赫赫的人物，更做不了封建统治者的"贴身小棉袄"。他们中品格节操虽有高下，但都出不来秦桧、高俅、严嵩、和珅。纵然不被厌弃也很难受宠。王守仁为明朝立下汗马功劳，名义上也居于高官之位（二品），却至死也达不到君王宠儿的恩荣，享受不到如清朝钦赐黄马褂那样特殊的待遇。所以，如能透过时代的雾障问问他们这类命还较好的老兄：感到寂寞否？如回答的是实话，应当是"然"。

"清皇朝情结"与奴性

说起来，这可算是一个老问题了，一个延宕已久、似乎难解难治的顽症。

大约在十年前，有鉴于影视屏幕和文学作品中的"皇风浩荡"，我曾著文《何以"皇风"不减》在当时的《文艺报》上发表。几年过去，这一问题受到了更多人们的关注，但"皇风"似乎并没在多大程度上收敛，而且给我的感觉是，在一些人的心目中已形成一种"皇帝情结"，不，更确切些说是"清皇朝情结"。

当然，我也看到有明公说：研究历史、反映历史嘛，又怎么着？反映历史是没什么错的，其中包括清王朝的历史；如能以公正之心，以正确的历史观，客观地予以揭示，人们非但没有意见，还会视为可资学习借鉴的福音哩。问题是，所谓"情结"就是一种偏爱，一种迷恋，就不可能是客观公正地进行分解，具体表现为：

第一，对皇帝特别是清朝皇帝情有独钟，为此不惜加以美化，简直是"圣明"得无以复加；第二，尽情为之"隐恶"、淡化乃至略而不计他们对稍不顺从者的残酷镇压乃至无端制造令人发指的事件，如大兴文字狱等。对在思想领域的变态式钳制造成的发展滞后的恶果几乎不予置理；第三，更有甚者，以无可抑制的感情代替理性分析，竟至渴望清朝前期的"盛世"延至数百年的后世，云云。

　　对皇帝、皇族、后妃如此，近年来就连王公大臣也沾带皇恩，随之搭车上路。在影视和文学小说中一路看好。其实，名之为表现名臣、重臣，也脱离不开所处的那个大环境，还是因为盛世，还是因为"天子圣明"。而且在我们面前出现了一道瑰丽风景般的现象：愈是在过去受到指摘、被认为有阴暗面的大官大腕，愈是吃香得很。对于此点，我先要说，如果过去由于认识上或其他原因，对他们在评价上有所偏颇的话，今天理所当然地加以匡正不仅是可以的，而且还应视为一种社会进步。问题是要警惕一种"以前只要是怎么的现在就应该怎么怎么看"，不加具体分析，完全"以感情代替政策"，统统"平反"没商量。这就是另一种偏颇了。归根结底，对清朝某一类（而不是对一切）名臣、重臣滥施添加剂，说穿了，只不过是"清皇朝情结"的派生物而已。

　　那么，这"情结"的根源何在？开始时我曾归之为"惯性"所致。一方面是政治体制上的惯性，所以在清末代皇帝"退位"后又有袁世凯的"洪宪"短命皇朝以及辫帅张勋复辟等等。还有"臣民"心理上的惯性，这里既包括既得利益者对"朝廷"的留恋与感怀，又有不明事理者的迂见。后一种笔者记得小时候有一件事：我们村里有一位九旬高龄的"姥姥"，家里本不富有，也从未沾过什么"皇恩"，却张口闭口都是"大清国""前清那阵子有多好，皇上坐金銮殿……"如何如何。现在看来，就是一种幻影式的惯性作怪。

后来我又觉说服力不够，经进一步思考，补充归结为"对强势颤栗的膜拜"。对比"戊戌六君子"乃至于起始鼓吹革命的孙中山等，更不必说是普通士子，那慈禧老佛爷、李鸿章、袁世凯之类无疑都是强势的代表。而这种强势的形成是经过清朝入关后数十年的血腥镇压和百年文字狱的"辉煌业绩"奠定起来的。虽说是"压力越大反抗力越大"，这对崇尚正义的"死硬派"是这样，而对为数不少的"现实型"汉族知识分子而言，还是不如匍匐在"圣明天子"和太后"老佛爷"的足趾前讨取皇恩，以同辈"不识时务者"的鲜血来染红缨帽上顶珠来得实惠。当然，在抿着嘴唇十分滋润之余也有几分隐隐的惶恐，所以我称之为"对强势颤栗的膜拜"。

"压力越大反抗力越大"的情况是有的，而且永远会有。在中国历史上，每当强敌入侵，几乎势不可当，甚至帝后皇族已降或者实不存在的情况下，不乏仁人志士起兵抗拒，其中毁家纾难、终至死节的官员知识分子也非止一二；虽未死者亦不肯降或流落四方或隐遁著述，总之大节不亏。但在我看来，如敌患势力浩大，骁骑横强，主流抗击力量缺失，仅凭有志者零散赴难，虽可取得短时小胜，却很难从根本上扭转既成态势。在这方面，如南宋末年以文天祥为代表的抗元军兵；明末清初则更多，诸如顾炎武、黄宗羲、王夫之、张煌言、郑成功、夏完淳等所组织率领的抗清义军的代表人物，他们多为当时的学者和诗人，典型的知识分子。面对不可一世、汹汹杀来的强横骁骑，决不认同为新的宗主；在敌寇创下的"扬州十日""嘉定三屠"惨绝人寰的暴行面前，他们既不能承认此种霸权行为有什么合理性，更不会为之而折服。时间过去不长，有许多遗存可为铁证。我们今天仅从少年英雄夏完淳当时给亲属的书信和他被俘后在南京痛斥降清"大腕"洪承畴那种气贯长虹的义行，即不难看出一些士子对横暴的强势不仅不拜服、不合作，而且是不共戴天、至死不屈以至抱恨终天的刚烈气概。

但从"主流"来说，由于敌势过强，由于抗击受挫，应该说是多数官僚和士人还是经不得和耐不住强势者的高压与利诱，由开始时也许还有几分无奈到后来的"略带颤栗的膜拜"，再到后来干脆成为十分卖力的帮凶，十分出色地完成了连主子都不易完成的"战略任务"。

两种人，两条道路，当然是两种结果。从一般意义上，从一般人都能解释也都能理解的动因上看，是由于人生观、价值观的不同（当然包括生死观等）；之所以不同，又是因为所受的教育、家庭社会影响的不同所致。可是如再加推敲、细细比对，好像说服力又不那么足了。就拿降清的明朝兵部尚书、蓟辽总督洪承畴来说，此人为万历进士，十载寒窗，肯定是"读孔孟之书，达周公之礼"，对孟夫子最经典的三句话"富贵不能淫，贫贱不能移，威武不能屈"也一定是烂熟于心，但就是这个文武大腕一旦兵败被俘，在短暂的装模作样之后即成为清方的得力鹰犬，对于原来的"自己人"残酷得无可比拟。能说他所受的"气节"教育比英勇就义的张煌言（张苍水）、夏完淳少吗？却为什么出现了南辕北辙的差异？再说家庭和社会影响。不错，夏完淳在这方面的影响是良好的，其父夏允彝、其师陈子龙皆以气节文章名世，而且都是坚决抗清之士。然而，那个洪承畴在这方面也决不稍逊一筹，其母是一位深明大义、志节超群的女性，传说为中国历史上的著名贤母之一，京剧中还有一出《洪母骂畴》的剧目可为佐证。但事到临头，贤母的训教成果何在？事实上早已飘至爪哇国去了。总之，洪承畴对孟夫子的三句箴言恰好来了个彻底的背叛。据如今的电视剧中所表，为了诱降洪大腕，清方的孝庄皇后亲自出马，动之以"情"，晓之以"理"，结果该洪在这种特殊规格的"软化"下彻底地匍匐在地了。看来仅从所受教育、家庭社会影响全盘加以解释，是相当地不够了；换言之，易解易懂的都有了，却还经不住认真比对。

还必须从不同人的骨子里去找。不能回避的是，不同的人生成的"元素"就存在着相当的不同点。譬如，作为一种科学，基因对于不同人的秉性是否全无关系？又如，外国的血型学中有所谓"现实型"与"合理型"的分别。我们虽不宜墨守其说，按图索骥，但是否就可以断言完全是无稽之谈，不值一理？所谓"现实型"也者，是说其一种人极其看重现实，现实是既然人家赢了，更不必说是大局已定，那就不再究问对与不对，就承认现实、服从现实乃至礼拜现实得了。而所谓"合理型"是说尽管现实中已"城头变换大王旗"，但还要看一看，问一问胜方是否合理，是否做得对，如认为不对，不合理，也不能因为对方是赢家就顶礼膜拜，甚至还要与之对抗，包括"知其不成而为之"亦在所不惜。也就是说，这种不同人的区别点，不仅仅来之于社会教育、家庭影响等外在因素，而与不同人生成的固有因素也有一定关系。在笔者看来，这一因素至少不能说压根儿不存在。拿民间的俗话来说：张三"天生就是偏乎头，死犟眼子，八头老牛也拉不回头"，李四"生来就是个尿货，一吓唬就下跪"，或是"脑瓜里带转轴，形势一变就转向"。这些，恐怕是先天和后天因素在形成上都起了作用。这些，恐怕就"综合"地决定了面对皇帝、强势、霸权采取的不同态度，也就决定了在压力之下是无条件屈服还是反抗力更大的本质原因。

对于一般的形式上的膜拜，还不能统统地说是心服到家。因此，笔者经过进一步思考，最近似乎又有了一点新发现，即"舒服的奴性心理"使然。"奴性"这个词儿乍听起来并不那么入耳，但如非常非常的习惯而且又"奴"到了家，"奴"出味道来，也便自感有些舒服了。您看中国有哪个朝代像清皇朝那样，甭说是一般下人，就连体面的王公大臣也得自称"奴才"，而叫起来看上去还滋润得很，这不是一种"舒服的奴性心理"又是什么？谁说古代的士大夫知识分子都有大汉族意识呢？其实他们在"异族"入主中原坐上龙墩之后还是很容易适应的。尤其是清皇朝的统治者接受了从前入主中原的"异族"统治术的教训，玩得更聪明些，很会给忠顺的汉族士大夫一些甜头，使他们觉得做奴才做得很舒服，哪里还计较主子的姓氏是一个字还是四个字，是盘头发的还是甩长辫子的。及至坐稳了朝廷二百年之后，诸如曾国藩、李鸿章他们，恐怕就连主子怎么来的都忘记了，只记得钦赐黄马褂穿着威武风光，谁说他们还有一丁点的"大汉族主义"？在这方面倒是具有很"先进"的超前意识哩。这班人对于无论哪个民族中的不驯之徒，对主子不恭且怀异心者，他们是决不手软，往往是以超强的手段以向主子献忠心，以刀光血影换取做奴才的更滋润的感觉。当前比较时髦的识见（影视、小说中都有展现）是：曾国藩之类不但不像过去若干年中说的那么坏，而且还是相当完美的杰出人物哩。我想可能是对说了太多年的人和事感到乏味之故，很喜欢寻找一种新鲜感觉（也有点一律反其道而行之的意思），才闹出这么许多"完美"来。当然，我绝不反对对太平天国进行再认识、再评价，乃至说洪秀全是一个腐化透顶的败类等等都可以有理有据地加以探讨，但并没有必要因此而将他们的对立面塑造的八面金身、通体透明。因为尽管再塑造，还是不能改变曾国藩等的奴才本质，人家自己都那样心甘情愿自称奴才嘛，何需我们过于操心！那太平天国决策者们有一千个不怎么样，有一条还是有据可查的，他们对外国侵略者拒绝俯首贴耳做奴才，仅以此点而言，比之于曾国藩、李鸿章之类气节至少不差，是不是这样的呢？

由此又可印证上面所言，有否奴性，以及奴性的形成，乃包括教育、影响、立场，再加上生就的那把骨头所致。

至于做奴才做习惯了的例子，倒是并非自清朝才有。有一个典型例子比那要早得多。说的是明朝正德年间的一件事，京剧《法门寺》中有充分的表现：当时权倾朝野、一言九鼎的宦官刘瑾和他的亲信太监贾桂跟随太后去陕西法门寺，内中有场戏，刘瑾见贾桂侍立太久，便叫他坐下，谁知贾桂竟辞却了，理由是"站惯了"。可就是这个贾桂，对主子是奴性十足，舐舔唯恐不周，但一转过脸来，对一班官员更不必说是平头百姓，简直是凶狠至极，榨骨取油亦不为过，可见奴性的付出就是在另一方面获取最大的效益，这在"奴"看来是非常值得的。虽然清朝覆灭，奴性却并未由此绝根。我所知道的另一个典型例子是几十年前的事：解放初期一个经过几年管制的日军翻译（中国人），解除管制后有人劝其就业，他竟脱口而出："没有日本人了，我干啥？咋干呢？"这不仅仅是一般的奴性心理，简直就是一种汉奸情结了。

挖根如上：从惯性到膜拜，从膜拜到奴性。本来既然是几十年几百年前事，"情结"不应再有阴影，"顽症"不应再留宿根，何必再苦苦贪恋？究竟是为票房价值，还是出于一种审美嗜好？抑或是膝盖想过一把瘾？当然更或许是借着清皇朝的框架来体验某种真实的感觉？也未可知。这就说明，探究心理根源比探究社会根源更难。

　　言至此，又回到影视、小说上来，这些年对清朝帝后、重臣大腕抠得如火如荼，几乎无一遗漏。但另一面对相应时代的不甘当奴才的志士仁人，如夏完淳等，则兴趣索然，未见问津。难道不当奴才的行为就不是历史？当然，有可能比表现当舒服的奴才和大腕"卖点"差些，那就是另一回事了。

说来说去历史观

据说近期以来，不论是文学中之散文还是电视中的相关栏目，一沾个"史"字的都能受到听众和读者的青睐，而且有愈来愈"火"之势。一般说来，这是一个好的消息，各行各业的求知者，或因过去成长中的某个时期，文史方面知识由于各种原因而缺乏，或因虽曾雨过地皮湿地"过"了一遍，但都不甚了了，偶尔打开电视，见到某某"讲坛"相关栏目，一听一看颇觉有趣，甚至极为新鲜，在许多情况下，不似久别，但像是乍遇而倾心。

这无疑是个增长知识，丰富生活内容，也没准儿还是提高自身素质的重要渠道。

不过，这中间也未见得能事事如意，人人称心。在我看来，难免还是良莠不一，清浊杂糅，也难怪在下面还有种种争议，仔细翻检与回味，确也存在着这样或那样的问题与不足。

但当最近在中央电视台《百家讲坛》听到与袁崇焕有关的几课，我心头不禁为之一振。我曾经在年前的一篇文章最后情不自禁地感慨并呼吁过：我们伟大的中华民族的漫长历史上有那么多赤心烈胆的杰士仁人，有那么多在各个方面为民族为后世做出巨大贡献的杰出人物。他们中最突出的代表无不具有一个共同的特征，这就是在他们身上秉有一种浩然正气，他们的思想代表历史发展的正确方向自不必说，其作为往往都是自觉地为社会与人生做着最大的贡献。注意，是自觉的，不是那种曲里拐弯的"客观上有利于社会发展"云云。那么，为什么我们"最有地位、最不可代替、波及面最广泛"的传媒工具不在"讲坛"上多安排讲讲这样的一些人和他们的作为呢？难道他们的名字和他们那些惊天地泣鬼神的作为在我们为中华民族伟大复兴而励志改革开放的今天已经过时了？还是因为我们老中青国人的头脑中已经塞满了先贤的名录和故事已觉不新鲜了呢？我反复思量了之后，觉得好像都不是。上述第一个设问不难明白，绝对没有过时，而且我们今天的一些能感动国人的先进人物身上就秉有这种浩然正气；设问之二好像也不是，从电视镜头上看，当大腕讲授者所讲的内容本是在以往乡里农夫口耳相传中已经滚瓜烂熟的历史（或戏曲中）人物和他们的故事，眼前我们听众听着似乎都很新鲜，常作眉开眼笑状，这说明他们的知识需求还是很有容量的。那么第三个设问呢，分明也不是，本次讲述人就作出了最有说服力的回答。这就是——

袁崇焕自福建邵武县令请缨远赴辽东征战至他被诬陷而惨遭杀戮以及他身后发生的种种事态，不仅不沉闷，而且其事本身不加任何虚饰就颇具故事性。再者，这里所说的故事性与另外一些人的故事性不同点还在于：其每节每段都浸沥在事主胸中的浩然正气之中，毫无权诈卑微的"佐料"在内。至于袁崇焕英烈的详细事迹不作铺叙，这里只强调三点：

　　一是过去有人只把袁崇焕指挥的明军与努尔哈赤和皇太极麾下的后金（清）八旗军视为民族之间的攻防厮杀；或者仅视为袁大督师为维护明朝皇帝的权位而阻止清朝统治者取而代之。其实这是一种表面的逻辑。当我们统查了袁崇焕当时能够剖露心迹的资料和他的全部行为上看，他在忠君卫疆的旗号下，实质上是担负了反欺凌反掠夺保土卫民的最重大最艰难的责任。因为当时明军从总的方面说是守的一方，而后金（清）军一直采取咄咄逼人的攻略之势，在他们完全占领辽东并几次突进关内直凌直隶、山东等地，并施以烧杀劫掠的暴行。所以，袁崇焕的守土抗清的实质意义是正义的行为。如果只是表面的、机械地着眼于两个不同民族之间的厮杀而不作更深层的透视，是永远不能洞察问题的实质的。

　　二是袁崇焕面对辽东虎偏向虎山行，明知众皆畏葸披靡却自从容迎敌，而且必欲胜之。他本来是能够做到的，但由于各种条件所掣肘乃至破坏，他空有一腔宏志终于付诸东流，而且遭寸磔惨死。应该说，他是彻头彻尾做到了"鞠躬尽瘁，死而后已"。为守土保民他一腔公义，给后世树立了做人的榜样。

三是从袁崇焕的悲惨结局中再清楚不过地看出了封建统治者的无信、无义、无行，他们施暴往往对准正直有为的人中之杰，民族脊梁，因为后者是他们最主要的猜忌对象。也许正因如此，笔者在二十年前写的一篇散文中说："阴谋与猜忌一见钟情，崇祯与皇太极既是死敌又是情人。"事实的真相是：皇太极的恶毒反间计，加大了崇祯对大功臣袁崇焕的猜忌。袁也就成为他们联手"杰作"的牺牲品。

正因如此，当讲解人充满感情地推崇袁崇焕的"浩然正气"时，我由衷地表示称赞，并感到由于这种注入也使"讲坛"增加了不少正气。

正气者，按古人的定义是"至大至刚"之气，是人的最高的节操，"皆合于义"。文天祥诗云："天地有正气，杂然赋流形……于人曰浩然，沛乎塞苍溟。"文天祥是不折不扣地实践了他对正气的信仰。

稍许遗憾的是，充塞于一些"讲坛"中的"课目"，所讲的一些历史段落、人物和他们的种种轶事，能够体现出的这样鼓荡人心的浩然正气不是太多了而是太少。当然，我们也看到，有的讲授者态度还是严肃的，用事也是严谨的，客观地给了我们一些某个历史段落、历史事件比较系统的知识，这应该说也是必要的。但必须指出的是，尚有许多的"课目"内容则是统治集团、权诈人物之间的尔虞我诈、阴谋斗法，最高宫闱内的私秘险情考据和他们令贪婪者艳羡的纵情展示，还有封建统治者乖戾变态、无所不用其极地虐杀和虐待狂种种，较为轻松些的则是风流士大夫的家世考据以及传说轶闻的玩味……我不是说这些"课目"的内容有所不可，或者低估了它们的受众面和"卖点"，也不是说一提浩然正气就得一味板着脸地沉重再沉重，不是的，而是说——

不论讲的是哪段历史，哪个人物，都或多或少得有一种较为正确的评价，说出来也好没有直说出来也罢，说穿了任何的"客观"都还是有倾向的，都是有无可掩饰的评价的。不是这样，就是那样，只是倾向面大小强烈程度不同罢了。这里的标准和分界线仍是正邪与善恶，如果说到了某个时候这些界线和区别点就没有了，那是"赚人"。即使是采取玩味、调侃、自我欣赏的插科打诨，表面上是轻松了，内瓤里还是摆脱不了自己的感情倾向。

还有一种说法：只是传播知识，不承担教化之责。这也不符合实际，事实上，不管如何虚称，凡是讲了，就有教化的成分，而听者，就有被教化受影响的成分，只不过是教化的是什么，受了什么教化而已。

教化了什么，我没有做过精细的调查，不知那些大睁着虔诚的眼睛的听讲者还有多得无数倍电视听众们都得到了哪些有益的收获，反正就我粗略地加以统计的结果：一些"讲坛"主流的"课目"还是以皇帝、皇后及皇帝身边帮闲们的功业和轶事，间有文人、艺术家的内容，其侧重点也值得商榷。

这一直是我有所解而又未得全解的一个困惑：为什么我们的影视、小说随之而来的又有热播的"讲坛"，那么倾情于皇帝、后妃和权贵之类！我们今天不必简单地只是宣讲人民创造了历史这一历史唯物主义的理论，但要说就是皇帝、后妃与他们有关的权贵大腕创造了历史恐怕也是一种不无悖谬的颠倒。当然，中国是一个盛产皇帝的国度，自秦至清末大小有四百多位。刨去少量建功立业夺得皇位的开国皇帝如秦始皇嬴政、汉高祖刘邦（稍后几代又有汉武帝刘彻）、隋文帝杨坚、唐太宗（虽始为高祖李渊，实质上应属太宗李世民）、宋太祖赵匡胤（虽系"黄袍加身"，但勉强可算），元世祖忽必烈、明太祖朱元璋；清朝复杂一些，入关前是努尔哈赤和皇太极，入关后名之为清世祖福临，真正巩固大业者应为清圣祖玄烨（康熙）；再加上更少量的所谓"中兴之主"，如东汉光武帝，以及在风雨飘摇中被别人扶上皇帝宝座以续"大统"的东晋元帝司马睿、南宋高宗赵构，还有中间篡夺了政权却还不失之有作为的大周皇帝武则天，明成祖朱棣；当然，还可以算上虽无皇帝名分以行皇帝之实后被追封的魏武帝曹操。这几类加起来也不会超过二十人。其他的呢，大部分多是尚能守业者、勉强支撑者、平庸混饭者、及时行乐者、踢球打弹者，炼丹服药不理朝政者，被太监、权臣簇拥、阿谀、忽悠的傀儡或半傀儡，偶然也有稍具头脑、忽发灵感、有改良之意而倏忽流产者。只是因为中国封建制度的强大惰力往往能使之"自转"而延续下来。这是一个很有趣也令人苦笑的历史现象。

然而，另有一个被人严重忽略的有力支点却是十分有形的，而且是十分突出而鲜明的现象，这就是那些杰士良将往往能够力挽狂澜于既倒，扶危难于人众惶乱之前。而且往往由于他们对侵凌者进行了有效抵抗和英勇进击，使那个皇朝的命运转危为安，相对安定的局面得以延续。举例说：南宋初年正是由于岳飞、韩世忠（包括其妻女将梁红玉）连创大捷，才使南宋皇朝的偏安局面得以保持，不然金军完全可能大举过江，直破临安（杭州），赵构的政权势必难保。明朝中叶倭寇极其猖獗，东南数省备受侵凌，生灵涂炭，只是因为稍后涌现出戚继光等抗倭将领，才使倭患得以平定，从而使一日数惊的明皇朝当局暂时稳定下来。稍早些时，公元1449年，土木事变，瓦剌部俘获了明英宗并寇犯北京，正是于谦组织兵民英勇抗击，不仅保卫了北京，也使明朝运祚得以延续。另如南宋末年之四川合川钓鱼城，在历届守将余玠、张珏等组织率领下，发扬了人自为战、城自为战的大无畏精神，数十年此城不破，一直延续到南宋都城沦陷政权败亡之后若干年，慷慨悲壮，可歌可泣。更不必说上述之袁崇焕，实际上正是由于他连获宁远大捷、宁锦大捷并驰援了京师，才使垂危的明朝政权得以延续了一二十年。因为在袁之前与袁之后，明朝对后金（清）军基本上都是败绩，就是最有说服力的证明。

以上事例充分说明：使皇朝局面得以稳定（或暂时稳定），城地士民相对得以保全，无不是英才志士一身忠勇、组织号召民众全力抗击的结果。而他们中的代表人物，恰恰又是大义、大勇、秉天地之正气的民族脊梁。因此，我们完全有理由说，他们才是使国家民族命运不致沉落至极的杰出代表。从本质上说，大部分历史进程恰恰不是皇帝自身发挥的"天子"英才的结果。刚好相反，常常是由于"天子"的骄奢淫逸、腐败无能，才往往导致了江山的颓败。譬如：北宋末年，如果不是皇帝老儿徽宗赵佶宠信"六贼"，而竭力排挤阻遏主战的宗泽、李纲等人，开封很可能会得以保卫，徽、钦父子俩也很可能不至于被掳至五国城沦为了死囚。

事情是这样一清二楚，但匪夷所思的是：何以堂而皇之的"讲坛"对于皇帝、后妃、权贵、帮闲之辈是如此慷慨大方，而对顶天立地、正气浩然的民族脊梁却恁般的吝啬？难道只要沾了些皇气，哪管是凑数儿的哀帝、殇帝之类也比慷慨悲歌、铁肩义担的非龙种们更要另眼相看吗？

这里并不是说，对皇帝老儿不准大讲特讲，也不是说帝后妃们的轶事不是知识，而是说其兴趣倾向往往有意无意在这类至尊的权贵身上，对他们实在逃不过的劣迹乃至罪过也多是一语带过，或轻描淡写。如将"讲坛"的内容汇集拢来，给我的基本感觉是：中国浩浩几千年的历史，就是帝王、后妃、权贵、帮闲们的活动史，只有至高无上的权威、令人眼花缭乱的尊荣、灭绝人性的诡谋、以致不乏风流的冶游，等等。唯一缺乏的就是上述那种激撼人心的正气。人们其实已够宽容，深知对于至尊和权贵不能与平民以至一般士子统一标准，也理解这两类不同身份的人不能采用一种"鉴定表"，但也不能持绝对的双重标准，对君王只重"业绩"不问人品。我们知道对于后来成为圣明天子"天可汗"的大唐太宗李世民杀死兄长和胞弟（尽管其人品尚欠端正）不能像对一般人那样应追究其"故意杀人罪"，但也不能对另一位大明开国皇帝朱元璋不予像样的谴责。不说别的，就是这位洪武帝仅在胡惟庸、蓝玉、李善长等几个案子中的虐杀狂，即造成数万人身首异处（有说是近十万人）。这么多人中，焉有那么多的政敌骨干分子，毫无疑义多数是胡乱株连的无辜之众。这在明朝初年经过连年战乱人口锐减的基数中，肯定还是一个不大不小的比例。难怪几十年后他的儿子朱棣夺取皇位后也虐杀了不驯从于他的方孝孺"十族"，真是有其父必有其子。所以，当我们大写特写这位明成祖委派郑和带领庞大船只"下西洋"的成就之余，对于他的这种虐杀他人的恶行是不是不应那么轻描淡写，是否还应带点义愤多说上几句呢？

否则，如果应有的义愤也没有了，义薄云天的志士当然也就缺席了。我们当然不可不必像过去某个时间段那样，对于至尊、至圣、至宠之类人物口诛笔伐，却也不宜走向另一个极端。这时我联想到小时候在故乡读解放区出的课本，几乎均将农民起义作为历史发展的主体，似有取代帝王、喧宾夺主之势。这肯定是另一种偏颇。但也不宜因此而不加分析地贬斥为盗贼、腐化分子带着一帮乌合之众呀！

所以弄来弄去，还得把至尊、至圣、至宠们请出来，在"讲坛"上作为主导。如上所述，几个"圣明天子"也就把一大帮混吃混喝的续大统的子子孙孙甚至"哀帝""殇帝"都带起来了，好像真的都那么金碧辉煌、熠熠生辉。

不，那是不公平的，无论如何不应忽略不应轻视了中国历史上那些除至尊、至圣、至宠们以外的仁人志士，更能激发人们奋勇前行的"脊梁"。他们中不仅有披坚执锐于戎马万机的时代烽火中的英烈，也包括那些类如明末顾炎武、黄宗羲、王夫之那样以光辉的思想照耀夜空的杰出思想家，还有在其他领域为中华民族做出了贡献、不亚于某些至尊、至圣的杰出人物（虽然未必要像秤和戥那样论斤论两）。他们往往以非凡的精神境界和业绩而充满传奇色彩，绝不会如某些抱偏见者所虑的那样缺少"故事性"与"卖点"。当然，如硬要将庄严的内容解释和勾兑成带有娱乐性的笑料，那宁可不上"论坛"也罢。

至于帝后之属在影视和"讲坛"上何以具有长盛不衰的"卖点"，这些年人们作过反复探索，我为此也写过几篇文章力图释析，此处不想赘述。将所有的因素提炼为一点，还不能脱离鲁迅先生当年一针见血指出的国民性问题。至少在相当一些人的头脑中，对皇帝至高无上的权威有一种生成基因般的崇恭，对帝后妃们的享乐无度的生活抱有某种神秘感和急于了解的探求欲。这正如许多人对富豪的心理感觉，也许一部分人在求之而不可得之后便产生出"仇富"心理，但对更多的人来说，恐怕主要还是"羡富"。在封建社会里更是如此，少部分人仇富者有可能揭竿而起，乃至于酿成对皇朝当局的造反行动；但在我看来，更多的人还是为顶礼膜拜的思想所主宰，奉"圣明天子"为神祇。这种影响虽历经千数百年也还可能相当强劲；而到今天在商品大潮的推助下极有可能在某些人头脑中重新发酵，与某种浮躁心理、享乐思想一拍即合。纵不能真的称为帝后妃，也可以大大追慕一把，甚至做一点变相实验也好。

精神力量的弱化、道德水准的滑坡，也许在一定的时期内其恶果还未完全显露，至少从表面上还没有妨碍经济发展的进程，但如不予充分重视，使许多人思想中和行为上物欲膨胀，那结果可想而知。所以，目前大力倡导正确的荣辱观是非常及时的，五光十色、极端膨胀的物欲对于意志薄弱、防线松弛的人们诱惑力颇大，什么英雄行为，什么浩然正气，什么是非荣辱，甚至就连做人底线与民族气节也会视若敝屣。

而且，从历史上的一些忠烈之士的结局来看，的确往往需要抛头颅洒热血视死如归，于是生死大关便成为一个最严峻的考验。而一些投机取巧、以卑污而求荣的奸佞在一定时期内又的确不须涉险，且恩荣有加。仅以南宋民族英雄岳飞风波亭冤案为例，飞时仅三十九岁即遭惨死，而主谋和凶手秦桧则活了六十五岁，对飞酷刑逼供具体搞"莫须有"罪状的万俟卨则活了七十五岁，作伪证置飞于死地的张俊六十九岁，东窗设计的主谋之一、秦桧之妻王氏卒年未考，但他们都是"善终"则是确凿的。不过，他们死后终于还是没逃过正义的惩罚，杭州西湖岳坟前跪着遭唾弃的四个铁人就是下场（当然近年来，也有人吵嚷要叫铁人站起来，恐也难）！

英雄之所以伟大与可敬，是因为他们为了国家命运、民族大业付出了很多很多，包括一个人最宝贵的东西——生命。仅自宋至清的近千年间，顶天立地正气浩然的著名民族英雄，除戚继光、郑成功等极少数得以"善终"外，多数则悲壮地死难。然一人倒下，国家民族命运不泯；躯体虽捐，气冲霄汉，其精神力量鼓舞着世代后来者，为国家民族做出最大的奉献，英雄们（包括近世的英雄杨靖宇、方志敏、赵一曼、张自忠等）永远是民族的骄傲，做人的楷模。我们这里讲他们不畏死，不是说不去珍重生命，而是要从英雄的身上汲取那种无尽的精神力量，使人间多一些正气，生活中多一些真善美；使邪恶之气、假恶丑的东西受到应有的遏制，而不致正邪颠倒，美丑不分，甚至以丑为美，岂不悲夫？

物欲是"好玩"的，但如果物欲横流也是危险的。物欲走向极端化则是"躯体价值论"，仿佛一夜间明白了身体和器官的无价而期望无限地加大使用和发挥。在文学上的"下半身写作"在某种意义上就是物欲极端化的折光反映，也可以说是一种变态的追逐。其规律是：只重物欲而消解精神价值，结果是肉虽肥硕亦是腐肉；而在精神力量支持之下的物质需求，则可保鲜，是真营养也。

假如帝王也有鉴定表

多年来，在评价人物时有一个重要的也是很风行的观点：对于帝、王等大人物，主要应看其业绩（或曰在历史上的作用），而不应太着眼于他的道德方面。说句更好懂的话，看一个人的品质如何，那是对一般人来说才是重要的，因为一般人物并没有任何经略天下的业绩好谈，那么当然就得看他为人怎么样，而帝、王等重量级人物则是看他做了些什么。

如此这般，一个是人怎么样，一个是做了些什么，不凡人和凡人的根本区别点就出来了。

基于这个出发点和区别点，那么明太祖朱元璋因性猜忌或惧功臣而嗜杀成性、株连无已、祸及无辜就大可略而不计；明成祖朱棣因"大笔杆子"方孝孺不肯俯首为其起草诏书就诛其十族也算不得什么大节；魏武帝曹操早年攻徐州陶谦，以报父仇为名，滥杀无辜数十万计与他的"业绩"相比也不算什么主流。等等等等，恕不一一列举。

　　原因是当我们触及到这些帝、王大腕儿时，早就有定论的一百个理由等着呢。如明太祖朱元璋的业绩栏中就多得不可胜计：采取对农民让步的措施，普查户口，丈量土地，改善赋役负担，兴修水利，提倡垦荒，鼓励屯田；而且抑制豪强贪吏，重视学校和科举制度；还有完善法制、加强集权等一系列措施。另如明成祖朱棣，也有点雄才大略的意思：解除藩王兵权，巩固中央集权；几度出兵打击北方的蒙元残余势力；更抢眼的是派郑和七次出使西洋等地而且达东非，与亚非各国加强了经济和文化上的联系；而且在文化建设上也颇具眼光，命解缙等学者编辑《永乐大典》，贡献大焉。至于曹操，业绩表上更是足可填得满满当当：在北方实行屯田政策，大兴水利，招募流民开垦；打破士族门阀观念，惟才是举，抑制豪强，整饬吏治……

　　按说，如此多的辉煌业绩，鉴定表的"优点"栏内已填塞得满满，后人的嘴已该堵得严严实实了。不，在下还有话说。"业绩"再多，分量再重，也大都是"经国之大业，不朽之盛事"，或为奠定统治基业，或为巩固中央集权；当然如兴修水利，如整饬田赋，客观上也许有利于一般民众，但我总有一种感觉：虽大虽重毕竟还比较抽象，比较泛指，一般民众能从中受益多少，毕竟也缺乏具体数据可查。然而，他们作为具有一定代表性的几位帝、王，其"缺点"甚而连缺点也不是的某些行为都是十分具体、十分清楚,有据可查的。不说别的,就说那位明朝的开国君王洪武登基之后搞的几个大案件,杀的人却不是几百几千,而是累计起来达十万计。所谓以叛逆治罪的胡惟庸案,从公元1380年杀起,至少直杀到1390年,十余年间杀了三万余人,竟连他自己的儿女亲家、左丞相李善长也裹了进去。可见已到了无所不能杀,无所不牵连的地步。罪名嘛,也是花样翻新,什么"通倭""通元",什么帽子邪乎就赐什么戴,直若随心所欲,令人啼笑皆非。至于大将军、凉国公蓝玉案,更是一个谋反的吓人罪名,又是排头儿砍去,连杀了一万五千多人。还有……明初全国有多少人口,由于连年征战,没有十分精确的统计,但也大不过几千万吧。那么这个案,那个案,这个几万,那个几万,加起来恐怕在全国人口中也要占个不大不小的比例哩。这里没有给胡惟庸、蓝玉及其他案复查、甄别的任务,也不想去具体探索皇帝和重臣、勋将的矛盾形成与激化的过程,只是想说,几万、十几万人哪,不是个小数,其中肯定有完全无辜的一般民众,也有枉被株连的下级官吏,你皇帝老子杀他何为?朱元璋的儿子朱棣惨杀侍讲学士方孝孺,株连无辜达八百七十人,而且极富创造性地诛其"十族",谁说中国的封建皇帝缺乏"创新意识"呢?这不就是嘛!

别忘了,上面说的这几万、几十万可都是一条条的人命。我们可不能在论述这些帝、王大腕儿时只是看重他们的辉煌业绩,而对他们的"缺点"甚至不是缺点的"缺点"造成的恶果轻若清风拂面。须知,"业绩"再大,落到一户一丁头上纵有益处,也不过是几百分几千分几万分之一,而一命呜呼,却是一个百分之百;对于死者的家人和亲属,其苦痛也是百分之百的深重,何况绝大多数都是横加的无辜灾难呢!这是最具体、最个人、最强烈的痛苦啊!

这里并非完全漠视帝、王功业与对他具体评价的关系。如明成祖朱棣,遣三保太监郑和七下"西洋",不论他的真正的动机何在(一说是借此寻找朱棣的死敌惠帝朱允炆),但还是造就了一个中国少有的古代航海家,促进了造船业的发展。但不能因为这些"功业"就"一功遮百恶",无视了这些帝、王们由于极端的王权思想、惟我独尊而导致恣意肆虐、草菅人命,剥夺人们起码的生存权利,以满足作为独夫的无上尊荣。这正是作为最高封建统治者的本质所在,也是他们个人品质中最阴暗、最残忍,对他们个人来说,最具"优越感"的表现之一。剥夺他人生命是封建统治者最拿手最简便易行的做法,尽管他们有多种统治的权术,但杀人还是被视为最利于根本剪除的办法。而且,也恰恰是头脑清醒者对他们的"功业"不能不大打折扣以至加以怀疑的销蚀剂。

也许作为后世的我们可以对这类特殊人物最大限度地予以宽容,不将他们与一般人通用同一鉴定标准,如在"有否男女作风问题"一栏给以豁免。但要叫我们连滥杀无辜、动辄屠城,株连无已,在灭族上也不断创新,简直拿剥夺人的生命当做某种娱乐项目，还不准填进"缺点"栏里，这就有点太过分了。

这么说吧，可以让我充分地讲帝、王的"业绩"，把他们的"优点"讲足，但总不能半点不提他们的"缺点"吧？总不能只讲明成祖朱棣下令修《永乐大典》保护了中华文化，而不提他找茬儿杀害了全书的主编、大学者解缙吧？总不能只是讲魏武帝文韬武略、对酒当歌，而忘掉恰恰是他杀了建安七子之一的孔融、剥夺了一代名医华佗的生存权吧？总不能说只是曹操的诗句"老骥伏枥，志在千里"有价值，而华佗的医道和医术价值就少？总不能只是铺天盖地地宣扬清皇朝"天子圣明"，推动历史功勋卓著，而掩盖"扬州十日""嘉定三屠"和大兴文字狱的血腥吧？如上所述，帝、王的业绩再炫目，总是离普通人要远些，那屠刀架在脖子上，亮森森的，才叫实打实地贴近呢。假如我们看待帝、王的"鉴定表"，只盯着他的"业绩"栏，而对他的"品质"栏完全置之不顾，那么，在中国封建时代的帝、王中，除了极少数公认的"坏皇帝"需要口诛笔伐外，绝大多数都是文韬武略齐备，丰功伟业一大堆。那还需要说什么呢？

华清池·兵马俑

    同是一个景物，在不同的时间不同的心境下去观赏，往往会产生不同的感受。譬如陕西骊山华清池，十年间我去看过两次。第一次因为商品大潮尚未兴起，华清池亦未着意修缮，因而看看也就是了。最近的一次正是轰轰烈烈追求旅游效应之时，加上电视连续剧《唐明皇》的播映，那个风流皇帝和他的宠妃的故事渲染得正红火，华清池的势派自然也今非昔比，给我的印象也必然更强烈些。至于这印象究竟是绝对更好还是更差，那恐怕不是一两个字的简单答案了得。

    但总的说来，我的心绪并没有完全随景点的红火而顿然升腾；倒是更沉静下来，对华清池以及围绕着这个池子演出的那场温柔缱绻、酣歌曼舞、欢娱无比而又凄楚哀怨的长篇悲喜剧，加以重新的审视，作了属于自己的但也许不是新奇绝伦的评价。

我瞅着瞅着，幻想中的华清池竟是一个水上金丝笼，笼内养了一只能歌善舞的小鸟。这只小鸟，既非圣洁爱情的光环，但也并非妲己再世的狐妖。我却不得不承认：这区区华清池泛起的涟漪，竟在千余年间的许多人心中掀起过无限艳羡、徒然伤感的海洋的波涛。

华清池现在弄得很精致（不知是否根据当时图纸原样再造），我又觉得它好似皇帝与宠妃的水上寝宫。当年在这里，日听莺声燕语夜赏含金吐玉。雾笼氤氲，秋波暗转，过于投入也过于安逸，听不到渔阳那边潜声的马蹄；过于温馨也过于封闭，看不到长安禁苑中的蛛丝马迹。

华清池水无疑是非常温柔，温柔得使人娇弱无力。这水，既能洗去香汗淋漓的微垢，也能洗去立身立国的元气。终于，那泄漏的水汽化为一道白绫，扼断了盛唐时期最后的喘息。华清池从此走向萧条冷落，那位风雅一时的"太上皇"孤老清寂，恐怕再也少有心思来这华清池重温旧梦；那往昔的钗光鬓影、胭云粉气，只配得白头宫女闲坐消愁的资料而已。当然，后来的几代文人也蘸着这尚未完全干涸或许遗有天宝余韵的泄水，写出了《长恨歌》、《长生殿》和《梧桐雨》。

我也曾去过几处温泉，但那里也不及华清池的身价豪贵。我想，并非这里水质最最优良，只是因为皇帝和贵妃濯过身子。中国的风习（也许世界都是如此）就是这样：只要皇帝和皇后以及贵胄沾过的东西，身价便达到至极。皇帝登过的山，尽管不见得就是极胜，也便成了头带光环的圣岳；皇帝沾过的水，也便如华清池这样，永世不再与凡水相通。其实，这种"惯例"的结果，既僵化了水，也僵化了人。

华清池只是个景点而已，买票参观、排队洗个温泉澡都无妨；当然有那么一种沾了些许皇妃之气、抚摸自家肌肤似有点凝脂感，却是可以理解的心理效应。但对在这里洗过一二十年澡的、千二百年前的那对冤家，既不必开现场批判会，也不必作为痴心向往的偶像。倒是可以从这唐代宫廷沐浴中得到一些曲里拐弯的启示：在当前城乡许多地方许多人洗澡还有困难的条件下，今后的沐浴业是重在发展豪华桑拿浴还是大众澡堂？

我没下水，充其量只是"思浴"而已。

尽管一些艺术评论家巧挥他们的生花妙笔啧啧感赞秦兵马俑（我之所以不说是秦皇兵马俑，是因为最近又见新说云：兵马俑是秦太后兵马俑。也就是说尚在争议中）："一个个各尽情态，栩栩如生"。栩栩如生总的来说我还是认同的，但要说各尽情态我却略感过头了些。我倒是觉得这些兵俑的姿势还是统一多于异趣。这应当说是比较合理的，因为他们是军士，是正在行进中的阵列，自然应有整齐划一的步武。

何况，他们征伐的目的主要也在于统一。统一是一宗大事，一宗大好事。这也是秦皇嬴政的最大历史贡献；以及后来的车同轨、书同文，都是向着统一的大目标。当然"语同音"这个统一工作更艰巨，秦皇那时没有解决，至今也还没有解决得好。

肯定了统一这个大局，再去观察秦立国之后的一些举措就会较为辩证。也许我们就能不那么苛求秦皇的"稳妥"，不只是哀怜那几个七嘴八舌、说三道四的迂腐儒生，也就不会到处寻找两千多年前的那些焚书坑的原址何处，也就不会再去讥笑为什么那么一个强大的秦王朝，竟十五年而倾覆。还说不定要体谅它毕竟是没有先朝可以借鉴的现成经验，治理起来就不如后世一些朝代的君王那么高明。他没有像汉高祖刘邦那样彻底实行"狡兔死，走狗烹"的灭绝功臣大将的决策；他也没有如汉武帝刘彻那样"罢黜百家独尊儒术"以加强思想钳制（最近又有一说刘彻并没那样做，姑存疑）；他也不如唐太宗李世民实施科举取士"尽入朕彀中"那么有效；他还不及明太祖朱元璋以叛逆罪诛杀胡惟庸、李善长等人并株连数万那么干脆利落；自然也不如清朝爱新觉罗氏康、雍、乾几帝大兴文字狱来得"名正言顺"诛之有理。然而，他横扫六合的威势却不仅空前，而且也为后世他姓诸皇不得不无言而瞠目；只是他们都还无缘亲眼得见地下兵马俑的奇迹！

是奇迹，据说连参观过的外国首脑们也叹为奇迹；当然，他们多半不知道，就连东进中坑杀赵卒四十余万的行动也可谓"奇迹"。

也难怪，观景的人不论中外，不论黑头发还是红头发，黄眼珠还是蓝眼珠，只为大饱眼福，只顾啧啧赞叹，哪里想到与此相联系的其他东西。眼前只有兵马俑，没有了李斯、赵高的阴谋，也没有了蒙恬、公子扶苏的悲剧；只有兵马俑，只有雄赳赳气昂昂，没有了沙丘崩殂秘不发丧的掩尸大瓮，也没有大将章邯被击败时的西向回蹿……

参观者或许有人并不知道这些事，纵然是知道的这时也不去想。

眼前只有兵马俑；顶多是联想到传奇中的关云长过五关斩六将……

状元卷引发的思考

　　山东青州虽只是一个县级市，但它的博物馆却不简单，独家收藏的珍贵文物不少，尤其是明朝的一份状元卷为海内外人士瞩目。这份状元卷不仅在青州，即使在整个中华也是独一无二的珍品。

　　当我未去青州时我就在想，而且竟为此想了好几年，我实在难以推测出究竟：深宫禁苑，戒备森严，有谁能冒此祸灭九族之罪敢于萌生此念？又有谁能想出万全之法将此状元卷成功地挟出？而且能不走漏任何消息使此卷安匿近四百年之久？对昔日的"窃卷"者也许我们可以有种种评价以至非议，但作为使此极有价值的文物得以保存和流传至今，我们又不能不感佩这四百年前的"大胆妄为"者。

　　可见，在一般中总有个别，在循规蹈矩中总有奇想异行之人，在不可能中总有破格的罕例。

现在，我终于看到了这份试卷的容貌。试卷的"作者"赵秉忠，乃籍属青州府益都县的举子。十五岁补府学生，二十五岁时（1598年）即中状元。这份状元卷即赵秉忠殿试原件。万历皇帝亲笔批示"第一甲第一名"。这位状元郎三十岁任会试同考官，三十九岁升庶子，典试江南，曾为明朝统治机构选拔过不少人才。他还当过礼部尚书，但政绩似乎并不甚出色，也没有江陵张居正在历史上那样的名气，但他的状元卷却端的了得！一个"小青年"，竟在两千四百六十字的卷子里向皇帝老儿提了若干条改善国政、以固统治的"建议"和"整改方案"，而且用的是不涂改一字的小楷，着实功底不薄。也许他的那些"建议"和"方案"有撷取前人主张的成分，对他的卷子也可以挑剔出某种八股格式之弊，但这位考生的极端刻苦用功，其文章和书法的功力，是毋庸置疑的。

正因为是现在发现的唯一流出宫禁的科考试卷，更因为是唯一保存完好的状元殿试卷，所以它既为文人雅士、专家学者惊为至宝，也使今日那班劣种歹徒红眼，来了个监守自盗最后死有余辜。但此卷的失而复得，也愈发使它声名大振、身价倍增。能够亲见它的真容者又有多少人？即令我直接驱车来到此卷"作者"的故乡，所见者仍是复制品。据说，复制得与原件一般无二，不是专家辨识，几可乱真。

得偿亲阅状元卷夙愿之余，我也想了与此卷相关的其他一些问题。这位赵秉忠大人可谓少年得志，光宗耀祖。但观他一生，基本上是个秉忠于朝廷、谨守于官场的本分臣子，既不像先于他为政的于谦那样经历兵戈之变、君王易位的起伏跌宕，又没有如兵部侍郎杨继盛那样直肝烈胆，以至触犯权奸而被杀。这位赵秉忠没有那种拼命三郎式的性格，但他也绝不甘于趋炎附势，唯诺于奸阉膝下。唯其如此，在明末那种腐败成风、浊流横行的年代，这位比较本分的官员也未能幸免于遭迫害的命运，以至被削官夺俸，于天启六年（1626年）忧愤死于青州故里。

可见，在那样的时代，不仅平民百姓不可安生，纵是高官显爵，只要稍存正直之心，亦经常处于岌岌可危、动辄得咎的境地。赵秉忠的幸运仅在于他以一纸状元卷而使后人念及不已；同样的，他的悲哀也正在于虽有竭诚表忠的状元卷，却难逃为皇帝权奸所不容的命运。如此，这状元卷又成为他悲惨结局的绝妙讽刺！

肖杨氏坊和李氏碑析

在今四川省绵阳市属涪城区和平武县的地面上，各有一座为妇女立的牌坊和石碑。出于兴趣，在今春的蜀道行中，我特地去看了这牌坊和石碑，感触良多，并自然地作了比较，结论当是有很大不同的。

肖杨氏节孝坊在绵阳市涪城区塘汛镇下场口，建于清咸丰四年（公元1854年）。此坊建筑相当考究，雕工精致，而且上嵌有"皇恩"匾额，足见在当时规格之高。据坊额题记载，"清时，塘汛有一杨姓女子，年十七岁与肖某结婚，十九岁其夫夭亡，肖杨氏立志守节，数十年中对邻里温恭，对翁姑百依百顺，亲族等具帖申建节孝坊，皇旨核准兴建"云云。

李夫人纪念碑竖立在平武县城东南坝镇丁当泉旁。此事源于蜀汉炎兴元年（公元263年）十月，时邓艾率数万精锐取道阴平，越摩天岭，直逼江油关，蜀守将马邈慌猝间献关投降。而偏偏其妻李氏却耻于降敌，自缢而死。邓艾钦恭李夫人志胜男儿、以身殉国的美德，便具棺厚葬，立祠树碑以为纪念。碑上刻有"后主昏迷汉祚颠，天差邓艾取蜀川，可怜巴蜀多名将，不如江油李氏贤"。后人为褒扬李夫人之气节，文人墨客多在此赋诗作文。明万历四十年.（公元1612年），龙安知府在江油关立有"汉守将马邈忠义妻李氏故里"的纪念碑。这通石碑历经三百余年保存完好，这就是我们今天看到的李氏故里碑。

我观后首先感到庆幸的是：这坊这碑在"文革"浩劫中竟得免于难，估计是它们毕竟地处稍为偏远而不为众多人留意之故。

作为古物，均应予以保护，在任何时候，都不应视为"四旧"加以砸烂。即以肖杨氏节孝坊而言，也不必开什么现场批判会进行批判。我们今天虽绝对不提倡"守节"之类，但也婚嫁自主，十九岁的女子死了丈夫不愿再嫁，也完全不必迫其改嫁，何况她志愿为翁姑尽孝总属一种善行。然而，恐怕也不应提倡这种守节的行为，更不必作为一种最崇高的美德加以颂扬。当年那种"皇恩立坊"的张扬无疑是封建愚弄下的产物。我们今天保护的是这桩古物，而不是奉妇女守节为楷模，这是无须赘言的。

但平武李氏碑则有所不同。这是一个真正的烈性女子，是见解和节操都不逊须眉更远胜其夫的大节。我赞赏这种眼里不揉沙子的是非观和气节观。她的以死殉道恐怕不能仅仅看做是对那个昏聩无能的后主阿斗的尽忠,而是面对强敌的宁为玉碎不为瓦全的义举。志凛存而不可屈,身可摧而不可辱。我想这不仅在封建时代是一种操守,在任何时代面对强敌入侵逆流高压下都是一种可贵的抉择。这不仅是个人的操守,对他人也是一种鼓舞,对敌人来说也是一种震慑。我们看到,当李夫人殉难后,作为敌帅的邓艾亦怜其贤,厚葬立祠,足见出邓艾的大将气度。

在这里,我倒是也听到另外一种说法,认为气节之类不过是中国儒家流传下来的教义,已经多少有些陈腐,而西方的观念对于投降的行为则不那么计较。我没研究过西方的投降说,因此不知其详,但或恐不那么全面吧?我想,任何国家和民族应该都是推崇英烈行为而鄙视屈膝投降的,不然,正气何以伸张?国家民族自豪感将何存?英雄与狗熊的分界线将何以区分?

呜呼!肖杨氏之节,乃微节也;而李夫人之节,为震天撼地之大节。李氏并非当关守将,仅为守将之妻,事到临头却作出与守关大将迥然不同的抉择,足见女子并非人人目光短浅,临危并非人人怯懦。我只是不知,那个献关投降的马邈面对其妻的刚烈自裁,将作何想,还能安享敌方俸禄而宴乐自如吗?

李氏碑小,但精神辐射面大,蜀道之行归来已数月,此文章却不得不写,至今得千余字,以为记。

感觉中的垓下

如果你是抱着奢望来寻找过多的古战场遗址的话，纵然不致完全失望，恐也不会满意而归。不错，这一带还保有一些值得玩味的地名，诸如"上马铺""虞别台""霸离村"等，但也多半是寄托着后人的悲绪，谁也没作过仔细的考证。不过，有一点是确凿无疑的，这一片地方就是刘项相争最后决战之役的场地——今安徽灵璧东南稍有起伏的平川地带。如果你不在乎玩赏风景，而是追索一种感觉的话，还是足够你体味一番的。

我忽然想到了"舞台"这个词儿。真的，这里也许没有产生过什么剧种，却是华夏著名的大舞台之一。距今两千二百多年前那个秋夜，韩信威风凛凛的令旗，伴着张良绝版的箫声，变奏出一曲《十面埋伏》，至今在音乐舞台上仍盛演不衰。

我不禁想起梅兰芳先生的一段著名道白："云敛晴空，冰轮乍涌，好一派清秋光景！"想来在两千二百多年前那个夜晚的月亮是地道的"冰轮"；过于明亮，反有点令人发瘆。有时最辉煌恰恰是最晦暗。虽说作为四百年"炎汉"是皇朝风光的起点，但作为垓下决战的主帅淮阴侯（还曾被封为楚王和齐王）韩信而言，其命运已提前透支。所以，表面的胜者韩信和败者项羽谁都不是真正的赢家。

当霸王在乌江（今安徽和县东北）自刎的时刻，韩信的军事天才已发挥到极致；当君臣举杯共庆决战胜利的时刻，残酒溅地拼出一组密码——从淮阴无赖胯下脱出来的一位历史人物，又在不知不觉间走入泗水亭长的胯下。就在这时刻，惨剧与醇酒混在一起同时酿造。

最清醒的是张良，事成后轻装淡出，将大舞台甩在身后。但他也未必那样对世事充耳不闻，在此后的类似清秋之夜，也会透过洞箫的音孔，凝望着未央宫的血光。那是在垓下决战仅仅六年之后，据传韩信就死于桃木剑下。这是流传于民间千百年来的说法：当初汉王刘邦曾许下金口诺言，韩信是不能用钢铁等金属兵刃戕其身子的，那就等于说是：不死的韩信；也使韩信有了一个"固若金汤"的自信。吕后倒也恪守君王诺言，不用金属，而以桃木剑解决之。民间又有言："钝刀子拉肉最难受。"此说如属实，淮阴侯的不爽之痛可想而知。谁说中国的封建统治者缺乏创造性？桃木剑的创意就很出色很奇特嘛。外国有达摩克利斯剑，中国封建社会有桃木剑。

一般史称：韩信是被吕后杀的。其实不言而喻，吕后敢于下手，早已从至尊那里得到了确凿无误的暗示，只是这样做更为策略些罢了。否则，刘邦焉能不震怒？

　　从一定意义上说，韩信也是自投罗网。自古以来从人性上说，凡自恃才高之士，总要寻找一切机会展示自身的抱负与才能，因而便择主而从之。类如韩信之辈，虽自负有将帅之才，善用兵或善筹谋，但天生并非能自立之主，不是故意不为也。在一定阶段之内，也许兵权在自己手中，但命运却不在自己手中，其结局可鉴。话又说回来，虽如此，毕竟也在风光的疆场上驰骋了几把，博得个史传留名。有如当今年轻人惯用语："实现了自我价值。"不仅如此，与韩信有关的成语和故事，至今也还留下了几个，诸如"背水一战""胯下之辱""兔死狗烹"等。不论是以非凡才智和魄力得来，还是以屈辱与无奈而博得，总是一个"成果"，一般人能吗？

　　又回到垓下古战场上来，除了庄稼收割后略有起伏的平川而外，只有升起的几簇烟雾，却不是军旅中报警的烟墩，而是极少数农民图省事焚烧的玉米秸秆；还有近村之间两帮顽童相互扔石头瓦片对击"厮杀"。此时，无论是刘邦、韩信，还是霸王项羽，真正的赢家，似乎的胜者还是完全的败者，哪个也全无踪影。除了一二专家考证者，还有我这样的没事找事的旅人，恐怕极少有人将眼前这片土地在自己脑子里贴上"古战场"的标签。累不累？

看电视有感二题

顾此失彼与难圆其说

一天晚间看电视，是讲当年红军长征中抢渡大渡河的故事。这类故事过去虽已耳熟能详，但出于对长征这一历史伟大壮举的崇敬之情，还是想听专家和讲评人是怎么说的——有何新意与高见。

专家与讲评人总的说来讲得是不错的。他们讲刘伯承与小叶丹的结拜佳话，讲他们歃血之盟相互帮助与支持，从而使红军顺利地通过彝区而成功地渡过了天险，彻底击碎了蒋介石曾预言的能在大渡河造成石达开第二的呓语。专家和讲评人还解说红军这一传奇性的胜利是以德感召少数民族同胞的结果，与当年石达开的悲惨结局形成了鲜明对照，即一是获得支持而胜利，一是遭到反对而失败。这当然是对的。其实这在过去已多次讲过，是一个具有历史意义的经验和教训。

然而，专家和讲评人以下的解说和引申却有顾此失彼之感，说法是当年石达开所率的太平天国那支军队欲过彝区，进而抢渡大渡河，不是以德感化少数民族，而是企图以金钱来加以买通，但是没有奏效，从而在渡河中遭到惨败，而截击他们的清军获得了完全的胜利。当时的这些情况也许是符合实际的，但以下的结论在我看来是顾此失彼而难圆其说。如专家和讲评人分析说，从这胜利与失败的结果中可以得出这样的结论：代表正确的、符合历史前进方向的一方可以取得胜利，相反的情况则必然遭到失败。这种说法对于上个世纪30年代红军与蒋介石的军队说来无疑是对的，是无可争辩的事实；但对石达开的军队与其对立面清朝军队而言则未必如此简单。上上世纪60年代石达开军的惨败，石本人的被诱杀当然与其采取的方针、政策、战略战术的失误有极其重要的关系，这充分说明封建时代的农民起义军是无法与在中国共产党领导下的人民军队相比拟的，石军的失败命运也恰好说明了这一点。但石达开的对头清朝四川总督骆秉章的军队又代表什么呢？难道真如上述专家和讲评人所说的那样，胜利的一方就是正义之师吗？这就未免有点机械学的悖论了。

我们知道，骆秉章其人原为湘军首领之一。他本为广东花县人，但在湖南巡抚任内，不遗余力地支持曾国藩、胡林翼等人创办操练湘军，并直接参与绞杀农民起义队伍，也算积累了这方面的丰富经验；因此当其率领湘军进入四川任总督时，便施展出作为清朝统治者忠实鹰犬的看家本领，为延长一个腐朽的清政权立下了汗马功劳，但不能因此就可以推论他所代表的一方从总体上有什么正义可言。

　　单讲红军与蒋军较量而结论于正义与非正义带来的结果是对的，但不必再机械地引申开去，将性质并不尽同的对立双方及其胜负结局也如此结论，这就不那么符合具体事物应作具体分析这一经典法则了。如果说骆秉章与石达开的较量有何"高明"之处的话，只能说他在经验谋略更不必说是权诈上胜过石军罢了。如果仅就这一点加以剖析而得出必要的经验和教训，那才是对头的和有益的。

　　言及此好像本可以打住，可我仍然觉得还有话可说，一个时期以来，有关清朝情结，有关对历史上农民起义的评价，多有与过去多年来的传统定评相歧异，甚至必欲倒过来看才称快之势。应当说，随着时代的发展，人们的认识更加趋于成熟，对于过去多少年的既定认识乃至定评重新进行审视以期得出更加符合实际的结论，是没有什么疑义的。譬如说，封建时代的农民起义尽管有其必然性与合理性，但其局限性尤其是首领人物思想上不可避免的杂质，眼光与策略上的偏差都可以说是显而易见的。何况，他们总是难逃改朝换代的"圆周率"的，但并不能因此就必须导致将应有的正确历史观当作泥人击碎重新再捏一个。譬如说，不能因为个人所癖好的"清皇朝情结"就将他们的对立面贬损得一无是处；更不能在高歌康、雍、乾盛世"天子圣明"的同时而将他们推行的血腥文字狱略而不计；也不能将清军入关后制造的"扬州十日""嘉定三屠"为代表的在尸骨堆上建立起来的皇权统治说得非常轻松；更不能否定清朝中后期政权日趋腐朽带来志士仁人发动的推翻清皇朝的民主主义革命的必然性和先进性。如果连这些基本的东西也弄颠倒，当然就有可能对当年骆秉章残酷镇压石达开军也沦落为正义的一方战胜了非正义的一方了。

我真不明白这种心理的基础应作何剖析才好？

其实，历史上相互较量的双方，某一方由于力量对比或措置失当等复杂原因，纵然它代表的并非是非正义的一方也可能造致暂时的失败。如果按照机械推论法的公式而不作具体分析的话，那么当清朝入关之初江南人民为了反剃发、反残酷镇压而举兵反抗的民族英雄郑成功、夏完淳他们，辛亥革命之前多次起义而累遭失败的英烈们，如地下有知该作何想？

看来，任何"公式"背后反映出的一种心理机制，都代表着某种思潮所引出的或隐或显的泥浪。

如此论证"人际关系"质疑

最近，看电视听专家讲史，谈及楚汉相争中的不同营垒重要人物的"人际关系"，诸如项羽、刘邦、韩信、萧何等等。很显然，讲授者是通过两千多年前的历史经验与教训，旨在启示今人重视人际关系这一决定成败的重大课题，以真正做到"古为今用"，用心当然是良好的，如做得好，效果也是有益的。

然而，当我听完了这一课题，却产生了另外一些想法。我觉得，讲解者所引述的以上有关人物的事例，有过分偏重于只为证明所要强调的那方面道理，使人不能不产生只截取部分而不及其余之感。如为突出项羽之不善用人而致败、刘邦极善用人而制胜，往往在用事上留头去尾，或在扬其长时则详其善而略其恶，这样，提出的问题虽有意义，所用事例也不乏对的成分，却使人感到不全面、不完整，因而就不能不减弱了它的说服力。

如讲解者为了赞许刘邦的善识人才、重用人才，说他果断地将被项羽摒弃不用的韩信拜为大将军。这里且不说韩信之被刘邦所用，其过程并不顺畅，否则怎会出现"萧何月下追韩信"的故事呢？更关键的一点是，当韩信辅佐刘邦彻底击败了曾经强大的项羽势力（直至逼羽乌江自刎）之后，刘邦即开始使出"狡兔死，走狗烹"的手段，先是将韩信由齐王贬为淮阴侯，然后又在率军征讨叛将之际，着吕后将韩信诛杀于未央宫钟楼内。而这时的萧何也无可驳辩地充当了共谋者和诱捕者的角色，所谓"成也萧何，败也萧何"是也。

我的重心不在论证韩信是否真的谋反，是否罪当该死的考证上。只是想廓清一个问题，即所谓刘邦一类的重视"人际关系"，其目的其实始终不外乎"人人皆为我所用"，更确切地讲无非是为成帝业所施权谋的一部分，而根本谈不上从骨子里善待人才，更谈不上是平等的、磊落的"人际关系"的楷模，这与我们今天所提倡的以诚信和相互尊重处理好人际关系，以共同构建和谐社会在性质上是有很大不同的。虽然，纵是封建君臣的"人际关系"我们不妨择其善者而汲取之，但无论如何也不应将当事人的全部行为、历史真相与"人际关系"的整体面貌予以割裂，而扬此掩彼，而且，如将在性质及情节上相去甚远的两桩东西相互借鉴，还可能产生不小的副作用。

也许是我联想多了些，这种偏爱以帝王说事儿的例证与时下影视和其他文艺作品中的"帝王热"不无关系。好像既然是帝王成就了最大功业，那么用来说明任何道理都是硬邦邦的、毋庸置疑的。就连他们在"人际关系"的处理上也堪为楷模。其实，有时恰恰事与愿违。如上所述，由于帝王所搞的"人际关系"在目的和性质上与一般人之间（尤其是当今我们一般人）的关系处理上有着根本的不同，稍经推敲就很容易"露怯"。

事情再明白不过，我们今天之所以强调人际关系的重要，完全是基于人性化的考虑，为创造一种真诚和谐的局面，以有利于社会进步。它是建立在当事各方共同受益基础上的良性协调剂，而与封建帝王处于绝对的一己之私，绝对实用主义的权宜之计，一旦感到可能稍不利于绝对皇权之威即不择手段地毁弃那种所谓"人际关系"基础的做法，可以说是风马牛不相及的。

其实，良好的人际关系成功例证并非罕见，何必动辄就以帝王说事儿？难道凡为成功了的就必定是一切全好，则无须问其道德内涵如何？此等公式应该再加斟酌一下了，尤其是在强调加强思想道德建设的今天。

关于长城

　　孟姜女的故事，主要是来自于民间传说。而一提到民间传说，人们都会情不自禁地将它与"美丽"二字联系在一起。中国的民间传说，一般说来不便与历史真实挂钩。因为，即使在某个朝代确曾有这个人，也与历史真实相差甚远——有的属于不同时代的事相互错位，有的连主要人物都不是同一朝代的人，相差几百年乃至千年。但硬是"粘贴"在一起，后世人依然觉得很美丽。

　　"孟姜女"的故事，最初的蓝本在春秋时的齐国，"孟姜"者，为"杞梁"妻，夫战死，妻哭十日，城崩塌，乃投淄水死。后演化为民间传说。秦始皇时，有一个叫范杞良的人，被征去修长城，其妻孟姜女往送寒衣，其夫已死。于是孟姜女哭于长城之下，城崩塌，而杞良尸骨现矣。这个民间传说便流传下来。其意旨在于控诉封建统治者徭役之苛重，役夫境况之惨。在这样的故事里，修长城是造成民众不堪其苦的令人诅咒的象征。

由此，我又联想到所看到的文字中对长城的不同评价：其一，为数不多的是延续着民间传说中孟姜女的情感倾向——哀怨和痛诉。简言之，是站在当年被奴役的劳工苦役的立场上，揭露封建时代的黑暗与不平。其二，是将长城视为中华民族伟岸的象征，几千年间雄踞于山岭之上而未泯灭。作者每每发出由衷的感叹："伟大呀，长城！""不到长城非好汉！"其三，有的文章是站在批判的角度，认为封建统治者花费了巨大的人力财力修筑长城，也没能有效地阻挡骁敌入侵；甚至有的文章干脆认为长城就是完全的废物，从来就是"一条僵死的蛇"。其四，还有个别文章从当今外国人眼中看长城，主要是从建筑学的角度推崇为"一桩了不起的工程"，由此作者更感到是"全体中国人的骄傲"……

总而言之，评价与感觉相近或殊异，不一而足。这每每使我联想到在饭桌上说起某位过往的有争议的人物，八个人几乎有八种观点，往往争得面红耳赤，饭也顾不得吃了。

暂时抛开那些对长城的争论。现在，我只把它视为一桩值得珍视的极其重要的历史遗存。当我的视线移开去，恍惚在老龙头的礁石上，看到一位古代装束的素衣女子，她是传说中的孟姜女吗？我虽不是民间传说的专门研究者，但传说应与长城异曲同工，历史悠久影响深远的民间传说，作为非物质文化遗产同样值得珍视。这时，我仿佛沉浸在一种幻觉之中，与传说中的这位古代女子进行跨时空的对话……

民女最朴素的理想，永远与嬴政和朱棣们的愿望相悖。一个是为垒筑拱卫万世基业的高墙，以便能坐稳龙墩不被惊扰，使"万岁万万岁"的颂声不绝于耳；一个只盼望罢役回家过上安生日子，不求营造温馨爱巢，起码能得以男耕女织，居茅屋抵御风霜。至于哪个想法更合理或是更荒唐，恕我至今仍难做出万全的答案。

但我却知道，在一个相对稳定的时间段，长城也反射着戍将鳞甲的辉光。例如明代中后期的抗倭名将戚继光，调任蓟州，坚城防御十余年，敌寇闻风未敢觊觎。

然而，王朝到了颓败欲倾的阶段，长城真的不过是一戳即破的纸墙，在强虏面前完全无能为力。到了明朝后期，后金骁骑几度突入，肆意劫掠河北乃至山东。即使杞良未在修筑长城时死难，侥幸与孟姜女回到家乡，在动乱中能够保证安生吗？

北宋靖康年间（1127）金兵攻破汴京，俘徽、钦二帝及眷属等数千人，押送至天寒地冻的五国城，沿途如牲畜被虐，凄惨至极。被俘的队伍自残破的长城关口通过，无奈的城堞只能漠视无声。当时民女和"金枝玉叶"的泪水汇在一起，而铁骑与腥靴从来不怜惜哭声，也无视一切美丽的神话传说。其实长城从来没有被哭倒，而暴行却进出自如，如入无人之境。

俱往矣，今天已无须喋喋不休地争论长城究竟是辉煌还是黯淡，是作用巨大，还是"纸糊的墙"。其真正的价值所在恰是它已成为过去的历史。作为有形的见证，记录着我们的先人们曾经做了些什么，能够达到怎样的高度；是不同时代真实的工程，而不是"忽悠"出来的"面子工程""旷世奇观"。这就够了。

人物背影

青出于蓝的权谋表演

　　魏晋时期在中国历史上可说是最乱乎的节段之一，也是视人命如草芥的社会现实。晋朝的统一从表面上看似乎是结束了近百年的三国纷争，却很快又开启了更加纷乱的五胡十六国、南北交杂的局面。从形式上看西晋和东晋政权加起来有一百五十六年，似乎也不算短，但从实质上说，司马氏的统一与部分的相对维持总是带有很大的残缺性。司马氏的晋朝固然在封建统治的形式上与其他朝代有其共性，却也有其特殊性的一面。无论与其前（秦、汉）还是与其后（隋、唐、宋、明等）都有其不同点；但与此前的曹魏倒是一种戏剧性的重合。这就是权臣坐大，挟压君王如傀儡终又取而代之，虚以"禅让"而行谋篡之实。公元220年与四十五年后的265年，曹丕迫汉献帝刘协"禅位"与司马炎迫曹魏之曹奂"禅位"，同出一辙。而且在此以前的几代即已将形式上的君主架空，乃至形同虚设；只是经历了长达近几十年的苦心经营的"铺垫"过程。曹操的专擅与进逼为其子曹丕奠定了足够的基础，而司马懿、司马师尤其是司马昭又为司马炎的正式登基创造了一切条件。

这种惊人相似和重合的框架不需赘述，最值得仔细剥开与深加探究的是：司马懿是如何通过自己的上佳表演和有效表现而赢得甚至是骗取了曹魏几代主子的信任与重托？这一层我认为是最重要最关键的。

当然，任何一个统治阶级中有野心有抱负的代表人物，无不需要施用心计乃至阴谋之能事，才能一步步达到自己或集团之目标。作为出身河内士族的司马懿自然也不能例外，但此人又有他自身非止一方面的特点和强项。历史上有些权臣在起始未必有"不臣之心"，未必有明晰的篡谋之意，更未必有一步步达到既定目标的坚实步骤。而司马懿则不同，他真的可说是"蓄谋已久"。在曹操主领大权时期，懿为"主簿"，虽亦为参与机要事宜的僚属，但从史迹中可见，其人总是与操保持恰当的距离，从来没有"贴身小棉袄"的感觉。尽管从年龄上说，懿比操要小一辈——二十四岁。在操面前，他适时也有献策之举。如当刘备自立为"汉中王"时，曹操难以容忍，直欲倾兵进讨，而此时懿则出谋要操派员前往江东，借孙权对刘备不还荆州之怨，怂恿权袭取荆州之地，而操出兵汉川进行策应，使备首尾不能兼顾。后此计生效，权袭荆成功，导致关羽败亡。然懿能把握计不滥用，关键时偶露峥嵘，如此较少招人生忌；

而且保持身份合度，不使自己降为一般谋士如荀彧、程昱一类。所以史称此人"谲诈"，即多阴鸷，善机变，可谓用得淋漓尽致。

对于司马懿与曹操，在谲诈方面虽有共同之点，却又有各自的"风格"。曹操因境遇不同，较早即"挟天子以令诸侯"，帐下谋士如云，猛将如雨，已成威势，因而在很大程度上常取进攻之态。而司马在相当长的"储备"期内还属于为主子服务的阶段，他焉能不熟谙"伴君如伴虎"之至理？操名虽未"君"，实则比君还要更"君"，因此司马在相当程度上还不能不采取韬光养晦之策，不能极尽显山露水。总的来说，在曹操有生之日，懿主要表现为"积极防御"的态势，只有真正达到老谋深算才能有上佳之表演，不能出任何纰漏。所以，在此阶段能够使操虽有所猜忌却毫发未损，实属不易。

也许毕竟曹丕较其父老阿瞒还是嫩了一点儿，过于看重这位"抚军大将军"的技高一筹。如：兴兵五路剑指西蜀，为此甚至可以割让有限之地与吴，以离间吴蜀关系，合力殄灭有诸葛孔明鼎力匡扶的蜀中政权。这比其他谋臣肯定是眼光深远，而且能够击中要害。但这位魏文帝显然未将当日"太祖武皇帝"常对心腹近臣说过的话深怀于心。操之箴言是：司马懿鹰视狼顾，不可付以兵权，否则必成大患。云云。在这方面，一个重要佐证是：当公元226年曹丕病危时，遗嘱中之辅国和托孤大事皆付予曹真、陈群和司马懿三位重臣。这就说明丕对懿基本上已够信赖。或许他对这位"鹰视狼顾"的异相人已看得习惯了。史书上未能搜索到司马表面上诚惶诚恐誓死效忠的同时内心里到底是怎样想的，但可以推想必定"窃喜"：一个比他小七岁的魏文帝先于他驾鹤西去，至少他的大好机会又增多了不少；而面前的障碍相对而言将会减轻。尽管到什么时候他都会缜密盘算，是绝不会丝毫轻忽而失着的。尽管在魏明帝曹睿当政时期，他也偶有被猜疑而短暂遭到冷落，但终能找到机会重新得以重用。在这方面，我总会联想到距他一千七百年后的野心家袁世凯，此人在遇到自身不利时也曾假惺惺地"洹水垂钓"，其实是观察风色，伺机重新执掌权柄。只是该袁"登基"之心更加急切，而司马更加深谋远虑，步步为营。每当曹睿见疑身处低谷之际，他并无躁急，不妨暂避，一旦庸才曹真之流攻蜀失利前方告急，睿即不得不急召其复职，委以"平西都督"之类重任。有时虽表面上与曹真双驾共担，而后者已无所施其技矣。如此一来二去，就连曾经不买他账的曹真也自甘"认头"，主动将大都督之印捧奉于懿。而懿仍不忘自谦自贬，推来推去，极尽作秀之能事。至于最后在剪除劲敌、曹氏宗亲曹爽的过程中，更见这位老道的表演奇才的功力。当曹爽派人探听"上了年纪"的司马懿健康状况时，懿可谓伪饰到家，不仅语无伦次，而且进食功能失态，汤水沾襟，几近老年痴呆。探子"据实回报"，曹爽大遂心愿，尽失戒备。懿于是攻其不备，突袭爽府，杀之，并灭其党羽亲眷，是典型的魏晋时期斩草除根"安有完卵"的杀法。

而最令自曹睿以下君臣人等不得不服的一桩大事，也是司马料事于前，举措于中，圆满收场于后的"杰作"，则是长途奔袭粉碎孟达的事变。孟达原为蜀将，当东吴袭取荆州、关羽被杀，达迫于情势降魏，但并非心有所甘；后来蜀对其进行策反，孟达答应配合蜀军攻魏，并与附近类似意愿的将领协同行动。当时司马懿正在宛城（今河南南阳）"赋闲"，魏当局旨命司马父子讨伐孟达，平息事变。孟达所据的新城其时为郡，在今之湖北房县、竹山一带，无论以当时还是今天的里程而言，距宛城更不必说洛阳均有千里左右。正因如此，孟达觉得：即使魏方发觉他的意图派兵讨伐，短时间也难以到达。但司马懿却不按规矩"出牌"，他严令军兵行动要快，要一日行二日的路，重在突袭。果然，当孟达尚未真正行动，司马的军队已至，达死命，所谋完全失败。自此司马懿在魏威势大震，即使连早年亲聆魏武警告的谋臣如华歆之辈也绝少再饶舌了。

　　司马懿作为一位军事战略家，就我所见的相关资料与文章极少有人探究，而在战术智慧上有所侧重。其实此人当时在战略认定上是很有正确头脑的。在曹魏丕、睿任上，不时有东吴向魏用兵的情况发生，而魏国上下对此也时有争论和举措，是对吴用兵为主还是集中对付西蜀？在这个问题上司马懿的认识始终是清醒的，应对的方向也一直是坚定的。尽管当时吴、蜀保有脆弱的联合机制，在司马懿看来，不必重视这种表面现象。他认为这不过是一种权宜之计，不可能有什么真正有效的盟友相互策应。所以他始终将用兵方向对准西蜀方面；更确切地说是应对诸葛孔明统领的蜀军。因为从本质上说，当时那个历史阶段三国的军事博弈，就是以两个人物为代表——诸葛亮和司马懿之间的较量。他们各自以对方为真正的敌手，斗智斗勇斗耐力与定力，当然这一切都还离不开实力为基础。他们彼此试探、刺探对方的底细，当然相互忌惮的也是对方的那个人。司马懿之所以坚定地将蜀作为主要的攻击方，在很大程度上也是因为这里有诸葛孔明这样一个人。他从自身体验到要绝对相信"事在人为"之理。尽管东吴具有长江之险，石头城之固，又有东南广阔的丰饶腹地，但他认定当下吴方基本上只能持守势，而无真正地将略大才足以构成对北方的致命威胁。相反，如果击破由诸葛亮统领的蜀军，使对方无康复还手之力，那么其他问题也就不足为虑了。应该说，他的这种战略眼光和打法无疑是对的。就在这长达数年的拉锯战和消耗战中，纵然蜀方也取得过不少的战术性胜利，斩却了对方如张郃、王双等这样的大将，甚至就连资历深厚的皓首高官王朗这样的人物也死于阵前，但最终不得不说，真正经不起消耗的还是总体较弱的西蜀一方。经不起消耗的还有栋梁级人物诸葛统帅。如果说，当日曹爽差人去探看司马老儿的健康状况是被忽悠了的话，那么司马后来刺探营帐中诸葛丞相的健康状况明显不佳则是真实的。在这个过程中，不论诸葛军师用尽了一切可能的招数——包括送去妇人之衣服之类激怒司马出战，而后者还是耐得住性儿与对方"斗蛐蛐"，玩消耗招数。他清楚：对方在军粮和指挥官的身体方面是消耗不起的。最终，不论我们从感情上或者道德层面上如何倾向于"鞠躬尽瘁，死而后已"的贤相一方，却不得不承认，斗消耗斗耐性的胜方真的是那个"面正向后而身不动"（此语见《晋书·宣帝纪》）的"狼顾"大都督。而且不要忘记：此人比诸葛武侯要早生两年竟晚殁十七年之久，在那个时代，七十三岁已可算是长寿者。其原因当与生存环境较为从容、个人心理承受力非常加上"遗传基因"等等有关吧？

对那个雄才大略"魏武挥鞭"的曹孟德而言，他无论如何也不可能知道自己生前疑虑过却不知怎么未能消除的一大隐患——"狼顾"主儿司马懿的成功。（幸而他无从知道，否则一定会顿足而痛心）。这两位魏晋时期最有影响的人物，在京剧舞台上都是白脸净角。白脸，在京剧脸谱系列中多喻奸伪狡诈之人。我们今天大可不必将舞台上的艺术造型与历史上的真实人物画等号。但即使仅从艺术形象上说，曹操较之司马懿还是要丰厚得多。大抵是操更具多重性：如赤壁大败回窜途中三次大笑，非轻敌也，乃"酷"也；捧关羽首级木匣，竟以问候口吻曰："云长别来无恙乎？"善调侃也；虽热衷经国大业，亦不乏文质，诗风古朴苍劲，自成一格。而司马阴鸷深湛有余，个人气质尚不够多彩。也许正因如此，戏曲舞台上有"活曹操"称号的名家，似乎尚无定论的"活司马懿"。尽管司马在为子孙篡夺皇位上绝对做足了功课，缘何在历史上的重量及在今天的知名度上，还是达不到曹孟德这样的程度？值得进一步深思。

司马懿的军政生涯，基本上历经曹操、曹丕、曹睿三代，享受过两度托孤的待遇，曹睿传位给曹芳时他也在，他这时已年过花甲。其子司马师和司马昭在乃父带领和熏陶下，多经战阵，权谋亦丰，此后懿已向二子进行军政实权之过渡。师、昭二人先后袭取大将军之实权。后三朝——曹芳、曹髦、曹奂在司马兄弟手中直若任意摆弄的积木。"大将军"俨然是魏朝的皇上皇，而且对皇帝可以随意"撤换"。司马师擅权时期大致在曹芳朝，但在公元254年（此时司马懿已死去三年）便由高贵乡公曹髦换马。司马师政治谋略似乎非他强项，但性情暴戾，说一不二，极尽专擅之能事。可惜天不假寿，据传该师脸部生一毒瘤，不久即破裂而殒命。

　　相对于其兄，司马昭既有乃父之阴鸷深幽，多谋能断，而在杀伐威厉、不惜灭绝方面更敢于出手。他可以说是司马懿带出来的得意门生，又是父兄和本人"三驾马车"中脱颖而出的一员。其实早在三个人合伙创业的时期，就常表现出独出心裁的过人之处。如当时魏主因受到西蜀流言影响，疑心司马有不臣之举而冷落不用时，司马昭就断定上面不久就不得不召其父重新出山，表现出他一定的远见；在街亭之战前夕，当其父尚虑诸葛用兵意图之际，他经过观察敌方主将马谡布兵之阵势，报告其父蜀兵可破。必须说明的是：街亭之战，胜负结果对当时战争的局势确乎关系重大。那之后的"空城计"固然是小说和戏曲中的情节，但街亭却是一个真实的具体存在。它的故址在今甘肃秦安之东北，地理位置重要，公元228

年，诸葛亮出祁山之役中，先锋马谡在此惨败于司马大军，而具体对阵的为魏方大将张郃。

公元255年，司马师死，昭更全权独揽，领大将军、晋公，完全袭用当年曹操、曹丕父子对汉献帝刘协之做法，对曹髦不但不视其为君，也不把他当人。髦忍无可忍，做徒然挣扎，昭着部下心腹杀之，并屠戮参与者和无辜者甚众，又演练了一场真真切切的魏晋风格的典型血洗事件。只是仅差形式上改换朝代而已。

又过了几年，司马昭主宰西蜀大业后不久而殁，其子司马炎即取代曹魏为晋朝第一代皇帝。与公元220年一模一样，曹操死后其子曹丕即废刘协而为魏之第一代皇帝。时隔四十五年，又是老子西去之后儿子立即依样画葫芦。恐怕绝不仅仅是一种巧合，只能说是青出于蓝而未见得胜于蓝而已。

这里便引出一段令人深思的因果关系，如果只是简单地说成是"报应"未免有点迷信之嫌，但细究起来恐怕也不能说没有一点说词。至少是一种"种瓜得瓜，种豆得豆"的自然规律使然，谅是没有什么问题的吧。

逼篡，以强凌弱，从道德角度上说起码不能算是很磊落的。当然，或有人曰：封建社会任何的改朝换代不都是胜者王侯败者寇，凡胜了的一方不都是世袭的"家天下"？这固然是真的如此这般，但与曹魏篡汉，尤其是司马氏的劫夺仍有一定的不同之处。在这之前或之后的某些朝代，不论是经过反复争夺武力获取龙位的也好，兄弟较量乃至"黄袍加身"的也罢，他们除了对那个龙墩垂涎必欲取之而外，凡头脑清醒者或多或少还想到一些江山社稷的大业不是随意闹着玩的，有的还能考虑到前朝倾覆的教训，反思一下"载舟覆舟"的辩证道理；有的至少在新开张的前几代，还能想到缓和社会矛盾使民休养生息的道理，等等。而魏晋政权得以建立，与当时最为盛行的士族集团门阀制度的支持并拥有政经特权有至关重要的关系。与上述所说的那些朝代的统治者比起来，他们更看重的是自己家业的一己之私和士族集团的霸权地位，更少顾忌到"天下社稷"应怎样得以巩固，国计民生应如何得到起码的谐调。因而便更加乞灵于高压，更加热衷于奢靡与享乐。正由于龙位的获取仅凭毫不费力的篡夺，而且在正式篡夺之前即已习惯了的恣意逞欲，一旦正式登台则愈加不可收拾。故尔晋朝的第一个皇帝晋武帝司马炎便成为中国历史上最荒淫君主头几名中的一个。据范文澜《中国通史》中所载，司马炎后宫中的嫔妃和宫女逾万人。"羊车"，就是这位主儿的"创造"："常乘羊车，恣其所之，至便宴寝"（《晋书·胡贵嫔传》）。可见其挖空心思，变方设法淫享到了何种变态地步！也许是由于遗传基因中生理和病理等原因，他的儿子晋惠帝是中国封建帝王中出名的呆瓜。如说：百姓饥饿，何不食肉糜？就是他典型的"名言"。有惠帝的呆，又有贾后的暴、淫，以致引起了"八王之乱"，接着又是八王宗族间的互相攻打与残杀，再接着就是"五胡乱华"。另一个戏剧性的现象也频频出现：西晋本来不算多的皇帝中多个死于非命。晋惠帝司马衷被东海王司马越毒死；晋怀帝司马炽被匈奴刘聪杀死；晋愍帝司马邺被匈奴刘曜所害。司马炎之后仅仅过了一二十年，儿孙之辈就这样频频被杀。既然祖上善杀，沿袭成风，又移植至对方如法炮制。真是"上有多大胆，下有多现眼"。哀哉！

晋代魏，攻蜀灭吴，取得了面上的统一；究其实质，算不得有效的统一。不久即乱，而且是大乱，乱得一塌糊涂。司马氏建的这个朝代，纵然不是怪胎，也算不得是正胎、健全的胎。或许正因如此，司马氏的晋较之曹氏之魏，留下的良性遗产更少，无论是从政治、经济还是文化而言，都是如此。尤其是西晋。

而司马睿（晋元帝）偏安江南之后的东晋，反倒有某些可圈可点之处，值得给以应有的注意。

古代杰出的南下乡贤（四章）

琅琊阳都诸葛亮

在戏剧舞台上和电视剧中，这个人物手中的鹅翎扇是不可或缺的；其实，他的手绝不仅会摇鹅翎扇。早年——十三岁以前，在沂蒙原籍，早熟的他已然学会扶犁梳扰多旱的田垄。后来，为避战乱远涉江汉之间，"躬耕于南阳"，襄阳隆中的乡间土路，也连着日后木牛流马的轮印。他的手，作为一介"村夫"，既能收获金谷万斛；作为主帅，也能收获千里捷音。

卧龙先生的一曲《梁父吟》，唱得荆襄大地凝然，父老停足谛听。那年月好大雪，三顾而来的桃园兄弟的马缰，系在躬耕先生的手植树上，不久就结出三分天下有一的硕果。如今这树还在，风起时，露珠晶莹如泪，无不洒向川陇。

在汉中以北，秦岭的三尺栈道上，激浪迸溅逐渐染白了军师的须发，尽管几度未竟而返，丞相却没有蜗居成都颐养天年。非不懂养生，不进则退之故也。纵是在稍闲观鱼时，仍成竹在胸，一扇挥退五路来犯敌军。早在白帝城受命时，他已在构思千古名篇《出师表》，"鞠躬尽瘁"的心音和着滔滔东去的大江涛声，反复奏鸣而不息。他返身西北渭水之滨五丈原，战事胶着，刁斗呜咽，仅余的心血凝成七里残灯。当时，即使魏延没有闯帐，灯也终会熄灭。然而，唯有一颗传世的大智之星千古长明。尽管多年以来也能听到种种不同的评价之声，但星光并未为其所掩。

他的祖孙两代中，有诸葛瞻、诸葛尚继他之志为抗御魏军邓艾等所率强敌，拼死殉于成都北大门绵竹；另有一支辗转于别处，最后繁衍于浙江兰溪诸葛八卦村，历经千数百年，教子遗训至今高悬——淡泊以明志，宁静以致远。累世遗风不泯——不为贤相，即为良医。难怪先生一生所经之地，不是兵家要塞，就是药草丛生，皆匡世济世之所需。

琅琊临沂王羲之

非敢高攀，其实他也是山东老乡。记得几年前去浙江绍兴兰亭观光，当地文化馆一老先生打趣说：王羲之是最早的南下干部。如果更确切地说：他至少是千数百年间第二位重要的"南下干部"。

中国历史上，有那么多的北方游牧民族大举兴兵南侵，又有那么多汉族士子避乱南渡。王羲之，晋时临沂王氏士族成员是也。当时北方膻云紧逼，琅琊田产屋宇，统统弃之不惜，惟心爱之毫管，堪比结发伉俪，饱蘸微山湖水，飞渡，直指会稽山阴！点破一泓鹅池，将千里颠沛风云，都浸染在笔洗中，化险恶为千年潇洒，潇洒千年！

长江如刀，将当时中国裁成两片。建康司马睿瑟缩偏安，以王导、谢安等惨淡经营，换得梅雨织成丰腴季节，育出一个百代书圣。这位"王右军"，初从卫夫人学书，后博采各名家之长，精研体势，草书看好张芝，正书师汲钟繇，一改汉魏古朴书风，使之更加妍美流润，既未失章法，又神出自然，书圣挥毫，本身就是江南另一番风景。真可谓江北刀丛漫长，江南惠风和畅。

东晋江南，有大诗、书二家，诗为陶渊明，书为王羲之。二人于当时虽地位不同（一为隐士，一为显官），但成就均极杰出。仅此共同点的二人，便使那偏安局促的局面少了些尴尬。

右军当日手书珍墨甚多。如《乐毅论》《兰亭序》《十七帖》；又如《快雪时晴》《奉橘》《丧乱》《孔侍中》等帖。据说《兰亭序》原帖，在唐太宗昭陵墓中沉睡了一千三百余年，屈为皇帝独享。尔今应呼世民醒来，汝既为明君，怎不使稀世珍品面世？须知：国宝岂可埋没！右军并非弄臣！

济南李清照

公元1126年间，凶耗传来，一惊非小，珠帘再也卷不动西风，女主人再也无心观赏绿肥红瘦，收起未填完的半阕新词和最珍爱舍不得遗弃的善本书籍，匆匆告别了青州、济南。一路骡车颠簸，蹄声嘚嘚，梦中疑是平仄，所经之处都是永别。千载诅咒的离乱，才女何罪！

此时在中国大地，野蛮穷追着文明，撕扯着《金石录》佳句，粗砺的马鞭抽打着飘零的唐诗宋词，带血的毡靴强暴着漱玉泉……

愈是牵挂不安，就愈是不忍回眸，一切都成为过往，还是要面对残酷的现实：明诚夫君忧疲交瘁，病体难支，已气若游丝，注定已无力同行终生。此际，只有一双王谢堂前偶燕送别难得的天作之合，从此旷世才女只能是孑然一身，梁上巢泥与潸然泪水并落。

此地亦不能久待，金陵也危在旦夕，金兵悍然过江，东陷明州（宁波），南逼虔州（赣州），追赶南宋皇帝于海中。乱世如此，孤女何为？只有奋力挣扎，让命运与富春江水一起逆流而上！

生命之后期长居于浙西金华、兰溪一带，虽非绝对安定，但已无北归之可能，所遗词作中，有缅怀少年时随父亲在北宋都城东京汴梁惬意生活情景的；想必也不会不回忆作为少妇在青州、济南时光的优裕与闲适，但每一点回忆都会添加一分苦涩，短暂的温馨感无异于饮鸩止渴，其味可想而知。最后，只有女词家的蓬发与江流夕晖对映，无涯的愁思弥漫着残笺；如果说还有什么，那就是细雨孤桐和她相伴……

不，不尽如此。其实就在这位齐鲁才女的残年，仍有一股"生当作人杰，死亦为鬼雄"的千秋耿气，支撑着余生肢骨。自她常爱登临的金华八咏楼起步，历经八百余年，终于登上了21世纪伊始的北京中华世纪坛。

中华世纪坛有中华民族杰出人物塑像，李清照位列其中。

历城辛弃疾

出生时一睁眼，山河破碎，遍地烽烟。今日谁也无法想象，在铁蹄蹂躏下的齐鲁家乡，乡亲们是如何度日的情状。难怪他作为一个儿童少年，胸中就充满了愤懑与反抗。

举义！那些不乏传奇色彩的战斗生涯啊！然而，他毕竟同时又是一个壮烈雄豪的词人。

于是，箭在壶中，而词在心中，箭与词同时飞出，穿透了公元12世纪一半是金一半是南宋的苍茫大地。在这之前，有在东京被攻破押送北上的奴隶军臣的哀哀之声；在这以后，又有稼轩飞将军所率铁骑渡江南进，投奔大宋，两种姿态，相逆而行。

一腔忠忱，本应在淮河以北黄河两岸的沦陷地区开花，无奈手脚紧束，惟能深夜与宝剑共语。虽步履遍及江南湖北、江西、湖南、福建、浙江，但只任些闲官而已。志在抗敌收复失地的《美芹十论》《九议》等被不予置理，落得一纸空文的凄楚境地，满怀郁愤。先后登上京口（镇江）北固楼和赣州郁孤台，托付滔滔江流打出词的战表，它不仅声震当时的金邦黄龙府，也足以使千百年后一切奸徒胆寒！

辛词骨气，贯彻终生。语云：无信不立。而无信念者徒具形骸。稼轩词无愧是信念的化身，而信念坚定者自是不死。

我至今不知辛夫人为谁，仙籍何处。或许是我的穿凿附会，是否如将军在《青玉案》一词中隐示的：南渡后蓦然回首，在灯火阑珊处亭亭玉立的那位？果如是——齐鲁铁汉与吴楚秀女契合，泰山银杏和江畔金橘嫁接，岂不是一桩佳话？

哦，至此我仿佛才得悟知：稼轩词中那溪头卧剥莲蓬的顽童，何以自幼便如此多趣，如此洒脱！

谓诸葛"事必躬亲"辩

    千百年来，诸葛亮作为三国时期的蜀国贤相，被后世认为是足智多谋的智慧的化身，尤其是他那"鞠躬尽瘁，死而后已"的献身精神，已经跨越了时代的藩篱，被广泛地认同和衷心地称道。但近年来，随着人们思想认识的开阔，对历史诸多事件与人物评价的反思，包括诸葛亮的某些方面也有与传统不同的指评，这当然是正常的，甚至也是有益的。其中有一种带负面情质的说法好像早就有过，这就是说诸葛亮发现、培养人才不够，更不能放手使用人才，往往事必躬亲，搞得自己很累。从一定意义上说，他的不能长寿，与他事必躬亲过于劳累有直接的关系，云云。

    当年，我在年轻的时候，也曾为这种看法所围，觉得诸葛孔明此人可能是根源于他对人不够信任而过于相信自己，才造成这一弊端。随着年龄的增长，阅历的加深，便对这一问题有了新的，也许是更全面、更客观的看法。

首先，看任何问题都要放在一定条件下一定环境中加以观照。众所周知，诸葛亮所在的西蜀，在三国中相对说是最弱的一个（面积、人口以及军事、政治、经济资源等）。这在很大程度上，是由于刘备集团的家底本来就薄，成事也迟。在许多方面都是很难与曹魏和孙吴相比拟的。在人才上不能说没有，但不能说甚多甚厚，发掘、培养也需要时间与心力的投入。加以刘备死得较早，后主刘禅（阿斗）相对昏弱而贪享（好在对诸葛丞相还算放手）。在这种情势下，诸葛亮常念"先主托孤"之嘱，不得不在并非有利的条件下夙夜辛劳，殚精竭虑，以补地僻、资源有限，尤其是人才仍较匮乏之不足。如此种种，当可理喻。

再说，诸葛亮也并非一概不信任不放手使用各方面的人才。对外来入川的"基干力量"自不必说，对原属蜀中和其他后加入者如法正等，亦多信用。就是这样，还发生过用之不当的失误，如对马谡，街亭大败应是一个教训。诸葛或因类此之故，用人更加谨慎，深恐关键失着，全盘皆输。而况，可能在有些事情上，自度用他人还不如自己"躬亲"，效果更好。如此，担子不断加重，疾自劳生。

不过，如果说正因"事必躬亲"，才导致诸葛亮寿命不长。这种说法根据并不充分，因而说服力也不强。当时，从一般寿命上讲，固然有孙权、赵云、司马懿等年逾古稀（七十岁）者极少数人，但大多人的寿命尚不足半百，如东吴之周瑜终年仅三十六岁，鲁肃四十六岁，曹操之高级谋士郭嘉三十八岁。武将之中，西蜀马超四十七岁，魏之司马师四十八岁。而诸葛亮五十四岁，与魏司马昭之五十五岁应属中寿。那么诸葛作为蜀之丞相，一身担此重任，心力付出最多，得此"中寿"亦算正常，缘何谓之"事必躬亲"使其寿命不长耶？此说有否先入为主的意味？

最后，根据亮之症状，多少年来一般的说法，其所患之症应为肺结核之类。如是，此病直到上世纪50年代基本上属于不治之症，被称为"痨病"，与今之癌症同样令人生畏，当时是没有特效药的。既然如此，怎又能要求一千七百年前三国时代的诸葛丞相抗得住病魔的摧折？非人不力，乃菌之凶也。

当然，作为我们今天的劳动者（体力的或脑力的），在可能的条件下，还是要加意重视身体的健康。一般情况下，不能以牺牲健康为代价去获取个人的成功。理由很简单，健康是生命质量的基本标志，是通过奋斗获取任何成功的本钱。然而，在特定的情势下，有时明知体质难抗"天命"也要奋力一搏，作为个人，以不负仅余的生命资源。作为国家民族的重要一员，不辱使命，以矗起的精神丰碑以感召众人，使稀有的辉光定格为精神的遗产，足以穿越时空，这样的牺牲应该说是：很值。正因如此，"鞠躬尽瘁，死而后已"就是诸葛丞相留下的不朽遗产。

何况，从现实的情况而言，诸葛丞相也无法超越当时的实际条件。试问：不出祁山，不"躬亲"，回蜀中峨眉山长期养病？如此寿命就一定会达到司马懿、孙权、赵云那样的寿命吗？未必。今天的科学证明：人的寿命的决定因素是多方面的。其中还有遗传基因这一重要因素。诸葛亮的遗传基因到底怎样，谁知道，也无法知道。

还不能忘记最重要的一节：一千七百多年前的三国时期人的平均寿命远没有达到现在的水平啊！诸葛孔明的"禳灯"至多能起到一点心理安慰作用而已。

两颗文星的命运

——关于王士禛与蒲松龄

  清朝康熙年间，在山东中部出现了两颗文学之星，一颗是幸运的，为众人所托举而虔心礼拜；另一颗内核炽热而外缘淡然。若干年后，前一颗归于它应享的适当地位，而后一颗却拭去世尘的遮掩，灿照闪亮，辉耀神州，今天其影响已扩及海内外。

  这就是新城（今桓台）的王士禛与淄川的蒲松龄。

  王士禛，是清朝初年声名卓著的诗人，别号渔洋山人，为当时文坛盟主，神韵派首领，官至刑部尚书。他的曾祖父王之垣，明嘉靖壬戌进士，官至户部左侍郎；祖父王象晋，明万历年间进士，官至浙江右布政使；叔祖王象乾，官至兵部尚书，晋爵太子太保；其父王与敕，清顺治元年拔贡，封国子监祭酒。王士禛在这样一个世代士宦的家庭，有诗文熏陶的环境，又有进身取仕的条件。他的一生，除勤于政途之外，就是著述交游。寿逾古稀，著作甚丰，主要有《渔洋诗话》《池北偶谈》等等。

而蒲松龄的终生际遇则几乎完全相反，他少年时虽崭露头角，随后却在科举道路上累累失意，大半生的时间基本上过的是穷塾师的生活。但底层的生活也促使他更能够体察民间疾苦，多舛的命运也造成他胸中郁愤借诗文以倾吐。他最辉煌的著作《聊斋志异》奠定了他在文学史上的地位，借鬼狐以状人生，以曲笔鞭笞魑魅，人物情态活灵活现，细节刻画惟妙惟肖，不愧被誉为中国短篇小说之王。

我这次步访山东中部淄博故乡，有幸第三次瞻仰蒲松龄故居，特别是第一次来到桓台参观了与王士禛有关的"忠勤祠"和"四世宫保"坊，除感到一种精神满足之外，心中还有一些复杂的意味。历史当然是公正的，但在某个阶段中对于某些人和事，也常常不那么公正。蒲氏故居已修葺多次，早已吸引着众多的国内外谒访者。王氏忠勤祠近年来也整修开放，还有与王士禛相关的其他遗址也相应地受到重视。但有所不同的是：蒲松龄故居在当时只是三间茅屋和同样简陋的小厢房而已，今日的格局完全是解放后装修扩展而成，而决非蒲老先生生前原貌。王士禛家族的忠勤祠却不同，它在建立的当时就是青堂瓦舍，几进大院，树木森森，势派赫然了，恐怕不论今天如何整修，比之原貌的威势肯定还有逊色。一个蒲氏故居，一个王氏祠堂，在当时却是一个陋牖敞户门庭清冷，一个是朱门香车拜者络绎。即使是历史，在当时也有势利眼，怎知就在这蓬门晨开时走出的那个口衔烟管与过往路人闲聊的村夫，就是若干年后被广大的人们确认了的大文学家，而那位被当时士人才子所仰慕膜拜的大诗人和朝廷命官，其文学成就竟不能与那个村夫比肩。

真的，笔者也是山东人，对我这两位先辈老乡不存任何偏向。蒲松龄的作品我当然喜欢，王士禛的诗文我也读过不少，但我不能不公正地说，王的作品从思想到艺术出类拔萃者还不算多。也许我妄谈，他在当时文名之高，是不是他的官保了文，官升文名也升，而蒲氏就缺乏这个优势，他只有凭真功夫立足。令人特别感兴趣的是，这两位作家都写过一篇《地震》，都是描述康熙年间山东莒南县大地震对淄博地区波及的情状，但在思想艺术的各个方面却不难分出高下。但我假想在当时，一般评论者看了这描写同一物事的两篇文章，恐对王文的喝彩声倒要高于蒲吧？

这是假想也不是假想。历史也许最终是公正的，而在当时由于受到种种晨雾暮霭的遮蔽，也可能做不出立竿见影、准确无误的判断。

当我在王氏"忠勤祠"中，聆听着女讲解员以清爽的普通话娴熟地讲述着王士禛的高祖王重光效忠于明王朝的种种业绩："抚谕"平蛮，为嘉靖皇帝营造宫殿而涉险采木，亲身深入林莽，结果触瘴而死。嘉靖皇帝因而赐书"忠勤不悯"。这些，当然都是王氏祖先的荣耀，历史的局限是不可苛求于古人的，但我听后，毕竟还是掸不走内心的不畅。我觉得，作为文物保护自然是必要的，因为它具有较重要的史料价值，但如在今天不分青红皂白地大加弘扬对封建皇帝的"忠勤精神"则未必可取。"文革"中统统砸烂固然是令人诅咒的野蛮行动，今天对一切封建思想糟粕一味称颂也并非完善之举。笔者是很崇敬蒲老先生的，但即使对这位闪烁着思想和艺术辉光的先贤，当这次在蒲氏故居听讲解员念及他直至古稀之年还锲而不舍地赴省城赶考，我也隐隐产生过一种凄怆的感觉，仿佛在心里说："我的老先生，你三番五次，还不死心哪！你难道还不明白那班形若槁木心存偏见的考官们能够对这个并非绝然循规蹈矩的村夫学士给以青睐吗？"参观之后，在归途上，我又产生出另一种宽解蒲公的理由：也许他并非完全由于迂腐，而在很大程度上是体现出一种"不到黄河心不死"，誓以自己的文才一展宏愿的"拧劲儿"。如果是后者，那倒也谈不上什么局限性不局限性了。

在去新城和蒲家庄的路上，树木萧疏，朔风刮面，但同行诸君谈兴不减，集中在乡梓这两位文学家的友谊上。说到王渔洋如何官高位显而礼贤下士，不以势位论交，与蒲松龄保持了数十年的诗文友谊，并传为佳话。说到公元1711年（清康熙五十年），当蒲松龄在家听说王渔洋因病去世，哀痛万分，立时提笔作四首悼诗以寄深情。这些听来也不无感人之处，但这恰恰又勾起我多年来百思未得甚解的一个疑团。王士禛既为高官又是名士，他何不在山东抚台或济南知府面前为蒲松龄说上一两句话，肯定对改善那位文友的处境会生立竿见影之效。究竟是什么原因没那样做？难道也是如某些人与人之间的关系那样，对坐清谈可以，微不足道的帮衬也行，但要使自己担些干系的关键事儿，则对不起，不帮也罢。这也许是笔者不免幼稚的揣测，孰知不是蒲公自己清高，不需朋友举手之劳，非要自己在竞文场上较量一番，才受之无愧，也未可知。不过，毕竟未见到有关这方面的确凿记载，也就难免要使晚生猜测下去了。

上述如此那般，绝无扬此抑彼之意，只是为文之道，不宜一味歌功颂德，糖上加蜜，也得坚持实事求是的精神，既是历史的，又是现实的，既为承前，又为启后，即使是向外介绍，也要使人信服方好。正如我在原桓台城看到的那座气象巍然的"四世宫保"坊，我一方面为能将这座明代建筑完好保存下来而由衷庆幸，另一方面也不必在钦准"圣恩"面前顶礼膜拜一番。我在这里珍重的是一宗文物，而在蒲公画像面前品味的是一位杰出文学家的姿质和精神。

但不论是蒲松龄和王士禛，作为文化巨子和他们所创造的精神财富，不仅属于我们中国，也应属于全人类。

星，不论是大星小星，亮度有何差别，但都是星，都是不会轻易消逝的。

倩影远逝几多秋

——想起古今中外的几个女性

古今中外杰出的女性、知名度高的女性以及在某个方面极其独特而为人称道者，从数量上说可能要少于男性，但其质量或就"人气"而言则未必稍差。去年，我专程去看了一下坐落于安徽灵璧的虞姬墓，对虞姬这个人物有了更深一层的认识。由虞姬，我又联想到中国和外国的一些女性，觉得都各有其探讨的必要，也很值得写一写。但我又想：有的人物知名度虽高，却多年来被人"嚼"得太烂或至今仍趋之若鹜表现个没完者，就不必再去凑热闹了。诸如武则天、慈禧太后、杨贵妃等大腕，光电视剧中的出镜率就创了很高纪录；还有几个名妓和名姬如柳如是、李香君、陈圆圆等，也就不要再锦上添花了吧？如此，我想了如下几位，均有不同程度的知名度，但人们问津得不多；或虽有不少人触及，但我有另外的看法，也便列入其中了。这五位中有三位是中国人：虞姬、戚夫人、唐婉；有两位是外国人：朱丽叶、乌兰诺娃。

谒虞姬墓

此女见于史传，是公元202年前的一位妙龄女子，一说是姓虞，一说是名虞，反正是不增不减，实事求是就称之为虞姬。既不像后人创造的"貂蝉"那样，在《三国志》里只是司徒王允府里的一名歌伎，到了小说《三国演义》里便有了芳名，还被后人册封为中国古代四大美女之一，与西施、王嫱（昭君）、杨贵妃齐名，并且累得大家在全国各地不止一个地方为她设冢，同样地，虞姬也不是近来兴起的任意戏说的人物符号，当然就不同于电视屏幕上乾隆爷身边的那一堆"女孩儿"。对于我来说，这就是值得关注的一个起码的前提。进一步说，她还常随项羽征战，这就决定了此人 固然有些姿色，但还不属于那种娇滴滴的小女人。当然她善舞剑，又会唱歌，有据可查的是，她在项羽大势已去，慷慨悲歌时，也以歌和之，歌词曰："汉兵已略地，四方楚歌声，大王意气尽，贱妾何聊生。"

有鉴于后者，更使我感觉值得去看一下虞姬墓。墓丘在一名为虞姬乡的地方，四周有院墙圈围，姬墓为夯土垒成，有砖砌之，正中墓碑为颜体正书："西楚霸王爱妃虞姬之墓"，两侧各一行字，上联曰："虞兮奈何，自古红颜多薄命"；下联曰："姬耶安在，独留青冢向黄昏。"乃本不相关的诗句拼凑而成。据守墓老人介绍，此碑为清时安徽天长县知县所书，书法功力比较一般，但也无关紧要。

墓的南面为中央大厅，有其夫君霸王项羽的石雕像，须发虬张，为勇武力士型。这较京剧舞台上的满口浓黑长须更符合霸王的性格和年龄。其实项羽死时也不过三十周岁，按现代标准是绝对的青年将领，与虞姬之间也绝对算不上老夫少妻；当然，估计并非"原配"。

但称她是"随军家属"谅是不错的，却未必能兼任军师的角色。而且，她决不是拖累人扯后腿的那一类，也决不会给夫君的乌骓增加重负；虽在绝境中亦不失从容，果断地选择她自认为的最合适的方式：以己腕之力，抽夫君之剑，直到最后一死，也未忘"天作之合"。

于是，那利剑与玉颈，组成悲壮的十字架——一首凄婉的诗。也许，尽管她预料到西楚最后的失败，却不愿眼睁睁看到那完全失败后的惨象，而宁可最后保留着夫君虽徒叹奈何却还没有倒下的风姿。

多年来，我始终有一种感觉：虞姬虽名为王妃，但并未如历史上某些王妃那样，或纯为金丝鸟，在君王那里，只具有玩赏以至娱乐的价值；或名为从属实为支配者，以色相和其他揪心的魔力在相当程度上左右君王。而虞姬则好像全不是。其人虽美但却有"心"，有情而比较平等。我这种感觉不知从何而来？史传和民间传说？抑或是京剧舞台？是也不全是，但潜意识中总是如此，而且由来已久。

当我离开墓园时，园中仅有的一位守墓老人已在躺椅上悄然睡去。他原来在看的一卷线装古书不经意掉在地上，但老花镜还提在手里。整个这一带都静得出奇，好像历史在沉思，不愿噪声打扰。天上落下细雨，有一搭无一搭地，就像有些民间传说那样莫衷一是。

福祸戚夫人

戚夫人，汉高祖刘邦爱妃。此人是我两千二百年前的山东同乡。所谓同乡，是以今天的行政区划而言，其实是一东一西。在下是登州府黄县人，而戚夫人是曹州府定陶人，两地相距足有一千数百里之遥。

戚姬名字不详，但其事在多种史书《史记》《汉书》《资治通鉴》中均有披露。至于芳容如何，史书中未著一字，但深得高祖宠爱，分值太低是绝对通不过的。十几年前我去菏泽观赏牡丹，得遇一专门搜集民间传说的老先生，对我讲起他的这位至近老乡戚夫人，那眉飞色舞的劲儿，那如见其人的惟妙惟肖，使我对这位汉朝初年的著名婕妤有了一个清晰的轮廓。老先生先用的是排除法，戚夫人既不像杨玉环偏"肥"，又不像汉成帝宠妃赵飞燕那么偏瘦型，给我的总体印象是增之一分则多减之一分则缺的那样适中。老先生又说：戚夫人没有杨贵妃那么能歌善舞，但又不是周幽王的宠姬褒姒那样难得一笑的冷美人；她既不是西施那样蹙眉捧心的病态美，更不属于陈圆圆那样人见人迷的尤物。当然，老先生强调说，戚夫人的心性与吕后形成为鲜明对比的反差：吕后生性阴狠毒辣，有蛇蝎般的心肠，雄性暴君难及的下得了手；而戚夫人性体善良，举止得体，虽够不上绝色，但极耐看受看。老先生根据当地民间传说的一番描述，使我觉得这位戚夫人本质上是一个比较清丽、善解人意的小家碧玉型女子。也许刘邦正欣赏这种类型、这种格调的嫔妃。

民间传说也许不能深信，但世代流传也未必太离谱，应该说是有些参考价值的吧？

但那位老先生也没有完全掩饰戚夫人的"缺点"，他说她在受到皇上宠爱的那些年中，总爱哭哭啼啼地促使刘邦下决心立她所生的儿子如意（封为赵王）为太子。刘邦也很喜欢如意，这倒不仅仅因为他是戚姬所生，确实还觉得如意比太子刘盈（汉惠帝）聪明懂事；而吕后所生的刘盈不知怎么完全不似父母，生性孱弱，恐难成大器。

戚夫人的这种做法，在今天看来并不难理解。她年轻力孤，唯一的依靠就是高祖这棵大树；假如他日君王不幸崩殂，她势将陷入危险的境地。唯一的出路就是君王还在时将己子立为太子，将来承继帝位，那样子贵母荣，至少可以保安。却就是这么一个不无天真的祈望也未得实现，在吕后的严重干扰和大臣的反对下，刘邦虽有此意终也未得实施，直到他公元前195年死去，便意味着那位并无明显劣行的戚夫人由为时不长的"福"向万劫不复的祸的急剧转换。

时间虽过去两千二百年，但今天仍不难想见唯一可依托之人的"驾崩"，对爱姬戚夫人来说无异是天崩地陷！

此后这个曾被宠爱过的女人立即被扔进地狱，所受的凌辱与摧残可谓惨绝人寰：剜眼、熏耳（使之聋）、哑药、断其手足、置于厕中。对此，连吕后所生的汉惠帝刘盈都看不下眼，派人转告吕后："此非人所为，臣为太后子，终不能治天下"。从此他沉溺于淫乐，以麻醉自己，而不理朝政。不仅如此，吕后还不遗余力追杀戚夫人所生的赵王如意。刘盈虽多方保护，却终不能免。后世司马光修《资治通鉴》时详说汉惠帝刘盈的行为是："笃于小仁而未知大谊也。"我则别有一种看法：刘盈的做法，从一定意义上是对其母无比残酷的一种反抗。在那种令人窒息的环境中，少一个皇帝并无大憾，而多一点人性反而弥足珍贵。何况，纵然惠帝刘盈听政，也是吕后的一个傀儡，有何惜哉！

哀哉戚夫人，一个人的命运从金阶玉辇上被推落尘埃，不，是不容呼喊的无底深渊，从深层上讲，已跳出后妃之间因恶妒致成的惨剧，而是从中看出人性的绞杀，可以达到何种疯狂，何种令人发指的地步！固然，有其发展的必然性，但也有一定的偶然性，设若戚夫人遇到的不是极恶人性的吕后，而是类似清咸丰皇上的东太后慈安那样的对手，恐怕惨剧就不至于发生。戚夫人，丽则丽矣，却肯定不算是个强女人，在人性格斗中败局是早就注定了的。

由此我联想起四十年前江青搞的评法批儒运动。她带领一彪人马去天津大肆鼓吹吕后是一位了不起的法家代表人物，而戚夫人是什么儒家思想的牺牲品，云云。哪对哪啊，一派胡言。奇怪的是，当时还有二三随行的"学者"为其帮腔喝彩，不知是不是由衷之言？

一个人，尤其是一个女人，无论曾经身价如何显贵，万一被跌落至平民境地甚至比一般平民还要凄惨时，其意识也会发生剧变；从本质上说已不再可能固守上层意识。这一点，一般人可能难于亲身验证，但我认为是这样的。

唐婉与沈园

千古绝唱一词哀，沈园不复寻落钗。

谁言壮夫不缱绻，柔情恰偕豪声来。

这四句是1990年（庚午）深秋笔者去绍兴沈园参观时，写在会客留言簿上的。不管诗句工整否，真的是表达了当时的一种心情。

有关南宋大诗人陆游与其前妻唐婉的缠绵悱恻的悲情故事，我与许多人一样，年轻时就在书上读到过。更深切的是，在南开大学上学时，天津人民艺术剧院的保留节目就是《钗头凤》，我至少看过两遍，在我们同学中可谓耳熟能详，包括陆、唐二人的词，也是倒背如流的。近些年我读到不少人写过沈园的散文，发表对陆游和唐婉爱情故事的感慨，有名作家写的，也有一般散文作者的作品。

因此，关于他们的爱情本身和双方的词句，我这里就没必要复述，但我还是要写这个唐婉，因为经过这么多年的沉淀与思考，我对他们之间何以被拆散以及陆游此后的生活情事，有一些新的想法。

就现在已有的可资参阅的材料看，有关唐婉的具体品格很难找到可靠的依据。没有相片和录像是大可不必废话的，即使是文字记载咱们的古人也极吝啬。不过，据传陆游和他的表妹唐婉是处得极和谐、极恩爱的。我估计，即使从当时外面上看，也称得上是天生的一对。也许唐婉不是以花瓶式的美貌取胜，她的气质，尤其她的内心世界是极其敏感极其细婉的。这些方面，不难从其诗才，从其在沈园中与陆游遭遇回去后不久就忧郁而死的种种看得出来。

但问题也许恰恰出在这里，这种极敏感内心极丰富的诗人气质，与丈夫相处、尤其是时间不太长的相处，无疑是相得益彰的，但对陆游的母亲（唐婉的姑母）心目中做儿媳的标准，却未必是理想的。且不说婆媳之间相处中可能有的磕磕绊绊，而大多诗人气质浓重的女子多是性情中人，个性比较明显，不愿对人（哪怕是长辈）违心屈就，或委曲求全不够，或恭维顺应不周，都会引出许多问题。最深层的因素恐怕是：陆母纵是大户人家出身，也难免从居家过日子，尤其是人丁兴旺家道昌盛出发，而诗人气质厚重的女性有时难称其意，或许还正与之相悖。如此下去，唐婉的优势在婆母那里就成了劣势；相反，她固有的"劣势"很难在短时期内得到补足，也或许她压根就不想改变。这样，便导致陆母终于采取了"最后措施"。

过去，人们在评价中都是简单地将陆母作为封建礼教卫道者的代表进行指斥，今天看来也不能说没有这个问题。但我认为，还不能不说这是两种气质、两种女性标准乃至价值观，具体说是两种家道选择分歧的结果。有时我们还得承认诗情与"过日子"、敏感与敦厚很多情况下是有差异的，这就要看不同人追求的目的了。在特定情况下，这些不同点还可能造成对立！看来陆母是不肯为了别人的性情为了诗而放弃自己对家道以及后代的规划，仅仅解释为纯个人之间的不合未必是全面的。

剩下的更是一个有趣的问题：陆母的阻挠和"破坏"产生了一个歪打正着的效果。陆家没有因为"近亲联姻"而极可能导致的后代缺陷与畸形，达成了陆游所生子女的健全。前几年我去绍兴公干，顺便访问了一些老人，他们说陆游后来的妻子属于那种贤惠敦厚型的女子，所生子女个个孝顺，未出大家，但家道和顺，这也使得陆放翁能活到八十五岁年龄，还有示儿诗，不能不说是因素之一。

尽管如此，作为诗人的陆游在公元1155和1199年还是两度去了沈园。第二次已是七十五岁，那时唐婉已经别世多年。"伤心桥下青波绿，曾是惊鸿照影来。"现实的"日子"总不能冲淡浪漫主义深情的折磨。真的，这无疑是一种折磨。

又是八百年后，我专程瞻仰沈园，特别注意到在园中靠南墙方位，不甚规则的巨型碑石上，镌刻着陆游《钗头凤》词，笔力豪放。时已傍晚，天笼薄霭，我仿佛看见一青衣书生背影，挥笔疾书。书罢，别转身，轻抖衣袖，移步向"伤心桥"畔走去……那里，正有一素面纤弱少妇，掩面过桥，止步回眸，似与那书生伤别，蹙眉间，隐有泪痕。此时暮霭已降，我趋步桥边，别无人影，惟有金鲤数尾，时聚时散，扰动水草摇曳，水波渐行远逸……

维罗纳访朱丽叶

想写朱丽叶，主要不是因为自年轻时就非止一次看莎翁经典剧作《罗密欧与朱丽叶》及以此改编的电影，而是我前几年实地去过"罗密欧与朱丽叶城"——维罗纳，那印象是极其深刻的。

维罗纳是意大利东北部的一座不大不小的美丽城邦。它建于阿迪热河畔，城墙很别致，全被棱角砖所镶嵌，而公元1世纪末建成的古罗马圆形广场也颇有名，还有大约五十个各自不同时期的教堂；至于它的现代工业，也并不落后。然而，如果不是莎士比亚在1594年（相当于中国明朝晚期）根据这座城市里发生的一桩令人叹息的悲情故事创作的著名剧目，人们很有可能会侧身而过。却正是因为有了他俩，特别是因为城内还有朱丽叶家当年货真价实的故址，多少人就甘愿在此流连。可见，"地以人传"这句话具有多么强烈的吸引力！

四百多年过去了，但当我步行至朱丽叶家边的院落，一切却都似昨天刚刚发生。

这座比普通的"四合院"实在大不了多少的"朱宅",其设施简直看不出这是哪个贵族之家!不过,所有的人前来都不是为了鉴赏华贵的庭院,而无疑是为了亲临其境,体味那个哀婉动人的故事的余绪。

我不知道世界上有哪个景点,有哪个繁荣的集市达到此时这个小院里"人口"的密度,毫不夸张的情况是人挤人,人塞人。这里有两个现象使我很是惊异,一是楼房的墙砖上刻满了密密麻麻的拉丁文字,砖是烧制得极好的暗黄色硬质料,似乎还涂了釉。但就是这样,那些留言也刻得很清晰。我为了弄明白,请教了同来的一位留学的同胞,他说:绝大多数都不是浅薄无聊的"到此一游"类的文字,而是抒发了他们观后的感慨;还有失恋者或终成遗憾者的题诗,乃至请冥冥中的朱丽叶和罗密欧指点迷津。而且大致自三百年前至今的不同国家都有,当然,大都是意大利人和欧洲人。这是一些奇特的文字,许多游人并不认得;然而从某种意义上说,当它们出现在朱丽叶家的院墙上,即使不用翻译,任何人只要沸腾着青春和再现的活力,仅凭目光全都能读懂每条留言的含义。

再一个令我惊异的现象是,这边照相的人简直是"疯"了!在楼门前,在院里朱丽叶与罗密欧幽会的阳台上,让下面的人仰拍则更是热衷。留影的有年轻人,也有白发银须的老妪和老翁,还有着婚纱礼服的新婚丽人。阳台是朱宅的焦点所在。一座区区三平方米的阳台，负载了数百年凄婉的恋情和痴迷的凭吊者。我也纳闷：为什么如此负重，竟未将一个中世纪的工程压垮？难道，爱之力还能远胜过现代的钢筋？

幻影中的罗密欧登上梯子，与阳台上的朱丽叶"冒险"幽会。燕语幽声，激情热吻，远胜过一切现代信息手段。莎翁的一部《罗密欧与朱丽叶》，使得维罗纳小城的一对男女走向世界。在特定情况下，死胜于生，形象胜过枯燥的电脑数码。

我登上二楼和三楼，都很空旷，而且光线很暗，楼板吱嘎作响。只见有一张旧的木床，据说是朱丽叶当日用过的，还有她的一幅中世纪油画，深挚、凝净，但内在充满激情，不知是否名画，出自什么年月？还有一幅油画正是朱、罗阳台相会的情景。同样没有作品背景，因为气氛太肃静，多说一句话都不相宜。屋里别无器物，也好，强似以后来的假货冒充。

咱与朱丽叶小姐相隔四百余年，却觉得真的访问了她，比之于以往看电影毕竟是实地来到过她住的家。比之于现代打个电话或电视主持人那样当场访问录像录音，更能从根底上得其神韵，感受到她心灵的律动。所以，我在开头就说：维罗纳访朱丽叶。

白天鹅乌兰诺娃

苏联著名芭蕾舞艺术家乌兰诺娃，今天的年轻追星族们知之甚少，而在上世纪五六十年代，我国的年轻人尤其是热爱艺术的人群中没有不知其名的。

虽说乌兰诺娃出生时，芭蕾舞早已从西欧传入俄国，但对于长足发展尤其是为普通观众所欣赏到的艺术，她的贡献巨大。虽然，乌兰诺娃的"舞路子"很宽，许多经典的芭蕾舞剧目她都无所不能，但是提起乌兰诺娃，人们还是很自然地将她与柴科夫斯基作曲的舞剧《天鹅湖》中的白天鹅形象联系在一起。以《天鹅湖》为代表，乌兰诺娃在她的盛年时期可以说是将芭蕾舞的表演发展到顶尖阶段了。

我有幸亲眼欣赏了乌兰诺娃的芭蕾舞表演。那是1952年苏联十月革命三十五周年纪念时，苏联派遣了艺术团、电影艺术团和红旗歌舞团等来华演出。当时我是中共中央山东分局和山东军区机要处的一名机要译电员，苏联艺术团等在北京演出之后途经济南，又在当时最体面的八一礼堂演出，票是很珍贵的，我们机要处也只分到不多的几张，因为"政治条件好"，所以可以坐前排，看得非常清楚。除了乌兰诺娃表演的《天鹅湖》片断外，我记得还有苏联功勋艺术家奥布拉兹卓夫表演的魔术等等。至于电影艺术家代表中，包括《幸福的生活》一片中的女主角拉迪尼娜，好像还有《乡村医生》中女主角玛卡洛娃等等。这些演员在当时都是很有名的，但那个年代，却不大时兴称为"明星"。

半个多世纪前的那个夜晚，是一次极其华丽的艺术享受，而印象最深的还是乌兰诺娃的表演。"白天鹅"婀娜中又有风骨，羽化中又富神韵，无比轻盈中不失端雅，纵是无比静谧中又饱含丰富语汇。是天鹅境界中的骄子，是艺术提纯后的精灵；如行云流水，却又并非过眼烟云；半个世纪前惊为绝艺，半个世纪后思为幻境。在此等艺术境界中，热烈鼓掌也不足以表达内心的崇尚；在潜心消化时，偶而听到场中叫好声也不会皱眉视为不和谐的喧噪。自那以后，很久难得享受到这样罕见的表演艺术。

中间，中苏关系发生转折后，很少听到乌兰诺娃的消息，但偶然知道她始终未停止自己的艺术创造，直至古稀之年还曾经在舞台上与观众见面。本来嘛，天才问世与长期艺术锤炼的成功契合是极为难得的。稍微懈怠都是大的损失，轻言放弃更是对艺术人生的不负责任，对事业如此坚贞不二的乌兰诺娃当然没有别的选择。从某种意义上也可以说，乌兰诺娃就是芭蕾的化身，而芭蕾就是她的生命。

不知为何，近年来，在体操竞技场上看到的那个俄罗斯女孩——"体操皇后"霍尔金娜，不禁使我联想起乌兰诺娃。按理说，隔行如隔山，这之间没有多少可比性。可能因为同是到达了一种境界，外在与内在完美契合的缘故？也未可知。

经意的科场不经意的词家

——柳永的不幸与幸运

在中国历史上，一提到帝王对士子儒生的鄙弃乃至迫害，人们往往便会想到某个有名的暴君，或者虽在政治上和军事上有所作为甚至堪称雄才大略，但对他自认为不绝对驯从的士人才子有一种神经质般的警惕和不信任，偶尔用之也常怀异端之戒，使被用者动辄得咎，幸运者遭贬黜，身首异处也属家常便饭。最典型的时期莫过于魏晋南北朝，许多有才华有成就的诗人文士均未能幸免。而清朝的"文字狱"更是残酷之至，不仅被指为有罪者本人罹难，而且往往有灭族之灾。

这类事例已不是什么新鲜货色，故不列举也罢。

本文却说另一位也可谓另类士子，出生年代既晚于魏晋又早于明清，碰上的皇帝佬儿既不是总有谋篡之嫌的曹魏和司马爷们，也不是那个只怕人笑他出身低微而少文墨的明太祖朱元璋，更非"异族"入据坐上龙椅，时刻嘀咕汉族士子不服，常怀杀鸡吓猴之癖的爱新觉罗氏，都不是。那位"万岁爷"在中国历史上属于不早不晚，算是中世纪的北宋时期，而且还是一个不那么昏庸、较有作为的宋仁宗赵祯。此人1022—1063年在位，当时边患虽然严重，但宋皇朝所辖版图之内，社会经济繁荣，科学技术也大有推进；这位皇帝为缓和社会矛盾，还采取了一些改良措施，自然不是毫无效果的。特别值得一提的是吏治方面，这一时期在科考和用人上，至少在封建制度下相对而言，腐败的程度应该说是较轻的。但是这样一个尚未走下坡路的时期，就是这样一个还不甚蛮横不讲理的皇帝，却碰上了进京（开封）追求功名的举子柳永（原名柳三变）。也许世事世人之间顺者逆者都是缘分：在京的皇帝与来自闽西北的求官者一开始"碰撞"好像就有点错位。当然事情的起因说小也小，说大也大：刺激了草民百姓的事再大也小，引起皇上不高兴的事再小也是大。柳词一曲《鹤冲天》中有句曰：

忍地浮名，换了浅斟低唱

这一下惹了麻烦！原来，这位柳大官人虽然才思敏捷，却怀才不遇，屡试不中，一气之下，借填词以发牢骚，谁知被皇上听到，龙心不悦，挥袖之间给了这样沉甸甸的一句："且去浅斟低唱，何要虚名？"其实柳永并没有那么清高，仕欲始终未泯，也算他并不像六百多年后蒲松龄那么倒霉到底，终于在宋仁宗景佑元年（1034）中了进士，时年逾半百矣。但也许人与人之间有逆缘者，躲也躲不过。当柳永任屯田员外郎区区小官时，主观上或许为与赵祯"搞好关系"，在仁宗寿诞之时，特意献上《醉蓬莱》一词，皇上还真看了。不看还好，一看至"宸游凤辇何处"时，觉得与御制悼念先皇真宗词有点相似，已有愠色，再读至"太液波翻"一语，禁不住大怒曰："何不言波澄？"当时便将词稿掷之于地。不消说，不论柳永在不在现场，看到或听到皇上的态度，不登时傻一阵子才怪。

此后正如许多人对这位词人所知的那样，更加落拓不羁，漫游江湖，同是宋朝人的吴曾在他的笔记著作中说："柳永由是不得志，日与狎子纵游娼馆酒楼间，无复检约"。如今，凡读过中学课本纵然不爱诗词的许多人也记得"杨柳岸，晓风残月"的佳句。其实就是直接写他与青楼女子缱绻情意的词句也比比皆是："永弃却、烟花伴侣。免教见妾，朝云暮雨。""算得人间天上，唯有两心同。""罗绮成丛，就中堪人属意，最是虫虫。"还有少数直写男女床笫之欢，不必引露。

柳永仕途多蹇，最后索性连"今宵酒醒何处"亦不顾，无疑与对他的冷落与贬斥有关，在某种程度上是不得已而为之。但这样说比之于一加一等于二的简单答案也实在高不了多少。要知这赵祯不喜欢柳永，还不仅仅是出于断章取义抓住他词中只言片语而无限上纲，不是的。据宋时《能改斋漫录》记载："仁宗留意儒雅，务本理世，深斥浮艳虚薄之文。"按当时评价柳词的格调是，好为淫冶轻薄之曲，而且传播四方；以现在的话说是："影响不好"。既然皇上主张他所理解的正气，诗词也应该载道，而柳词不说是与此完全背道而驰，也属与基调多有不合之作，主上如何能够赏读？不过充其量也只是出于"腻歪"而不待见他，不理他而已，从始至终并没有对柳采取严厉的制裁措施，既未软禁，更未追杀，只要不在天子脚下张扬，也未晓谕地方查禁其作品，即使发展到"凡有井水饮处，即能歌柳词"的地步，仍然听而不闻。这从某种意义上说，还是够宽松的哩。尝见有学者文章云：宋仁宗赵祯迫退了一位白衣卿相、一代才人。笔者则不尽以为然，假如搁在魏晋曹操、曹丕父子和司马昭、司马炎父子手上，一个文人一再使他龙（或变相的"龙"）心不悦，是决不会轻轻放过，由他逍遥于千里烟波、沉享于万种风流的；更不必说清初那班制造文字狱成瘾的"圣明天子"了。

尝见文章有云："柳永生就一身傲骨，从不屑与统治者为伍。"过分了，事实并非如此。柳永对皇帝和权臣不仅有阿谀讨好的愿望，而且也有行动。别的行动我们未见不可妄说，献词而颂的例证尚不止一二，如献颂仁宗皇帝的《送征衣》，有"挺英哲，掩前王""指南山，寿无疆"等句，可谓不一而足。却不知为什么，看来皇上并不那么买账，至少并未明显奏效。这倒不能因此而说明这位皇帝佬儿不吃捧，或许是因为这位词人骨子里还不失为性情中人，有其言词却少了些滋润，毕竟并非溜须成性之辈，弄不好还容易拍在马蹄上，哪壶不开提哪壶，结果造成"上愈不悦"，也是可能的。看来，诗词写得到位者拍马屁也许拍得很蹩脚。

事实上，尊上与卑下之间接触中也有诸多微妙之处。有的人"颂""献""送"主上则喜而受之；有的人尽管使出浑身解数主上却不喜，纵然受之仍然难合其意。甚至还有这样的奇特现象，一个很难侍奉的主上偶有身边属下揶揄讽笑他几句，也未能触怒龙心，反理解为善意之调侃而不记其过；相反的情况是尽管属下百般恭谨也难取悦上心。这可能与之间的性格、气质、审美取向、细微感觉等都有关系，同样也不是一个简单的、表面的问题。

而柳永与宋仁宗之间大抵属于以上所说的"相悖情况"。这也是当事人十分无奈和没办法的事。但柳永就是柳永，他肯定不同于东汉初年光武帝刘秀的至友坚不为官甘居富春垂钓的严子陵，也不同于原为彭泽令毅然归隐东篱采菊戴月荷锄的诗人陶渊明，更不同于在云南姚安府任上挂印辞官讲学著述的明后期思想家李贽。他柳永就是柳永，如果后世还有类似他的话，至多也可称为"柳永现象"吧？

至此，我忽又想起"迫退"一语，倒也不无道理。"迫"本身包含着以上扼下以强抑弱的专擅，"退"也包含着诸多无奈诸多辛酸。但就柳永说来，也因此带来了歪打正着的效果。他如不被"迫退"，在任途上苦苦挣扎，最终也不会比那个"屯田员外郎"

高到哪里去，纵然高上去，很可能是增加俸禄，减了文质，就像他大致同时代的晏殊那样做了高官之后，尽管还在填词，却再也弄不出"无可奈何花落去，似曾相识燕归来"那样的佳句来了。而柳永在词坛的成就，尤其在尝试和发展长调慢词方面的贡献，多是在被"迫退"之后取得的。从这个意义上说，他被"迫退"得好！当然，这是就客观效果而论。

这一规律，是多少人都懂得或能理解的俗常之理。因为，历史上非止柳永一人循着类似的人生轨迹而行，但关键是"退"向哪里，"退"了又怎样做，这才是作为词人柳永的"这一个"。

他退向长亭兰舟，退向酒台花径，退向曲坊歌榭，退向"佳人妆楼"。他没有"出世"，却不是入的经国之世，高台之世。他离主流之世渐远，却又不是隐遁寡欲，不是在暮鼓晨钟声里面壁消磨。他时而独往独来，"晓风残月"，时又"鸳鸯图暖""恣情无限"。他仿佛在烟波孤旅、倚栏凭眺中获得了相对的自由，在闹中取静、俗中见雅的小环境找到了自己的容身之地；他在身心的暂时消解中忘记了人生的愁烦，在为歌女（其中也不乏真知己）填作歌词供其吟唱中抒泄了才情转化成价值。他或许是在不知不觉间确立了自身的独特位置，有意无意中打造了在中国词坛上的成就乃至文学史上的地位——这肯定是他本人始料不及的。

人们大都看到了柳永在被"迫退"后的无奈，甚或认为他是人生追求上的沉沦。也许，这是问题的一个方面，却往往忽略了他的走向正是其人本性"色调"的一种不须多加掩饰的显象。不可忽视的是：柳永出生于福建崇安的武夷山下，绝胜的风景自小濡染着他的灵性，那里的人文风习尤其是男女火烈泼辣情爱的民歌民谣激发着他的情感世界。这种本性中的"基因"在他为仕途追求而苦读经史时，可能被压抑而居于潜隐状态，而一旦"主流"追求被梗阻而变向，那种本性中的潜流便强烈而持久地得到喷发，也就是为什么柳词中风月艳情较多而言志载道较少的内在原因。所以说，柳永从追求主流转而流入尘下，有"迫退"无奈的外因，也有本性纵放的内因。

在读书致仕的科举制度下，"万般皆下品"不仅深入有志士子的脑髓，而且也弥漫于黎民百姓的价值观念中，柳永生活在此大环境中，不可能不为这种主流价值观所左右，但在经历一波三折之后，他不算十分痛苦地离开了禄疆名场，在一定意义上说是还其本原。以"事后诸葛亮"的眼光看，这未尝不是一种幸运。他之能够喊出"名缰利锁，虚费光阴""红颜成白发，极品何为"还真不是"吃不着葡萄说葡萄酸"的阿Q语言。只不过，曾经的科场仕途追求，是出于社会价值标准的驱使，为实现禄位尊荣所必需；现实的似醉亦醒、偎红倚翠，是无奈后的回归，是本性的感应。他以摇曳之笔写多情之词，以多情之词供佳人吟唱；取之于梦幻般的生活，又还之于欢情无限的现实。填词是寄托，欢情也是抒泄；是麻醉也是最明白，沉沦中也有飞升；愈来愈远离主流，愈来愈与市井贴近；也许青楼与官苑只有一墙之隔，却可谓咫尺天涯。

这类边缘人，柳永之前有过，他之后也有，甚至外国也可以找到。但柳永之作为边缘人，不是纯粹无所事事的浪子，也不是只会夸夸其谈，一无可用的多余者；他有才华，有所长，有成就，而且在宋词的发展上有无可替代的独特成就，对后来的词家影响深远，某些名篇佳句千载流传，为今日爱词者所记诵。他的《雨霖铃》意韵幽远，远超文字表面，真可谓"便纵有、千种风情，更与何人说"；他描写杭州的《望海潮》更是富丽万千，"三秋桂子，十里荷花"八字，胜于繁冗铺陈，真个是"歌喉清丽，举措好精神"。

但毕竟是边缘人，欢娱中亦有惆怅，琴瑟中亦有寂闷，纵是性情中人，也不可能没有矛盾。不然，也引不起历代评者那么多的争议，就连完全否定者也是有的。这就不难理解，何以其人其作品在宋史中不占一席之地，"边缘人"嘛！其实，今天以客观公正的眼光度之，其真正价值较当时某些"主流"作家又如何？

当然，"边缘户"太多了亦不好，但像柳永这样独特的"边缘户"，出现了一点倒是值得称幸的事！

更何况，在柳永笔下，还有像描写盐工困苦生活的《煮海歌》那样的诗歌作品。可见，一个人尤其是一个作家，往往是不能以单一、平面的眼光观照的。幸而我们还学了一点辩证法，不然，没准儿还真能一言以蔽之地将他看成只会"衣带渐宽终不悔，为伊消得人憔悴"的减肥专家呢。

从于成龙想到顾炎武、黄宗羲、王夫之

2000年岁末，我一集不漏地看完了电视连续剧《一代廉吏于成龙》。公平而论，这部电视剧拍得是很用心的，也获得了相当程度的成功。于成龙在历史上是个真实存在的人物，电视剧并非"戏说"。于成龙为官清廉，康熙皇帝赞曰"天下廉吏第一"。于死后所余"财产"十分可怜，与当时一些不清不昏的官员家资简直不可比拟；即使比起今天的一些名不副实的"人民公仆"来也清简得实在可以。记得我小时候，在故乡还流传着一种鼓词话本《于公案》，以赞颂的态度尽道于成龙断案种种。此书虽不及《包公案》影响那么大，却也足以说明他不是一个微不足道的人物。

于成龙其人，生于公元1617年（明万历四十五年），卒于公元1684年（清康熙二十三年），山西吕梁地区离石人（明、清时离石称永宁州）。此地相对说来是一个僻敝的所在，而于成龙既未中过举，更不是进士，仅是一介贡生出身；所谓贡生实际上也是秀才，只不过因成绩或资格优异而升入京师国子监肄业，则不再是本府、州、县的生员，便称为贡生，意思是以人才贡献于皇帝。这里必须注意的是，于成龙本是前朝（朱明王朝）的秀才，而竟然为入主关内的清皇朝相中而见用。这一来是因为机遇，二来于成龙本人也乐于为之，在乡已等得过于长久而急渴，只要是上边见用，管它是朱明还是爱新觉罗氏大清，可谓主客观一拍即合。电视剧中表现的是幼年康熙向其父皇顺治献言"多用前朝士子"，这一情节未知史实依据如何，但有一点是肯定的：清朝入据北京后，为巩固统治，对汉族知识分子采取既打又拉的策略，借以笼络人心，或分而治之，各个拿下，总之是要迫其就范。于成龙有幸被立足未固的"异族"新皇朝所召用，而且是已届中年的功名微薄之人，对主上表现为感激涕零，此后他无论在何任上都是恪尽职守，竭力效忠，初为广西罗城知县，后升迁至湖北、福建为官，直做到直隶巡抚、两江总督，二十年间虽也有点小小周折，总的说来还是官运畅通，由七品县令直至极品大员，如用当今的时髦语言表达，也可称为"于成龙现象"。作为一个出身卑微的汉族官员能有这样的运气，究竟有什么奥秘没有呢？

这"奥秘"，说有也可以说是有的。那么，是不是仅只是因为他的"清廉"二字感动了"真龙天子"，论廉行赏而累累升迁？

这固然是一个原因，但从于成龙一生言行来看，还有更重要的一个"奥秘"是：他确实对大清的事业尽忠有加。可以断然地讲，假如没有这一点，只凭他的清廉，还是不会有那样好运气的。假如他像前朝的海瑞公那样，既反贪官又"骂皇帝"，肯定要招致"龙心不悦"，而决不会有什么好果子吃的。综观于成龙的一生，他决非只是内省以洁身，而更有外攘以清境的"业绩"在。这方面，不能否认有对污吏土豪的惩治，但也有能为巩固清朝统治而大卖力气的行为。在他镇压的地方盗贼匪患中，固然有为非作歹的不逞之徒，也包括那个年代（别忘记那个具体的年代）不满清朝入据暴行而奋起自卫抗争的汉族兵民。对于他们，于成龙自然也是站在清朝官府的立场上，坚决打击而决不手软的。

曾经有过这样一种观点，说是"愈是清官愈反动"，理由是所谓"缓和阶级矛盾"的做法客观上起了麻醉人民的作用，延缓了封建统治者的寿命。此种观点无疑具有明显的荒谬性。因为，尽管在那个根基滞重的封建社会中不可能治本，但在一定范围一定程度上治标有效也是好的。虽然如此，对于不同的"清官"也还是要作具体分析，以于成龙"这一个"人物说来，在其为官清廉的另一面，所谓"恪尽职守"也的确起到了巩固封建政权的作用。而这一"巩固"还不是一般意义上的，具体说来，还能起一种特殊作用。当清皇朝初在关内许多明遗官员士子犹豫彷徨尤其是如顾炎武、黄宗羲、王夫之等坚不做清朝之官，于成龙先少了些民族气节

（至于这种"民族气节"究应如何具体分析，另作别论），而多了些封建统治者的奴性，甚至有点"不论萝卜青菜，凡是皇帝就要跪拜"之感。在这点上，大可不必因其某一点上可取就掩盖他的"历史局限性"。其实，言其"历史局限性"过于概括了，也充分体现出于的思想局限性。就他的思想而言，当时不可能有别的选择，既然对实现"自我价值"过于心切，必然要走为皇上效命这"华山一条路"。在这点上，"主上"与"臣仆"之间可说是正相吻合。也许有人会说，既然明皇朝也很腐朽，那么顺应时势投奔新的主子也没有什么不好，至少是当时士子进身的唯一出路；何况，就一般而论，旧的不去新的不来，新的总比旧的要具有进步性吧？不然，又怎么解释它取代了旧的战胜了旧的呢？这样的观点我也见过，但不敢笼而统之地加以认同。具体到清取代明，原因应该说是很复杂的。当时是明皇朝内外交困，元气几乎消耗殆尽，清军多尔衮、多铎之辈乘吴三桂倒戈之便杀进关内，击败了李自成，实际上最后取代了明王朝。清初（即于成龙所在时期），残酷镇压汉族军民的反抗，为此不惜制造灭绝人性的屠城事件，"扬州十日""嘉定三屠"就是典型的例证。至于再稍后的大兴文字狱更是从思想上加以残酷钳制，强迫汉人剃发不知又使多少无辜人民死于非命。这种种充满血腥的暴政激起了有民族气节的知识分子冰火不两立的反抗，不然怎样解释顾炎武、黄宗羲、王夫之为代表的士子或起兵抗清或加入反清义军的战斗行列？当然由于清军骁骑惯战的优势（这一点也是作为一个较落后生产力的王朝势力战胜一个生产力较发达的广袤地区政治军事力量不可低估的因素），这些抗清军逐一被击败，但顾、黄、王等始终不与清朝统治者为伍。过去当人们评及他们的行为时，好像只是出于一种惯性使然——已为明臣的他们誓为行将覆灭的明皇朝尽忠到底。事实并不尽然，如全面考察顾、黄、王等人的思想，便会发现不应对其行为作简单浮浅的理解。也许不能完全无视他们内心深处可能存在的"惯性"，但更多的还是对清朝统治者残暴行为的不满。所以就他们的"气节"而言，不仅出之于民族意识，更有强烈的正义感而使然。其中顾炎武（1613—1682）为此而遍游华北和西北地区，访察民情，搜集资料，注意研究边防和地理情况，并垦荒耕种，联络同道，不忘抗清。黄宗羲（1610—1695），当清兵南下滥杀无辜时，他招募义兵，成立"世忠营"，进行武装抵抗。明朝（包括南明小朝廷）彻底覆亡后，他屡次拒绝清朝征召，隐居著述。王夫之（1619—1692）更具传奇色彩。当明亡后，他在家乡衡山举兵起义，阻击清兵南进，战败后退守肇庆，又至桂林投民族英雄瞿式耜，及至桂林陷落，瞿式耜殉难，他决心隐退，辗转湘西各地，隐身深山古洞，刻苦研究勤恳著述达四十年，而始终未剃发，罕有的"完发而终"。以往所见的一些说法则侧重于汉族士大夫不适应满族统治者的民族角度，而或多或少轻估了他们对于强暴者的不畏不卑，血腥镇压而不能夺其志的可贵品格。很显然，以他们当时所持的观念，如对清朝统治者屈服并为其效力，就是屈节，就是投降，这对于他们来说是绝对不可为的。

　　有趣的是，作为清朝清官的于成龙，生卒年代大致同于以上老三位，但他所持的肯定是另一种观念，走的是另一条道路。当然，其时汉族知识分子做出这样选择的绝非少数，在官、禄诱使下，有多少人能不跃跃欲试踏上仕进之途呢？随手举几个例子：王士禛，号渔洋山人，稍迟于于成龙，为顺治进士，官至刑部尚书，为"神韵派"首领。另如施闰章、宋琬均为顺治进士，清初诗人，号称"南施北宋"。但于成龙以贡生之身为官，比起以上几位又属个别，是一个非同寻常的典型，对于转向新朝仕进的士子更具特殊的吸引力。此点，或许是清朝皇家对其格外青睐的一个因素。

　　于成龙等何以与顾、黄、王殊不同路，我想首先是价值观的不同。以于为代表的价值观肯定比较"现实"，首选的目标是循仕进之途以施展显达的抱负。而顾、黄、王等则相当"较真"，追求自以为立身完美的"合理性"，因此尽管终生布衣而无显达亦不悔。另外，则与不同人的性格差别有关：有的生性比较圆通，凡事不以大的棱角对之；有的则比较刚直，纵是面对强横也不肯打弯。其实，纵是臣服了清朝的汉族士子，有的也不见得那么如愿以偿地通顺。上述"南施北宋"中的宋琬（山东莱阳人），即因乡人告他与当时附近的于七反清起义军"勾通"而被免官查办。这也充分说明清初的统治者对汉族士子戒心重重，汉族士子往往动辄得咎。

　　至于民族气节，乃至坚守与投降，近年来也见有另外的说法：

一曰所谓"气节"之说乃是汉儒的道德标准，西方对此并不甚计较；二曰"满清"说法已不合规，所谓"满清"早已融入中华民族大家庭，当时降清或附清的官员士大夫在今天看来已无可挑剔。是这样的吗？恐也未必尽然。气节也并非是汉儒的迂腐观念，任何国家想必无不嘉许忠诚于国家民族并为之建功立业的人物，西方对于战争中投降的官兵可能不像我们在某个历史时期那么看重，但恐也不会是"变节有功""投敌无害"的倡言者。至于"满清"今已不属另类，由此便认为当时抗也罢顺也罢都无所谓气节与否，这完全是不同时间的概念，不可相互混淆。因为，民族融合、疆土变迁的情况，中外古今不知凡几，不应将不同时期的情况任意偷换，否则，好多人和事就无法认定其是非优劣了。

当然，于成龙的被召用与明朝高官钱谦益等人的降清性质不完全相同，但他在做官期间为清皇朝所卖的力气、所表现出的忠君意识决不在钱等以下。他的应召、出任、升迁、尽忠，还是由其思想倾向和价值观所决定的。在这方面，我们不妨举顾、黄、王三位思想中的一些要点与于成龙相互映衬——

首先，是表现在对封建统治者的最高代表皇帝的态度上。黄宗羲认为君主实为"天下之大害"，难怪被百姓"视之如寇仇，名之为独夫"。透射出对专制暴虐否定的锋芒，民主主义的思想光辉毕现。毋须赘言，同时期的于成龙则是一个无条件的忠君者。而且，无疑是包括任何情况下的君主。

对气节的认识上，顾、黄、王等是决无含糊余地的。如顾炎武极度鄙视当时士大夫向清朝统治者摇尾乞求，在威胁利诱下变节投降的丑态，掷地有声地指出："礼义廉耻，国之四维，四维不张，国乃灭亡。"他认为一切祸国殃民之源皆由于"无耻"，而"士大夫之无耻，是谓国耻"。在这里，他将个人操守与国家民族的兴亡联系在一起，是一个思想上的跨越。于成龙也"廉"，但显然没有达到这样高的思想境界。

　　坚持爱国主义和唯物主义的战斗精神，顾、黄、王三位可谓终生不息。如王夫之认为"尽天地之间，无不是气，即无不是理也"。"气"就是物质实体，"理"则是客观规律。而且，历史是发展变化的，人性是随着环境习俗的变化而有所变化。所以，总的来说，这三位很会思想，比较而言，于成龙则很会做官。

　　于成龙作为清官无论何时都应予适当肯定，只是不能扬其所有而不及其余。我们虽不能苛求他也成为如顾炎武、黄宗羲、王夫之那样的思想家，却不能不统观他的思想而作出实事求是的评价，否则，那决不是辩证法。不全面分析一个人物的思想和行为，就不能从本质上评价这些思想和行为对人类社会究竟起到什么作用。假如我们只以皇帝老儿对一个官员的评价为圭臬，那肯定认为于成龙的价值高于顾炎武、黄宗羲和王夫之；但如我们从社会发展的角度宏观加以考察，便会发现后三位对封建社会某些方面的批判精神对社会发展的推动作用是于成龙不可比拟的。

一个是职业做官的，另三个是学者、思想家，从表面上看是不可比；但都是封建社会的知识分子，都精读过四书五经，又大致是同时期人，都经历过当时朝代更迭、世事转换的种种，从这些方面看，又是可比的。孤立地看一个人，是一副面孔，"横看成岭侧成峰，远近高低各不同"，掉转角度，再加比较，印象则不尽相同，谁是怎样也就更清晰些了。

　　当然，电视剧毕竟是文艺作品，对它的侧重、取舍与不完全等同的艺术化处理，我们自然要采取宽容态度，这是不言而喻的。

"坏皇帝"的另一面

——从秦、隋两朝短命说到炀帝杨广

在中国封建社会两千多年的历史中，有许多耐人寻味的重要现象，其中之一是：先后两个结束多年混战和割据局面的统一皇朝，却是同样的国祚不长。一个是秦朝，秦始皇灭六国统一中国，至二世而亡（公元前221至前207），短短的十余年光景。另一个是隋朝，隋文帝杨坚北废北周，南灭后梁及陈，形成为不逊于七百年前秦朝的统一局面。然而，与秦的结局相似的是及至其子隋炀帝二世而亡（公元581至618），也仅仅38年而已。

尽管如此，后世的评价还是比较公允的，无论是对秦始皇嬴政还是隋文帝杨坚，都肯定了他们的非凡建树和统一中国的贡献。记得21世纪伊始时，有西方国家的学者们评列三千年间一百个世界级杰出人物，秦始皇和隋文帝也榜上有名。不论其权威性如何，说明作为历史人物还是为中外有识者刮目相看的。

不过，这还不能掩饰秦、隋两朝何以祚运不长倏忽而亡的事实。换言之，此种耐人寻味的现象——即大刀阔斧、横扫六合的气魄，不循陈规、百废俱兴的建树与后来呼啦啦大厦倾覆的可悲局面之间到底存在什么必然的关系和偶然的因素？这一点，在过去千百年间不少有识人士（包括有作为的较开明的君主）都做了极有见地的探索与总结，也有许多佳篇名作流传于世，在下不必聒噪。

比较常见甚至众口一词的无非是：秦之暴政，横征酷敛，徭役无度，残民以逞；隋炀帝荒淫之极，连年征战，榨民血膏，田地荒芜，最后无非是民怨沸腾，揭竿而起，两个短促的皇朝在人民起义的卷地烈火中被埋葬。

历史的事实如此，一般说来，结论是毋庸置疑的。但若细究起来，事情是否便这样简单，有没有其他尚需下些剥茧抽丝般的别样功夫，我看也不见得是完全多余的。此文不打算循此脉络详加探讨，只想着重说说亡秦和亡隋的祸首秦二世胡亥与隋炀帝杨广这两个宝贝。

认识秦二世这个人物似乎并无多少麻烦之处，无论从史书记载还是野史、戏曲中展现，他都是个淫棍加混球式的主儿，与宦官赵高狼狈为奸，变着法儿享乐。还有横征暴敛、徭役榨取之举较之始皇时变本加厉。有一出戏（汉剧、京剧等剧种中均有）叫《宇宙锋》，又叫《金殿装疯》，就是表现赵高之女赵艳容反抗乃父和秦二世的合谋淫掠行径的。也从一个侧面见出胡亥此人饕餮美色竟达到雁过拔毛的地步。

不仅如此，更关键的一点是：二世只玩只胡混而不干正事。除了发坏没有真本事。因此，他毕生只有胡闹的记录而一无像样建树，有如一个十足的败家子只会糟践家底儿而绝无增益。如此，不落个身与朝俱灭才怪呢。

而隋炀帝杨广（569—618）则与胡亥并不完全一样。此人据说"好容颜"，纵然不是"帅呆""酷毙"，也绝非歪瓜裂枣之属。另外，也并非胸无点墨，好像还喜欢诗并能写两笔，而且不仅是依仗权位附庸风雅，至少诗才不比影视屏幕上的"好皇帝"乾隆稍差。当然其人妒心极强，凡诗才出其右者撞在他的手里是决无好果子吃的，甚至还会因此而断送性命。我绝对相信这些记载的真实性。然而……

然而什么？难道他还能有什么可取之处吗？人们的义愤自然都上来了。不错，提起这个"坏皇帝"，人们必然会联想到一千四百多年前那个荒淫无度的暴君，一个只会循运河荡龙舟挟粉头赏琼花的大玩家，一个一无所为断送江山也断送自家性命的混世魔王。

后世人们的这些义愤都是可以理解的。不过贬自管贬，斥自管斥，真正写起历史做起文章来，凡涉及这段时间，仍无法绕开去，仍然要规规矩矩地注上隋大业××年（哪管是括弧里也罢）。这实在是没办法的事，谁叫人家是皇帝呢。也许正因了这层特殊的优惠和无法回避的尊荣，几千年来才促使一些"吾当取而代之"的独夫们，不惜血流成河拼死争夺，以至施展种种阴谋伎俩爬上至尊宝座。本文所言的这位杨广可算是以卑污换宝座的封建皇帝中的一个典型。

然而（现在可以理智地在"然而"之后对当事人再做一番"评估"了），这位隋朝的第二任也是最后一任皇帝在经国大业上也不是一点建树没有的。现在不是时兴对历史人物的评价不能只着眼于道德标准更要审视其作为如何吗？既然如此，总不能对清朝的"圣明天子"与其他朝代的皇帝老儿实行双重标准吧？既然过去若干年中大多被作为残暴不仁、篡位没商量的雍正如今在影视屏幕上尽道其诸般好处，大有全面平反的势头，为什么早于他一千年的隋炀帝杨广就不能稍稍"客观"稍作"全面"些的评判呢？

说到这里，人们可能马上会想到笔者要提到修浚大运河一节。不错，大运河的开凿的确与炀帝有些关系，但大运河的出现还并非始于隋。其实远在公元5世纪的春秋末期运河即初见端倪，后经隋朝和元朝两次大规模的扩展，利用天然河道加以疏浚修筑而成。当然，作为最高统治者的炀帝杨广，固然有利于漕运南北交通的目的，但更直接更现实的考虑还是便于他自东都洛阳乘船走江都（扬州）行都游乐之所需；而且他的那个运河与后来的京杭大运河在走向上也有很大差异。但无论怎么说，已经部分形成了后来南北大运河的雏形，谅是没有什么问题的。至于在开掘运河中征使多达数十万的工役而造成民怨沸腾，那就是另一性质的问题了。这就说明，运河工程也是一柄双刃剑。

杨广开运河之举早已为许多人所知，但这位皇帝的武功也多有可圈可点之处，恐怕熟悉的人就要少得多。穷兵黩武、师出无名者不算，单说正当反击的战役就不止一二次。例如隋大业元年、三年、五年，河西吐谷浑连结党项羌，屡犯张掖，劫掠无已。大业五年（609年）隋炀帝率四十万大军，"御驾"亲征，发动了对吐谷浑的反击战役。此次西征，从根本上击败了吐谷浑，取得决定性的胜利。在这当中，他穿雪山、越峡谷，说明此人还并非一味贪图安逸沉湎宫闱而干不成正事儿的无能之辈。此次西巡，不仅巩固了边防，奠定了后来"大唐"疆域的基础，而且对开发西部经济尤其是河西走廊的繁荣起到了不可低估的作用。这一点，是有确凿史料可证的。

说到这里，我不禁联想起他之后两百年的一位"风流皇帝"（在许多人心目中也是个"好皇帝"）、千古艳绝长生殿的主角李隆基。这位为人称道的"开元盛世"的玄宗皇帝，几乎在大致同一地域的吐蕃侵扰中似乎就没有多少办法，那个汉族将领王忠嗣被打得一败涂地，而不得不起用突厥族大将哥舒翰来挡上几阵。这充分说明"尺有所短，寸有所长"的道理。在人们心目中的"风流皇帝"较之一个"淫乱皇帝"在征战生涯中却无疑是稍逊一筹的。你道怪与不怪？

还有一桩"业绩"可能更被人忽略，也可以说是为其劣迹所掩，说起来也许有人会感到疑讶，但又真真确确是这个"坏皇帝"罕有的强项。这就是当杨广西巡河西走廊时，曾召集宴请西域二十七国君主及使者，奏乐欢歌；更重要的是，他通过这种会见和交往，推动了当时中东部地区与西域诸国的互市——实际上相当现在的商品交易会（此具体资料见于甘肃张掖博物馆）。如以今天的规格而言他起码是个组委会主任的角色。以一国之君的身份，举办并主持这种活动，不必说在中国，即使在当时的世界上，恐怕也不能不称之为创举。比起晚他一千多年的清朝全盛时期的几位"圣明"君主那种以天朝大国自居闭关锁国，这个隋炀帝还是有点开放观念和商品意识哩。暂且不论其动机，这些活动的效果无论于当世还是后世其影响总还是很可以的。

至于过去指斥他穷兵黩武、连年战争损耗了大量国力，征兵和徭役也搞得民不聊生，这倒是明摆着的事实。笔者少时读初中历史，课本上讲隋朝当局为征东而在山东莱州海边造船，工匠长时站在海水中腿肉以至溃烂云云；不过另有一点也是事实：隋炀帝的所谓征讨，在诸多情况下都是外扰在先的后发制人行动。只不过有的仗没有打好，效果自然是雪上加霜了。

必须承认的一个严酷事实是，隋炀帝杨广的个人品质在封建君王中也属于比较恶劣的一个。首先他是弑父弑兄登上宝座的，这一点便使千千万万沾不上龙椅边儿的普通人也为之不齿。可话又说回来，作为最高统治者的君王又有多少个人品质"极其高尚"者，好像还数不出几位。就说那位历史上最有作为、较为开明的唐太宗李世民，在上台前不也扫除了兄弟建成、元吉吗？当然这两个人极可能在许多方面的素质都不及李世民，但"收拾"他们究竟是先发制人还是后发制人，其实恐也难说。不要忘记历史毕竟多是主流派和成功者写的。还有稍迟于李世民的女皇武则天，历史上虽有某些微词，而终归还是被推崇为大有作为的千古女杰。有一点却是不可磨灭的，就是她为了自己的绝对权位，消灭亲生的儿女同样如同宰杀鸡兔。还有，北宋的第二任皇帝宋太宗赵光义，历史上不也遗有所谓"烛影斧声"害死兄皇的迷案吗？我在想，为什么杨广的类似行径就格外臭名昭著，除去一些别的因素而外，是否与他当世而亡有关。设想，如果他并非亡于当时，又传下几帝，纵有上述恶行，人们再言其由于恶贯满盈而"现世报"便少了些说服力。多年来，我一直在思考这个问题：历史上某些朝代中有的皇帝类似隋炀帝这样的混蛋非止一二，但恰因他们并非亡于当时，就显得其本人不需为后代负责。随便举个例子：明朝的武宗正德（朱厚照）宠信大奸宦刘瑾，经常不理朝政而淫乐无度。在内宫不过瘾，还下江南和尽游宣府大同，采淫民女，劣行昭彰，但人们似乎对他就宽容得多，甚至传为佳话。过去就有戏曲《游龙戏凤》（又名《梅龙镇》）；现在又有新编剧目《李凤姐》，尽道种种佳处，一个有情有义的风流情种掩盖了统治者的丑恶与无耻。看来所谓"好皇帝"与"坏皇帝"在某种程度上决定于后世人的感觉，而不乏随意性的倾向。

造成这种不同情况的原因之一恐怕与"亡于当世"和"亡于后代"很有关系。可是，这里忽视了一个不应简单化的问题。历史上的腐败并不一定决定当世而亡。其中包含着多方面的主观和客观乃至"气数"方面的因素。这个问题比较复杂，须依不同的情况具体加以分析。此文不作赘述。

在鹰犬与勇烈之间

——从周遇吉说起

　　有一个人，出生年月无可考，只知死于距今三百六十多年前的1644年。从坟丘中挖掘出的骨骸经专家考证，其人活了四十岁左右，但也仅是"左右"而已。

　　这人是明朝锦州卫（今锦州市）人，行伍出身，早年曾任京营游击，因与张献忠作战有功，升任山西总兵，统领雁门、宁武、偏头三关。

　　也许一般人对此人不大熟悉。作为一个历史人物，也够不上"腕儿"一级。但在我，却自小就对其有深刻印象，而且在八岁至十岁之间，就看过两出根据此人故事编的大戏，一出是京剧《宁武关》，一出是昆曲《别母·乱箭》，而后者因我未经父母允可一个人跑到县城去看，还挨过家长的严厉训斥。

这个人在以前的戏文中是作为悲壮殉职的英烈来颂扬的。新中国成立后则被定为封建统治者的鹰犬、死心塌地与农民起义军对抗的死有余辜的家伙而被钉在耻辱柱上，以前歌颂他的戏如《宁武关》也在禁演之列。后来的新编历史剧《闯王进京》自然将其作为历史上的小丑加以表现。

尽管在我的头脑中也经历过这样反复认识的过程，但此人的名字和行为多少年来一直在我记忆中反复涌现，说明他并非那么简单了然。

其根本原因我想还是他并非是那么简单的一个人物，至少是一个特色十分突出的家伙，其思想和行为肯定值得后世人深思以至有挖掘价值，要不然想他何用？至少，此人在我的心目中是不应与秦桧、张邦昌乃至吴三桂这些人的名字相提并论的。

说出这个人的名字，我心中的滋味也颇有点复杂，但还是不能不说。周遇吉，字萃庵，明崇祯年间他作为总兵首当其冲遭遇到自陕西渡河汹涌而来的李自成大军的冲击。他初守代县，一战不利，再守宁武关。与李自成起义大军相比，显然是势孤兵寡，而且其余诸镇官兵均噤若寒蝉，独关难守。但这个周遇吉还是十分顽强（或曰顽固）地螳臂当车，发全城将士（据说还有百姓）与闯军激战数日，死伤大半。此时的周遇吉自知情势不妙，遂归家与老母和妻子告别，立下必死之志。其母也是一个愚忠的老妇，安慰他勿以家人为念，誓死守关，以尽大节。我记得昆曲《别母·乱箭》中有"擎杯挥泪别高堂"一句唱词。当周离家回顾时，其母和全家人均已自尽，且家宅烈火熊熊，其母其妻恐其有后顾之忧，以"殉节"绝其顾念，促其全力抗敌也。

在传说和戏文中，尽管情节稍有异同，但大致脉络如此。此后事情的发展当不言而喻，李自成大军在主帅刘宗敏的指挥下反复冲杀，宁武关终于告破，周遇吉被杀而"成全节义"。

我少时由于"缺乏阶级分析观点"，分不清统治阶级鹰犬和真正英烈的本质区别，只从现象上看这周遇吉是条硬汉子，不畏强横，誓死抗敌，而且他全家妇孺也"深明大义"，便强烈地激励了我。而且，我从当时大人们的口中，还得知这个周遇吉至少有"三不易"（也可谓"三突出"），更使我幼小的心灵受到很大震撼，乃至感佩。

其一是，当时的雁门、宁武、偏头三关本为阻挡北方入侵者所设，而1644年（明崇祯十七年）的李自成军却是在占领太原、忻州之后由南向北席卷而来；也就是说，周遇吉面临的形势是腹背受敌，不得不转身抗击，难度自然更大。

其二是，据民间传说，自京城遣来的监军（或为太监之类）审时度势，知孤关难守，劝周弃之（一说是不如暂降），而被周严词拒绝，并挥剑斩监军以明守城之志。此说可能不见于正史，但在我老家一带的民间传说中，却言之凿凿，直如真事。

其三是，自李自成大军渡河入晋，只在宁武关遇到周遇吉率军进行有力的抗击，自此长驱直入北京，宁武关可说是唯一称得起打过的一场恶仗，而在八达岭附近的居庸关则如洞穿纸壁，守关的明军几近献关，闯军未费吹灰之力。此点又可见周遇吉之突出"特色"，迥异于同类。

正因为我少时对此人有这样深刻的印象，尽管我从未将其与真正的英烈相提并论，却仍怀着一种特殊兴趣于今年夏末秋初专程赴山西宁武作了一番考察。宁武，自古以来为内长城锁钥，隋唐以来更为重要，据说隋炀帝杨广因此处清凉，曾建有汾阳行宫，至今遗迹在焉。明为防边患，成为三关之一。今宁武城内尚余一高大城楼，匾额上标明曾为古柔然胜地。尽管当地人指曰明末周遇吉曾在此关上指挥作战云云，但据考证真正的宁武关并不在此，而在城西南。我觉得这倒并非最重要的，最重要的发现则是周本人的骨骸。他的坟冢早先在城之郊外，后有人将其移至今宁武火车站附近，以砖石垒边，厚土覆之，大约是几年前为扩建车站又将其移至城外山丘之上，这时其骸骨才大白于世。从前一直记载和传说的是，周遇吉是被乱箭射死，但现在经仔细验证为身先中箭谅是无疑的，最后的致命伤则是后颈上的一刀，虽未完全断裂，但已足以致其死命。另外，从骸骨的高度看，此人并不十分高大，甚而略矬于常人。当然年久有无紧缩？因乏科学依据，未便详明其尺寸。后来我想：骁悍之将，并不一定每个都魁梧无比，而况还要联系内在的勇气全面考察。对此发现，当地有关部门倒也算客观冷静，为其立了一座新碑，上镌明总兵周遇吉之墓字样。总是三百多年前在此地发生过这样一桩不小的事件嘛！

或许是我为古人闲操心，在这位周总兵墓前不禁为他当时的抉择设想了三条（恰又是个"三"）：一是当李自成大军将至，周如真正深明大义，顺应时代潮流，转而忠于大顺王朝，也不失为一员骁将，或能在日后抵挡清兵和吴三桂军之战中做出意外贡献？但这一设想显然带有很大天真成分，那个周遇吉不可能学过社会发展史，认识到农民起义的进步性，所以要他"倒戈"是断乎不可能的。二是当闯军叩关之前，周弃关而逃，不作任何抵抗，使敌方唾手而得。这也不符合这个周总兵的观念和性格，他肯定以做懦夫与逃兵为奇耻大辱；同时在我这类的今人心目中是否会唤起"良性感觉"，恐怕也是不可能的。三就是如史实那样，经过拼死抵抗之后，全家殉难，以成全"名节"。这一结局颇使人感到遗憾，遗憾的是周遇吉的勇与"烈"用错了地方，与农民起义军对抗则是逆向而行，假如北向以击后金，如仍表现出如此勇烈便是不折不扣的民族英雄。可惜历史上的事情不好假定，假定有时是靠不住的。

不过，我的思绪至此仍未完全平复。也许我自小对不畏强大、秉性刚烈乃至誓死以殉的人物过于偏爱，尽管面前这个周遇吉的勇烈用错了地方而不足取，但感情上还是有别于对那些贪生怕死、蝇营狗苟的卑琐人物的鄙视。毋庸赘言，我也从未将这个周与文天祥、史可法等气贯长虹的民族英烈沾边儿，也不可与扶保南宋小皇帝抵抗元兵的陆秀夫、张世杰及明末的抗清英烈张煌言、瞿式耜相提并论。因为他们抗击的敌人确实很难说是代表进步势力的入侵者，至少体现出一种理所当然应受到推崇的民族气节，而周遇吉则非是。还有一类历史人物如誓不与燕王朱棣（后来当了永乐皇帝）为伍、宁死不屈的方孝孺，坚守济南阻挡朱棣大军南下后来终于死节的铁铉等，这类人物面对的并非民族敌人，甚至有时还可能被指斥为维护封建小朝廷对抗更英明君主的可怜虫，是封建正统观念的牺牲品云云。却不知怎么，我对这类理性化的判定时常在感情上难以接受。因为很难要求铁铉、方孝孺这类人物那么清醒那么功利地认识到日后的永乐皇帝较之建文帝更有作为，以使他们做出明智的抉择；更难要求他们预见到永乐皇帝还会派出宦官郑和多次下西洋（姑不论及出洋的全部动机），使我们这样一个泱泱古国增添了一位航海家。他们只能是以他们自己的价值观和审美观指导自己的行动，写出了自己的历史。虽事隔五六百年，但有一点尚可以断定：他们总是以违心屈从为耻；反之，则以矢志死殉为全其名节，而不论后人作何具体分析。

　　另外，我进一步想：甭说是文天祥、史可法这些彪炳千古的民族英雄，即以铁铉、方孝孺这样表面上看似为忠于那个小朝廷而对抗另一个为争夺王位而战的君主，事实是否就如此简单？他们当时的全部内心世界我们今人何以能尽彻知晓？从人性角度上考察，至少有那么一种人，有否偏偏不肯轻易屈从于强力高压，而本能地要加以抗争？否则，自身也愧对世人，反不如舍身以全名节。这里面就有一个性格因素，很难说仅是为一个小朝廷而愚尽其忠。我想，至少对有的性格中人此说并非完全不能成立的。

回过头来再看那个周遇吉，假如民间传说中他斥斩监军一节是确有其事的话，那么便含有抗命的意味在，就不能以"愚忠"二字而蔽之了。或许，此人的行为也有个人性格因素使然。

这或许就是我多年来对这个一般人知之不多的人物在理性和感情上未得完全谐调一致的"扣子"吧。

当我离开宁武城关时，恰遇一个拣"毛糙"（垃圾）的老头儿从土箱里找到一支古代箭镞，据说是明末在此间恶战所遗之物，但无字样标明是大明皇朝的军方所造还是大顺起义军之物。后来我倒也想通了，详加考据何益？无论是刘宗敏所射之箭还是倾洒自周遇吉箭壶，都已过去三百数十年，箭镞的主人都已作古，别说是刘宗敏，就连起义军首领、大顺皇帝李自成，在其殉难处湖北九宫山虽有坟冢但尚存争议，而败军之将周遇吉却明白无误地遗下了骨骸，能不使人感慨系之？

正是：百战胜负终白骨，惟遗一箭述当初。

从石驸马大街到"瓶庐"

——翁同龢故居观后

在江苏常熟市参观翁同龢故居，突然，在陈列的翁氏年表上看到一则简介：当年翁氏在北京的居处为宣武门内石驸马大街罗圈胡同口内。我不禁眼睛一亮：原来他还是我的"老邻居"啊。因我曾在石驸马大街（今改为新文化街）住了三十年，距罗圈胡同口仅一两个门儿。为此，我特地重去故地考察了一番，问了几位老者，认定为今罗圈胡同坐西朝东的一所大院。当然，与百年前相较已面目全非。

翁同龢，生于1830年，卒于1904年，今年正是此公逝世一百一十周年。其父亦为清朝官员，因此翁氏生于北京，幼时一度随其母回原籍常熟，并在乡攻读，咸丰年间得中状元，后为光绪帝的老师。翁在同治、光绪年间历任刑、工、户部尚书，并两度入军机处。因支持康、梁等人变法，力主光绪皇帝亲政，戊戌政变后被慈禧太后罢免，于1898年6月迫令还乡，交地方官"严加管束"。至此到六年后辞世再未回京城，在常熟大部分时间亦未住城内，而是蛰居于城西北虞山一处名为"瓶庐"的幽院之内。"瓶庐"，顾名思义，曰蜗于瓶中，身心约束而不得伸。院内有一口深井，是翁同龢为自己临危时备用，而不仅仅是食炊所需。他久居京师高层，深知世事之幽险，虽一时"荣恩"被放还归里，难免仍有惶恐不安之感。一旦事态有变，随时准备纵身以殉。由此亦不难推想，翁晚年的日子并不清闲，时刻悬念光绪帝载湉，静观时局有变，最后仍不免郁郁而终。好在他归里后不幸中也有幸，据说地方官表面上"严加管束"，实则并未过分难为这位遭贬的古稀老人。所以才能使其最终完成了《瓶庐诗文稿》和《翁文恭公日记》。这多达四十册的日记，始于咸丰八年七月，终于光绪三十年五月，在这部长达四十六年的日记体著作中，从一个侧面反映了同光年间的某些重要史实。看来直到他临终之时，仍在不辍地留下了内心与外部世界的共语。

有关翁同龢的一生评价，过去争议似不甚多，总的说来在他为官的几十年，正值列强入侵瓜分中国的多难之时，他始终主战，在中法战争中支持两广总督张之洞抗法，在中日甲午战争中反对李鸿章求和，并站在光绪帝一边支持变法主张。所有这些，一向被认为是无可指摘的。近年来则异议渐多，对他主战的正确性有所置疑，在某些影视作品中更被嘲为老朽不识时务，缺乏审时度势的眼光以致鲁莽用事，以反衬李鸿章乃至西太后之辈的清醒灵动，云云。当然，对于已往的人过去的事，在一定历史阶段从不同的角度加以审视乃至提出针锋相对的异议，也并非是什么全无益处的事。但许多事虽无绝对的正反，但亦不能混淆是非。"策略"与"机变"当然极其必要，但在国家命运和主权大事面前，气节与原则是不可丢弃的。从这个意义上说，翁公似乎更站得住脚，是不应简单地以"迂腐"与"鲁莽"之类的嘲弄横加涂抹的。

在常熟城内翁氏故居纪念馆，我不胜欣喜地看了他的不少书法真迹。翁氏书法我并非第一次看到，当年"文革"中下放工厂，有一位出身大户的老师傅邀我至他家，十分珍贵地展示出一本册子，内中夹有翁同龢写给他常熟亲属的几封书信，字体精娴秀逸，且不乏劲力。此次又亲自领略到如此多的珍品，也算是大开眼界，愈知翁氏以书法名世绝非虚誉。实事求是地说，以翁公之字，非今日一般"名人字"可比，始知书法家就是书法家，而且是卓有成就的书法家。由此我又联想到当年有位伟人曾说过：封建时代的状元很少有真才实学的。此说如用来批判陈腐的八股之弊无疑是有道理的，很可能有些状元未见得真出一般进士甚至落第举子之上；但也不能否认，其中也有卓异之才，起码在某个方面或某些方面是这样的。这类情况，唐、宋、明、清都有，其中还有如南宋时既为杰出诗人又是民族英雄的文天祥。至于翁同龢，起码应算是有真才实学中的一个。

时下深秋，我在原石驸马大街罗圈胡同及南闹市口一带流连，后者已大大扩展，旧屋均已拆除，难寻踪迹。我想象着，翁同龢幼年时和中老年两度在这里居住与活动，前后长达几十年之久，当时的情状在他的日记中亦有闪露。然而，如今物不是人亦非，只有附近尚存的杂院中老槐飘出一些落叶，叠印在百年前翁公也许走过的街道上。作为时间相差半个多世纪的"老邻居"，我既不想叨光，但也绝不感到有什么污损。尽管今天对此公有某些争议，但说他是近代史上的一位重要人物、一位著名的书法家，谅是不致离大谱的吧？

从北京石驸马大街到江苏常熟"瓶庐"，是清末一代政治家、重要官员走过的一条曲折的路，是中国近代脆弱的改良主义走向失败的必然，也可以说是百年风云变幻、人事纷争的一个缩影。很可能这种种争议和不同评价还将继续下去，但中华民族从备受屈辱到奋起抗争以至重新崛起的大文章当是一切志士仁人所努力为之的主流。那么，怎样审视和评价翁同龢，当然也应以这个不易的标尺衡量之。

以此短文，作为翁公逝世一百一十周年纪念如何？

人世沧桑敝园秋

——江西分宜严嵩故里手记

一个很复杂的人物，但主流评价仍是一个白脸权奸，至今活跃于舞台上的剧目《打严嵩》看起来还是挺解气的。但民间也有另外一面的流传，譬如说严嵩老儿的书法还是很上档次的，甚至连不是他写的字也贴在他的身上，最有名的是山海关城楼上的"天下第一关"五个大字（其实是明处士肖显所写）；还有北京"六必居"三个字，好像至今还没有什么争议。如是，那就是今天的人们最熟悉的严氏手迹了。

严嵩，生于公元1480年，卒于1567年，江西分宜县人，弘治进士，嘉靖大学士，入阁，专擅国政二十余年，官至太子太师。当他最炙手可热的时期，可谓权倾朝野，群臣动辄得咎。晚年渐为嘉靖（明世宗）皇帝疏远，其恶子严世蕃（官至工部左侍郎）被杀，严嵩亦被革职，并被抄家，归里后，不久病死，但亦是八十七岁高龄矣。

也许是出于一种好奇心理，我很久以来就想去严氏老家考察一番，但直至2004年深秋时节始得如愿。机会是江西新余市举办仙女湖文化节，分宜县正属新余市。我们一行人在198平方公里的仙女湖上泛舟，当地人士讲：昔日的旧分宜县城已因修建水电站而覆盖于湖水中，现仅存一座古建筑万年桥残迹，但严嵩故里介桥镇还在，而且紧靠现在的分宜县城，按照日程，下午正要去严嵩故里参观。我心中自是欢喜异常，终遂多年夙愿。

严氏故居为典型的江南建筑风格，据介绍是明代建后再无大的修缮，如今已呈明显的冷寂凋蔽之势。我不禁感到奇怪的是，如此高官府第，门脸并不很阔大，比起在山西看到的只有区区四、五品的晋商大院之门楣寒酸多了。我在心中只好作这样的解释：想必严嵩势盛时原籍故宅决不止此，说不定只是一小部分哩。但此门显然是货真价实，并非后来"复制"。门楣上方空白处有自右而左的两行字："天与子孙富贵"和"方伯世家"。进得大门，院落相当宽敞，正厅乃在江南常见之全敞顶柱的格局，但墙壁灰暗残破，横七竖八地写了些莫名其妙的字儿：有×年级×班，有××工分等等，当然是后来人所为。再往里走，每进院落就狭小多了，大约是三进的样子，最后面据说是后花园，今已不复见花木之类，只有驳杂的建筑堆积，在这些昔日的厅堂和居室中，大都显得空落落的，比较有价值的发现是：一间西屋中墙上嵌有严嵩书写真迹石碑，据称发现于湖南，由那里移来，笔体显得有点随意，但仍不失苍劲，功架甚稳。碑文大意是勉励为官者应常思君赐之恩，殚精竭虑以报效朝廷，并无使人警策的非常之句。在西间南窗下，横陈着另一块石碑，刻的是大明南京礼部右侍郎严××字样，据介绍是严嵩的叔伯辈之属。一东间为严氏宗谱，大抵是宋以降至明朝诸人，包括严嵩和严世蕃。这以下还列了一些后代，好像都没有多大知名度。这时，一位面颊瘦削、身材不高的老者凑过来向我们指点他们严氏宗亲中出的一些名人，并顺便解析了严嵩为什么一字"惟中"，一个"介溪"，所谓"惟中"者，是嵩为中岳，而"介溪"则取自故里介桥之意。我又问他严氏故居"文革"中受破坏否？他说因为严嵩败落之后，本来就"家产籍没"了；再加上这里解放后做过小学和村公所等等，也就没啥好破坏的了。我始释然。

来此前后，我特别注意到一个现象，即严嵩乡里中人，不论是知识界还是普通农民，对严嵩至多称为"权相"，而基本上不说是"奸臣"；论及到他的"过错"以及最终招祸，顶多是他那个倒霉儿子严世蕃得罪了人，而严嵩本人，不但不奢侈腐化，还挺"俭朴"的哩。在参观过程中，一位当地人挺内行似的说："当朝一品把自己的儿子搞个侍郎算啥，不就是个副部长吗？"在归途的船上，当地人对严嵩也有点往好处倾斜，一位来自江西宜春（明清为袁州府）的年轻人还微露自豪神色："那时又叫严嵩是严袁州，说明我们袁州这么个小地方还出了这么个名震全国的大人物哩！"有的新闻和文化界同行则认为严嵩的"倒霉"皆出于同朝御史邹应龙等人的"趁火打劫"，而为后世留下白脸奸臣的形象主要是当时的文学家、"后七子"领袖王世贞出于"报复"所造舆论所致（王的长诗《袁江流钤山冈》主旨是揭露严氏父子罪恶）。总之，使我感到有一种"地方保护主义"的味道。

当然，在当前"争名人"为时尚的风气之下，出现一些重名重权而轻道德的情况并不足怪；况且明朝这一时期上层争斗频仍容易模糊了人们是非感。诸如徐阶代严嵩为内阁首辅，高拱又逐徐阶，张居正又联合宦官冯保挤掉高拱，等等。但凡事往往在表面眼花缭乱中又不能完全抽掉了是非曲直。无可否认的是，严嵩在长期专擅国政过程中，奉行的是言为一言，权为霸权，可谓恶果累累。如害死坚主安边拒敌的蓟辽总督、右都御史王忬（王世贞之父），还有主张收复河套的大臣夏言，将领曾铣，抗倭有功的总督张经，上本列举严的罪状的杨继盛等，无不遭到杀害，如回避这样一些昭彰的史实，或采取"模糊哲学"，肯定是有欠客观的。

但在今天爽风拂面、碧波拨弹的仙女湖泛舟的氛围中，毕竟不是辩论会的场合。不同人出于不同心境各自的角度发表自己的意见，或许有这样或那样的偏颇，听听也好。

这时，我倒是想起刚刚看到的介桥镇中离严氏故居不远的街口，有一棵默默不语的古樟树，它肯定亲眼所见了严嵩自生至卒、家业盛衰的全过程。据说名树也是有灵性的，它或许也心中有数。只可惜它不会说话，空有满腹见闻也道不出来。但是否正因它如此清静淡泊，才活得恁般久长？

人性探索

初悟人之本性

　　也许是个人经历和遭际不同的关系，我对"人性"这个课题有浓厚的兴趣，也笃信它在决定一个人的品性和性格上的重要作用。

　　因此，在我近些年的作品（尤其是小说作品中），塑造所谓"好人""坏人"乃至亦好亦坏、时好时坏的人物时，人之本性自然成为我所关注的重要根据。我很清楚，这如果在三四十年前比较简单化的文学大批判中，我的这种观点和用来塑造人物的根据势必会被痛斥为彻头彻尾的"人性论"。那时本人由于年轻幼稚，当然同样也缺乏一个清晰的认识。

　　经过三十年的观察、体验和反复印证，我确信在人性这个问题上最不能简单化了。

　　在旧本《三字经》中，我们开篇首句读到的就是"人之初，性本善"。先秦孟轲和荀况则持完全相反的两种观点，即孟子的人之生来性善说和荀子人之生来性恶说。旧本《三字经》无疑是采取孟子的"性善"说。

而近世在有的伟人著作学说中，则很少谈及人之本来（即本性）如何，强调人的品性由后天社会影响及所受教育而来。

我也认为社会影响和所受教育如何的重要，但我从长期观察体验和主观"感觉"中所得：人的基本属性（人性之善恶）在相当程度上与生性有关；换句话说，人性的基本属性并不完全取决于后天的教育和影响。过分强调"生性"也许不无偏颇，但完全否认天性因素也未必是科学的。强调后天的社会影响和所受教育肯定是唯物主义的，但适当考虑先天因素也不见得是唯心主义。譬如说遗传基因恰恰是一种物质现象。当年我在"下放"工厂劳动时，听一位很有思想的工人师傅说过的一句话至今难忘："人是个啥坯子在他爸爸腿肚子里就决定一多半了。"

至于是"一多半"还是一半抑或是百分之几十，倒未必分析得那么精确，但起码说明先天因素对于人的本性绝不是微不足道。这在科学上也是讲得通的。记得前几年《光明日报》上发表了一则消息，西欧（好像是荷兰吧）一位科学家长期研究发现：许多犯罪分子在身体某个部位上就有较另外一些人突出的致恶器质，而另外一些人却有抑制这种器质的较强功能。我看后很赞同人之间的这种差异说，也印证了我多年来对于人性何以有较善与较恶的思考。

我国民间老百姓的所谓好人坏人的分法虽然过于淳朴了些，

但从根本上说还是有道理的。它抓住了不同人的本质方面，就是善与恶之分。我总觉得在整个人群中，既不是如孟子所说生来都是善的，也不是如荀子所说的那样生来都是恶的，而是对于不同的人应作具体分析，即生来便有善恶之别，或者说基本倾向是善型或是恶型。

但生来的较善或较恶（亦可称为倾善与倾恶）不是完全不能改变的。这就要归咎到后天的社会影响和所受教育如何了。如著名的"孟母三迁"的故事，就说明环境对一个人品性行为的影响。然而，也不可将这种更移夸大到无所不能的地步。俗话所说的"江山易改，本性难移"也并非毫无道理。这里不妨也拿古人来打比方：如想叫岳飞变成秦桧，或者叫秦桧变成岳飞，恐怕都是不大可能的。教育是一个方面，但这并非造就他们的全部因素。岳飞固然有母亲的训教老师的影响，但岳飞之成为岳飞，根本上还在于他本身。秦桧受的传统教育也不会少，因为此人还是个状元，既是状元，从小一定读了不少的书，至少有教育他忠于国家、劝善成仁内容的吧，然而他却成了金邦的间谍，杀害岳飞的主凶之一。八百多年来，翻案的文章作得很多，迄今尚未见有为秦桧翻案的。

文学艺术的形象是可以塑造的，但生活中真实的人仅靠人为地塑造恐怕就不会那么容易，而是先天和后天诸多方面因素所形成。我不相信例如抗元失败被囚大都百般利诱万般折磨三年，而不改其志视死如归的民族英雄文天祥那样的人物，可以任意塑造出来

196　石英人性文化随笔选

一个；也不相信明初那个宁可被灭十族也不肯向朱棣（后来的永乐皇帝）俯首就范的方孝孺（尽管此公有点愚忠），纯属后天塑造而成。当然，这里也绝不忽视后天的诸多影响如自我"塑造"的作用，但无疑也得是那样一个能够被"塑造"成的"坯子"。

然而，在做好事与做坏事的问题上，与本质上是属于善型还是恶型者的关系并非是绝对的。本质属于善型的人，也可能做出一些不大好的事情来，但动因可能比较复杂，比如认识上的局限；另外，还有坏事本身的程度问题。相反地，本质上是恶的人也可能做出一些好事，但往往与他个人的需要有关，功利性极强。比如说明朝正德年间的大奸宦刘瑾，有一天陪伴皇太后去陕西法门寺，遇上一个县官判错的案件，他露了一手，把错案纠正过来了，受到太后的嘉许。所以民间有这样的说法：刘瑾一辈子做尽坏事，就做了这么一件好事。有出京剧《法门寺》说的就是这件事，据说是有据可查的。

另外，本质上是属于善型还是恶型者，与他们各自在事业上的成功与否并非同一概念。他们各自却可能成功也可能失败（或是一时的成功等等）。

以上文字旨在谈及人的"本性"的异同，故而在社会属性方面涉笔较少，但并不意味着后者并不重要。只是一篇短文，难以平均使用力量而已。本人虽看重人性，但并不赞成"人性论"，也不是"天性唯一决定论"者。不过，我也不认为人的全部品性和行为均为后天影响所形成。在适度重视人的"本性"这一问题上，我却是一个坚定的持论者。

肯定地说，这种认识在目前和今后相当长的一段时间内，在我个人的作品中将会产生很深的影响。

再谈人之善恶本性

近年来，有人鉴于社会上某些道德失范、人性邪行等负面现象，痛心地疾呼：哪里是什么"性本善"，其实是"性本恶"！

一般人对"性本善"说法的来源，无疑是从《三字经》上得来的。《三字经》一书的基本观念应该是取之于儒家思想。而"性本善"则是先秦时期孟子的观点。孟子（约前372—前289）与稍后几十年的荀子（约前313—前238）在人的善恶定义上正相背反。孟子不仅认为人生来是"善"的，而且俱有仁、义、礼、智等天赋道德意识。当然他也很重视环境与教育对人善恶的影响。"逸居而无教，则近于禽兽"。这说明他认为人也是会变坏的。而荀子则认为人的本性是"恶"的，"其善者伪也"。即他绝不相信人生来就是善者，只有经过"师法之化，礼仪之道"才可使某些人转化为善者。但不论是善者学"坏"，还是恶者变好，在他们的学说中基本上是一个概念，似乎并不具体。

客观地说，在两千三百年左右以前，我国杰出的思想家能够对人本性这一重大课题进行思考并形成如此的理念，应该说是很可贵的。可贵之点在于，他们从不同方面聚焦于"善"与"恶"这个核心问题，便提供了后人进一步思考与剖析的线索。而且，对于认识社会的最活动因素——人的生存与相互关系等实践，揭示出最有价值的本质方面。

但在今天看来，我们的先哲在认识上还存在片面性的局限。这并不奇怪，在那个时代，人口疏密程度，彼此交往的频率，社会活动等的局限，尤其是在百家争鸣中，非此即彼的交锋。好处是鲜明的不同，但也易生片面性与极端化之弊。

笔者经过多年的观察、比较，特别经过人际关系、生活与斗争的实践，悟出：将社会中人，无论言其性本善还是性本恶都是过于笼统了。任何事物（包括人在内）都没有这般的一律而无区别。既然矛盾是普遍的，那么有差异则是正常的事。从理论上说是如此，从现实情况上看更是这样。如果你在人生疆场上驰骋了几十年，所接触的人，打过交道的，共过事的，生死搏斗过的，等等，何止千百！有的甚至是你看着长大的，有的还看到了他的结局。其中的许多人，并不像孟子所说的，最初是善者，后来变坏了，至少是不那么善了；也并非像荀子说的那样，最初是恶人，后来有的变成了善者，至少是不那么坏了。不可能都是这样由完整—转化—部分的坏了或好了。如果是这样，不论向何方变化，都是一个模式。

如果一位多经世事阅人甚多的智者细加盘点，他几十年间经历过的世人中有倾善者也有倾恶者。这是经斟酌后所定的一个字眼——倾。其含义是心目中有一条无形的线，在线那边的就是倾善的，在线这边的就是倾恶的。所谓"倾"，是不想把问题说得那么绝对，"倾"即倾向也。倾善的任何一边都是有程度之差的，如小善、中善、大善、极善等等，并非千篇一律；倾恶者也有小恶、中恶、大恶、穷凶极恶之别，并非千人一面。有人可能说，划分善恶谁来判断？当然不止是一两位"智者"，还有众人的口碑，时间的验证，以及结局的反证。

而且人们还发现（较长时间的验证），许多自小最善良的与自小极邪恶者，直到后来的若干年，也没有发生根本的改变。有一个很善良很上进的孩子，在上中学时有一次较严重的过失，但当他跌了跤之后，励志求新，又成了一个很有作为的人。有一位长者评价他"本质不错"。另一个脑瓜很好使，但奸巧有余，诚厚奇缺，年轻时即"创造"攀登防盗窗入户盗窃奸暴的"绝技"，多所"斩获"，案发后被判有期徒刑二十年。但在监狱改造中"表现良好""认罪服罪"，并自修了研究生课程，改进了几项生产工具，因立功而数次减刑，提前释放。但在回家的半途故态复萌，强暴后掐死单身行路的妇女，破案后被判死刑。看来，坏人变好，好人变坏，不是完全不可能，但从骨子里改变成另一个也难。后一个例证中在狱中"表现良好"，从根本上是为了别种个人目的而为。这正应了荀子的一句名言"其善者伪也"。

看来，由于遗传基因等科学唯物主义因素所致，一个人的本性要想做出根本改变绝非轻而易举。环境改变和德育教化肯定是有作用的，但想要达到如荀况和孟轲那样期望通过外力大幅度改变本性可能多半还停留在理论阶段。不能否定教育和"改造"的作用与可能，但都需要受教育和被"改造"的对象内心的真正转化方能起到作用；不切实际的教育与并非自觉的"脱胎换骨"不可能达到如愿的效果。据笔者亲身经历，"文革"中被揪出的"牛鬼蛇神"，专政方面天天迫使他们写"认罪材料"，结果材料各自写了几尺厚，被迫者内心并没有"服罪"。"四人帮"倒台后，都一风吹了事。反过来讲，即使有必要的正当的"改造"，也需要正气的感召才可能产生真正的效果。

故尔，可以这么说：人性可以有所移，但本性移也难。人的"善"与"恶"就是本性之核心。既是核心，就是比较潜隐的，因此也最稳固。能够"移"的，往往大多是比较表面的，比较看得见的，有的也许还是带表演性的。

必须指出：善者与恶者的本性与其人在社会和历史上的全面评价并非同一概念。譬如：历史上不乏有这样的枭雄大恶有雄心、有谋略，通过征战杀伐等手段，闯出了一片"大事业"，出于本性，其目的并非为民族和民众谋利，而是为了自身权位夯实基础，但在客观上也可能有益于生产恢复和社会发展等效果。如曹魏时期的开创人物曹操曹孟德。此人于东汉末年黄巾起事的乱世中脱颖而出，逐渐壮大自己的实力，翦灭群雄，为其子篡夺东汉皇权奠定了基础。他在所辖区内，实行屯田政策、兴修水利等等，在客观上肯定有利于北方生产的恢复，减少了因长期割据、混乱造成的恶果。但其人的本性却无疑属于倾恶型：心狠嗜杀。仅举几例，如因报父仇，滥杀徐州无辜平民；因无端多疑，枉杀好心接待他的故友吕伯奢一家等等。（后者在《三国志》中无记载。但必须看到：《三国志》作者陈寿修史有扬魏抑蜀倾向，一些不利于"魏武"的事实多不载。但此节可见于南朝裴松之注中。裴与三国时期仅迟百余年，他的补遗，应为可信。）故曹氏作为一个历史上的重要人物的"业绩"难掩其人本性之恶。我们应该对这些表面上似有矛盾的现象善于进行辩证的析分。在此亦不妨以荀子之语解之：某种人物的"善行"恰为逞其大恶的必备手段，实质乃"伪也"。

相反，有些真的善者并无大的抱负和能力，却终生为善而不悔。笔者故乡的李先生，乃前清秀才，肩不能担担，手不能提篮，只能做一个教书匠。但他尽可能对村民施以善行，并敬惜字纸，不主动杀牲，心软得不敢踩死一只虫子（不仅是不忍，是下不得手）。这样的真善者在乡里可谓有口皆碑，但终生无大建树。"三年困难时期"，村里有许多人不惜到远乡讨饭，得免于死；而他既无力远行又抹不开脸面，刚过花甲之年即生生饿死。可见本性善者与较健全的人生也不能画等号。

另外，本性之善恶与家庭贫富并无绝对的关系。出身富家的子弟不乏在民族危亡关头投身革命，甚至弃家纾难，气节凛然，最后壮烈殉国。有的穷家小子亦有骨气，人穷志不穷，以自己超常辛苦，劳动持家，正道善行，为乡里人称赞；但也有的恶行昭著，横行乡里，欺压良善，为人所痛恨。我少时有姜姓同学，据说原来家境并不贫困，但乃父吃喝嫖赌，罄尽了家业，到他稍长后，生活已甚拮据。但其人生性暴劣，自己说："一天不打骂别人就吃不下饭。"还养了一只狼犬，放畜牲咬人，他在一旁笑着取乐。家里没了粮食，便对其母说："别急，都会有的。"他持一口袋，随便来到某殷实小户，丢下一句："给我装满了麦子、玉米，我明儿来取！"无人敢不听，否则，该姜还会出狠招，晚上放火烧了这家的草垛。村里就连富有人家，也怵他三分，不愿招惹他。后来国民党军进攻胶东，撤退时该姜随还乡团走了，不知所终。看来善恶与贫富也并不绝对挂钩。

然而善也并不意味着"熊"（即太老实、窝囊之意），绝不都是像我那启蒙李老师一样；但有一点是类同的：凡为真善者路子走得都正。古时有许多浩然正气、精忠报国的杰出人物骨子里都很善良，却又不失为突出的干才。南宋岳飞文武双全，可说是骁金的克星，迭获胜绩，黄淮声震。"岳家军"军纪严明，爱护百姓，宁可冻饿亦不扰民，因而备受百姓所爱戴。就此亦能体现出主帅本性之善，并对映出谋害他的昏君奸相之类乃人中之大恶。现当代亦如此。抗日战争时期，籍属我县之山东特等战斗英雄任常伦，在当时根据地中英名远扬。有歌曲流行："战斗英雄，任常伦，他是黄县孙胡庄的人。十九岁参加了八路军……"数年间鏖战，毙、俘敌伪军百余名，缴获的枪支一个排都背不了。日本鬼子善拼刺刀，一般情况下我军战士一对一都较吃力，而任常伦一个可对付几个。他从小生性厚道，甚至还有点憨，特别乐于助人，参军后为了抢救负伤的战友，他不惜几穿火网；但一打冲锋，就特"虎"（当地语言：十分威猛，不要命之意），有的敌伪认得他，一着面就发怵。抗战胜利前一年，在一次战斗之后打扫战场时，暗藏在草垛里的鬼子袭击了他。他重伤后壮烈牺牲。对比当时岳武穆与现代的战斗英雄任常伦，我的启蒙李老师连小虫都不忍踩死，纵然为善，亦小善也。而岳飞和任常伦，为了拯救国家民族，勇于击灭万恶的敌寇。虽能杀人，亦为大善。我曾听人言：善型的人，心好是好，但多少有些无能，斗不过一肚子坏水的恶人，使人们觉得遗憾与憋气。人们的这种感觉也许不无道理，但并非善者皆"熊"，古往今来，智勇双全的善者亦并不乏人。何况我们还不能忘记："邪不压正"，总还是人间正道。

最堪为楷模的，如雷锋和焦裕禄。别的不说，就说他们作为真正的人民公仆，既是本性大善的"中国好人"，也是对国家人民做出大贡献的典范人物。这样的兼美者给历史留下了最具启示意义的宝贵精神遗产。

话说到最后，再次敲定：人生之始，倾善倾恶者乃两大部类，变则变矣，总也万变不离其宗。恶者纵有"善"举，骨子里仍未"立地成佛"；善者也可能误入歧途，也不至于"头顶生疮脚底流脓"，坏到家了。或许更深夜静之时，独自望善而思归。

无论如何，善与恶是一个本源性的比较纯粹的概念，但常常淹没在复杂纷乱的拥挤世界之中，似乎谁也难以理清；但其无形的分界线永远也不会在敏者的感觉中消失。至于这条线的两边的人数比例，究竟是否各占百分之五十，还是百分之四十九与百分之五十一，抑或是……恐怕是无法计算的。

本性的善与恶是最基本最稳定的那一块，而变化了的、延伸或收缩的部分往往是富于活动性的。只要人的生命没有停止，那种最具活动性的因素就会程度不同地延续着……

"感觉"的新意

　　我常乘京津之间开行的旅游快车往返于这两个大城市。有一次，我偶尔听邻座两位女大学生模样的"女孩儿"（时髦对青年女性的昵称）在谈话，其他内容均未在意，唯有一句话给我的印象最深："对那个男孩儿，我一点也找不到感觉！"

　　我知道，她口中此时此刻的这个"感觉"不同于传统词典中对"感觉"一词的诠释，而是近三十年来流行于人群尤其是年轻人中的一个通用词语，而且使用频率相当高。

　　开始的时候，我也感到有点新奇，在心里也不由地揣摩这个时髦常用语的源起。我想很可能是从戏剧表演行当引申而来。譬如一个演员对剧情精髓的理解、对人物性格把握的契机等等，甚至近于文学创作的灵感。这样理解虽不见得准确，但说来也怪，在我听来，却丝毫不觉得反感。

后来，又不断在报刊上看到有批评乃至嘲弄某些主持人和"嘉宾"（主要是演艺界人士），在屏幕上动辄就说"感觉"。这种使用过滥的现象确是一个客观存在，只能说明说话人的用语贫乏，但并不能因此便使"感觉"的新意失却自身的光彩。

我觉得，传统学术语汇中的"感觉"尽可以存在，而且其既定概念照旧可以沿用。譬如词典中谓：感觉是"客观事物的个别特性在人脑中的直接反映。是感性认识的一种形式"，"但感觉只能反映事物表面的个别的特性，是最简单最低级的反映形式"。这是最传统最书面的解释。

但流行在人们口头上的新的意义下的"感觉"却不那么简单，更不那么呆板。从表面上看，它可能仅仅是人们的某种直感，但其实未必都是表面的。相反，它往往是在短暂间被人们"提炼"出的最深层最本质的东西。它虽以印象的方式出现，却是人们长期形成的审美观甚至价值观的闪现，是诸多零散的印象快速凝聚的定格。因此，不能简单地认为它仅是一种盲目的、凌乱的印象而已，实际是还是非常可贵的很有价值的触发点，不啻于艺术创作中的灵感，看似仅为火花的碰撞，实质上却具有丰富的内涵。

所以我觉得：由于表意的贫乏而滥用"感觉"自然是不可取的，但从上世纪80年代以来年轻人对"感觉"赋予新意并不无时髦地使用开来，是对语言世界的一种丰富与延伸。如果说，出于学者的审慎不宜对"感觉"一词在词典上予以修改和补充，但在口头上和文学作品（如小说）中用之则大可不必加以排斥，在文学作品中适时适度地吸取某些时代用语，无疑会加强作品的生动性和现实感。

这"感觉"当然也会变化的，例如：我有一位素质很不错的年轻朋友在一次开会中认识一位同样年轻的女性，他曾对我说"感觉很好"，很想交这位女朋友并期望成为爱侣，但不知是这位"女孩儿"的个性使然还是某种客观因素不顺，对我那位相熟的"男孩儿"在一段时间内冷热无常，乃至有点扑朔迷离。久之，他也认为小妞太"自歪"（天津俗话：犹移不定，变化无常之意），而他本人在与人交往中素来又极崇尚自然而最忌不平等式的勉强，这样，原先曾有过的"感觉"便由淡化而渐形消解。

及至一年后，那位小妞又采取主动找上门来，我的年轻朋友虽仍无"对象"，但对那位小妞却只有十分客气地婉谢送客了。后来我问他："是出于恼恨吗？"他坦然答道："谈不上恼恨，只是因为在这当中'自歪'来'自歪'去，原先那种感觉没了，再也唤不回来，怎办？"

我相信他这话说得是很实在的。这里又突破了一个常见的生活中或作品中的爱的公式：历经多磨，久酿愈醇，一旦重会，"感觉"复炽。

不，那只是公式之一。新的意义下的"感觉"固然是很本质，内涵是很丰富的；但有时又很娇脆，需要悉心地爱护；如有不慎，也会损伤、走形以至起变化。这难道不是事物发展的又一规律？

"仁者寿"析

　　"仁者寿"；"好人不长寿，坏人活千年"。这两种说法可以认为是正相对立的。前者大抵来自于文化程度较高的知识层，而且热心于宣传这种主张，在媒体上已占据了主导地位，一般认为符合科学和道德的合理诠释。而后者偏重于民间的认定，带有较强烈的感情色彩，有某一方面人群不平和愤懑的宣泄成分。

　　究竟哪一种说法更符合实际情况？应该说这不是一个可以简单臧否的问题。因为，据笔者的追索与考察，这两种说法的由来都是有不短的年头，而且都拥有不少的认同率。

　　持"仁者寿"观点的人们坚持认为：这种认定的科学依据更加合理。因为凡仁慈为善的人，心理更较平和，多做好事更觉欣慰，平时不自愧，无负罪感；还会受到社会和他人的肯定与称赞，实际上在"润物细无声"的状态下为社会做出贡献。而在道德层面上，仁的行为与中华传统道德与现实社会的要求都非常吻合"好人有好报","好人一生平安",天、地、人都会保佑好人,"半夜敲门心不惊"。无论是在科学基理和道德维护上,仁者可谓"双赢"。"长寿佬"是修成的"正果"。

听听,此说掷地有声,有道理。

持"好人不长寿,坏人活千年"观点者则认为:好人往往过于正直,不善心计,易遭暗算;而坏人长于计巧,其中有的心毒手黑,敢下绝招。正因好人如此,所以境遇往往多舛,平时心情不舒,有的还有挫败感。良性情绪少,负面因素多,久之必不利于心身健康,自然影响寿命;而坏人常取攻势,所获"好处"多多,欢舒时日长。除淫享无度、生活不节者外,总的来说生存条件相对优越,毫无疑义占据有利体健寿延的资源,言其"活千年"当然是象征性说法。

这两种资历很老传播很广的说法,也许各有各的道理。但在笔者看来,也各有各的偏颇之处。对前一种,"仁者寿",先以一个反证而言:是不是不仁者就一定不寿?再者,"仁者"中肯定有长寿者,那么是不是只要"仁"都能够长寿?肯定不会。如果真是那样,事情倒也简单:长寿之道,唯"仁"是举,其他都不在话下。所以这话无疑说得太绝对了。其实不如说,仁者,可以为长寿创造较好的条件——其中心的意思还是劝善之言。至于究竟是"仁者"长寿佬居多,还是不那么"仁"的货色早亡的多,估计没有人做过精细的统计。最稳当的估计恐怕是哪一种都有比较长寿者，哪一种也都有中年早逝或者夭亡者。理由很简单：长寿的成因肯定是多方面的。何况这"仁"的内涵和定义也应该是比较复杂的。为什么为要强调某一个东西的重要，把一切好事都与其挂钩呢？这样的"满汉全席"未必能适合所有人的口味，有时也经不起问几个"是这样的吗？"。

至于"好人不长寿，坏人活千年"，结论的不严密处在于并非完全成之于理性。同样的片面性在于：好人都不长寿吗？坏人难道都是长寿佬？我想只要理性沉思一下便不难发现它更像是一句慨叹，甚至是仰天叹曰："天那，你咋这样的不公平，为啥不把那些祸害好人的坏人都雷劈了啊？"

当然，我小时候在老家时，大人们所说的"好人不长寿"的"不长"也包括被日寇、汉奸、恶霸害死的抗日分子和无辜的百姓。也就是说，并非完全指的正常死亡的"不长寿"，也包括天灾人祸；还包括后来"文革"中被迫害而死的人们。如是这样"好人不长寿"应该说是相当真实；它很可能远远超过坏人堆儿的死亡几率。我举一个最突出的活生生的例子：1947年夏秋蒋军大举进攻胶东，还乡团血腥残杀我地方干部和无辜群众，有的地方成为无人村，水井中都填满了尸体，惨不忍睹。这些都是我亲眼所见。我想只要不存偏见，只要不是站在灭绝人性的立场上，谁也不会将这些顽伪游杂组成的还乡团认定是"好人"。但据我所知，那些还乡团匪徒作践完了之后大部分都乘坐美国军舰安然撤走了。

现当代是如此，古代大致也是这样。所谓"仁"，是儒家一种含义极广的道德范畴。据说孔子就是这样道德的完整体现者。而孔子和孟子享寿七八十岁，算是"仁者寿"的典型验证。当然不止孔、孟，仍可举出不同行业的"仁者"长寿佬，如唐代药圣孙思邈，活到一百零二岁；南宋爱国大诗人陆游八十六岁；明清之际思想家、文学家黄宗羲八十六岁；清代文学家蒲松龄七十六岁等等。类似的著名人物应该说不是很多。而另外一类的著名人物倒是不少。譬如：几乎人所共知的谋杀岳飞的君臣凶手集团，平均享寿七十岁以上。而历史上为数不少的乏善可陈且多有诟病的帝后将相，例如清末执政达四十年，擅权恣肆、恶迹难掩的慈禧太后；嗜杀成性，以人头换顶戴，南京（天京）屠城的指挥者，湘军嫡系统领曾国荃；五代时的五朝元老，寡廉鲜耻的太师"专业户"冯道；北宋惯于阿谀奉迎欺上瞒下，打击直臣，荣华自享的权相王钦若等，享寿都在"花甲"或"古稀"之上。在新中国成立前平均寿命不足四旬的漫漫年代，这样的寿命就是相当高的了，可见不"仁"者亦能长寿。

反观历史上许许多多的忠直义士、民族英烈，确乎高寿者稀。随想举例如：明末民族英雄，后金克星袁崇焕遇害时四十七岁；明末抗清英雄，视死如归的民族英烈史可法四十五岁；南明抗清义军首领，文学家张煌言牺牲时四十五岁；同时期的抗清民族英雄、诗人夏完淳就义时仅十七岁；南宋末抗元英烈陆秀夫牺牲时四十四岁；南宋爱国诗人张孝祥郁郁而死时仅三十八岁；清末民主主义烈士、鉴湖女侠秋瑾就义时三十三岁；另一民主主义烈士、《革命军》的作者邹容死时仅二十一岁（虚岁）等等。

尽管如此，我仍不想以简单的"好人""坏人"来区分寿命之短长。慨叹世事是可以的，诅咒坏人亦未为不可，但毕竟还不能取代科学与理性。否则，还会不经意间造成不应有的副作用。不过，所谓"仁者寿"在养生宣传中如成为定律，其负面因素更不小。首先是关于'仁'的内涵就不易作精确无误的解读。看到有的报刊和电视上讲授曰：多做好事、善事，多以宽厚待人，少去争名夺利，云云，这些或许与养生长寿有益，但有的宣传则偏重于性格与脾气上，告诫人们要时刻保持平和心态，与世无争，能让人处则让人，吃亏是福等等。对此如深加分析："与世无争"者争的是什么，是个人的私利，还是社会道德是非？"吃亏"要看吃的是什么亏？如眼见是坏人作恶，好人受害，不能挺身而出、见义勇为，这就不是个人吃亏的问题；如连正义和原则都统统放弃，那样"宽厚"养生又有何益？不问具体情由，只求心理平和，"不冲动"，那连正常人的喜怒哀乐都没了，岂不无异"养"出个心灵麻木的活死人？遗憾的是，近年来某些养生要义，在很大部分强调的是"心理平和""保持静态"一类。这种养生哲学强调过分了，不仅不可能成为清醒剂，反倒会成为心灵的麻醉剂。

因此，好人也好，坏人也罢，都要具有比较正确的内涵与界定；长寿也好，短寿也罢，最重要的是不能丢了应有的灵魂。

"报应"解读

　　每当人们提及人性善恶的结局时，我们经常听到的除了"善有善报，恶有恶报"之外，还有一个"多行不义必自毙"也是频率很高的用语。作为一种劝善、激人向善的推助器，也许都具有一定积极意义。

　　而且，人们每每还可以举出身边实实在在的人头为例，甚至这人头还有一定的"知名度"："你瞧，他缺德遭报应了吧。"与此相联系的，"报应"这个词儿在民间流传得很久很久，我小时候就听大人们非常信服地经常讲。后来一个时期似乎听得少了些（譬如说在解放区的战争时期）；但最近似又多了起来，无论是岁数大的还是比较年轻的，信服的人都不在少数。

　　一般说，有关"报应"之类的传播比较不行时的阶段，大半是唯物主义的教育盛行，在主流舆论上将"报应"之类与"宿命论"相联系而不主张大加宣扬的时期。而在另一个时期又觉"报应"与"多行不义必自毙"之类的说法对于劝善抑邪有其积极的方面，便在舆论上又有所抬头。其中在较有知识的群落或书报等方面语言中，还每每可以读到以历史上遭到"报应"的巨奸大恶人物为例："你看，那家伙不管多么猖狂，多么得意，结果怎么样？报应啊！"

按国人的观点，所谓"报应"即某个人的结局，是"善终"还是"死于非命"，抑或是死无葬身之地；是一生福寿双至，鸿运到顶，还是惨遭横祸，人不如狗。尤其是对恶报则更感兴趣。

崇信"报应"说者，类此案例可谓举不胜举。为了增强说服力，从最高的统治者如殷商的最后一位君王"纣"到隋朝的第二代皇帝隋炀帝，都是横征暴敛、残杀无辜、荒淫无度、十恶不赦的主儿，所以他们后来都遭到应有的下场。当讨伐他的军民汹涌而来，殷纣王知大势已去自焚而死；而隋炀帝则在全国造反起义的浪潮中，众叛亲离，被禁军首领宇文化及缢杀于江都（扬州）。史实清楚，恶报凿凿。

其次为权臣奸宦。所举案例如唐玄宗时期权臣杨国忠，倚仗其堂妹杨贵妃受宠之势，而权倾内外，祸乱朝政，贿赂公行，结党营私，恶行昭著。最终在安史之乱玄宗逃往四川途中，被军士们杀死，终得"报应"。又如北宋末年权奸、号称"六贼"之蔡京（六贼之首）、童贯、高俅等，相互勾结，把持朝政，陷害直臣，残害百姓，搜括民财，极尽享乐，外战外行，引狼入室。等等。最终导致京城陷落，北宋倾覆，是昏君之过，亦该等权奸之罪也。钦宗时，童贯被处死，蔡京流放途中饿死。大厦将倾，奸佞也势被波及，不可能毫发未损。南宋末年亦不乏此类权奸。如贾似道，乃宋理宗宠妃贾妃之弟，恣意膨胀皇亲国戚特权，把持国之军政枢密，胡作非为，对内盘剥，对外献媚，视军国大事为儿戏，一切大计都在西湖葛岭私宅内裁决，直若"贾天下"无异。在南宋政权行将倾覆时被放逐，途中（福建漳州）为监送人杀之，也算是横死的结局。另如明末奸佞小人马士英、阮大铖，乘乱投机窃踞要职，弄权祸国，迫害正直之士，最后投敌亦未免死，亦可谓应有之结局。至于明朝罪大恶极的宦官刘瑾、魏忠贤之流，可谓坏事做绝。尤其是魏，攀至"九千岁"，实则已逾越万岁之上。弄得朝政败坏，民不聊生。结果是刘瑾被惩办，魏忠贤在捕押途中畏罪自缢。清有巨贪"大拿"和珅，乃乾隆之宠臣，结党营私，专横逞恶，聚敛财富达惊人之数。乾隆死后被嘉庆皇帝扳倒，勒令其自尽，也算罪有应得。

　　近现代时期之大奸大恶、军阀汉奸最后被惩处或结局甚惨者亦不乏人。这说明不可能都那么鸿运到顶，纵然横行霸道、穷奢极欲亦有可能终遭灭顶之灾，纵然一生如意多多亦难绝对做到"完胜"。这也说明"报应"之说还是很有些道理的。债欠多了总还是要还的，恶贯满盈嘛。

然而，并非所有坏事做尽的货色都遭到了"报应"，有的荣华一生，"馅饼"吃腻，害人无数者仍然寿终正寝。这样的例子也可以说是举不胜举。如人所共知的南宋高宗时期的权奸秦桧，曾两度为相，执掌权柄近二十年。一般人多半知其以"莫须有"罪名杀害抗金英雄岳飞父子，实际上远不止此，还迫害放逐抗金将帅、大臣张浚、赵鼎等多人，无耻之尤，终生甘做敌方之内应（真正的身份实为金之间谍）。其罪可谓罄竹难书，虽杀不足以平民愤。但就是这样的一位秦丞相，却一生权势"固若金汤"，享寿六十六岁而"善终"。而他的得力帮凶万俟卨，与桧相互勾结，给岳飞罗织罪名，施以非刑，无所不用其极。奇怪的是，该人一生高官厚禄、飞黄腾达，继秦桧任宰相，寿达七十五岁而终。另一帮凶张俊，助秦桧出伪证加害岳飞，晚年更受赵构恩宠，封为清河郡王，拜太师，直至六十九岁寿终。在南宋时期，这老几位"害人帮"重要成员，应该说都是高寿而卒，比被他们害死的岳飞多活了近一倍的寿命。至于后来岳飞的冤案平反，秦桧等人为众所不齿，那已是他们死后多少年的事了。而后人将他们做成铁人跪在岳元帅的像前，等等，那他们自己统统地不知道。

　　另有一个"知名度"与秦丞相相差无几的权奸，就是明朝中叶江西分宜人严嵩，官至内阁大学士、太子太师，专擅国政二十年，一言九鼎，唯己独尊，培植爪牙，排除异己，甚至草菅人命，致使满朝内外人人自危，先后杀害正直敢谏的大臣、将领夏言、曾铣、张经与杨继盛等。后虽被弹劾权势中落，但只是其子严世蕃被惩治，嵩被贬归乡，后病死，享寿达八十八岁，可谓高龄。如果说是恶报的话，只可谓报了一半，并未"自毙"。而且，当其人死后四百多年后，笔者至其乡里，许多人还为其能够执掌大权二十余年而自豪，只称其为权相，而不称"奸相"。

还有，当人们说唐玄宗时的权奸杨国忠被杀是遭到了报应，却忽略了同是玄宗朝的宰相、史上有名的"口蜜腹剑"、最擅长陷害他人的李林甫却没有受到任何惩戒，反而在皇帝老子的庇荫下美美地逞恶许多年，并得以"善终"。可见所谓报应与不报应，并不是根据严格意义上的罪行分量来区分的啊。

而北宋末年腐恶的制造者"六贼"之类有的虽被贬黜与惩办，有的仍未被问罪。如那个"知名度"很高的高俅太尉，那个始为一个小小书童因善踢球（蹴鞠）而被端王（后来的徽宗赵佶）所恩宠，继又委以重任。俅于是为所欲为，仗势欺人，祸乱朝政，军务废弛。似此一个怪胎式的无行大帅，本属罪不容诛，却未受到惩治，非"自毙"，而"疾终"也。另属于同一乱局中的汉奸张邦昌，被金邦扶上伪"楚帝"宝座，后被坚决抗金的李纲放逐至潭州（今长沙）处决。但另一个投金被封为"齐帝"的刘豫却没被惩处，只是因他与宋军作战屡败，才被主子废黜，移居至北地七十一岁时病死。由此可见，同是卖国求荣的伪"皇帝"，也各有各的"机缘"，各有各的"命运"，连活得多长，怎么个死法也不一样。不仅如此，有的投敌之汉奸，如明末蓟辽总督洪承畴，于松山战役中被清军俘获，在威胁利诱下变节投降，后率军南下疯狂镇压江南抗清力量。为了在新主子面前邀功请赏，手段十分狠毒残忍，杀害抗清志士黄道周、夏完淳等多人。并远赴湖广、两广、滇黔，比主子更加有效地镇压农民军，为清廷立了汗马功劳。直至完全攻占云南才回到北京，后告老还乡安居福建南安，以七十三岁高寿而终。似乎未遭报应，更未"自毙"。

至于昏君误国，人们通常（书面或口头的）列举殷纣王、秦二世、隋炀帝等，或暴虐，或昏聩，或荒淫，或兼而有之，五毒俱全，总之是遭报应，必自毙。但其实并不尽然。纵观历史，也有相当数量邪恶无行、劣迹斑斑的皇帝老儿，并未遭到如上恶报的下场。如明朝中叶的正德皇帝（朱厚照），可说是一个胡闹出格、无行到家的主儿，却一直玩到生命终结，其江山和他本人并没有"死于非命"。至于其人仅活了三十周岁（可谓青壮年早崩），那只能怪他自己荒淫无度，要不为什么嫔妃无算，连子嗣也无一个呢？但总的说来，这位典型的"娱帝"已达到了穷奢极欲"资源"耗尽的目的。另有一个未引起众多后世人注意的主儿，他就是南宋的首任皇帝高宗赵构。此人一生只满足于偏安江南一隅，安享"太平"此愿足矣。管什么称臣纳贡、割地乞和全不在乎。因此对任何有民族良心、有抗敌血性的人，他在内心里无不视若寇仇，有时表面上说几句奉承的话，其实已决意除之。岳飞的被害一般人均认为是秦桧所为，实际上他们都是这张阴谋的大网的编织人，可谓"董事长"和合伙人之一。但此公毒则毒矣，却极善养生，竟活到八十一岁而终（在封建皇帝中，仅次于清高宗乾隆、梁武帝萧衍、大周女皇武则天而名列第四）。即使在当代人中，寿命亦很可观。看来"必遭报应"的铁律在他身上并未显现出来。

如果延伸到近现代，这类应报而未遭"报应"的例子就更多了。我常听有人提到特务头子戴笠，说他心毒手辣，杀人如麻，所以结局很惨，座机撞山而遭横死，不得善终。其实这一结论也经不起反复推敲，只用一个简单的反证即可看出以上逻辑是很不严密的。说到飞机失事，除去人为破坏，因机械、天气或操作失误等原因均可酿成大患。随便举两个例子。一是30年代之"新月派"代表诗人徐志摩1931年由上海飞往北京，途经济南附近上空撞山机毁人亡；另一例是曾任新中国文化部副部长的郑振铎，1958年率团去国外访问归来途中飞机失事遇难。这两位总的来说都是文化人，无所谓"报应"之说，不也无法绝对避免意外灾祸？何况，并非所有罪孽深重的特务头子都会遭到"报应"。不错，戴笠是死于非命，而接替他的另一特务头子，同样是心毒手辣、杀人如麻的毛人凤，在全国解放前夕随蒋逃往台湾，继续作恶，结果还是寿终正寝，既未横死暴尸，更未被缉拿归案。而该毛所犯下的血腥罪行较之他的前任实在有过之无不及。别的不说，单拿逃台前夕遵蒋之命杀害杨虎城将军父子（包括杨的秘书宋绮云和"小萝卜头"等），并制造在重庆渣滓洞屠杀数百革命志士的血案，以及暗杀爱国民主人士杨杰等累累罪行，可谓令人发指。不仅是毛人凤，就连保密局二处处长特务头子叶翔之制造了1954年"克什米尔公主号"爆炸案件，图谋杀害周恩来总理等等，亦属罪不容诛。但同样也未被惩治，还不是"寿终正寝"？所以单拿戴笠之结局说事儿，只能表明人们的正当义愤，尚不足以达到理性地剖解"报应"说的复杂成因。

约略捋一下历史上应报而未得"报应"者，比起已得"恶报"者，究竟孰多孰少恐难以说得精确。反之也是一样，应"善报"而得报者也未必完全成正比例。何况在这方面更需有超强的心理承受力。因为我不忍面对应得"善报"而未能尽如人意的情况。不是说"不是不报，时候不到；时候一到，一切全报"吗？

无疑，应当正确理解那些古训积极方面的含义。劝善嘛，使善者更坚定信心，心存无良者亦可得到警示，促使灵魂深处的"暗转"也是好的。然而，任何事情都要理解合度。如果过于笃信"多行不义必自毙"，"时候一到，一切全报"，便与宿命论只有半步之遥了。但世上的事情有时就是这样有趣，记得上大学时有一"明公"同学，业余专攻哲学，他一方面批判带有迷信色彩的"宿命论"，另一方面又笃信"必自毙""一切全报"的"报应"哲学。而事实上，至少这种表达方式是近于绝对化了。哪里可能既"必"又"自"。"必"就说得过于武断，而且还是"自毙"。那还要革命干什么？正当的斗争又有何必要？反正是"必自毙"，反正"时候一到，一切全报"了，那就等待结局便是。其实，这无异于"自然导向论"。理解上出了偏差，对于辨别真正的是非，寻求应有的公正，对于积极主动地扶正祛邪、扬善抑恶，肯定是不利的。细抠起来，确有一种似是而非的味道。

不可否认，奸恶邪行者由其重贪欲的本质所决定，不可能不对他人进行侵害与掠夺，也不可能不与其他利益集团发生冲突，无论他们施用的手段是公开还是隐蔽，奸狡还是粗暴，也无论他们打的是什么旗号，最终还是会引起被侵害者的憎恨与反对。总之，他们不树敌是不可能的。"时候一到"，甚至还会群起而攻之。这确是他们多行不义的结果。所以，应该说他们遭到"报应"的几率相对说是较大的。从这个意义上说，自古以来，人们或出于希冀或出于心理安慰或出于经验总结出来的相关箴言和警语应该说是有道理的。

不过，由于事物发展的不平衡性，决定一种人和事的结局因往往是很复杂的（诸如不同的条件、实力的对比、"命运"与"气数"等等），便使许多问题并不像既定公式那样都能如愿以偿地演算出来。这就出现了上述不同例证那样的不同结局：你觉得应该有的那种结局到头来并未出现；同样的，罪行累累的恶主并没有同样遭到"报应"。其实，从辩证法的角度加以观照，这不但没有什么奇怪，而且应该是很好理解的。

也许正因如此，人们在遇到不好解释的问题而深感困惑时，常常归咎于"命"。究其实，"命"也好，"命运"也好，"运气"也罢，都不能以"迷信"二字一言以蔽之。西方人不是说"性格即命运"，意即性格的不同常常决定着事物如何发展的走向吗？现实中的诸多情况恐怕还不单纯是"性格"能够完全解释的，肯定还有很多因素在起作用。就连世界级的竞技场上不也流行着这样的评语："运气不错！""运气不配合"等等，说明它也是唯物辩证法中的一个不可无视的因素。只是认识是否已经清楚还是暂时未能得到解释罢了。

提到唯物主义与唯心主义，也会碰到一些复杂现象。一般说，凡是代表比较先进的思想，推动社会前进的人物，应该倾向于唯物主义；反之，应该是倾向唯心主义。历史上有的人物确也体现了这一点。如北宋时期的政治家和改革家王安石就有著名的"天命不足畏"的倡言，说明他对自然和社会的一些既定的藩篱是不主张绝对听命而诺诺恪守的。但也并非说历史上所有的志士仁人、杰出人物都那么不信天命，相反他们中的许多人是以自身的义举以践行"天命"中之大善，以道德的自律体现人间正道的不移，所以他们不仅不作恶而且彰显人间之浩然正气。但恰恰另一看似奇怪的现象便同时产生：许多大奸极恶之人却并不那么"迷信"，并不那么笃信因果轮回、天堂地狱之类。一般而言，他们只对当世负责，而极少考虑后世如何。这样他们便少了许多"后顾之忧"，极少谴责自己，纵然残害忠良也毫无忌惮。其实这种带引号的"绝对唯物主义"才是最可怕的，记得我少年时在胶东解放区，有一个制造无数血案的"还乡团"头头就说他自己不相信人能转生，也没有魂灵，而认定"人死如灯灭"，所以他就"充分利用活着的一分一秒"。干什么？草菅人命，坏事做绝。

看来，当我们在考量"迷信"与"不迷信"这个问题时，也不能简单化，其中还有不少微妙的讲究哩！

事物的因果是有的，但那是就事物发展的基本规律而言，而不是宿命式的因果报应。如是那样，倒真是一种愚昧人心的迷信。而且，其中还充满诡辩色彩。如当人问：为什么作恶多端、罪行昭著未并当世遭到报应？辩者会说：那是他前世做了好事，扯平了；或曰：这辈不报，下辈报。总之，是一种处处"堵漏"的常有理逻辑。这样的"报应"说，是毫无积极意义可言的。所劝之"善"，只能是愚不可及的做人哲学。

真正的劝善还是离不开人间正道与人的浩然正气。对于邪恶，对于"害人虫"，不能只寄托于"报应"，或待其"必自毙"而获得心理慰藉正当的途径，只能是头脑清楚、是非分明、坚持正当的抵制和斗争。而且必须清醒地看到：人间一切污秽丑恶的东西不可能一朝一夕冲洗干净，斗争也不可能一蹴而就。正如自然界的雾霾荡涤了还可能再来。凡为罪恶，凡有污尘，就需要一个长期不懈地应对与清污的过程。"玉宇澄清万里埃"，"时候一到，一切全报"，那都是人们的一种理想境界，事实上绝不会那么简单。而且这样所谓"报应"的标志，也不能仅以是否"死于非命"和"寿终正寝"加以验证，也不能以"命运多舛"与"鸿运到顶"为分野。历史上的志士仁人，为国家民族的兴亡而不顾个人安危劈风斩浪，他们往往要付出巨大的牺牲和沉重代价，却仍然义无反顾，他们从来就觉得这些都很"值"。他们的奋斗与献身，不在谋求个人的荣华富贵，而是国家民族的大义。岳飞的理想是"直捣黄龙府，与诸君痛饮耳"。这就是他的最高享受。而文天祥的献身则是"人生自古谁无死，留取丹心照汗青"。这就是他的"身后名"，仍是重在精神层面之上的。近现代以来更多的革命烈士在敌人的屠刀面前，慷慨赴死，虽死犹荣。同是生命的逝去，但性质迥异。价值观不同也。

在"报"与"不报"的问题上，也还是要将眼界放大：是人还是鬼，是邪恶还是正气，不论是活着还是死去，都是不能同日而语的。清浊分明，乃人间之大幸；是非混淆，那是一种悲哀；黑白颠倒，那便是"是可忍而孰不可忍"？！

小河沟也翻船

关于死亡，多少年来一直是个议论不尽的话题。各种各样的，合情合理与匪夷所思的，不一而足。有的思想境界很高，如西汉司马迁所云："人固有一死，或重如泰山，或轻如鸿毛。"南宋末年文天祥诗曰："人生自古谁无死，留取丹心照汗青。"对此，千百年来，向为众人深深感动与崇仰。

但这篇短文并非从一般意义上论述死亡问题，而是专意涉谈历史上发生的某种特殊的耐人寻思的死亡结局，以引起人们有益的警示和深层的思考，品咂人生中的别种况味。

本文的题目叫《小河沟也翻船》。顾名思义，在一些情况下，某种类型的人与某种情况、某种方式的死亡是不那么寻常的，甚至是极不相称的。如——

一

历史上某些重量级的人物，如大将、名将及集团领袖之类，在叱咤风云、万众拥随的情势下往往能够光彩熠熠，却最后失之于颓势，死于绝对不对等的杀手之手。在这方面，先举三国时期的某些著名将领为例。为何？因汉末三国时期在我国历史上战乱频频，骁将迭出，在这样的时代"平台"极易展示人之实力，可说是冷兵器时代的甚具代表性的典型环境。以此时期为例也更具说服力。而类似例证，蜀、魏、吴三国均有之。

蜀之关羽、张飞乃桃园三兄弟的两位，正史中虽不见对"桃园三结义"的具体描述，但此二人与刘备情同手足是毋须置疑的。关、张二人还是蜀方"五虎上将"之首，对其武艺之评价千百年来虽不完全一致，但"万人敌"的说法基本上是被认定的。羽在曹操处曾连斩河北袁绍部下大将颜良、文丑；在镇守荆州时北征襄樊又打得曹操方主帅曹仁难于应付；"水淹七军"中擒名将于禁、杀庞德而"名震华夏"，使曹操惊恐意欲迁出许都。但就在这不久，即被东吴偷袭荆州成功，羽两面受敌，不得不仓促回撤，即所谓"走麦城"之狼狈。最终被吴之二流战将潘璋及其手下马忠擒杀。有人说：偷袭荆州乃吴之主将吕蒙的战略棋局之一招，但羽却并非死于吕蒙之手，这亦是事实。人在战局颓势中，平时不对等的对手也会"精神抖擞"，不惧对面的庞然大物。令人感慨，也实堪深思。

张飞之死则更缺乏声色。公元221年，刘备为报弟仇，倾举国兵力讨伐东吴。飞当时在川北阆中，应调率军一同伐吴。飞急令部下打造白旗白甲，须在极短期限内完成，交由"末将"范疆、张达来办，如到时不得实现，军法从事。范、张二人素知飞之脾气，如不能完成必死。于是乘飞熟睡之际将其刺杀，然后携飞之首级献于东吴。就这样，一个勇武过人的虎将，一个在当阳长坂率二十余骑断后，据守当阳桥头威震曹军，令后者不敢冒进，从而掩护刘备败军撤退的传奇人物，一个保刘备入川途中斩关夺寨无不全胜的大功臣，却在瞬息之间结束在末流"刀客"的利刃之下，悲夫？似此范疆、张达之辈，以现代标准而言，不过是区区行政干事、供应科长之类，却能干出取三国时期上将之首的"大事"，你道怪否？

对照蜀之"五虎上将"其他成员，马超四十余岁时病逝，黄忠在随刘备伐吴战役中负伤而后亡。唯赵云虽身经百战，古稀之年北征时尚能连斩敌方五将，七十余岁高龄善终，在古代冷兵器时代可谓战将中之奇迹。

曹魏方也有曾经战绩累累的大将，尔后结局或死得窝囊或郁郁而终。突出的例证有二：一是张郃。此人先归袁绍，任宁国中郎将，后归曹操，为左将军。魏明帝（曹叡）时与蜀军鏖战于祁山一带，在街亭大破蜀将马谡，应该说在战法和武艺上都是有一套的。但在诸葛再出祁山时却犯了比较低级的错误：在对方一再诈败步步诱惑下竟进入绝地，被两侧悬崖的伏击手将张本人及其部众乱箭射死。此误判也是轻敌之故也。另一人为于禁。此人也是曹操帐前大将，赐虎威将军，曾在征吕布、张绣、袁绍等重大战役中有突出表现。但在公元219年领军增援曹仁之战中，被关羽引汉水将于禁、庞德所率"七军"淹没，二人被俘，庞不降被斩首，于向蜀军投降。关羽败后，于为东吴所获，孙权将其送归曹魏，惭忧而毙。此二人先前"阅历"之出色表现与终结的状态反差很大，死得与其先前固有的分量亦不对称。其最终失败原因一是误判，二是轻敌。

东吴方面之孙策亦值得一提。策，其父孙坚死后为江东之主，勇武过人，人称"小霸王"，有项羽之风。但享寿不长，34岁时在城郊打猎时被仇家吴郡太守许贡的家将突袭刺成重伤，不治而死。偷袭与暗刺，历来是兵家或对个人击杀常用之手段。往往可收攻其不备甚至以弱胜强之效。许贡的家将如果公开地面对面地相搏，绝对不是孙策的对手，而突袭则使无名之辈致骁将而且是江东主公于死命。这又是一种极不对称的较量，也是孙策始料不及、自恃无人能敌脱离部众单独行动的后果。事件看似偶然，也有当事人性格因素使然。

二

革命志士或历史上的浩然正气、慷慨悲歌的人物壮烈捐躯不得善终者，绝非个别。（这里所说的"善终"，是指人因衰老或疾病而"正常死亡"，相对于"善终"而言是指被害或意外灾祸而殁者）"大将难免阵头亡"。这是京剧《战太平》中主角花云的一句唱词。从本质上说，道理是不错的。既为真正的大将，为正义事业而死，是死得其所。如在战场上的较量，尤其是在冷兵器时代，主将在很多情况下是要短兵相接的；即使在热兵器时代，大将虽未必近在前沿，但枪弹和炮弹是不长眼睛的。何况有时还可能寡不敌众，或为了掩护民众脱险，不惜付出个人生命为代价而壮烈牺牲，值。除在战场上对垒，志士仁人，民族英雄，还可能遭遇到另一种非常情况，不可能不选择舍生取义。无论是伤重被俘英勇不屈；也不论是从事地下革命斗争被敌人逮捕而昂然走上刑场；也或许是遭到诬陷被奸佞残酷杀害等等，都是有崇高价值的结果，是英烈志士无悔的归宿。

但这些，都不属于本文命题中所列举的那种。在本类情况中包括的是：因主观有所失误或能避免却错过了机会而殒命，或因意外灾祸而痛失生命等等。总之，不完全是疾终和正常死亡，也不完全是确有价值的捐躯，甚至还留下了深重的痛惜和遗憾。

在这方面我们不能不提到项英同志。项英，是早期参加中共的资深党员，多年来一直担负着红军和苏区的领导工作。在中央苏区时期还任过毛泽东为主席的中华苏维埃中央副主席。红军长征离开中央苏区后，他和陈毅留在江西，在赣南坚持三年艰苦卓绝的游击战争。直至抗日战争爆发，第二次国共合作。新四军建立后，他作为新四军的副军长，实际上还担任着新四军党的领导工作。在这一时期，他在指导思想上是有错误的，贯彻党中央的方针不够坚决有力；几次延误执行党中央要新四军离开云岭军部所在地向有利地带转移的指示。在不得不转移时也很仓促，指挥不够得力，以至在行抵茂林一带即遭到国民党军优势兵力的伏击与包围，部队损失惨重。之后他和军部另几位领导以及少量随行人员跳出重围，夜间躲进山洞。在极度疲劳的状态下他和几个主要领导都熟睡过去。这时一个参谋警卫人员也可说是内奸，贪图项英所带军资金条并为向敌人去邀功请赏，竟十分残忍地开枪打死了项和所有的领导同志。在最后的这一措置上，项英也是有严重失误的。首先是缺乏足够的警惕性：作为长期做军政工作的有经验的领导同志，纵然疲劳亦应轮班休息。似此刚刚逃出包围圈并未完全脱离险境的情况下，竟能"集体入寝"，应该说是不可理喻。所以，他和他们的被害，如果说是"意外"也不全是，在一定程度上也应是"意中"。如果思想上高度警惕，措置得当，这一惨痛结果不是不可避免的。所以，项的牺牲，并非全属必然，因此也称不上真正的"壮烈"，所以还够不上是"死得其所"。我认为。

意外灾祸一般说责任不在自身，但也不能不说削减了所能达到的生命指数，同样也不能无憾地说是"死得其所"，为此常使人扼腕叹息。1946年4月8日发生在山西兴县黑茶山的空难，即造成十余位重量级的革命历史人物及其眷属终止了宝贵的生命。其中最著名的有北伐名将、后来的新四军军长叶挺，中共的资深外交家王若飞，还有担任过党的重要职务的秦邦宪（博古）、邓发，贵州老教育家黄齐生（邓发同志的舅舅），以及叶挺的夫人和女儿等等。所乘的飞机是由美国机组人员驾驶，据传是因为天气大雾迷失方向没能在延安机场降落，而偏离至距延安数百里之遥的黄河东岸撞山而失事。这里最痛心的是皖南事变被国民党反动派所关押直至日本投降后经我党中央严正交涉才获释放的叶挺，还未得呼吸到解放区的新鲜空气就离开了人世；王若飞、秦邦宪等都是参加过国共谈判由重庆回返延安时搭乘的这架飞机，却不幸遭遇这场意外灾祸，当时极大地震动了解放区和国统区。

按说既属意外灾祸，完全没有什么可检点的，但也不尽然。因为重庆与延安的航路，自抗战爆发以来多有往返，当然均由美国飞行员驾驶。抗战胜利后，一些顶尖的重要人物如周恩来多次往返渝、延；毛泽东主席赴重庆谈判与回返延安；国方高级将领、谈判代表张治中，还有美国驻华大使赫尔利，美方调停特使、五星上将马歇尔等等，结果都很顺利。而"四八"烈士的遭遇应属偶然。自那时至今，这架飞机当时出现了什么与往时不同的情况，至今未见相关资料披露。但有一个情节应该说是不同的。即以往我方高层人物乘机往返，一般均有国方或美方相当人物陪同，机组人员肯定将是非常重视，极度用心；而"四八"之行似乎是没有对方人士的。使人更感伤痛的是：将军没有在百战疆场上阵亡；白区地下工作者没有折于九死一生的险恶环境，却在须臾的陷落中无可阻止地葬身山谷火海之中，不能不承认身心之重与结果方式是极不对等的，剥夺当事人生命之因应极大亏欠于逝者。我时刻在思索这样一个也许被认为是多此一举的问题：是什么造成了人生这种"意外"中的"偶然"？是日出日落、风雨阴晴的"排列组合"摊上谁是谁？还是传统说法的"运气"所致？提到"运气"，在"绝对科学"论者看来不无迷信色彩。然而，即使在当代最时行的体育思维中，也认为"实力加运气"等于竞技场上的胜绩。这说明"运气"也者，并非是完全可有可无的因素，也不是陈旧得掉渣的占卜术之类的玩意儿。言及此，有另一事例亦颇耐人寻味。同样是日本投降后，我延安总部决定各解放区的党政军领导同志加快到各自的战场去接管，安排日本投降后的重要事宜。当时许多要员都在延安开会，如徒步奔赴各地需要太多时间，必然延宕进程。这时晋察冀的有关领导想到山西黎城有一架美国运输机及机组人员还在那里尚未飞离，便与那里联系。美方当时因处于尚较友好的阶段，答应开过来接他们至黎城。如此至少也缩短了他们各自分赴的途程。这件事办得如愿的顺利，至今尚为人们所称道。此次运送的"乘客"中，有多达双位数的后来成为元帅、大将、上将以及党和政府的高级领导人。如果仅以"偶然"的观点来考量，那么这一正一反的结果在多大程度上关系着未来事业的前途呢？

或曰："性格即命运"，难道乘飞机的人的性格也决定着飞机的命运吗？

三

再说说有关历史上"农民起义"领袖人物的最终结局，或者干脆说他们中许多具有代表性人物的生命是怎样结束的。本来，如按过去的传统评价，他们亦可列入壮怀激烈、推动历史前进的人物之列，但近年来对于所谓"农民起义"及其领导人物多有非议，为避免过多的争论，我将这类情况另置一类，这样更有利于对比，清楚地见出异同。

黄巢是中国历史上闹得声势浩大、影响也较深远的起义军首领，而且当公元881年攻入唐都城长安后，还登上过皇帝宝座，改国号曰大齐。后在沙陀军李克用与叛将朱温军等的打击下退出长安，一路东下，884年退至山东泰山狼虎谷，一说自杀，实际上是力疲熟睡中被其外甥林言（类似现在的警卫团长之类）杀害，林携首级献给朱温邀功请赏，但半路又被另外贪功获利者杀死。一个统领大军数十万、转战东南数省、号称"冲天大将军"的霸主，死得似无任何雄豪之气，又一次验证了自古而来规律性的至理，当一种势力起来之初，正"火"正盛时，归附者纷至沓来，拥戴者山呼海啸，连亲眷也遍体荣光。一旦遭到致命折损，威风顿失，气数或不再显，这时叛卖倒戈者如沸油冒泡，纵是某些贴身侍卫甚至沾亲带故者，有的亦思改门庭，乃至以主子为筹码，暗怀杀机。呜呼！

李自成，是中国历史上另一位颇成气候的农民起义的首领，在明崇祯年间多员大将反复进剿，但李均能起死回生，由小到大，由弱变强。无论是潼关战败后隐伏于商雒山中，也无论是此后在川东巴西鱼腹山被困，都不能扼杀其生机，足见其韧性、顽强，再生之能量还是很大的。故尔在公元1644年攻入北京，登上大顺皇帝的宝座。但龙墩尚未焐热，即在清军和吴三桂军的联合打击下，仓皇逃出北京，再也扎不住阵脚，折转西而又南，1645年逃至湖北通山县九宫山，被地主团练武装杀死。据传当时情况相当窝囊而凄惨。近些年来有一种传说，称李自成未被杀死，而是隐遁于湖南石门县夹山寺出家，为"奉天玉大和尚"云云。然而，所提供的证据尚不足以确切认定。不过，倒也能够理解这种传说的心理由来：人们对于转化为弱势的起事者总有某种悲悯；加以那种强势的追迫者又很难说是正义的代表，人们则不倾向于他们如愿以偿。在此前提下，很容易将某种传说加以附会，达到一定的心理安慰和补偿，哪怕是虚幻些也好。

另一个与李同时代的起义者首领是张献忠。其人造反后兵力时弱时强，其势时伏时起，中间一度降明，次年又起而再战，最后入川，在成都登帝位，号大西。清军骁骑入川，献忠在西充凤凰山中箭牺牲。该张之所以败亡如此迅速，其原因固然很多，但有一点不容忽视，其对清军之悍强、行动之迅速估计不足。据说当时清军已突然接近，他还没做好应敌的准备，袒胸而立，顾盼张望，如此大意与其轻易殒命有一定关系。如此的"皇帝"，死得何其容易！

清代的农民起义军当然首推太平天国。风起云涌十余年，席卷中南半壁江山，夺取金陵，建都"天京"，可以说是成就了不起的气候。但后来逐渐趋于颓势，内讧相互残杀，军事将略上的失误，对手组织力量反扑，内外夹击等等。诸领导人大都未得"善终"。其中阵亡者、内部矛盾相残者不说，单是兵败投降又被杀害的就有石达开、李秀成等人。这在某种意义上说是更为悲惨的结局。

　　石达开人很年轻，死时才三十二岁，但参加起义后即担负重任，二十出头即封为翼王，作战有韬略，常获胜绩，在沿江作战时，竟使劲敌曾国藩落水几欲自尽。后因"天京"内讧事变，受到韦昌辉追杀，洪秀全排挤，他率军离天京转战数省，在大渡河遭清军骆秉章强势截击，被困无奈，企图以一己投降以保全部属，无果反被惨杀。鏖战时之英智与败残时之可怜形成强烈反差，又是一个极大的不对称！

　　李秀成是太平天国后期的一员主将，封忠王，同样也很年轻。后期颇为洪秀全所重用。他在击破清之江南大营和江北大营起到了重大作用。但在1864年曾国藩、曾国荃攻破"天京"，洪秀全已死之后，他在突围时被曾部俘获，在威胁利诱下向敌人变节投降。在几万字的自供状中，以"招降十要"献策，求取"立功"免死。然而到头来仍未得到"曾剃刀"的赦免，还是将其残酷地杀害。曾经在刀光剑影中冲锋陷阵的战将，何以在失败后成为屈膝求生的懦夫，表面上看好像不可思议，其实正可照见人性中的某种弱点所在，反映了在截然不同情势下的两种心态，两种表现。在某种情势下，勇武向上的所长可能发挥得淋漓尽致；而在相反的情势下，生命中的水平线便降至最低点，似乎呈现为两种人物，两种极度反差的情态。李秀成求生而不可得，反而比不畏死的死，死得更惨。

我忽又想到一个前未细想而今深思的课题：为什么宋末丞相文天祥被俘监禁三年，受尽了令人发指的折磨和许以高官厚禄的利诱，终不改其节，而从容就义？明末"史阁部"（史可法）死守扬州，城破伤重被执，在严刑之下大义凛然，不仅拒不投降，还痛骂血洗扬州的清朝刽子手，最后将死亡推至民族气节和人性的崇高境界。何耶？为什么上述农民起义的首领和重要人物的生命终极表现时没有找到类如文丞相和史阁部这样完美的气节和视死如归的凛然正气？是因为信仰的明彻与坚定与否？还是文化底蕴的"基因"深厚与否？抑或是行为之初的出发点不同所致？也就是说，是出自于个人激愤、功利取舍还是为国家民族的大义所系？如在这些方面确实有所差异，那么近些年来人们对农民起义尤其是其领袖的某些争议或许不是全无道理的。

要斗争，特别是血与火的斗争，死人是难免的。但活也要有质量，死要有模样。至少不能死得糊里糊涂，目中无珠；更不能死得双膝发酥，满身泥污。

四

本类的一些相关人物按传统界定应属"反面人物"。如在京剧舞台上展现，必是三花脸或姜黄、粉褐相间之类脸谱的角色。这类人在群魔混战中，或为督军，或为联军司令，或为省主席、大帅等等。共性是贪婪残忍、反复无常，狡诈中杂以颟顸。在和强于己的枭雄较量中往往会输得血本无归，最后还可能落得死无葬身之地。他们中如：

张宗昌，土匪出身，投靠有实力的后台拉起队伍，"枪杆子里出司令"，据说在达到高峰的"直鲁联军"司令时麾下有四十万乌合之众。只不过他自己也不清楚到底兵有多少，枪有多少，小妾有多少。但咋唬不久，即被逐出山东，1928年在河北滦东地区被彻底消灭，他成了光杆司令，几年后（1932年）在济南火车站被蒋系蓝衣社特务狙杀。报载该张尸体蜷缩在铁轨旁，"连死狗都不如"。

孙传芳，直系军阀，军旅出身，自担浙、闽、苏、皖、赣五省联军总司令，曾疯狂镇压上海工人起义，对抗北伐军，后被打垮。30年代入天津租界"赋闲"，1935年在天津居士林被施剑翘刺杀。

韩复榘，行伍出身，原为西北军冯玉祥部将，后投蒋介石，先后被委任为河南省和山东省主席。在山东任内，因在许多重大利益上与蒋发生矛盾，蒋已存除韩之心。抗日战争爆发后，蒋借韩不战而丢弃济南、泰安之过，在召开军事会议之际将韩枪决。

与上述军阀类似又有不同的生命终结者还有张作霖、吴佩孚等。

　　张作霖系土匪出身，长期霸占东北，击败直系军阀后又入关窃踞北京，后被蒋介石打败，回沈阳途中于皇姑屯被日军炸死。而吴佩孚系前清秀才出身，后"下海"进入直系军阀军旅，累升为掌握实权人物。但后来被蒋介石打败，伏居北平。自称"不入租界"，"不纳妾"，后因牙疾死得不明不白。一说是因其不甘心被日方利用做傀儡政权首领而被毒杀。总之此二人与张宗昌、孙传芳、韩复榘尚有某些不同，张作霖之死，背景比较复杂，带有日本帝国主义图谋东北的深层原因，即使日方在皇姑屯不得手，迟早也要除掉"东北王"这一障碍。而吴佩孚在北平期间，据近年来新说，尚存有一定民族气节的成分。如属日方所害，则与上述三人之死性质更有所不同。

　　但以上所有之军阀共同劣迹之一，是坚决反共，仇视戕害共产党人。此点并无例外。如张作霖入踞北平（北京）期间，先后杀害李大钊、马骏（中共北京市委书记）等我党重要人物，手段极端残忍。韩复榘在山东省主席任内，残害共产党人无所不用其极。周恩来、邓颖超同志青年时代的革命战友、青岛工人运动的领导人郭隆真（女）就牺牲在韩的屠刀之下。吴佩孚是京汉铁路"二七"惨案的制造者，共产党员林祥谦、施洋等死难，等等，举不胜举。

　　但如说到他们的生命结局，从宏观方面当然有其必然性；具体而言，却未必非那样死、那时候死不可。不论是张宗昌、孙传芳，还是韩复榘，都有一个戒备心理不足、防范措施不够缜密的问题。以韩为例，既然早有对抗蒋之言行，对方对其深怀忌恨，不可能毫无所知，何况又在战时，罪名借口可谓信手拈来，却还是前去赴会，这几乎无异于送死。而孙传芳，自以为隐居于租界，得到洋人的保护，即可解除了应有的防范。也许初时尚存，日久则疏于戒备，错矣。这样的素质，如此的防范度，不说别的，比起一千七百年前的曹阿瞒（尽管是冷兵器时代），也差得远了。我们大家所熟知的曹操睡梦中也能杀人的故事，其实无非是说明此人的高度警觉，以至警觉得近于多疑。但这从另一方面确也减少了他在安全上的疏漏。当然或许会有人说：曹孟德防范的缜密在很大程度上是他有超强条件——首先因为至尊的地位。其实也不尽然，因为他也并不总是在许都，外出打仗占的比重很大，这样情况就比较复杂了。而一旦作战失利，风险就会产生，安全系数也会随之减低。赤壁败后随从人员就已经不多了；而宛城之战由于张绣突变而对曹袭击，操的得力护卫典韦亦亡于乱箭和乱刀之下，其子曹昂和侄子安民死于乱军之中，操本人这时的状态也很狼狈。但就在这样的状态下，他也没有被图谋他的人得手。这是为什么？民间舆论都认为是"天不灭曹"，即所谓"气数未尽"。这固然是有道理的，但不能不说，是这位老阿瞒平时积累的资本太厚。这些政治积累、人际积累、技能积累不是临时性的，而是年深日久的综合"功课"，为他造成的实力护卫和精神护卫，纵然处于逆境纵然身边亲信精英不多，却没有叛逆的危机产生，仍有能够使其再生的正能量。这就是那些相对浅薄，粗疏贪婪与颟顸的近现代外强中干的军阀们所无法比拟的。

也有人单从道德角度上来评判那些近现代军阀的生命结局，不无简单地归之于作孽太多的必然报应，如孙传芳，持论者说就是因为他杀了在战场上俘虏的敌方师长施，从滨犯了杀俘的罪孽，方引得其女为父报仇遭到应有的下场。可见是"善有善报，恶有恶报，不是不报，时候不到，时候一到，一切全报"。这种认定，有理固然是有理的，从道德角度上说也站得住脚，然而也并非毫无疏漏、无可挑剔。从另一方面说，蒋委员长、蒋总司令，后来的蒋大总统的著名律条"宁可错杀三千，不可漏掉一个"难道不算作孽？包括杀俘，他杀的"俘"还少吗？瞿秋白、方志敏就是被俘后蒋下令杀害的。他们可是在战地上被俘的，而不是在别的情况下被捕的"共犯"。怎么样？不但是杀了，而且蒋也并未因此得到"报应"，不也是在台湾岛上高寿而疾终吗？可见不同的人生命结束的方式与时间，是一个十分复杂而微妙的问题，不能简单地推说之。

还是那句话：小河沟里也能翻船，这就是本文提出的一个沉重的警示。从总的生命过程中，死亡肯定是必然规律，但要死得其所，死得正常或寿终正寝，或牺牲得值，而尽量减少不当之死、不届之死和意外灾祸；并从某些历史教训和前车之鉴中获得启迪，不亦善乎！

观球心理倾向说

本来，一个看球赛的话题实在不值得大书特书。无论是内行看门道还是外行看热闹，也不至于有啥深层探索的价值。无非是看一看，至多是议论一番，而且那还得是高水平的比赛，如果水平一般毫无精彩之处，那就兴味索然了。

全是这样的吗？其实不然，虽然不是每一个人，我敢说所占比重很大的观众是有倾向性的。即使开始不明显，看到后来，内心的倾向便在经意与不经意间自然而生。这个问题，我在几十年前就有所发现，至今这种认识便更加清晰了。

但请别误解，我说的这种倾向，所指绝不是两边球员各自的亲属、同事或是雇来的啦啦队之类，而恰恰是与任何一边都不相识，甚至是毫无关系，不存在任何瓜葛，这才是有意思的呢。要不然确实没必要令笔者大费唇舌了。

事情就是这样，为数不少的观众本来只是不带任何主观色彩的看客。但多半是看着看着，感情的天平即不自觉地向一边倾斜。最朴素的心理是，希望这边赢球，而不希望那边赢球。是私心作怪吗？不好说。既不沾亲也不带故，哪一方胜负与自己的利害完全无关，当然谈不上是私心杂念；更不必像"文革"中流行的那样狠批个人主义这个"万恶之源"。

那么，又到底是为了什么？是无来由的不可知论，恐也说不过去。因为世界上任何情况的产生都不应是无来由，只能说是还没想清楚，没探究明白罢了。以我几十年间对这种似无重大意义却也不乏意趣的心理现象的思考，觉得大约有以下几种形成的原因：

一、性格的因素：这里所说的性格，主要是指观球者的性格与某方球队所呈现出的性格面貌的对应。譬如说：某观球者性格外向，好胜心强，极易激动，而某方球队也颇富扬厉之气，豪气冲天，总之打出了一种气势，如此便在主客体之间产生了共鸣。这样的观者便成为这方球队不认自识的同道，无声推助或摇旗呐喊的"自愿者"。相反，某观球者性格沉静，比较理性，喜欢在"品味"中享受看球的过程；而此时如果球队也稳打稳扎，调度有方，重在实效，这样主客体双方便比较合拍，形成彼此不相识的默契，或曰一方倾向对方而对方却浑然不觉的精神"战友"。这种种不同的性格因素，亦或是"自作多情"的好恶心理，自然便形成了有心理倾向的不同营垒。观众在观球过程中尽管不能相互交流，却也不可能是绝对的"一边倒"。当然，在大多数的情况下，也不会是均等的一半对一半。

二、道德观念的因素：此种所谓的道德，未必是严格意义上的普遍道德观，而是观者以个人道德标准指导下的主观感觉而言（当然，在某种情况下也可能带有普遍道德的因素）。譬如说：某方球风张扬，骄气十足，为表现己方之强势，始终高声助威，对对方保持高压态势，而对方相对温弱，甚至略觉憨厚，在这种情况下，观众中虽大多被强势一方的情绪所调动，内心激扬乃至崇慕，跃跃欲试，欢呼出口，但不能排除观众中另外一种相反的反应，同情较弱较低调的一方，对强势张扬甚至骄态毕露者心存反感。这看来是观球过程中的临机反应，实则是某些人平时甚至天性中即看不惯恃强抑弱的固有品性。即面对虽胜虽强亦不完全宾服，纵然是几"连冠"也并不十分钦恭；而心理天平倾向于表现较为"厚道"有欠威势的一方，希冀后者胜利以对强势骄态有所抑制和给予必要的"教训"。如有此可能则喜，如落败则惋惜乃至怏怏。其实自始至终对方球队也不认得一兵一卒，却就是这样"看三国掉眼泪，替他人担忧"，又有啥办法？这样的观者最喜爱的就是球技既好而作风又淳正的球员，可谓理想主义的观客。

当然还有另一种"观者道德观"。即某方球队条件虽好，但长期不争气，缺乏励志精神，不肯付出足够的艰苦奋斗的代价，可谓"扶不起来的天子"，因而常败，使许多观众感觉憋气，跟着他们窝囊，进而也很窝火。这便构成观者不甘屈辱励志上进的道德观与某方球队不争气不长进之间的巨大反差，凡真正的有志图强者绝不会同情这样的弱者。尽管作为球队与他本人毫无关系，其胜负结果与他个人利益绝不挂钩，仍为他固有的是非观和价值观所不容。

三、审美观的因素：或有人问：看球又不是看舞台表演，怎还牵扯得上审美问题？其实，从广义上说，球场也是一个大舞台，竞技也是一种表演。出众的球星也是明星一类，不然为什么英国足球"小贝"来华"粉丝"们那么趋之若鹜？那推而广之，某个或某些观者由于崇慕某方中的一两位明星进而便可能对整个一方产生良性倾斜，希望他们打赢。这里所说的"审美"，除了球技而外，当然还包括球员的外貌、风度甚至一个局部一个动作的欣赏。这种欣赏有的较为普遍，有的也可能是少数或个别人的偏好，总之都会影响到对希望谁赢谁输的倾向。对某一局部与某一动作的欣赏并非不可思议的个别现象。记得上大学时我们年级篮球队中有位男同学留的分发较长而生动，他每在投进一球时总是习惯一甩头发，极潇洒、极风度，引得生物系一颇为秀气的女同学着迷，几次给他写信尽表爱慕之意。后来竟发展成自制横幅，上书"中二·三班必胜"字样，可以算作是爱屋及乌、以偏概全的典型事例。可见如此审美效应虽未必具有普遍性，却是一个潜隐的因素之一。当然，萝卜青菜，各有所爱，未必那么目标一致，却肯定地说妙在其中，只是较比以上两项因素，大多数当事人更不愿意公开表示罢了。而且，这种审美取向虽然主要是反映在异性看客和被看者之间，同性之间也并非完全没有，因为，不可否认，看着"顺服"总会使人觉得舒心些嘛。

观众的心理倾向虽然不致影响竞赛的胜负结果，却能够影响不同观者的情绪。如希望赢的一方真的赢了，那么希冀者本人自然是如愿以偿，心情愉悦，从健康学上讲实在不啻于一剂灵丹妙药；反之，不说是负面感觉大增，至少是深感遗憾而怅然。

所以，不能要求时时绝对没有心理倾斜，但最好还是不要过于感情用事，竞赛嘛，还是重在正面精神享受。如此说来，有时候，有些人也存在一个理正心态的问题，对否？

哲思憬语

梦（三章）

梦的科学

科学领域中也有似是而非缺乏说服力的诠解。

譬如梦。

昼思夜梦——一个古老的权威性的说法。

可是我常常未曾昼思，而夜间常梦，甚至梦得离奇，连自己也想不出何以进入那样的"太虚幻境"。

由此，我一度对科学的诠解也发生怀疑了。

但又想，科学本身是没有过错的，只是因为有些貌似权威的"明公"摇唇鼓舌，而许多不动脑筋的听者轻信为真，于是自古而今，谬误流传，真正的科学明公们谁也不肯把智慧和精力用于解梦之谜，而致力于诸如航天飞机、艾滋病基因以至可变唇膏、特瘦型牛仔裤等等。这也许都是对的，因为这些东西有点实用价值，富于经济效益。

于是，直到现在，还没有看到一篇真正有说服力的经得住一推百敲的解梦之文，也许是我的孤陋寡闻，未翻遍全球报刊所致。

思与梦，可能有密切关系，但不是那么浅薄和急近。它，或许是一种想望，一种担心，一种欲念，一种沉浮，等等等等。它，或完整连贯，或支离破碎，或合乎逻辑，或荒诞不经，或以浪漫主义手法，或以现实主义手法，以至意识流、黑色幽默、野兽派，应有尽有。有如人的思维，有时成篇大套，正剧庄严，有时如闪电，如流云，如秋波，如阵痛……并非时时完整，亦不都成格局。

却有时，梦比正常思维更提炼，更精粹。我听一诗人朋友不止一次地宣示他的秘密武器：他的最成功的构思，最精彩的诗句，常常是在梦中或似梦非梦的状态下诞生的。

果如此，梦有时倒比睁着眼睛看到和想到的更科学。

梦的变形

梦与现实生活有时是逆变的，梦很会修正现实生活的某些图象。

我的父母在他们生前是不和的，青年和壮年期常为生计而吵架。老两口到了花甲之年，更过起实际上是分居的生活，母亲去百里之外的姐姐家看小孩，很少回来，父亲三餐一个人在小炉子上烤玉米窝头和山芋吃。我每年回来探家，进门有时见他噗噗吹火，熏得两只老眼流泪，终日伴随他的只有日影和月影，与他谈心的只有子夜难寐时躺在土炕上自己和自己对话。

也怪了，如今在我的梦中，经常出现的情景却是：他们老两口是那么亲密和谐，相依为命，他笑她也笑，她忙他也忙，两心如一心，四手并一手，俨若理想伴侣。现实经历中的他和她，只在我幼儿时带我去过一趟县城，三个人在小摊上吃过一顿打卤面泡油饼，而在我的梦中，一次再次地、不厌其烦地重复着这幅情景。

更为奇怪的是，我父亲去世于"文革"风暴开始那年的早春，而母亲是在十八年后的秋天去世的。我父亲去世后的十多年，我很少梦见他（多么偏心眼!），而自我母亲去世，父亲也经常出现在我梦中，有时是他一个人，有时是伉俪双影。真好像是母亲把他从一个什么地方唤了来，带他来见我。

我多少有点为我父亲而惋伤：生前既然那么有志气，虽孤独倔强挣扎，不唯不乞求别人，连老妻也不求，死后却为何还要沾人家的光?

哦，不能怪他，只能怪我自己，为我一点柔弱的人情扭曲了他的矢志，并非在成全他.

梦，毕竟还是梦。

梦的虚幻

我做梦有时做得很凶险，很苦涩，将醒时才知道这不是真的，清晨的熹光从窗帘的缝隙中透射进来，更觉得这个早上格外美好。

平时麻雀儿在窗外叫得忒心烦，这回也觉得像乐音那般动听。

　　有时做梦做得很幸运，很惬意，但醒来却依然如故，还是有许多不顺心，一噘嘴，怨这梦真会骗人。但事后并没有多少失落感，我仍然相信美好的境界只能出现在不懈地顽强奋斗中，它或许比最天才的梦境编织师的作品更绚丽。

　　哦，看来这梦也有两重性：它颇能渲染本来不存在的恶象使你一场虚惊，又能虚构本来不存在的甜趣使你添点短暂的愉悦。

　　但，无论如何它是空幻的。我向来不喜欢空幻的东西，它却还是涎皮赖脸地来麻烦我。

　　它来，我不能推拒，但我不欢迎它。

　　我不依靠梦的慰藉，但也不怕梦的恐吓。

　　我相信，我永远不会听命于梦的指挥棒的摆布，也许有时还要反其道而行之。尽管如上所述，它时而还会呈现出奇特的良性反应。

　　有那一天，梦也能被驾驭，成为一种高尚的而不是庸俗的、充实的而不是空幻的享受。我设想。

畜禽小品（四则）

狗

尽管在中国的名词和成语里，有"走狗""偷鸡摸狗""鸡鸣狗盗"之类的贬义，但我对狗的印象总的还是不错的，最著名的定义就是"狗是忠臣"。这在我们家乡是妇孺皆知、千载未变的结论。

但，最近一个偶然的印象，却使我这种认识变得复杂起来。

那是我们一行去宣化家植葡萄园参观，主人倒是热情好客的，见我们啧啧称羡他们的马奶葡萄侍弄得好，便摘下一嘟噜请客人品尝。谁知猝不及防，有两只看园的厉犬却不容了，四只急红的眼睛几乎凸了出来，嗷嗷叫着猛扑狂窜，那情势直要把拈葡萄的客人撕下几片肉来。主人喝叱它们也不肯终止，只是因为那拴在树桩上的两根铁链，才使这哼哈二将没有得逞，万分遗憾地喷着粗气退了下去。

又一次印证了狗是名副其实的忠臣。

不过，忠得过于恶，过于偏执，特别是暴露了作为畜牲心理上的弱点：比主人更狭隘更悭吝，竟连大面也不讲了。

呜呼，狗毕竟还是狗！

猫

虽说猫咪其状可掬，但"猫是奸臣"的古谚也是在我幼年的心灵中就生了根的。

但我们家里人都是爱猫的。他们给小女猫最好的东西吃，而且唯恐不周，时常理着它的细毛，不无歉意地念念有词："小猫小猫你别哭……"只是并不要求它逮老鼠。因为经过前一段几次灭鼠战役，耗子已在我们这里绝迹。

我颇有几分腻歪这猫，整日光吃不做，奉若上宾，什么效益都不能创造。当然，有的情景也使我看着有趣：夏日中午，我的小女儿在睡午觉，小黄猫悠然自得地蹲在她小胸脯上打呼噜。我心中油然冒出两句也算是诗来："睡梦里也不需半点惊慌，心口上把守着卫兵阿黄。"

自那时有几日，我对猫的感情有几分改变。它也很敏感，那一双易变的眼睛里也透出亲昵的神采。

谁知事情发生了突变：

那是有天中午，我要睡午觉，似睡非睡间，黄猫习惯地登上我的胸间，而且还以爪指抓搔我的皮肉。我顿然火起，抓起它掼就在地，黄猫嗷的一声，向门外逃之夭夭，从此再也没有回来。

事后，我内心隐隐有些自责：对猫未免太粗鲁了些。

尤其是它不再回来，使我觉得它的自尊心很强。

猫并没有受过"士可杀而不可辱"的孔孟古训，却也有小小的骨气，可见自尊也应是一切活物的本能。

它，肯定是生气了。

近来，看了些养身之道的文章，异口同声地结论是：不生气能够长寿。这肯定也是有道理的。

可是，如果人都修炼得不会生气了，那不是也很可悲吗？

鸡

鸡能下蛋，鸡蛋的营养丰富，这是人所共知的浅显道理。

但我一向对鸡并没有特殊的好感，我自小的印象，鸡菩萨往往不修边幅，吃到哪拉到哪，狼藉满地。在这个不算太小的小节中，鸡是没有"猫盖天狗铺地"那样的解手习惯的。

我虽没杀过鸡，但看到过许多杀鸡的场面，也不像看杀猪宰羊那般悯怜，因是鸡嘛，草芥而已。

有一只鸡却激起我内心特别的震动。那是在前三四年吧，新年的前些天，妻从市场上买来一只不会下蛋的黄母鸡，暂时养在自搭的小厨房里，准备新年前夕烦人宰了辞旧迎新的。

我从天津回到北京家里，偶而听到有鸡在咕噜咕噜地叫着，使人顿然有一种凄楚的感觉。我问妻："鸡？"她含笑点头，打开厨房门，带我去看，不能高声，因为城市里是禁止养鸡的。我在厨房门口向里一看，这只鸡正蜷伏在一只竹筐里，一双眼睛虽有些呆滞，但也不难辨出一种深深的眷恋和祈望之情。我的心有些颤动了，我觉得这只鸡是通人性的，它与我过去所看到过的鸡不一样，也许鸡也有感情贫乏与丰富之分？我觉得它和一个正常人一样，理应也有生存的权利。于是我对妻说："养着它不行吗？"她摇摇头："街道上不准养呀！就这几天还得藏着匿着呢。"

　　我黯然了，不忍再看它。我当时提出养着，不是为了它下蛋，而是对一个灵性的保护。然而，我竟没有保护住，鸡是软弱的，我，同样也是软弱的。

　　我不知这只鸡是什么时候被宰掉的，只是，我没有吃它的肉，甚至也没有喝用它烹调的鲜汤。在这之前，也许在这以后，我都不是这样忌讳"杀生"的，却就是对这只鸡……

　　直到现在，好几年过去了，我还清晰记得它蜷伏在竹筐里的情状，特别是记得那双呆滞的却充满眷恋祈望之情的眼睛。每当这时刻，我的心便颤栗，还有些负疚感。

　　我似乎明白是为了什么，但又不全明白是为了什么。

鸽

小时候一懂事，就听到人骂人时经常使用的一个词儿："畜牲!"以为凡为畜禽之类都是不成体统的，其实不然。

长成，便知畜牲圈内也有许多讲究，有的连择偶也有自己的标准哩。

四十多年前，在史无前例的浩劫中我被"群众专政"，羁押在他们自设的囚室里，南窗对面的楼上每天早上都有大批鸽子群集，类乎现在人间世界公园里的"爱情角"，显而易见是在寻觅各自的知音，可意的对象。有一只轻灵俊美的白鸽，像芭蕾皇后似的在高视阔步，另有一只灰不拉叽、面呈陋相的公鸽，㧐翅欲行轻薄，那白鸽皇后作申叱状，丑鸽只好望而却步。这时，突然有一只英武潇洒的雄鸽自半天飞来，彬彬有礼地向那只雌白鸽接近，二鸽对视良久，四目仿佛爆闪出一种奇异的光，然后对嘴互吻，终而一翅儿逸向蓝天，宛似一双令人艳羡的伉俪。

至此，我乃知某些禽类亦有情。当然，究是个别情况，还是普遍现象，我不是动物学家，未可考。

最近，与鸽子又有一次难得的缘分。那是暑假里，妻带着腿部刚动手术的小女儿来我这里将养。晚间有一只雏鸽从未关严的纱门误入屋内，妻爱之过切，想把这小家伙留下来与女儿做伴。我恐主家来找，落个掠人之美的不道德名声，坚持把它送回阳台，让它自己飞走。谁知鸽子夜间是不走的，天亮离去时，还在阳台上遗下一小堆排泄物，又劳妻去打扫干净。

不知是鸽子为了留点纪念，还是一种报复行动。

静夜冥思（四题）

预想

科学的预想是伟大的，拒不相信科学是可笑的，但为某种也可能是科学的预言束住手脚也是可笑的。譬如说，我在小学课本里就曾读到：预言我们所在的地球在若干万万年以后将彻底崩裂，届时一切最辉煌的建设成果都要化为乌有，一切最灿烂的文化典籍都要随同人类的记忆完全消失。如果我们听命于这种遥远的、也许是杰出的预想的安排，一代一代地束手静卧等待"那一天"的来临，那岂不是沦为可怜的"科学"奴隶了吗？

假如那种预想得以成立的话，那么，人，宁可随同地球崩裂灿然长逝，也不能在地球还在正常运转时颓然僵死。

等待

记得1976年唐山大地震过去不久，临近大城市的居民大多住在简易的临建棚里，其中有的当然是因为原来居住的房屋损坏，等待房管部门修补完善，有的原住的楼房完好无损，只因心有余悸，唯恐再震而不搬回。据说在一段时间里，一间不起眼的平房的价值竟高于一个楼房的单元。

但随着震情的减缓，街道两旁、河畔地角的临建棚渐行消失，人们终于还是回到了修好建成的楼房里去，设备完善的高层楼单元房成为人们艳羡眼红的所在，再也没有人会认为它的价值低于一间低矮简陋的平房，人们对于高层楼在强烈地震中危险性较大的记忆似乎逐渐消失，很少有人仅仅为了安全长住临建棚而生优越感。

是苟安心理所致吗？还是好了疮疤不觉疼，忘记了1976年7月28日凌晨3时那个地撼屋摇、骨折肢残的惨象？非也。

易忘，通常是不好的，但牢记也不意味着消极等待。一般人都具有这个常识：地震的危险依然存在，甚至可以肯定地说，某天某时某个地方，地老虎还会在某个断层搞点名堂，但建筑工地的长吊照常在挥臂作业，鳞次栉比的高层楼照常旭日临窗，街心花圃的美人蕉照样挺颈绽蕾，新婚夫妇照样欢天喜地把新买的彩电抱上电梯……随着城市人口压力的增长和市政建设的需要，低矮陈旧的平房势必越来越被现代化的楼房所取代。

当然，建筑师们在设计这些高层楼时，没有忘记把抗震的结构学考虑在内；地震局的观测人员日夜也没有减弱他们那灵敏的触觉……尽管如此，恐怕距离把地震的危险压缩为零的理想境界尚很遥远。

　　我一点也不嘲笑那些搬进现代高层楼的人们。也许，人们在向更美好的格局进行追求的过程中，往往可能伴随着某种不利的因素，但古往今来，人们并没有屈从于这种危险而生活。问题在于这种追求和改变是否有意义，是否把人们的物质和精神引向更新、更美、更高的境界。

关于死亡

　　据说有个自杀的人在他的遗书中写道：死是最安适的归宿，它可以忘记人间的一切痛苦，使魂灵升华到一个超然无忧的境界。

　　而另一个人在病中的日记则透露了与前者完全相反的心理状态，他认为人的最大痛苦莫过于死亡，首先就是因为死亡使人的记忆完全消亡，生前的忧烦固然消失了，而生前的一切美的享受，包括亲情的温暖、幸事的愉悦以至感官上曾经体味过的乐趣等等也随之消失了。这便等于一笔勾销了生前存在过的价值，就连死后别人的评价，包括赞扬和推崇，也是不可能知道的。

　　然而，生与死的问题仍作为一种规律在人间运行，不管人们自认为死亡是"最大的美好"还是"最大的痛苦"也罢，尽管人们一直在探索长生之谜，寻求养生和药物以达长寿之术，但多大的老寿星终归还是要死的，恐怕不会有人怀疑。

那么，更重要的还是活得有价值，探索和实践究竟怎样活着才算更美好，既然生下来，长成了就得像个真正的人那样，把提高每日、每时以至每分钟的"单位价值"都视为对死的挑战和抗争，也是对生命的延长。

我有一个朋友，是搞音乐的，自小惜时如金，是以分秒来计算生命的价值的。在十年浩劫中，由于江青的插手，他受到了诬陷和残酷迫害，但就在半专政的处境中，他还在抓紧完成一部普及歌曲知识的著作。他知道自己随时都有可能被抓起来，甚至有被害死的危险，但他还是抓紧时间写他的。若是写累了，那就盖上大被踏踏实实、暖暖和和地睡上一两个钟头，起来再接着写。他说只要生命还存在于躯体一时，就要无愧地对得起它，至于死嘛……来则安之，不来也安之，生固可爱，死又何惧！

也许他是对的。

宇宙与人

有一次我到天文馆去看"宇宙旅行"星空表演，散场外出时，听到身旁有两夫妇（或未婚恋人）发表了如下议论：

"一个太阳系就够大了，还有更大得无比的银河系，一个银河系之外还有无数个银河系，真是吓死人了！"

"如此看来，一个人真是太渺小了，太可怜了……"

言罢黯然摇首，怏怏而去。

这恐怕不是"星空旅行"设计者的本意，他们决非在诱使人们望空慨叹，顾影自哀。

其实，应该说，大有大的壮阔，小有小的精致；大有大的空泛，小有小的充实；大有大的分散，小有小的凝重；大有大的荒寂，小有小的欢乐。

一颗星星能发光，一个人何尝不能发光？星星光芒再亮，毕竟是在渺远的地方；而人在自身，或在身旁，光源则出自心间，相互映照。

故而切莫望空哀叹，切莫自惭形秽。体不在大小，在心之污洁；程不在远近，在步之正邪；光不在柔强，在于人之损益；声不在抑扬，在于情之悦丧。

是为"大""小"之释。

心砧的火花（四题）

我不想考证

——关于李清照

每当我看到宋代女词人李清照的生卒年代栏中卒年是个不确定的符号时，总感到有点缺憾。我是想知道，一个杰出生命存在于世界的准确历程，一个诗魂的华光何时离开那个多蹇的躯壳而得以升华……

我常为她晚岁流离凄清的处境而掩卷喟叹；然而，我的兴趣并不在于考证她是否再嫁，如同不愿去考证贾宝玉与秦可卿有何特殊关系，以及那块通灵宝玉的成色一样缺乏穷追的劲头。

因为，不再嫁固可，再嫁亦不能损其光辉。因为，我们从诗人南渡后的诗篇中看到的不是世俗男女之间的龌龊，不是一个潦倒老妇的自我哀怨，而是国破家愁、还舟无桨的痛楚，还有几分肝胆辉映、素手擎天的豪气。这些比之于少妇时代在漱玉泉边吟咏的丽章秀词往往更令人心折！

这是李清照的声音，但又不仅仅是属于她自己的。设想如果没有这种声音，我们回顾那段历史，将会感到更多的空漠和暗淡。

李清照作品的辉光已超越她个人的身世，它能给予人的更远远超越后人穿凿考据写下的难免不尽可靠的易安居士年谱。

我乐于品味，而不想考证。

试求答案
——关于四门塔

我有幸两番去过四门塔。

这座塔位于济南之南远郊区历城县境，造型极其稳重质朴，建成于隋大业年间，至今已一千四百余年矣！

它历经十年浩劫，竟完好无损，实属罕见。

答案？

难道是因为当时有血性义士挺身而出，阻挡住狂暴逆流的冲击，才使这座国家重点文物得以保护？还是因为它远离城市、处于僻远山区，人不知其所在而得以幸免？

细思之，上述理由似皆不能成立。曲阜孔庙更应属保护之列，然巨碑大石尚且难免被腰断之劫，区区四门塔前又何能出现阻挡狂流之壮举？远离蜇居亦非安全岛国，君不见当年穷乡僻壤亦难免

"扫四旧"之狂潮漫卷……

哦……是了！——

可是因为这四门塔造型过于质朴无华，平时即很少有人注意，"文化大革命"年代那班愚昧顽劣之徒鄙视为不起眼的一堆石头，而未识其"四旧"价值，反而使千载文物得以完璧奉献于今朝？

可见，表面质朴的东西，有时却深藏着珍奇的瑰宝。

可见，质朴实在并不是时时处处吃亏的。

相反，质朴无华的四门塔倒完全有资格嘲笑那班佩戴金字闪闪发光的臂章的狂劣之徒！

穿过陋巷

——关于颜渊

我绝不是颜渊的忠实信徒，更不想作当代的颜渊第二。我没有他那样的学识，也不想像他那样短命。

但我必须承认，当我从今日曲阜据说是颜渊旧居"陋巷"走过时，心潮的鼓荡远比观瞻帝王的宫阙更为情激而深远……

我难以想见两千多年前的"陋巷"准确的面貌，但不会像颐和园内慈禧的寿堂那般讲究，当是可以肯定的。如前所述，我少了些考据癖，但我并不怀疑这就是当年那位"复圣"住过的地方。

也许，一个人在起步和奋斗的历程中，从本质上说总要付出些艰辛，包括他对人生的责任感；而这种艰辛首先必须付出应有的代价，恐怕首先不是奢靡与享乐。因为，在有志者看来，付出也是一种享受；即使已经有了享受的条件，也还是要继续付出。

从这个意义上说，"苦"，并不仅仅意味着破衣褴衫，不仅仅是吃糠咽菜，还应包括百折不挠的韧性，百弃皆不足惜，唯砺心志永锐。

不知为什么，我还想再一次从那条陋巷穿过，虽然，现今的"陋巷"已看不到一间茅屋，一扇破敝不堪的窗牖……

生命

生命对每一个人来说只有一次，刚生下来的小孩不会想到死，但一旦稍懂人事，想到了死，便更觉生的可贵。

难道一生下来就是为了死的？这个乍听起来荒唐滑稽的问题，但又是不可回避的问题。

可以是步步向死亡逼近，但也可以是步步迈向有意义的人生。

古人中有的伤感人生之短促，为防生命在睡梦中悄然逸去，便"秉烛日夜游"。

今人中也有哀叹人之短命者，便纸醉金迷，在狂乱的刺激中寻求生命的"单位价值"。

其结果只会更快地接近死亡。

生命属于大自然，也属于自己，健全的养生，合宜的调节，奋发的工作，尽多的贡献，就是自身对生命的支配和延长。

一个人对自己生命的掌握有多大主动权，是百分之十、二十？抑是百分之三十？可能没有这样精确的测定仪。但如把整个生命比作一个持久的大战役，那有志有识者便有资格担当全局的司令员。

食物中有压缩饼干，而我们更提倡浓缩的生命。

最大的悲哀是生命的浪费，这里有主观而不自觉的浪费，也有虽自觉而客观造成的浪费。

当年在大学中，有同学写了李白"天生我才必有用"这句诗的条幅而遭到批判：狂妄自大，个人第一。其实如果真的矢志成才从而学以致用的话，也可能功于国家益于人群。

生命在升发的高层楼上，当旭日最先拥入你的怀中，你这一天便开始得比别人早了半个时辰……

生命在远航的轮船上，整个大海都属于你，所有的涛声都为你的奋进而呐喊，你比任何人都占有更广阔的活动空间……

生命在开山的爆破声中，也许在爆声中结束了肉体的生命，但真正的生命之光却打通了障碍，牵引了列车和千百万生命的延伸……

生命在笔尖上，如果是真正闪光的作品，那生命也必定会闪光。有人说，在现今的时代，由于科技高度发展，节奏异常加快，竞争十分激烈，没有稳定少变的峰巅，因而不会出现什么大师。

我则认为，任管怎样变得眼花缭乱，粪土不会成为真正的金子，金子也终归不会成为粪土。

亳州二题

他们是老乡

两位亳州老乡,虽然身份悬殊,性格不同,却都不是凡夫俗子:一个是手持刀剑挟天子以令诸侯的丞相和统帅,一个是操手术刀妙手回春的名医。他俩同生长在古沛国谯这片土地上,也许少时还是摩肩接踵的街坊;长成后一个前呼后拥威压至尊,一个安步当车仆仆风尘于乡村道上。

一个人未至烟尘四起,平民百姓纷纷退避;

一个被穷苦乡亲视若救星,追寻他的足迹,欣望他慈爱的笑容。

但手术刀毕竟敌不过刀剑,德高望重还是被权柄压死,血流灌溉着名医手植的药草,他发明的麻沸散只叫得苦。

华佗死了,曹操并没有因此感到轻松,他的头疼病更重了,昏迷中还喊着那位神医的名字……

一千七百多年后，亳州老乡们演说着曹操和华佗的事迹，一视同仁，反而回避他们之间发生的悲剧，绝少去分解谁的是非得失；溢于言表，多是对本乡出了这两位历史名人而自豪，不偏不向，都给他们修葺了纪念馆，再造塑像。只不过，曹操还是腰挎宝剑手捧大印，华佗还是左手持药书，右手拈药草。

一千七百年，六十多万个日夜呵。当时人们胸中的爱憎，早已凝结成涡河深处的沉沙；今日对他们是非得失的分解，还不如计算门票的兴趣浓重。也许人们在想：尽管华佗能妙手回春，充其量又能救活几人？还是那一代称雄的曹丞相，怀抱着统一中国的蓝图，据说还推行了屯田政策……

有时候，实力比医德更迷人，功业比口碑更响亮。史家评论曹操的比写华佗的多得多，看三国固然有人替华佗掉泪，对阿瞒一面是恨，一面又啧啧称美，禁不住还要默诵那名句："魏武挥鞭"。

也许，诗人更偏重于道德，历史家更重视作用，我既不是诗人，也不是历史家，我只能介绍亳州出过两个名人——曹操与华佗，他们是老乡。

亳州三香之最

亳州城有三香——

古井厂的酒香，虽然醇浓，范围却有限，大都在嗜醉者的鼻息里，在谈交易的直径不到二米的宴席桌上，藏在送礼人精心包装的"手榴弹"里……

药材市场的药香，储留在每一个渴望健康的人心里，蒸腾在每个患者药锅的气息中。一闻到这香味，仿佛生命就上了保险。

还有一种香味，比酒香恬淡，比药香清甜，却无处不到，一无遮拦——这里家家栽泡桐，户户飘奇香。

每串泡桐花都是一只蝴蝶，把紫色的云织成脱贫致富的路。风拂香气送走了中原父老无声的歌唱。

不只是我，许多人闻到这泡桐花香，一时间，忘记了曹操，也忘记了华佗，倒是想起了一个人。这个人走了五十多年吧，五十年却冲淡了一千七百年，至少是暂时的冲淡。

真的，一篇报告文学，把他同泡桐连在一起，好像他就是泡桐，泡桐就是他，凡有桐花香的地方便有他的身影，不仅仅是在兰考……

亳州不仅有曹操和华佗，也有那个人的身影。虽然这个人不是亳州籍，却自然使人产生了联想。不信？泡桐花香为证。

成才路上（二题）

预言和断言

当你在成才路上艰难跋涉时，难免遇到荆棘扯衣，乱石绊足，甚至面对茫茫大水无舟缺桨，苦苦泅渡中漩涡没顶，浪尖上终又露出企望的眼睛。但你并没有停止奋游，更没有呼救，虽然一时间还难以到达彼岸。

此时，树杆搭起的凉篷上坐着几位观景的智者，他们以轻诮的口吻预言你的行动：

"再挣扎也是白费，天生不是成功的材料!"

你不知听见了没有，以超常的顽强搏击着湍流，一点一点地泅向彼岸，距离在智者的朗声和窃语中逐渐缩短，信心在边游边学中逐步增强。生命与波光交相辉映，智者们由疑讶转为有保留的肯定：

"看来他……坚持不懈……也许是……靠拼时间和体力……"

你终于到达了彼岸，整理了一下衣服，又大步前行了。前面，还有多少道棱坎，多少条溪涧，也许还有绝壁千仞，沼泽十里，你微微一笑，以十倍的坚毅作好了继续攀越的准备——成才之路只有里程标志而没有终结。

智者们在凉篷上望见了你翻过一道道的棱坎，跳过一条条溪涧，又越过十里沼泽而没有陷进去，身影出现在高高的悬崖上，冷风撩起你满头乌发……

刚才的预言又变为类似卜者的断言：

"我早就看出他是个天生的材料，看来……什么也挡不住他……"

你可能已经听见了，又是哂然一笑，同样没有理睬这也许本应觉得顺耳的议论，又向更高处艰难地攀登……

你稍稍歇息了一下，俯向涧底的草鱼默默心语："我既不是天生不能成功的材料，"又向掠空的雄鹰颔首致意："我同样也不是天生成功的材料。"

看来，智者们的预言没有使你颓然丧志，断言也没有使你沉醉飘然。

固执

你在成才道路上，付出的很多很多，比别人要多若干倍，若干倍。当别人下班后与爱人坐在电视机前观赏电视剧《永久的爱》

《爱的权利》《两个女人和三个男人的爱》的时候，你却独自在斗室里一心用功；当别人在旅途中的列车上打扑克的时刻里，你却在探家的列车颠簸中攻读与思考……

你并不干预他人作为电视迷，也不反对别人打扑克，然而，你也不去仿效，因为你过于吝惜时间。

你也没有因为用功而积劳成疾，也没有因为在列车上看书而损伤了视力。也许你劳逸有节，也许你秉有一种消耗不尽的精神潜力，也许有连你自己也道不清的什么奥秘？

别的好心人说话了，说你付出去的太多，太多，而得到的却太少，太少，收支相抵，很有点不合算。

你自己却觉得已经得到了你所想得到的东西：充实的内心世界，无愧于社会无愧于人民的尽心竭力的贡献，还有起码的工作条件和生活条件——

好心人又向你解说：你本应得到更多的荣华，更丰盛的享宴，更高声浪的喝采和更大范围的承认，而这些，对照你所付出去的是远远不够的。他提醒你：要得到这些也并不太难，只要不那么"死心眼"，有必要"走走路子"，要恪守"三分货色，七分活动"的要诀。

你终于听懂了，就算那些都是好心的"遗憾"，你也并不十分感激。

因为你有完好的视力，并不那么短视。

因为你熟读过历史，也通晓古今中外一些人的成名史，他们各有各的途径，各有各的际遇，各有各的悲欢，各有各的当时的荣枯与身后评价。

你有渡海的经验，当你眺望远方时，仿佛海面鼓起，船帆似要滚波沉落，其实你当真驾舟驰去，并没有落到这般结果。

你也有攀山体验。当云遮雾罩时，一般人看不清山路究在何处，你并不一味彷徨，循径走去，山路就在雾中。云雾虽可迷眼，毕竟是脆弱的。

大自然和人生都不总是那么一目了然，不同人的视点不同，角度不一，对所获的理解自然也不尽同。

我知道你很固执。

你可能固执到这种程度：纵然到底也不能获得好心人提醒应该获得那些东西，你也丝毫不悔。只要不枉一生，只要无愧于世，只要心血能化为甘霖，只要正气能长滤清风……

你宁愿追求清寂的真实，也不要那隆盛的卑伪。

感念（三题）

他们都是极普通的人，都是不见于经传的人，却为什么这样烦扰着我的心——一种高尚的烦扰，使我无法忘怀他们，总想为他们写点文字。假如我不写，谁也不会知道他们曾做过些什么。

也许，我就是从他们身上才发现了人作为人应有的光色，人与人之间还有同情和相互扶助；并不像西方有的哲人所言，他人都是"地狱"；甚至当我处于极度郁忿、极度痛楚的心境下，从他们身上也能感知人间还有如许值得眷恋的挚情与厚爱!

一位资产阶级小姐

那是遥远的六十多年前的早春，雨夹着雪，抽打着乡村小学的窗扇。

我，作为一个买不起书的穷孩子，在翻过来的旧帐本上抄着课文。课讲得太快，来不及抄，只好挤坐在一个乡村权贵少爷的座头上，扫一眼两眼课文。

"滚开！"顽劣戕害着智弱，暴戾摧折着善良。

求知的心花跌落在地上，土炉子里微弱的煤火在轻轻叹息。

台上，三家村学究老花镜后面是惊惧万状以致僵凝了的双眼；台下，是肃静之后爆发出的三五声看热闹的哄笑。

一个脆亮的女声蓦然腾起："你怎么那样坏？看看你的书就该打人？！"

一副白嫩而凛然的面孔正对着那顽劣少爷，课堂上的空气一下子凝固了。三十多人的目光转向她：一个资产阶级小姐，从大都市回乡复习的超龄同学。

当恶少从瞠目结舌中恢复过来，便是一连串不堪入耳的诋毁伴以五官挪位的恶相；但迎着它的仍是含着冷笑的蔑视。

窗内是人间正邪的对峙，窗外是天降雨雪的厮缠。

她向被欺侮的我深深瞥了一眼，便拎起书包走了，走了。深蓝色的大褂飘洒着忿懑走了，素洁的白运动鞋踏着雨后的泥泞走了。

走了……

从那时起她再也没有回来。据说，她脱下旗袍穿上军装，作为一名八路军白衣战士穿过硝烟火阵，抢救出一个个垂危的生命。

她留给我的深刻印象只有一幕，却是永远也不会磨灭的心灵中的"定格"。尽管我六十多年再也没有见过她。

她曾是一个资产阶级小姐。

一位离休的基层老干部

我是在遭难的年月下放工厂劳动时遇到了他。

我当时是身负"严重政治错误"的"反革命",我的心和手中的十二磅铁锤同样沉重,我的脑门上勒深了的"川"字形皱纹如同人为烙上的火印。

我的灾难有增无已,无论是"打反",还是抓"5·16",保卫科负责人都要在台上声嘶力竭地点我的名——一种简便易行的典型化方法。

而这时,我发现,不,我感到那位负责政工的副书记在讲话中上纲是低调的,语气是柔和的。我像在一阵飞沙走石的狂风中,感到几颗清甜的雨点落在嘴边……

在一个偶然的机会下,我斗胆地表示希望能与他谈话,他居然答应了。深夜,当他值晚班时,在他的办公室,外面无雨也无风,只有秋虫在喁喁细语,尝赞月色的清幽。

我诉说着我的遭遇,他不加掩饰地表示了他的理解和共鸣。也许在一点上触爆了同感的火花:当我作为一名小机要员穿上军装时,他正作为二野的一名营教导员率领健儿追击在云贵的崎岖山路上。他也深知,人生的道路很少有坦途。

但谈的更多的,还不是个人的经历和眼前的悲欢,而是历史、现实与中国的前途。我暗自为他捏一把汗:一个基层大厂的党委副书记面对一个专政对象,难道他不知道要承担多大风险?至今我还不甚清楚:他当时对我为何那般信任，因为严格说来，我们只是第一次真正的见面。

气候稍一舒缓，他也斗胆地"用"起我来，在他的职权范围内——从工会宣传干事以至政治部秘书。我内心交织着感激与惶恐，好像春天与冬天一起降临。

果然，江青的爪牙派员来厂，一拨又一拨，指令"此人不能用，而且有反扑行动，应酌情戴上帽子，加强专政"。

书记那风化岩石般的粗糙的脸板板的，勉强点了点头。那些专使们一走，他握紧的拳头一擂桌面，声音沉得像闷雷："人是我们单位的，就得归我们管。"然后，便踏步走去。我听他那落点结实的脚步声好像是：就这样！就这样！

我对他的担心胜过关心自己。要知道：一边是权势显赫、炙手可热的江青亲信，一边是一个没有后台的区区县团级干部，从陡坡上滚下来的石头是会把人砸垮的呀！

幸而，不久"四人帮"倒台，我被落实政策归队了。他，仍是基层厂的书记。

近一年来，因为工作忙，未暇前去看望。最近，听说他离休了。在一个星期天，我赶往他家，在一个极其普通的住旧了的居民楼二层平台上，我看见了他那张风化岩石般的粗糙的脸，只是显得更苍老了些。

他正手执喷壶，为盆花浇水，各色各样的花，都很旺盛，一阵清风吹来，我闻到淡淡的、寒凛的香气。

我不知这些花有没有这样的意识：在干旱中，他是它们的恩人。

一位忘年交

他是一个病休的杂工，我是一个操笔杆的。

我具有大学毕业的学历，他或许小学也没毕业。

我有可爱的妻女，他则是孤身一人。

他比我整整大二十岁。

这么多的不同点，却不知为何，竟成了心心相连的忘年交。

在北京西城的一个大杂院里，我和他是最近的邻居。我回京探家时，与他仅仅一板之隔；我回天津工作时，车轮却辗疼了每一寸挚友的情深。

他每月只有二十六元劳保金，抽烟是碎报纸卷的廉价烟叶，冬天的炉火里烧的是沉沉欲睡的煤石。

我从微薄的稿费中匀出一部分悄悄地掖给他。不知是怕妻子不高兴，还是为数额太少拿不出手而羞赧？

他与我共忧欢，为我每一丝成长而由衷地欣幸。1963年春天，当电台第一次介绍我的诗作时，他从广播员的第一句话直听到最后一句话，那暗褐色的清瘦的面颊上罕见地泅出了血色，而掩蔽了自己肺叶上日渐扩大的阴影。然后用他每月供应的微量食油，为我煎了一盘米糕，作为无声的祝贺。映现在我眼前的，是插在米糕上的几粒红枣，为那个荒年未尽的岁月增添了一点喜色。

使整个民族遭难的年月，我一开头就未能幸免。我曾因逃难暂避北京家中，他为我嘹哨、送信。深夜我回来，叫门时总是他起来开。他披着光板棉衣，趿着破毛窝，借着暗淡的星光，我触目首先是那一双深陷的眼睛。他竭力使它有神些，好像想尽多地给我一点力量。我的手无意间触到他的手，骨节突得很高，那么凉。

我已经回屋里躺下，他还在院里踱来踱去，偶而听到他的咳嗽声。我睡不着，他也没睡。我是耳听着他没有睡，他是心知我睡不着。

我决定赴难的那个早上，步行去火车站，他仍是无声地跟在我后面，拉开一段距离送着，送着。两眼惘然地望着东方，一直望到那灰暗的树隙中透出血来。

及至一年多以后我被允许回家探望，得知他已病危入院。他只能说一些断断续续的字儿，全都是对我刻骨铭心的嘱告，而没有一个字是说给自己的。我把我在被囚中积攒下的生活费，几乎全部留给了他。

而当我下半个月过"大礼拜"再次回家时，他终于结束了与病魔抗争的历程。我的微薄的友情尽管至诚，也没有羁留住他的极端脆弱的神丝；他也毕竟没有带走我赠给他的川资，也许是因为他知道是我在九死一生中的积蓄而不忍受纳。

可是，至今我还不得明晰的是：为什么他多年沉疴，半年垂危，而却在我回来一周后溘然逝去？难道就是等我见上一面？

他离去三十多年了，只给我留下了一个"真"字。这桩人间的稀世之宝，足以使我终生受用不尽。

大人物固然能使人记住，小人物也未必不能使人记住；我自己忘不了，还要告诉大家，曾经有过这样一个好人。

心迹履踪

史地遗痕

我固然喜爱文学，但小时候上学时最酷爱的却是史、地。从考试的结果中便可说明，我的地理、历史课几乎每次都是百分，而语文则极少得一百分。自然，当时酷爱史、地，根本没有想到将来从事与此相关的职业，就是本能的喜欢罢了。

我在上小学时，正处于抗日战争后期和人民解放战争时期。日本投降前夕，我们那里即成了解放区。解放了的日子使我扬眉吐气，因而心甘情愿地投入了解放区的革命斗争（在上学读书的同时）。若干年后回忆起来，我由衷地认为：童年少年中约有四五年的时间是我生命中的"黄金岁月"，在今天看来，有些事情是那个年龄段的孩子难以承担的。但时代的要求、自身的信念使然，便使不可能成为可能，不能承担的也承担了。而且因此还学到了不少弥足珍贵意外的历史、地理和军事等方面的知识。以下就是我选取的几个记忆深刻的片断。不是重在自己做了什么，而主要是看到了什么，感受到什么。

一

抗战后期，大约是1943年吧，父亲自东北回来。有一天高兴了，便与我母亲一起带我进县城赶集（这是我小时候唯一的一次父母二人带我进城）。那时在我的眼睛里，县城是一个"大地方"，一切都是新鲜的。究其实，我们的县城也非等闲可比。别的不说，它是胶东半岛唯一的一个秦置县，而且两千多年来一直未易名。这时的县城是北齐天保七年（公元556年）由东面三十华里的旧址黄城集迁至此处。这些沿革都是我向我们的张校长问来的。

当时一进城，我可谓眼花缭乱，由好奇心促使，什么都想问。但因为我父亲只念过三年私塾，能够回答的问题实在有限，许多东西只能靠我慢慢去悟，或留待日后去请教"明公"指点一二。我在县城南关坐西朝东的一个大门脸，看到石狮、石鼓及残存的旗杆，便问我父亲：这是谁家宅门？他告诉我是范阁老的府第。但也仅此而已，后来我回村问清末秀才李汉亭老师。他告诉我范阁老就是明崇祯年间的内阁首辅范复粹，是我县史上级别最高的官员。我又问他什么是阁老？他说除内阁阁臣之外，明朝那时候凡大学士及翰林大学士入阁办事者均可称"阁老"。在西阁外，我在路南小广场的古戏楼前流连多时，以少年极好的视力看清台柱横梁上注明的是"建于大明隆庆××年"的字样，算来已有四百几十年的历史。（在此后的几年内，我随母亲和街坊大人们来此看过好几回京戏，如《古城会》《李陵碑》《武家坡》《二进宫》《汾河湾》《辕门射戟》《打龙袍》《小放牛》《铁公鸡》等等）同样是在西阁外，路北有开业于清光绪年间的老字号药店"登仁寿"大药房。最奇特的是它门外地段的开阔与整洁，完全以扁形碎石铺就的缓坡看上去非常优雅（若干年后我常常在想：那个年代没有现在的专职清洁工，却何以能够达到长年保洁）。在大药房的门外偏东直抵西关阁门，两岸石砌的小河之上全是木质的吊脚楼，记得商肆的字号有"祁门茶楼""醉乾坤酒家""和成兴书屋"等。据父亲说他年轻时这些名号都有了，看来也都是些"老字号"。（我记得日寇投降本县城解放后，报载全城大小商号逾两千家，在整个胶东半岛当属最繁盛之列）自那时我脑子里即种下深刻的印象，所谓"吊脚楼"绝非南方之专属。

然而，当时的县城毕竟为日伪所盘踞，战争与时代的烙印仍处处可见。在最热闹的西关和东关大街两边墙上，写满了日本侵略者的宣传标语和日伪的漫画。什么"建设大东亚新秩序""中日满亲善"，有的漫画极度丑化八路军新四军，吹嘘"皇军"的"赫赫战果"；而对处于战争状态的英美也充满仇恨，所有标语中的英、美字样都加了一个"犭"的偏旁，而变成"猰猲"的生造字。可见日寇之反动宣传无所不用其极。而且就在这次进城赶集中，我有生以来第一次见到了日本鬼子。

那是当父亲带我们到县城里有名的文昌庙进香时，有附近尼姑庵的两个尼姑带领三个日本军人突然闯了进来，在庙内指指画画不知说了些什么。其中留一撮小胡子的鬼子显然是个军官，举止张狂，对尼姑多有轻薄之态。至于是尼姑讨好引他们进来，还是受到胁迫而不得不为之，便不得而知。万幸的是，他们咋呼了一通之后，便离此而去。受到惊吓的善男信女方才得以解脱。从主殿门旁的说明文字上看，曰："文昌即文曲星，乃上天主宰功名、禄位之神。"我当时默念几次，虽记住了，但对其内涵之义，还是模模糊糊而已。我父亲专门带我到这里，极其虔诚，他当时有什么期待之用意，并没有说，却没有深深打动他的儿子。不过，在文昌庙还有一桩意外收获：亲眼欣赏到打小就听说的籍属本县的清末一品大员"贾中堂"的书法楹联。贾中堂者，名贾祯，榜眼出身，仕进后颇受清廷重用。所谓"中堂"，在明清之际是对大学士的称呼。而贾祯的书法在清大学士中亦颇为人称道。

总的说来，这次进城之行给我留下了深刻的记忆。我的语文老师、"大饱学"战子汉经常对我讲到的"处处留意皆学问"，此行得到了很好的印证。无论是哪方面的，凡是自感新鲜的就要探个究竟，凡是不懂的就要刨根问底，尽可能弄个明白。但使我感到遗憾的是：我们的那座县城，我们县城的那些不能复制的历史遗存，都在不久以后的日本投降与稍后几年的蒋军大举进攻胶东解放区侵占县城中，先后两次进行了拆毁和破坏行动。一个绝不逊于后来被授予"历史文化名城"称号的古城古镇，就这样失掉了应有的硬件，只留有一个"曾经存在"的幻影。我作为一个本土之子，仅能以"史地遗痕"搜寻尚属清晰的影像，却也难以补救十之一二。

二

公元1946年深秋，国民党军第一次大举进攻胶东解放区，主要是驻于潍县（今潍坊市）的第八军李弥部沿老烟潍公路北犯，扬言于伪"国大"前占领龙口。另一路由阙汉骞部之五十四军自青岛沿胶济铁路向西搜索前进及沿青烟公路向北作为策应。第八军李弥部之166师和103师于深秋时节相继占领昌邑、沙河和掖县城。掖县（今莱州市），距我县约九十公里，之间仅隔招远县沿海一小段地区，基本上是邻县。该县明清时为莱州府治。其海港虎头崖，为莱州湾之重要渔港。故占掖县后，即大肆抢掠烧杀，等等。我胶东军区部队在许世友司令的指挥下，展开了掖县保卫战，以扼制敌犯之势头。

当时我上小学五年级，在九里镇中心小学担任学生会宣传委员，平时除上课外，还进行集市宣传、夜间"土广播"以及支前等工作。掖县战斗打响后，我作为"少年儿童宣传队"的一员，随县支前人员第一次出县进行支前劳军。我们一行十余人，沿烟潍公路步行前进。因是第一次出远门，头一天才走到与招远交界的辛庄一带，我已累得够呛。第二天一早刚刚上路，幸而碰到解放军运送军需物品的大卡车。这两辆车中都有空当。司机同志问了问我们，得知是去前线慰问的，便让我们上了他们的汽车。以前我只见过日产的四轮卡车，从未见过这缴自蒋军的"十轮卡"。十轮卡后面载重部分就占了八轮，左右各四个，前面才分占了两个轱辘。有了这大家伙代步，不消半天，我们就到达了距掖县粉子山前线五华里的一个村庄。我们下车后，解放军的一位三十多岁的司机同志还一再嘱咐"一定要注意安全"。在路上他告诉我们：他的孩子与我们差不多大小，这时都在敌占的河北霸县胜芳镇，一点消息也没有。我当时就觉得，他嘱咐我们时是很带感情的，好像在对自己的儿女说话。

　　然而，次日上午，敌人的飞机就飞临村庄这一带，先是俯冲扫射，临去时又投下两颗炸弹，其中一颗正炸中了村东头的一株楸树。我们的带队，武装部的孙同志告诉我：一般情况下敌人都是派P51野马式战斗机来骚扰，这次却是B25轰炸机，很少见，难道他们以为这一带村庄是我军的指挥部吗？就这样，敌机刚走，在隆隆炮声中，村里一位八十多岁的老汉号啕大哭，逢人便诉说。原来那棵被炸毁的楸树，是他父辈传下来的。虽然还够不上古树，也有百十来年的树龄，怎能不使老人心疼。任凭炮声再烈，也没盖住老爷爷的控诉："挨杀呀——糟殃军"，当时敌占区和边缘区的民众都管中央军叫"糟殃军"。

楸树在人们心目中也许还算不上名贵树种（如今许多人还不知道有这种树），其实它的用途很广，甚至还可以说浑身是宝。曾经教我一年语文后来回北平升学的王中戊老师就如孔夫子所言"多识草木鸟兽之名"。他曾对我说起过楸树的诸般优点：身躯挺拔，能长到四丈多高（十五米左右）；叶子可喂猪，还能治猪疮；种子也能入药，可治各种疮疥；它的板材很耐湿，是建筑和做棺木的好材料。我小时候就听大人们讲：做棺木有三种木材最好：一是柏木，二是楸木，三是梧桐。而蒋介石的飞机偏偏炸毁了人称"行好树"的楸树，真可说是作孽的象征了。

　　我们这支少儿宣传队，两天来往返奔波，主要是慰问伤员和撤下来休整的部队，在炮声和炸弹爆炸声中为子弟兵唱歌演小型的话报剧，以鼓舞士气，受到了上级首长的夸奖和鼓励。胶东军区政治部宣传科科长（可惜忘记了他的名字）亲自来到我们中间进行采访，我觉得他的知识很丰富，除了给我们讲火线上的战斗故事之外，还特地向我介绍掖县的特产和名胜。他说的"滑石"我是知道的，小时候我用的石笔、玩耍的滑石猴就是掖县制造的，却不知滑石还可以入药治病。科长同志还对我们讲到掖县文峰山有北魏郑道昭的书法石刻，距今一千几百年了，非常珍贵。我自小特别佩服学识渊博之人，听得十分神往。只是因为处于战争环境，不可能去实地瞻仰（直至上世纪末我才实地去看了郑道昭碑刻，而出产滑石的原址迄今亦未能亲临）。但就在科长同志与我们见面的两天以后，他就在火线采访时壮烈牺牲。后来由于蒋军由海上在虎头崖港登陆，我军腹背受敌，便决定撤出战斗，转移至"新阵地"。从战报中看："掖县保卫战共毙伤敌军官兵四千余人，击落敌机一架。蒋军第八军之103师遭到重创，166师失去战斗力。"

还有一事不能不提到：掖县粉子山战役的前线具体指挥者为我胶东军区王彬副司令员。王彬同志原为西北军军官，抗战前即受进步思想影响投向根据地加入我军，抗战中在鲁中南等地指挥主力军和地方武装抗击日、伪、顽军，多有胜绩；后调至胶东军区任副司令员，抗战胜利前后与蒋中央军和伪顽谈判常常由他出面，挂"少将"军衔。不久以后因内部复杂的"路线斗争"被错误处理而长期"赋闲"，多年后被平反，享受大军区副职待遇，以九十高龄去世于北京。

三

1947年新年刚过，我县县委和县政府就在南乡城镇召开由全县青年参加的"反蒋保田"大会。现在回头看来，实际上是进行思想发动，启发与会者的"阶级觉悟"，以踊跃参加中国人民解放军。我们中心小学的李校长自告奋勇带领了我和其他几名学生中的积极分子也参加了这本是成年人的誓师大会。

记得那年的冬天格外寒冷，我们在外面露天吃饭时，小铁碗上沾的小米饭粒立马就冻成了冰碴；带病工作的县委张书记站在大桌子上讲话时，瘦削的脸颊冻得紫红。当掖县被蒋军占领后遭害的群众声泪俱下进行控诉时，会场的气氛达到了激愤的饱和点，县领导号召革命青年踊跃参军，为蒋占区的乡亲们报仇。这时，李校长鼓动我第一个跳到土台子上带头参军，我立即响应。上台后，我高呼口号，一会儿就被跳到台上的青年们淹没了！

披红戴花乘大汽车去到县城兵检处。人家嫌我年龄太小个头又不够，安慰我过两年再来，我觉得很委屈，哭了，这时被我们王县长看见，他认识我，因为头年在县城东沙河开大会时，我代表小学生讲过话。他像哄小孩似的开导我："当兵有的是机会；再说，你暂时还可以做一个不穿军装的小兵嘛。"

果然，在本年麦假之前，我县组织了上千人的支前大军，包括骡马大车、胶轮小车和担架队，由王县长为总指挥，立即开赴胶济铁路和鲁中战场。为了鼓动士气，支前大军中还有一个"少年儿童宣传队"，其中就有我一个——不知道是不是由王县长提的名？因为这时我已参加了试建期秘密状态的新民主主义青年团。

由于烟潍公路在敌占时破坏严重，我们走的是另一条路。途经我县南面的邻县招远时，我还是不忘请教一切"明白人"，获取我感兴趣的知识。招远盛产黄金我早就听说的，却不知它城东还有温泉，当地叫"温泉汤"。在县城里碰上当地的一位教师告诉我：招远是金代就设县了。我由此便将金子的"金"与金朝联系在一起了。其实招远采金，远在宋代就已开始。但当时我不明白的是：为什么这里生产黄金，在经济上总体不如我县富裕？思维简单、幼稚。经过莱西马连庄时，我想起在画报上看到我军1944年攻克这个日伪据点的情景：战士们在缴获的九二式重机枪前喜笑颜开。如今亲临此地，方知它的位置重要，而且水土秀美，林木茂盛，使人留恋。

虽然此前莱芜战役中蒋军遭到惨败，为收缩战线放弃了所侵占的掖县、昌邑等县城，但仍伺机蠢动，从潍县、坊子、寒亭等处出动窜扰边缘区，而且在潍北制造了杀害我民兵队长、农会长、青妇队长和革命群众的血案。我们的支前大队便由潍北地区转移至昌（邑）南。记得当晚住在胶济铁路岞山车站附近的一个村庄。这个村庄在前些日子也遭到还乡团匪徒的类似袭击，村庄弥漫着血腥味。但仅余的一些群众仍然怒不可遏地向我们控诉敌人的罪行，并在极度困难的条件下对我们做了尽可能的支持，并请求我们的王县长和警卫武装同志不要离开。"有你们在俺们的胆气就壮"，这是老乡们反复说的一句话。

"岞山"——这个地名使我想到了一个人。他是我村大我四岁的同学万民元。1945年日本投降后披红挂彩参军离开家乡，在我胶东子弟兵九纵27师担任机枪射手。他寄的第一封家信是他父亲叫我读的，因为他父母都不识字。记得他信上说：在胶济线岞山车站战斗负伤，在后方医院治疗后又返回部队，此时不知他在哪里？也就在几个月后，当蒋介石以六个整编师大举进攻胶东解放区时，敌整编54师阙汉骞部沿青烟公路北犯，我军于即墨灵山进行阻击，当时正是机枪班长的万民元在激战中遭敌炮弹击中而牺牲。时光进入21世纪以来，我在某些媒体和作品中非止一次读到最后逃到台湾的阙将领是抗战中的"爱国名将"。我因出生尚迟，对抗战史较不详知，却直接经历过该阙所部对胶东人民犯下的血腥罪行，以及稍后在辽沈战役塔山之战中，阙将领亲自督战纵然炸烂了塔山也以失败告终的"名将"结局。

我们的支前大队和少儿宣传队参加了胶济线东段拉锯战的后勤支援，又向鲁中地区移进。五月中旬抵达临朐城东一带。临朐有山有丘陵有平原。在我们所驻村东的一座山下，有一片类似故乡海边石礁样的地貌，在扇骨般的石隙间，布满了昆虫状的花纹，最多的一种图案，我们宣传队中叫小邹的调皮鬼戏称为"大臭虫"。而我们的副领队临时团支部副书记"老袁"（其实他才长我三岁）说这是"三叶虫"化石，还说临朐这儿这种化石最有名，是几亿年地壳变动的产物。我觉得老袁知道得真多。说实话，在此战争环境中虽担负的是宣传任务，但我生来强烈的求知本能从没有"休息"。老袁还说：明代有一位叫徐霞客的旅行家，不惜远行几千里考察大西南，啥地理、地质、生物他全有兴趣。"我们出来这几百里算个啥"。当时他这番话说得很令人神往，好像他也想当个现代的徐霞客。

但提到临朐，我也有心疼的一面。就在此后的几个月后，华东我军发起了南麻（今沂源县城）、临朐战役，结果打成了"夹生饭"。南麻守敌是蒋军整编11师（军），在狡诈的中将师长胡琏的指挥下，利用坚固的堡群，加之天降暴雨，于攻方不利，没有达到全歼敌人的目的，且我方伤亡很大，最后撤出战斗。随后在攻打临朐的战斗中，守敌整编第8师李弥等部，抵抗得也相当顽强，最后结果与南麻大致相同。虽说胜负乃兵家常事，但我知道后也觉得非常难受，不无幼稚地说："要是打赢了多好，打赢了敌人就不能大举进攻胶东了。"直至公元2012年，我专程去往今沂源县领导机关所在地原南麻镇，县史志办的同志说："经过这么多年，我们这儿的农民刨地时，还经常刨出人骨来。"他们又说："当时仗没打好，天气条件是一个原因；另外不能不说与轻敌思想有关，觉得前两个月把最精锐的74师都打掉了，整编11师又算个啥，所以……"我想，这不仅是战争时期打仗的教训，也是任何时期整个人生的教训。

在临朐半月后，我支前大队又西向移驻青石关附近。村庄名字忘记了，只记得几乎家家都摊煎饼。数月前莱芜战役中，我胶东子弟兵九纵曾于此打援，歼敌一个师，保证了包围歼击李仙洲兵团的我军不致腹背受敌，也封锁了李部回窜之路。我们这些"娃娃"们也长了些军事经验，估计华东我军将有大的举措，支前的大军是不可能脱离部队太远的。

在此地，除了完成我们担当的任务之外，领队还带我们到甚为险峻的青石关去了一趟。关路看似窄狭，却是鲁中地区的南北通衢，向南能一直通往江苏。但此时除了我们的部队和支前车辆担架队通过外，普通人等很少由此通过。将要回去时，从半坡上下来一鹤发童颜的乡村学究模样的老人，肩上撅着粪筐，显然是来这儿骡马多经之地捡粪的。在乡村，"学究"也好，文盲也罢，勤俭积肥者绝不为怪。我向他请教这青石关的相关掌故，老人捋着胡须说："多着哩。"他念了一首歌谣："两帮夹一沟，谁也别想溜。响马一声吼，官商打抖嗖。"自古以来，从这儿过的人太多了。甭说别的，就拿前清康熙年间作《聊斋》的蒲松龄来说，他曾投奔过江苏宝应做知县的老乡孙惠为幕宾，青石关就是他的必经之路。不过，他这人不适应当差，不久就回来了。当然还是走的这青石关。"这是蒲老先生一生中唯一的一次出省，还有他唯一的一次出府是往东登崂山。"乡村学究语兴很浓。

从临朐到青石关的路上，有一次我们在一片树林里歇息，县领导同志不知通过什么办法将路经附近的华东野战军副司令粟裕同志请到树林中来。粟司令给我留下的总体印象是精干与敏捷。他对我们支前大队发表了简短的讲话。我记得大致意思是：军民是真正的鱼水关系；人民的支援与子弟兵在前线作战是同样有功的（几年后陈毅司令员说的"淮海战役的胜利是解放区人民用小车推出来的"这番话，在粟裕同志这次的讲话中其基本意思都有了）。当粟司令带着几位参谋和警卫人员离开树林时，我仿佛觉得像一阵风似的飞旋而去。那时却哪里知道他脑颅里还存有未曾取出的弹片，直到若干年后逝世火化时才"暴露"出来。多少年后，将军的音容风貌复涌在我心头。

孟良崮战役之后，我们的王县长考虑到麦假即将结束，不愿我们耽误课程太多，趁一些伤、病、老支前人员提前返乡之机，令我们"少儿宣传队"大部随返。我与首长和众乡亲依依惜别，踏上了漫长的（其实以今天的眼光算来才三百公里左右）返乡之路。

四

俗话说："有志者事竟成"。不穿军装的小兵终于成为穿军装的小兵。反蒋保田大会带头参军未能如愿不到两年后，我还是被批准参军了。这次无法再计较年龄太小，因为是上级机关直接到初中学校选调的。而十几岁正是进行机要译电训练的最佳年龄，此时思想单纯、记忆力好，当然不必说还有其他条件。

我们一行几人由家乡出发。这次走的不是第二次"出征"的路线，那次是直取西南，此番是走的东南路线，一天多时间就抵达艾山脚下。艾山（在民间有一个不雅的名字叫"驴屌头子山"）为蓬、黄、栖几县交界处的最高峰头，形凸而似几块叠加状。在我家乡望东南觉得并不怎么高，愈走近愈见其突兀非常。后来才详知，艾山海拔高度八百一十多米。不仅是在胶东半岛，即使在全山东也得位列十名以内。

那时候因公行路者兴吃"派饭"。我印象最深的是在栖霞县赵格庄以南寺口以北的一个不大的村庄，轮到一位姓齐的大娘送饭。她家里的生活显然不好，"主食"全是地瓜，"副食"是热了的咸菜，喝的稀饭说白了是米汤，用一个乌褐色的瓦罐盛着，很珍惜的样子。但此地不叫小罐，而是叫"小看"（平声音）。大娘看上去很慈祥，她毫不隐讳地说："孩子，你们出来参加革命不容易，可今年收成不好，只能给你们吃度荒的地瓜。将就着吧，没法子。"那时，白薯（地瓜）都是当作度荒食品的；没想到，几十年后的今天，却一跃而成为保健的佳品。当时齐大娘听同行者说我的脚磨起了水泡，晚饭后她又特地过来，在油灯下为我调理，还使用了祖传的有效偏方。60年代中期我回乡探亲，有意绕了些路从她那村庄里过，一打听，齐大娘已在两年前去世了。我特别问了一句："她的小看呢？""摔碎了呗。"原来，按老规矩，主人生前最珍惜的物件，出殡时都要随主人烧化或者摔破。

当时我们走了将近三天，才到达莱阳城南驻地。在这里等了几天，记不清都办了哪些手续。只记得由胶东军区政治部负责接待的同志带我们去往著名的莱阳梨的产区观光了一次。我小时候就听说过"莱阳磁梨"非同寻常，可以说是远近闻名。这次我们特地去瞻仰了"梨树王"，据说是明朝崇祯年间就有的，已有三百余年的树龄。以往只晓得松、柏之类是可以生长千年甚至几千年，想不到果树中也有这样的寿星。由是又使我想起分别几年的"多识草木鸟兽之名"的王中戊老师。人生在每个节段、不同的方面，总是要感念启我以智的领路人啊。

就在这短短的几天中，这里的有关领导还安排我们看了两出大戏，一出是京剧《闯王进京》，一出是大型话剧《大渡河》。后者是表现太平天国翼王石达开离开"天京"转战跋涉最后折戟于大渡河的故事。与前者一样，都是写历史教训的，发人深省。两出戏均由胶东军政领导机关所辖的水平最高的剧团演出的。以往只闻其名，此番得以真享，果然名不虚传。而且，我是生平第一次看到电灯，是部队方面将发电机搁在卡车上发电的。以前在老家看剧用的都是汽灯，这回可"开眼"了。还有，我们的驻地在莱阳城南不远的姜家庄（也或许是姜格庄），而看戏却是在莱西水集附近的义潭店，之间还有不小的距离。我们是乘汽车去看戏的。这使我联想起1947年秋解放莱城之战役中，青岛的敌军倾巢来援，我东线兵团主力在水集（又名水沟头）一带奋勇阻击，战斗十分激烈。我在家乡也听到这消息，曾向县里提出前往支前慰问而未获准，没能实现第三次"远征"的意愿，当时还深感遗憾。

我们一行离开莱阳，由胶东军区有关部门同志带领，步行至青岛外围的城阳车站（是时胶济铁路刚刚修复），然后乘火车西去济南，至济南郊区机要训练大队报到。可能是因为草草修复，列车颠簸，我晕车很厉害，不禁想起我东邻家三胖大哥早年对我说过的一番话。他年轻时闯过青岛，说什么"德国人干的工程活就是棒，胶济铁路在全国铁路里最平稳，一碗水搁在小桌板上，连一滴水也洒不出来"。而这时的列车上，既无饭供应也无开水，同行的同志不知怎么给我弄来一杯开水，我因晕车迷迷糊糊地不知水洒了没有。但有一个意识是清楚的，再难受也要咬紧牙关到达目的地。因为，重要的是我从此正式穿上军装。甚至连喝水没有也记不清了。

人的记忆有时是很怪的：能记住的事情，一辈子也忘不了；记不住的东西竟忘得死死的，拍痛脑袋瓜也想不起来。

秋风瑟瑟觅故踪

半个多世纪中悬浮着的一个想望，终在去年深秋一朝如愿。看见了什么？只有故址而已。但情感的深度和想象的空间与实际看到的却无可比拟。

对我来说，没有比少年时代战争环境中经历的人和事记忆最深刻的了。最难忘，几个小战友牺牲在南渡黄河的木船中，地点在豫西阌（音文）乡县境内。这是一个古老的小县，1954年并入今灵宝县，但在我的心目中它一直没有消失，原因就是与我深深忆念着的几个人的生命紧密相连。

那是上个世纪的1947年，我在胶东故乡上小学六年级，但已参加了秘密试建时期的中国新民主主义青年团。是年早春反蒋保田大会之后，我随本县支前大军南下鲁中，作为少年儿童宣传队的一员，在胶济铁路以南与各路支前大军的少儿宣传队会合。在这里，我结识了同是胶东各县的老袁、王姐、小张和小周。所谓"老袁"，其实才十七岁，王姐比他的生日小两个月，小张十五岁，小周比他大一岁；而我最小，才十二岁。我们在驻防的村庄中住了六天，吃、住都在一起。他们把我当小弟弟关怀着，爱护着。当时我从老家出发行军中，两只脚掌上都磨起了水泡。说起来好笑，母亲因我首次"远征"（其实以现在的观点看，不过离家几百公里），特地给我做了一双新鞋。这应是犯了一个大忌，走远路穿新鞋是最容易磨脚的，何况我妈做的这双鞋还有些挤脚。王姐耐心地给我疗治，挤液敷伤；老袁根据他前次参加支前远征的经验，向我们讲述躲避敌机的要领；小张虽比我只大三岁，却看了不少鲁迅和张恨水的作品，《阿Q正传》和作家张恨水都是我从他口中第一次获得印象的；到伙房打饭的时候，小周总是让一截扁担给我，怕我太小被压坏了……而我能够给予他们的，只有将京剧的简单曲调填上鼓舞士气的新词儿教给他们演唱。

此后半月，我们分头进行宣传，很少见面。又过了几天，当我随担架队奔赴前线的前夕，老袁他们来与我告别。原来是友邻军区晋冀鲁豫机要部门来人遴选机要学员去他们那里受训，他们四位都被选中。老袁还对我透露一个秘密："要不是因为你太小，也有你。"我一听要分别，当即就哭了，真的像小孩那样哭。他们哄了我半天才哄住了。

小战友们走了，两个月后，我和我们县的一部分支前队伍完成任务回到了故乡。一直到当年秋天蒋军大举进犯胶东解放区，我也没听到他们的任何消息；后来，到我正式参军，还是没有听到他们的去向……

直到几年以后，好像是1951年冬天吧，我五十多岁的母亲来部队看我。回程时，机要处领导担心她在中途倒车遇到不便，命我陪同母亲到潍坊，将她送上汽车后再返部。不期然，在济南至潍坊的火车上碰上几年不见的小周。这才知道老袁、王姐、小张三个同志在机训队学习期满后分配至陈、谢大军某部做机要译电员，1947年8月渡黄途中遭敌机扫射而牺牲。本来小周也在这条船上，只是因为他当天发高烧被留在黄河北岸的一个村里休息而免于难。他现时在南方工作，此行是去青岛出差的。

"阌乡，阌乡！"——这是我从小周口中得到的最关键的信息。

从那以后，我心中就产生了一个朴素的愿望：只要有可能，一定要去小战友牺牲的地方看看。但此后几十年间，不是没有条件就是没有时间去。直到近年来才因公去了几次豫西的三门峡及其下属的义马市，却不巧又因时间匆忙等原因仍没有去成那个"阌乡"的所在。

终于，在去年的深秋，我的朋友义马市文联主席老何（其实按年龄讲我应叫他小何的）打电话来，说条件成熟了。三门峡市退下来的一位老同志，也是我的胶东老乡，还有灵宝市的文友都能与我一同去。我，终于如愿了。

我们来到一个普通得不能再普通的村庄。当地的文友拍响了一户人家的板门，一位六十多岁满面沧桑的农民开门。他好像与这位文友原来就很熟悉，而且可能从电话上已知我们的来意，既未让我们进屋，也无任何寒暄之语，径直带领我们来到旧时的黄河岸边，用手一指说："当年他们就是从这里出发的。"原来，他的老父亲就是一位船工，六十多年前陈谢大军南渡黄河，他就是基干船工之一。老人生前不止一次对儿子说起过那次几个年轻"娃娃"牺牲的情状。其实他们乘坐的木船开出不大工夫，就遭到飞来的两架P51野马式蒋机的疯狂扫射。除了三位年轻的机要员外，还有一位参谋人员和一位警卫战士。他们还没来得及到达对岸进入伏牛山区，就过早地献出了急待大显身手极富活力的生命。据老船工的儿子——我们眼前这位退休的村干部说，他父亲生前经常惋惜地说："太可惜了，都是人才啊！"只可惜我们来得晚了，老船工在一年前已离开了他最熟悉的这片地方与一部活动着的历史。

"证实了，完全证实了。"我的老朋友老何长叹了一口气说。

"有少年时的战友来看他们，他们在九泉之下也更可得到安慰了。"我的胶东老乡深情地握着我的手，从他的神情和语感中，仿佛逝去的也是他的战友。

我的夙愿实现了，但我的心的一部分却似乎留在了豫西的黄河岸边。曾经的战友情和真纯的人性美几乎是不能重合，也是很难追补回来的。

我们的向导——昨日的村干部，他也许觉得气氛过于沉重，分明是想轻松地加以缓解："走吧，我带你们去看一处洋古迹吧！"

于是，重新往村庄的方向走去。向导抬手一指前面："这就是当日的阌乡火车站。"在尘土与荒草的覆盖下，一座欧式的车站门楼有些尴尬地半露半掩。据向导讲述：这是上世纪初陇海铁路修建时由瑞士工程师设计完成的。想不到一个不起眼的小县城火车站，还劳烦了金发碧眼的洋专家的大驾。当然，他同样也没想到，这桩也许是他称心的"作品"，在半个世纪后却沉埋于世事的幻变之中，而且就连它的名字在地图上也已不复存在！

不过，我的目光一直没有离开门楼上半部分小小的残破穿窿。我猜想这里也有过短暂的进进出出，熙熙攘攘：不乏拖着辫子长袍马褂的乡土士绅，青衣小帽的行商人等；有肩挑的、手提的，还有抱老母鸡的，赶集串亲的男女老幼……人的活动随着地物兴盛与沉寂，定居和迁徙，均属正常；而且一代又一代，故去新来。

"当日的阌乡县城还有遗址吗？"我问向导。由于人，我对与之相关的地域也有了一种别具幽情的关注。

"呃……"他沉吟了一下，还是点了点头，"也算有吧！"

我们一行出了村，约莫是向西南方向走去。眼前的地形据说就是那个虽小却是古老的县城的故址，最显著的特征只不过是三米多高的不规则的土堆。向导说这是南门的一段城墙。还是同行者拽了我一把，我才登了上去。陪伴我们的只有近旁一棵老槐和瑟瑟秋风。向南望去，是荒草杂树乱陈的开洼地。据说这就是旧时县城内部的大致轮廓。看来面积也是不算小的。之所以没有被正式利用，是因为当伏天黄河水涨时，大水还是要倾情光顾，漫成泽国的。

我的视线不禁有点模糊，是风吹的还是怎么，难道溢出了泪水？不论是人还是地物，都在战火和时光的流逝中消失了身影。我寻到了故址，却不见人的活动的形迹，不论是我相识的还是许多不相识的，心中有着深深的怅然。此刻，同行者谁也不说话，与满目秋色一样肃然。当时间在人的下意识中凝止时，眼前的一切情景似乎与几十年前无异，没有现实生活的任何特征。但当我们回眸北望，才看到架空的郑（州）西（安）高铁和连（云港）霍（新疆霍尔果斯）高速公路横脉穿雾。它们都顾不上凭吊，也不容许停留，将时代气息与生命重负东遣西送，奔驰不息。

记忆是沉重的，但记忆也是多情的。如果没了记忆，再快的车流也只是物体的滚动，而少了精神的气脉便稍嫌寡味。也可能正因如此，我感慨于秋风，在整个过程中，它始终不离我们身前身后，拂面抚颈，亲和而仗义，而且绝不讨价还价。信哉，秋风！

自不量力的旅行

  我曾有过这样的"雄心"，想把我国正式颁定的"中国历史文化名城"全部"攻克"，将所有的"国家级文物保护单位"一一拜谒，以实现我对祖国顶级景观，尤其是人文景观无限挚爱的夙愿。前些年我还上班时，经常在周末乘上卧铺列车，夕发朝至奔赴某一心向往之的景点，一个星期天大抵可"消灭"一至两处，至黄昏乘上返程列车，下车后直奔单位，丝毫不耽误本部门周一的"例会"。而且我的"出征"基本上都是独往独来，匆去匆回，干脆利落。四年前还一个人远赴西藏，在北京已将往返的机票、火车票买好，每一个节段都得做到"严丝合缝"，不出误差。

  然而，整整一年前，也就是2013年新年之后春节之前的一次广东之行，明显地露出了捉襟见肘之弊，其根本原因是有点自不量力，事前轻估了沿途的难点，没有将年龄、交通、接待条件的不足考虑进去，当时所感受到的纠结与艰辛，至今也未从记忆中完全抹去。

那次是我应邀去广州参加一个研讨会，会期只一天，我决定前去的另一个重要动因是为了实现一个多年未能成行的愿望：即是"填补"未曾去过粤东南部的缺憾。那片地区至少有两位大文学家的贬居地，还有一个重要的海港城市。这三个地方就是与唐宋八大家韩愈、苏轼有关的潮州、惠州和我在小学地理课本即已闻名的汕头市。为此，在北京起身前即已买好京、穗之间的往返列车卧铺票，中间留下了七天的时间作为在粤东南的活动日程；与此同时，还买好了广州至潮州以及汕头至广州的火车卧铺票（因我知道潮州至汕头路程很近，届时乘长途汽车即可）。自以为考虑周密，万无一失，依次进行便是。

当天开会如常，第二天上午九点多登上广州开往厦门的卧铺列车（途经潮州）。以我乘坐了半个多世纪火车的感觉，这还是一条新线，服务人员在经验方面明显不足，列车上的设施也极其一般。好在是白天行车，只要按时到达其他均可略而不计。车行不远，即进入粤东的丘陵地带，窗外呈现出熟悉却也有些陌生的景象。所谓熟悉，都是城镇的高楼大厦，乡村的二层新式农舍之类；所谓陌生，眼前都是岭南的作物，虽是"冬至"之后的隆冬季节，各种树木花草大致还是一派青葱中靓色频频。再往前去，列车从隧洞间时进时出，山壁遮挡了景色，也就只好闭目小寐而已矣。

车速不快也不算太慢，下午四五点钟，我在潮州车站下车。一出站，内心里便生出第一个小小的失望：未来前，臆测中的广东城乡比北方要阔绰先进得多，却不料满目都是一种草创的气象。一打听，这里离潮州城尚有很长的距离，却没有见到公交汽车（也许有，但我这个生客没有找到）。这时几个出租车主儿抢上前来，肯定从我的茫然神色中"读"出了焦急的心情。其中一个瘦小的主儿抢得了先机，三言两语谈妥是三十元车钱。我根本没问他里程，心知问不问都是那样，反正我也一无所知。好在人家也没坑我，在一个小广场的边上，我下了车，三十元，并未加价，也算知足了。

在一刹那的斟酌间，我曾生一念：去找一位十多年前有神交之缘的同行作者（就算做个向导，也好减少盲目碰撞之苦）。当年我负责报纸副刊时曾发表过他的散文，料他还会记得我。但当我掏出皱皱巴巴的电话本，找他的电话号码时又止住了自己的念头：毕竟十多年间没有联系，说不定电话早已变了，再说如果人家……岂不是自讨无趣？反而有违于我在粤东南之行之初就打定的主意：一如既往地自力更生，不要任何外力助行。

当务之急是找好住处。我走了几条街，终于看到马路左侧是长途汽车站，自思去汕头要乘长途汽车，在附近住下正好。车站北面不远就是一家宾馆，好像是"如家宾馆"，进去问问价位，说是"打折"后每晚百元。这里的"标间"很狭小，一个床铺，桌上还有一部布满灰尘的电视。室内不洁净也不太脏，总算是住下了。在离宾馆不远处，有一家面馆，什么牛肉面、西红柿鸡蛋面、清汤面，等等，与全国各地无异，看来这两天就要在这家面馆开销了。一夕过后，开始了在这座"中国历史文化名城"的观光。

长话短说。两天之内第一天的行程是离宾馆不远的开元寺和古街。开元寺虽也有名，但去后便觉比起福建泉州同名名寺在宏观气魄上相距远矣。而古街分明是潮州能够成为国家级历史名城的主要"硬件"。古街基本上是以十字路口为中心向四下辐射开去，而四街都是牌坊之林。我在四街上踽踽独行，阅遍了每一座牌坊，主要为明、清所立。这使我联想起胶东故乡县城之牌坊，实在不亚于这里。只可惜由于战火之破坏，我们那里的古代遗存没有熬到全国解放之后，只能说是"曾经有过"，而今已荡然无存。所以此刻我不能不感慨：岂止人有命运问题，城与地又何尝没有幸运与否！这也许就是我此行的第一桩思考之成果。

古城的街巷比较狭窄，基本上无法通行公共汽车，但有的是三轮车，也算方便。开始我懵懂不知行情，人家要多少给多少，后来遇一转业老军人指点迷津，说三轮车是可以讲价的，这才省了一些钱。从古街到"西湖"约莫四五里远，只花了十块钱。潮州的西湖也有些名气，但看后极为一般。中国的地名重复者甚多，只沾"西"字的湖就有杭州的西湖、扬州的瘦西湖，等等。这里的西湖纵然有些逊色，当地人并不因他处红火而改名，也很有趣。

在潮州的第二天主要是跨过韩江上的湘桥去拜谒韩公祠。韩公祠修建在高台上，须登上数十级台阶始能进入大门。我想这也喻示着韩愈当年由都城长安谪至岭南的艰难跋涉。攀登间，我不禁想起他的著名诗句："本为圣明除弊政，敢将衰朽惜残年？云横秦岭家何在，雪拥蓝关马不前。"韩诗中说"路八千"，其实何止！在那个时代，曲曲折折，人跌马蹶，颠踬数月亦难到达。难怪韩公享寿五十余岁而卒，如此的生命历程焉能不严重克扣了人的能量。进到祠内细读文字介绍，我才详知他的心爱小女儿殇于途中，顿觉古人较之今人生存起来更不容易。我今来此，有车、有食、有宿，且能有闲观光，纵然条件不算甚佳，又算得了啥？这可能是我粤东南之行中第二个思考之心得。

在潮州的第三天上午就是乘长途汽车去汕头。这座海港城市，还在我上小学时就在地理课本上读到了《厦门和汕头》，厦门去过多次，而汕头今始前来，究竟水深水浅，迄无所知。然而当我刚到市边，请教大巴司机汕头火车站在何处时，他冷冷地回答："就在这里下车。"我只好在半糊涂状态下下了车。但见周围除了纵横的几条宽大马路上汽车扬尘之外，我好像已被抛到了荒野。远远望去，在十字路口东南角上有个警察模样的男子与另一个人说话，我决定向他问路，但我不敢从路口直行过去，因为这里还没有红绿灯装置，加以过马路本来就是我的"弱项"，我只好往西走了一大段路，从车辆后面抢了过去，连越过两条大马路才接近了警察同志。我问他汕头火车站往哪儿走？他向东一指，确定了大致方向。我又问："有多远？""大概三公里左右吧。"

我一听有了信心，三公里对我来说，绝够不上一个值得憷头的距离。这时我肩上斜挎一个包，两手各提一个包，雄赳赳气昂昂地向前走去。就这样走了五十分钟，前面仍看不到火车站的影子。我问路旁石材厂门口的一位胖嘟嘟的中年妇女，所幸她竟听懂了我并不标准的普通话。"还远哩。""有多远？""五六公里吧。"又是五六公里？没办法，只好继续往前走。这时两边不再像刚才那般空旷，几乎全是石材厂，每一家都发出滚雷般的轰鸣，空间里就像鲁迅先生在他的《藤野先生》一文中用过的话"烟尘斗乱"。我猜想这里做石材生意必是利润上佳，不然为啥都是清一色的行当？就这样，又走了半个多钟头，肚里已是饥肠辘辘，但路边看不到一家饭馆，如之奈何？这时，迎面走来一个本地罕见的黑得流油的彪形大汉，我问他："火车站不远了吧？""还有五七里地。"这位哥们儿的答话颇有点《水浒传》风格：不说"五六"，而是"五七"；还有"里地"也很模糊，公里还是华里？不过，当我又走了不过四十分钟，大路左侧赫然出现三个大字：汕头站！

此刻饿累交加，但车站看来是刚启动的，一切附属设施都尚未配套，附近无一家饭店；再打听一下，宾馆也都在一公里开外的市里。不管怎么，好歹先住下再说，天保佑，车站售票处两边各有一处家庭旅馆，我在各自门口瞭望了一下，选了一家老板面目善些的，当机立断地住了下来。

这间六十元一宿的小屋，只能搁一条木板单人床，在屋角还有一个仅身能进的"卫生间"，我对老板说我要写点东西，他特殊优惠我一张没有抽屉的"桌子"，还在墙上拧了一个灯泡为我照明。后来我出去好歹找到一家小卖部，买了一包饼干和另一包似是而非的蛋糕，回来向老板的学生模样的小儿子要了一杯开水，十分香甜地吃了一顿。这时已是下午三点半钟，到天黑这段时间足可以到外面转个够。但我心里明白：一无向导，二无便利的交通工具，心无目标，眼前也是一片茫然，可以说全是一个陌生的世界。不过出了旅馆，在车站广场东首，我发现有两路公共汽车停在那里。有一路由火车站始发开至人民广场，我寻思既为"广场"，必是个重要所在，当即上了这辆汽车，一路曲曲弯弯，或狭或阔，路经之处，有的街市比较古旧，但更多的是现代化程度很高的豪华大街，呈现出开放城市的气派。及至抵达人民广场，果然气象万千，南面不远，就是汕头港客运站，有轮渡到对面的风景区。但我不敢恋栈，只恐归程无渡轮而滞留此地，于是又匆忙回返，随便上了另一路公共汽车向火车站方向驶去，腹中又发出了饥饿的信号，便在一个叫"友谊商店"的车站下车，在街侧一家饭馆花二十元吃了一份"合菜"和一碗米饭，又找开往火车站的公交车，基本上结束了汕头市之行。但我自忖此一节段是无目标的莽撞之行，不出差错就算幸运。

在旅馆小屋歇息时，天色已晚，始觉室内群蚊乱舞，不消一个时辰，身上已爆起"五七"个包矣。我当即盖上床上那条黑乎乎的薄被，以减少蚊虫"会餐"，但仍忌惮此处不够安全，重新起来将那张桌搬至靠门处，防止万一薄板门被踹破尚有一道屏障；又将我的行囊之物悉数搁在桌上，包括水杯之类，也好有个声响。

一夜未关灯，但仍睡不踏实，不仅是因为蚊子，每趟列车到达，左近下车客人大呼小叫，也不得安静。好在时间毕竟是向前走的，终于熬到窗外"东方之既白"。

由汕头回广州的返程车仍是九点多。在卧铺小憩中，我盘点了这次"无接应长途出征"的得失。由在潮州的被动到在汕头的盲目，我不得不承认这是几十年来最感吃力的一次长途出行。由于几十年来"天马行空，独往独来"形成的过于自信，造成此次明显的茫然无序。此时我不禁想起一位伟人的相关教导，大意是："我们的同志没有适应变化了的情况，过于相信以往的老经验，而造成失误"云云。对比过去，面临的情况的确发生了很大变化：人生地不熟，无任何条件依托，加之年龄之增长等因素，不可能没有负面的情况发生。按我原定计划，下一步的行程还有由广而"东征"惠州，"北伐"花都洪秀全故居，现在看来，恐已力不从心。

于是，我断然决定中途在东莞下车，不惜牺牲掉下段的卧铺。因为东莞那里有我一位年轻的文友，他既是一位小企业家，又是热爱旧体诗词的作者和书法爱好者，不久前我刚为他的一本诗词集作序。这是我头一回改变初衷，做了适当的放弃。

果然，当企业家朋友接我电话后，十分仗义地开车至东莞火车站接我。我说明了来意，他痛快地拍板说："明天我陪老师去惠州观光，但花都之行就算了，因为我们谁都害怕广州塞车的厉害。你回北京的返程卧铺票也不必退了，不就是几百块钱嘛。后天我送你到深圳机场，叫你痛痛快快回北京！"

痛快，我皆依他之意而行。次日岭南微雨，朋友由他的司机开车，我们俩一路聊着，直奔惠州西湖（又是一个"西湖"），主要是观览苏东坡当年在惠州生活之种种。我们在"东坡纪念馆"流连许久，听讲解员讲述东坡与朝云的诸般佳话。此时惠州寒风飒飒，黄叶飘零，更添了些许惆怅。讲解员要我题词，我写了两句："三百荔枝果，一篓朝云诗。"

返程时，文友赠我机票，我将钱给他，他一瞪眼："老师看不起我？"我只好依从。

回京一年来，我始终未忘此行——心知这基本上是无接待的最后一次"远征"。那张未退的返程卧铺票，一直贴在我的书柜一侧，时刻警示我：记住，自信不等于自不量力！

清气·雄风

——记两赴江阴的感受

　　我曾先后两次造访过江阴，虽然都在近十年前，但同样在很大程度上，达到了对这片令人向往之地的了解，留下了非同寻常的深刻印象。

　　这两次造访的意向，是与江阴的历史人物与事件紧密相关的。一次是专为拜谒徐霞客故居，一次是为观览曾经的江防要塞。前者是我心仪已久的。还是在上世纪40年代于故乡胶东解放区读初中时，从语文课本上领略了徐霞客和他非凡的人生，一直想亲赴他的出生地感受其人的气脉为满足。后者则与我青少年时期的军旅生涯有关，尤其是为了凭吊我的老科长与江阴要塞的相关渊源，借以回报这位老机要工作者对我的爱护与提携之恩。

瞻仰徐霞客故居是在深秋季节。当时徐宅院内空旷而清寂，地上落下了不少枯黄的树叶，我又闻到了只有在江南地区，才能感受到的那种混合着清冽而又微带青苔味的气息，这是我多年来习惯以它来区别北方与长江下游地区的味觉标志。不知究竟都由哪些"元素"混合而成，只有一点是能够推断的：可能还是由于比较潮湿所致。但总的来说这种气息并不令人反感，而且觉得有一种亲和感。是雅尚、书香，还是拒绝喧嚣与浮尘？虽不能一下子做出精准的判定，却认为霞客的居宅就应该是这样的氛围。

　　当时室内的展品并不复繁冗杂，除了简介、画像就是据说是主人的遗物，等等。然而，不知为何我却觉得如此甚是适当，霞客的性情就是应该比较简约而清奇。我的注意力更集中在解说员清爽而略带吴音的普通话的解说中，至今仍记得其主脉和大意：徐霞客自年轻时即目睹明末政治的黑暗、党争的激烈，因此他不愿走科场应仕的道路，从二十二岁起，即离家远行旅游，持续达三十多年，西南达到贵州、云南，北至山西、河北，途经十余个省的地面。路途之中备受艰辛，经常遇险，但仍锲而不舍，不改初衷。集三十余年的考察阅历所得，写成极富地理和文学价值的《徐霞客游记》。在解说当中，我感受最突出的一点是：徐的坚持不懈，百折不挠，包括他的物质之需，在很大程度上得力于他母亲的全力支持与鼓励，我当时听着心里便无声地赞叹：贤母！真正的母亲不仅予亲子以生命，而且无私地助燃亲子生命价值的辉光。那么，霞客对历史与人生所做出的成就，也有不具名的另一位徐母的贡献在其中（先前那位深明大义的徐母乃是三国时期的徐庶之母）。

记得当参观将要结束时，我特意又仔细看了一次简介中的主人的生卒年代（1586—1641），在惋惜他的寿命略感不足的同时，又对他离世之时暗觉庆幸。因为，假如他再活三年，那些制造"扬州十日""嘉定三屠"血腥暴行的清骁骑将遍踏大江南北，哀鸿战栗城乡，而我们正直、善良、疲惫归来的霞客的命运又将如何？真不好说。所以，早三年善终，至少可安于泉下。

走出院门，一阵清凉的风扑面而来，树叶上的水珠也随风飘下，滴落在我的唇边，我不自觉地抿了抿，觉得涩中微甜。哦，这应是清风的赠品，清风使人舒怡，露珠润泽心胸。这是江阴的清风，也是霞客故居树上的露珠。时间虽过去三百六十余年，清气依然，露珠仍旧晶莹。徐公一生颠沛奔波，不谋个人腾达，无声泽益后世，传达的自然是风清露洁的无污信息。虔心领受，不虚此行。

也就在一年后吧，我再次来到江阴，直接驱车长江边上，为了实地观览江阴要塞故址。这应是1949年春，我解放大军渡江战役中的一个重要节点。当时汤恩伯曾大肆吹嘘"江阴要塞固若金汤"，然而在我军强力打击下，加上我地下工作者里应外合，江阴要塞被如期攻下，并未阻止我渡江大军前进的步伐。

我专程来此，还有一个自愿担负的使命。这源于当年我在山东军区机要处工作时的顶头上司——张科长对我讲述的他的一段往事，他曾不无遗憾地反复对我说："我恐怕是去不成了，你日后有机会一定去看看。"原来，解放战争初期，他在华东军区机要处工作，与其他同志一起破译过蒋军的密码电报，其中涉及到敌之长江布防。特别是江阴要塞的内部设置。在他负责的收发电报中，有的还关系到潜伏于要塞中我方人员的工作进展情况。而在渡江战役胜利之后，张科长还随同有关首长去过江阴要塞，与有的地下工作同志见了面，尽叙未曾谋面的战友深情。我感到这是张科长最难忘的一段工作经历。但在后来的"文革"风暴中，他受到了残酷迫害，"四人帮"倒台后不久，即因伤病严重而去世。当时我也尚未"落实政策"，对这位正直温厚的领导同志的遭遇一无所知，当然也不可能前去看望他。

而现在，我来了，来到他未能实现再来江阴要塞的不瞑之地。当然，也是我本人的夙愿。我至江畔时已是过午，此时江风渐劲，港轮汽笛时而长吟，江流自秋阳亮艳处奔突而来，至此似加快脚步，东下浩茫，江面光闪如练，金珠烁烁，滚向水天接缝处，终至不见。

这一带百树杂陈，松柏不甚粗大，却长势遒劲，俯仰自由，并无循矩。山虽不高，但其势不平，临江起伏，颇似传说中黄龙姿态。龙虽非现实中有，然山水中时见如龙状者，亦可视为龙之化身。这时，我问新闻界的一位朋友："这要塞依托的山有名字吗？"答曰："当然有，就叫黄山。""是小黄山吗？""无所谓大小，这里就叫黄山。"

说真的，来之前我并不知道此地也有一个"黄山"。稍沉了一会儿，我不禁生出一种钦佩之情。"无所谓大小"，人家当地人就直呼其"黄山"，并没有一个"小"字；不因邻省有一座赫赫有名、游人趋之若鹜的所在，自己就得退避三舍，或改名换姓。（但不知现在改名了没有——笔者注）既然人中多有重名者，山为何就不可以同名并具？何况，名字的由来谁在前谁在后还不一定哩。

黄山作为江阴要塞之枢纽，炮台遗址重重叠叠。百多年前为防外国列强叩江门而入腹地，此处也建过炮台，但当英舰深入堂奥，江阴要塞炮台似无出色战绩和上佳纪录。六十年前蒋家王朝为了挽救彻底崩颓之势，也曾着力江防，加修要塞永久性工事。但无论是"金汤""铁汤"，尽皆化为"汤水"而东流矣！

我细观各类炮台遗址，其状狼狈，未作人工修整恰好，如此可见当时真貌及毁后之狼藉。这些炮台工事，三合土加糯米浆构筑者有，想必是百多年前之遗物；钢骨水泥式现代工事更有，当然是六十年前蒋家王朝覆灭之缩影。我稍觉遗憾的是：曾经对此念念不忘的张科长，还有当年光复要塞炮台有功的我地工人员此刻都不在现场，推想他们中纵有在世的同志，也已是耄耋之年的垂垂老者。纵是幻影，我仿佛亦可看见他们当年之英姿；指点江山，使历史与现实对话。此时，在我心中油然涌动一首词作《望江南·1949江阴要塞》，想以此献给江阴要塞并纪念我的老科长和一切有功的同志。这首词后经改定，收入为纪念党的九十岁生日诗词集《九秩春秋》中。

词曰：春意深，凭塞数江阴。工事回环堪永久，炮台明暗堡成群，坚险几无伦。何足论，敌怵不成军。更有地工谋策反，内应须要自家人，吉日看祥云。

记得那日走下黄山要塞时，夕阳呈暗红色，松风籁籁有声。我不忍匆匆离去，总觉还有什么未尽之意，复又返身登上高处，此时江面浪涌，与松风仿佛拍击共鸣。始知江阴要塞一带，虽仅为故址，但江水、山形、松凛、风声，仍然蔚成壮观。原来江阴不只有清风文气，也有非凡的雄豪之风，俯仰自如，十分给力！

登山之奥秘

　　前年去泰山，见一七旬老翁扶杖登十八盘，以为奇。今次去黄山，却见一皓首老太太由其儿媳相扶，在后山道上艰难地攀登，问之，已七十六岁，更觉惊讶。而且，在她们身后，还有一个五六岁的女童，也在汗津淋漓地紧相追随。老少三辈，游兴之高，毅力之强，较之黄山胜景本身，更使我深深叹服。

　　及至前山道上，在幽险陡峭的鳌鱼洞、小心坡、百步云梯以至天都峰鲫鱼背上，到处都是精疲力尽而仍是不忍却步的虔男信女，我听不甚懂的吴音粤语自洞中溢出，又绕回于凤凰松上；间有京腔晋调自玉屏楼山角滑过，走近一看，原来是一双双热恋中的或是新婚男女在拍照，其中有一对持录相机者，在同辈中多有鹤立自矜之概。

　　这是一种情景。

　　但我也遇到另一种情形，而且是更多的反应："这简直是花钱买罪受！""下次就是下请帖也不来了！""……！"观之，确也有点狼狈，有的三步一歇，有的步履蹒跚，更有那娇倩女郎，鞋袜被挂破，噘着嘴儿，扁着脚儿，在窄生生的石级上一点点地"量"着下山。此种情景，与两旁奇丽的黄山景色，多少有些不相谐调。

其实，这也是累急了的一点牢骚宣泄而已。"花钱"之说，倒是贴点谱儿，据我所知，从后山云谷寺或从前山慈光阁再往上，山门票都是可观之数，如果再上天都峰，还要再花一份的。至于"买罪受"，这倒也怨不了谁，说到底还是个"周瑜打黄盖"。我也是，大家都是。

那么，我又想：到底是什么动因促使人们战胜畏怯，不顾崎岖险峭，务达极峰心始甘呢？又是什么魅力吸引着他们，宁可暂受夜宿山上通铺之挤、滴水之渴也务求一试呢？

这里面不能不说是包含着某种奥秘。

是由于人们在一个地方，在自己家里待久了，难免有单调腻烦之感，渴望能到一个新的所在，特别是一个风光绮丽，足可心旷神怡的去处一新耳目，一洗淤尘，尽情浴着新鲜空气踏上归途，重新投入工作？

是由于人们生活水平普遍提高，在满足一般的衣食需要之外，也产生了调剂精神生活的要求，因而不少人不惜自费，仆仆风尘，宁可抛钱换得一"罪"，但"罪"中有"醉"，获得精神上的享受？

这些，都是一般情理中的事。

但从更高的境界、更精微的探求上说，可能是人们并不喜欢过于平静，而乐于追求。一旦登上极峰，一览众山小，奇松、怪石、谲云、险路，均在足下，仰望天穹、日月，仿佛擎手可及，其心之悦，可想而知，而且，人生步履，本就常属崎岖不平，而峰头参差，山路曲折，亦合为一种崇高目标奋斗之规律。因此，登山之举，亦颇具象征性的意义。

当然，在某些登山者中，亦有为好奇心所驱使，或为某种广告宣传所鼓动，远路跋涉，贸然登临，事后咂摸过味来，发些"上当"的牢骚，也是难免的。

不论属于何种情况，反当是千百年来，山形改变甚小，而登山者代代更迭，层出无穷，名山道上，络绎不绝，且有随着时代的发展，文明之昌盛日渐浩荡之势。

这是不是表明，登山之奥秘还没有被完全破解？也许作这样解释：每一个登山者，不管主观上意识到了没有，都是某种奥秘的探求者。

山川今昔

历下寻珍随感

最近，我有幸应邀来济南历下区采风，收获颇丰。济南是我青年时代工作过七八年的城市，我是非常熟悉的。此次来到以后，一方面为济南市和历下区近年来的巨大发展变化而惊喜，另一方面也因自己故地重游有一种别样的亲切与深深的感慨。

历下区是济南的老城区，也是历史遗存和风景名胜的荟萃之地。过去的记忆和现今的印象，无疑是有许多东西要写的。但我又想，对人所共知的景点和遗址如数家珍般地平面铺叙，肯定没有当地专家和知情人了解得那么详尽，所以，对于我个人而言，不如结合我与济南（历下区）过往的有关经历和今天的所见交叉对照来写，或许会有更多的特点，也还会成为一种不大不小的见证，说明济南历下区在历史进程和时代发展中的丰厚积淀及其重大影响。

我与珍珠泉的缘分

珍珠泉，是济南的名泉之一。上个世纪的1952年9月，我与她有过相偕共处几日的缘分。那是在山东省团代会期间，就在珍珠泉礼堂。大会的主要事项有二：一是团省委领导换届，二是表彰四十三名山东省模范团员。其中主要名额是工业战线的英模，如郝建秀等，也有农业、部队、机关、教育、商业方面的代表人物。我也是这四十三位受表彰者之一，当时我名叫石恒基，一年前被授予济南市模范团员的称号。作为山东省模范团员，还被授予模范机要工作者的称号。

珍珠泉就在礼堂前的大院里。会议的休息时间，此处就是代表们在最近处观赏名泉奇景的所在。当时仅是十多岁年纪的我，也许少见多怪之故，在泉边瞅着瞅着就十分着迷。只见无数粒珍珠滴溜溜向上升起，似乎有一条无形的线神秘地被弹动，有规则或无规则地上升和下沉，但当这珠泡到达水面时，越是目不转睛地盯着她，她越是羞涩似的倏然隐去。我承认我很缺乏这方面的科学知识，经常会向别人提出一些可笑的问题。我记得曾问过来自青岛纺织战线的张姓女劳模。她虽然只比我大两岁，我却觉得人家比我懂事得多，成熟得多。

"这水珠能看到人们在看它吧？"我问。

"看到？"她摇头笑了笑，"也许……它能感觉到吧。"事后，我意识到了我的幼稚。张同志的那个"也许"，我想是大姐对小弟的一种善意安慰吧！

在这次团代会结束时有个插曲值得一叙。就在最后领导宴请代表时，我可能是出于高兴，多喝了一些酒（我小时候一闻酒香就有点馋），勉强回到单位，竟昏昏沉沉睡了一天一夜，醒来后译出两天前收到的一份电报，直惊出一身冷汗。尽管尚未误事，但离应办的时间已很迫近。将电报送至首长后，我深刻自我反省，不该乘兴喝过了头，此应作为毕生之教训。自此以后，我真的滴酒不沾，直至现在。半个多世纪过去，竟不再有喝酒的感觉，此一情节我曾记入以前写的《我的饮酒史》一文中。

最近，我再次与珍珠泉重会。尽管四周环境已有较大变化，但宝泉魅力依然。她仍然无声地、尽职尽责地供游客观赏，但不知她是否能够认出我这个早已不再年轻的老友？

珍珠泉，在济南诸名泉中给我的记忆最深。原因是她与我生命历程有着难以磨灭的关系。她的水波，照见了我不同时期的面影，水波上的面影也许转瞬即逝，记忆的刻痕却与生命同在。再见，珍珠泉！

初中课本与大明湖

上世纪40年代末至50年代前半期，我在济南工作时去过大明湖三次，其中第二次印象最深。那是省府机要科的同行接待我们军区机要处的几位同志，乘坐的是画舫，因是夏日，一路穿行的几乎全是荷叶，盛开的荷花使我们这些年轻人灵活的眼神也应接不暇。

"文革"后的新时期去过四次，大抵是上世纪70年代末一次，90年代和2000年后各一次，最近又是一次。

然而，我不想罗列这几次游览的平面印象，倒是我初中时语文课本中有关大明湖的篇章使我不能不提，因为这对于济南，对于历下区和大明湖本身，都是实实在在的良好影响，而对我本人而言，也是生命历程中知识积累的重要篇章。

我的初中是在故乡胶东解放区上的。由于处在战争环境中，断断续续上了不到两年，却也发给了正规的初中毕业证书。我就是带着这个学历参加人民解放军的。

说起来连我自己也难以置信，战争时期的课本，编书人的眼光仍然非常开阔，知识含量应该说是相当深的。就拿初中一二年级的语文来说，分别载有《大明湖》和《白妞说书》两篇。《大明湖》是综合性的，《白妞说书》显然是选自《老残游记》而略有删节。在《大明湖》中，所列景点我记得有历下亭、铁公祠、北极阁等。其中有关名联如"海右此亭古，济南名士多""四面荷花三面柳，一城山色半城湖"都有。而且前者"为湖南道州书法家何绍基手书"也已注出，只是诗的出处没有说明。我庆幸当年在老家还未来到省城时即将这些知识储存于大脑中。对于铁公祠尊奉的铁铉，课本中花费的文字更多，至今我大致还记得的是："铁铉是一位不畏强暴、力抗敌军的可歌可泣的志士，后来因寡不敌众被俘，至死不屈，表现出惊天地、泣鬼神的浩然正气。"按说，在当时的解放区，往往都从人民革命的观点出发，对于"忠君"的将相人等，常常要批判几句的。但我清楚记得，对于铁铉这个人物，一句批判的话也没有。我想可能是因为当时为了鼓舞解放区人民同仇敌忾打倒蒋介石，也需要一种英勇奋战、誓死不屈的精神吧！而在我今天看来，当时解放区的中学课本的定位是对的。其实，像铁公所秉有的精神，正是文天祥等古代志士仁人所倡导的人间正气，也是为最大多数人民群众所钦服的崇高气节。从某种意义上说，铁铉的志节与行为在很大程度上已突破了狭隘的忠君意识，而升华为跨越时空的正义化身为后世所称道。况且，他的对手——后来的永乐皇帝朱棣（姑不全面评价其功过），至少在对待不那么顺从他的人则极尽屠戮为能事。譬如攻破南京后对大学问家方孝孺灭其十族，可谓超绝的凶残，将封建统治者的阴狠本性推向了极致，可见铁铉式的结局并非他独有的遭遇。

对啦，当时在读课本时，可能出于"偏爱本乡土"的心理，我认为铁公就是山东人。参军后阅览书报杂志，方知他是河南邓州人。然而，直到最近这次来泉城采风，才知道铁公死时年仅三十六岁。细想也不为怪，岳飞岳武穆殉难时不也才三十九岁嘛。古代之杰才许多都是英年死难，令人嗟叹！

当时课本上的《白妞说书》我也是非常喜爱的，而且我从课文的注释中已知作者刘鹗的基本情况："刘鹗，字铁云，近代小说家，江苏丹徒人"。当时能够将这样的章节选入初中课本，足见我山东解放区的文教人士并不只是从简单的政治概念出发，也很有文学艺术眼光。当时我酷爱这样的作品，不能说对日后走上文学之路没有深刻的影响。至今想来，我不能不深深感激大明湖，感激当时课本的编纂者。

正因如此，在事隔几十年之后，此番再来大明湖，我对铁公祠和当年白妞说书的原址特别关注。今昔是不能割裂的，历史是一面宝镜，了解过去，对今天的一切便倍觉珍贵。我觉得我的使命是双重的：将过去拉过来，将今天展开去，促使今天与昨日更合宜地对接。

数十年泉城老街爱心不泯

我对济南老城街道素来有一种爱恋般的情结。早在上世纪50年代初，每在星期天或放假日经常去老城街道漫步，却很少去商埠如比较现代化的商场。1954年国家宪法公布前，按照机要部门"二人以上通行制"的规定，均与本科处同事一起出行；而1954年后则是一个人去，然后在小饭馆吃过午饭，再去新市场的天庆戏院或大观园内的大众剧场看一场京剧。

在老街道漫步，主要是品味它的古风雅韵，尽情实现幼时对"济南府"的心仪之情。文学，离不开历史，离不开浓浓的人文感受。我自幼酷爱文学，参军后做机要工作暂时搁置，但艺术的丝弦未断，体味、感受无疑也是一种衔接和积淀。

我那时常常经过的是芙蓉街、贡院后街、按察司街、布政司街以及剪子巷等等。我意在就古名而品古意。也许当时有的老街今已易名，但我还是冲着它的老名去的。有的街道似乎今昔有些不同，如"贡院墙根街"当时没有这个印象，反而"贡院后街"留在我脑子里的印象很清晰；还有，有一个叫"抱厦街"的我始终有些记忆，不知是否记错了。漫步老街，同样是一种知识的增进与积累，如对布政司和按察司这类官衔，小时候在老家看大戏，碰到这类问题都囫囵吞枣，莫知其详，而在泉城"逛街"时请教明公并查阅资料，始知它们的职务和品级，并对"藩司"与"臬司"的别称也有了答案。

当时我最难忘的情景是芙蓉街上的芙蓉树。沿街非止一二，粉色的穗须状的芙蓉花充满着平民化的青春气息。我小时候在老家偶也曾见过，但没有这里的如此盎然勃发。芙蓉本是荷花的另一别称，而芙蓉花至少在山东地面似乎已是一种乔木花树的定位俗称。只是上世纪50年代自济南别后，在其他地方还真无缘再见到，不知为何。至于剪子巷，我去过的次数要算是最多的了。那时这里绝不是只卖剪刀，还有别的多种杂货和零碎奇巧东西。1953年我买的第一只手表，就是在这里的一家表店里买的二手旧表。后来总是走得不准，不是太慢就是太快，过一段时间就要来修理，却就是治标治不了本。掌柜的从来都不推不烦，面带微笑，彼此都发不起火来。

但此番来历下区采风，始知我当时去过的地方只能说是一部分而已。最典型的如曲水亭街，过去不仅没有到过，竟连听说也未，可见年轻时还是孤陋寡闻。当我置身于曲水亭街，我真的感觉到那种浓浓人情味是从水波里弹出来的，是从河畔石缝里渗出来的，是从河街两侧或大门或小窗走出来透出来的，也是从安详沉静的本地人的脸上真切地现出来的。当然时间又过了数十年，我觉得曲水亭街越发地呈现出泉城深厚的人文底蕴。就连小店门前的旧照片，卖当地传统小食品的窗口，许多细节都显得那么自然而不造作，淡定中又富有人情味。离此街不远处的王府池子，那种普通市民们的怡然自乐、舒展平和的心态，都在泳者的表情和动作中展现出来。这处明朝德王府的旧址，也是此次我来历下区才知道的。

看，有多少本是"旧识"对我而言却是新知，可见历下区本身就是一部厚厚的大书，还有多少未曾览尽，纵是再给我几次机会市街漫步，也还是走不遍的啊！

最后，单说辛稼轩纪念祠

位于大明湖南岸遐园以西的辛稼轩纪念祠，我近年来先后来过两次。1961年初建时，报刊上多有披载，印象颇新，稼轩纪念祠建于此实在是顺理成章。这位伟大词人和抗金英雄本就是山东历城人，受齐鲁文化熏陶极深，无论是人还是作品无不正气浩然，义薄云天。明湖美景配以英雄志士，自然是相得益彰。

尽管我自幼即熟知辛弃疾的传奇经历，但每次瞻仰稼轩祠又都有新的感受。尤其是这一次，得知稼轩纪念祠的原址是清末为李鸿章歌功颂德的"李公祠"，则更觉当日改建为稼轩祠之举极有识见。对于这位清朝晚期的李"中堂"大人，虽不必一提起来痛骂"卖国贼"，但也不必"包容"到极尽，美化成"力挽狂澜"的护国大功臣。甚至有的文章还要亲上加亲锦上添花，将一位与李大人沾亲的，而再度红火的当年才女作家弄错了辈分，也太过于爱屋及乌了吧？所以，假使李中堂地下有知，礼请稼轩先贤明湖憩息，以抚后世，也算有点起码的心胸吧？

我以为前来参观稼轩祠，更多的是感动与敬仰，而此次却突然想到了一个问题，也算是有点新的思考。从前一提起南宋，便自然想到如辛弃疾这样的有志之士，在当局耽于偏安的大局面之下，志不可伸，而只有激愤之下的忧郁，似乎总是处于末世江河日下的悲凉。而现在我却想：对照清朝晚期，南宋尽管在北方强敌的高压和逼迫之下，总体处于孱弱之势，但与清朝晚期统治者颠顸腐弱造成的无可救药之态，还是有区别的。南宋时期，势虽促而气不弱。统治者苟且享乐，而将帅文臣诗词杰才中，多有铮铮风骨力主抗侮济世之士，如陆游、辛弃疾就是其中的光辉代表。纵是当蒙元骁骑南下势不可当的危局之下，还有文天祥、陆秀夫、张世杰等这样成仁取义、浩气不泯的人物光耀天地。而晚清时期虽也有变法推新之举，救亡图存之声，但总有浩气不足、世风式微之感。在很大程度上，证明了封建社会正发展到衰末阶段，腐弱之势难收。幸而有孙中山领导的辛亥革命结束了帝制，更重要的是正如毛泽东所言：十月革命一声炮响，给中国送来了马克思列宁主义。新文化运动、中国共产党的诞生，方有可能从根本上改变中国积贫积弱、饱受欺凌的可悲局面，而走上真正的富强之路。

人间正道，天地正气，是贯穿今昔的基线。无论历史的发展中几多曲折，几多逆流，但正义与邪恶，清凛与污浊，总归是泾渭分明的。这就是我从辛稼轩纪念祠走出来时，想的这个也许是人所共知的问题。此刻，我心中不禁涌出辛词《沁园春》中句："吾庐小，在龙蛇影外，风雨声中。"似见他走出宅院，伫立于大明湖畔，听风声雨声，以当代清气，尽涤千年积郁，不亦畅乎！

非纯游记

　　本年春节前，我因去广州开会，会后想借机专程去粤东南潮汕地区看看。从前我去的地方虽多，但这一带却始终没有机会到过。这次是头一回，而且是我一个人。当我国东北、西北乃至华北地区天寒地冻、大雪纷飞，这里仍然是温如春秋。几天之内，我饱览了这里的自然尤其是人文景观，也触发了我不少的联想与思考。正因为如此我将这篇短文命名为"非纯游记"。

　　当时我徜徉在华南韩江流域的一座规模不大但文化遗存丰富的中小城市的古街上。十字路口东、南、西、北伸将开去，都是一座座的大理石牌坊，至少有二十几座。这古街上人迹不多，总的说来是相当安静。除了少量摩托车和自行车偶尔通过以外，主要是街道两侧经营商铺的人们。看上去男女老少大都神情安详，几乎无一人面现浮躁之色。

当地人的这种恬淡自如，更使远方来客气定神闲，更使我能够沉下心来仔细观览眼前这些牌坊上的字样。哦，"七贤坊"是为七位同科进士树立的；"三尚书"，是为一门兄弟叔侄三人任过尚书、侍郎的"部级官员"合立的；更有横书"皇恩浩荡"四个大金字，落款是"大明正德丁丑左都御史陈××……"对此，我不禁默然良久。正德者，明武宗朱厚照是也，为明朝历史上出名的荒唐皇帝，今世有人赠其名曰"娱帝"，倒也恰当，即"大玩家"之意。一般人多晓得隋炀帝杨广荒淫奢侈，以极尽享乐著称。其实该炀帝一生还做了一些可圈可点的事情，而该朱则只玩而已。此君除了冶游大同、宣府乃至江南纵情声色而外，就是居"豹房"而淫乐无度。至今在京剧舞台常演不衰的那出《游龙戏凤》就是表现这名正德皇帝微服出游在民间小店淫戏民女李凤姐之事，这位"风流天子"挑起便服炫耀他的龙衣上"左边也是龙，右边也是龙"，多么轻狂！当然，这种无度也使他在享乐的时间长度上受到了局限，只活了三十整岁（1491—1521）。但比起二世而亡的秦二世胡亥和隋炀帝杨广，这位朱皇帝还是"幸运"的。尽管当时全国民众也点燃了簇簇怒火，毕竟明朝气数未尽，又往后延续了一百多年。正由于正德在当时未被推翻，所以在臣下的颂歌中，如此的荒唐主儿照样是"皇恩浩荡"。这并不为怪，在封建制度下，既然高中得第，定要谢主隆恩。当然，这些当事人当时的处境和心情今人已难以测知，不过，他们遗留下来的牌坊等"硬件"，毕竟给作为今天的历史文化名城提供了必要的依据，以吸引旅游者前来等种种优势也给后世的当地人带来了收入和商机，也许是他们所始料不及的。

由牌坊引发的思考本属正常，事情已过去了近五百年之久，过往的尘烟纵然并不都那般馨香可人，也不必举行什么"现场批判会"，但保持宽豁的心态和清醒的头脑是必要的。

另一方面，对照此城的牌坊，我不禁联想到故乡县城当年的牌坊。那些牌坊如今还在吗？说起来内心的感觉是复杂的。

我的故乡是位于胶东半岛北部的一个历史悠久而且相对富裕的秦置县份，两千多年从未易名。县城距我村仅六华里，我幼时经常跟随父母和叔伯舅舅到县城赶集、籴粮和买东西，稍大后也一个人去。那时的印象仍非常清晰，县城在我的记忆中严整、繁盛而且古色古香，是一个使我开眼的大地方。后来我才知道：县城原在东面三十里处，北齐天保七年迁建于此，距今已有一千六百余年。历代都整修加固，因此有两道城墙。在我的记忆里，城中四关街道全为巨石铺就。中心大十字路口南北大街上估计有十五六座牌坊，当然是为有功名有官衔者所立，大多为进士、举人之属。最高官员有明崇祯年间的内阁首辅和清中后期的"中堂"一品大员。由于这些牌坊都是原装的真货色，历经数百年风雨剥蚀，均已"锈"迹斑斑，沧桑满目，不似眼前边这些南方牌坊如此光鲜白亮。而在我县县城最繁华的西关外大街上，许多酒馆茶肆都建在小河之上，是由石条支撑的吊脚楼。几十年后，我在有的文章中读到这样的说法，说

"吊脚楼"只在中国南方才有。我读后不禁哑然失笑：殊不知在北方沿海的一个半岛，"吊脚楼"对于许多人都眼熟能详，只不过可能名称有异。但遗憾的是：就是这样一个文化底蕴丰厚、古址遗存众多的县城，历经抗日战争和国民党发动的内战之后，基本上已破坏无遗。

这里经历的劫难，最主要的有三次：第一次是1938年，日军自海上登陆，攻打县城，当时国民党军早已弃城逃跑，由共产党领导下的抗日游击队和爱国乡绅志士组成的"鲁东抗日自卫军"坚持抵抗三天三夜，依靠坚固的城墙和落后的武器给敌人以不小的杀伤，但终因抵不过日寇的飞机和大炮而撤离县城。这时的县城虽遭到一些破坏，但还未受根本性的摧毁。第二次是日本投降的1945年，不知是政府的指令还是乡民的自发行动，几天之内掀起拆毁城墙的浪潮，大车小车，日夜兼程，数万人一齐动手，拆下砖石拉回家去盖房子。但仍未伤及铺街巨石、牌坊、庙宇、古戏楼等等。最致命的是第三次，1947年秋天蒋军大举进攻胶东解放区，占领了我们的县城，疯狂大修工事，拆毁牌坊、庙宇，掘出铺路巨石，修建半永久性的碉堡和子母堡。为了清除视界障碍和射击阻碍，凡是堡垒周围三百米的建筑一律夷为平地。县城里那座始建于明隆庆重修于清嘉庆年间的古戏楼就是在这种情况下被铲平的。总之，从那以后，我们的县城历史遗存不复存在矣！

至今六十多年了，在那以后的岁月中，我回故乡时也每每走在昔日的县城大街上，但已不是当年模样，虽与一般现代城市近似，楼房鳞次栉比，商厦"广场"林立，却就是没有任何"历史文化名城"的意味。尽管在有关部门的宣传手册上，炫然标以"秦置县"的非常资历，但地面上却缺乏应有的"硬件"，充其量只是"曾经有过"而已。反复思之，又使我心中产生几许的遗憾与不平——

正由于故乡的县城居于战火频仍的地带，所以它不得不付出巨大的代价，作出了必要的牺牲，然而它后来却失掉了应有的历史遗存。不然我们那县城比起今日某些古城和古镇是绝不逊色的。而如今我眼前这座岭南古城中保存完好的牌坊如林的盛况，正是因为当年在人民解放军风卷残云的攻势之下，败残的国民党军望风而逃，根本就组织不起像样的防线，也使这样的城市兵不血刃没有遭到破坏。这也是它们较之我故乡的县城的幸运之处啊。看来天地间的任何事物，由于各种因素作用的结果，往往在发展变化中是不平衡的。其结果当然也不会完全一样。而这样还是那样的结果，都是它们自己所左右不了的。但这也可能给后代人带来一个小小的副效果：误以为眼前最"火"的自然就是最有价值的，而看不见明显形迹的再怎么讲也是"空口无凭"，充其量仅供少数多情者慨叹而已。

至此，我蓦然又生一念：难道不仅是人，纵是城与地域，在其经历中也存在着不同命运的情况吗？

中原遗址几处寻（三题）

汤阴岳飞庙

来到这里，谁都得几乎屏住呼吸———一种凛正、肃穆之气油然而生，好像纵然不呼吸也能支持你阅完全过程。

也许除却全无心肝的人，至少留连在这里的短暂时间里，都会得到几分崇高。

曾经是威风八面的秦丞相与他沆瀣一气的权贵们在这里和在杭州西湖一样，只有跪着的份儿，纵是铁铸之身看上去也在筛糠。

正气浩然壮怀激烈而横遭陷害的捐躯者在这里回归原位。塑像虽然默默无语，却也能给后世瞻仰者些许安慰。

也许秦桧们重的是生前感觉：珍馐美味，食不厌精的豪奢；颐指气使，为所欲为的快感，特权害人、蹂躏众生的纵情宣泄……管什么身后名，死后被挞伐，反正全无感觉!

而以岳飞为代表的志士仁人重的是人间正气，泾渭分明，岂容合污？虽九死而不悔，亦决不能愧对先贤后人！

两种取向，鲜明对立。纵然忠奸正邪死后全无感觉，然人不灭绝，世代绵延，草木有情，人有良知。秦桧之流生前感觉，乃鄙鼠末日之回光返照；岳飞父子的生前感觉，乃天地正气之辉光闪射。尽管前者时间可能稍长，后者略短，却不可同日而语。前者迅即湮息，后者之正气火炬，绵延闪灼于后世人的良知之中。若尚不明，汤阴岳飞庙为证。

比干庙与心

一位功高老臣，只为了几句劝谏的话语，竟丢掉了自己的一颗心。心是贵重的，一个人只有一颗。在三千多年前没有器官移植手术的时代，丢掉了心更不能复得。

然而，气节比心更宝贵。心挖走了，如果气节尚在，人仍可以站着。相反，心纵然还在胸腔，人格被狗叼走，剩下的只是站着的僵尸。

这里多少年来，总是有心的来拜谒无心的；一颗心的空位，由无数颗虔诚的心来补偿。

我离开了比干庙，再回头，那庙门，那大殿似不复见，映现在眼前的只有一颗巨大的心。

于是我恍然：与其说这里供奉着比干，不如说是供奉的是公道人心。

羑里城遗址

据说三千年前，有个姬昌老儿被拘禁在这里。他就在这里演绎着周易，又据说这部著作，流传至今。

如果这传说属实，是不是因为这老儿不愿让大好时光空流，倾己平日所思所学总结出心得，也好耐得寂冷的日子？

尔今这里只有一个平整的土台，土台上有几棵残存的松柏老树，松树上有几只乌鸦喳喳叫着，以游人听不懂的语言讲述着一个古老的故事。

我不想考证周易的作者究竟是不是姬昌老儿，但我觉得演易的不是一个人，其中至少还有那个据说并不愚笨也或并不丑陋的殷纣王，他的酒池肉林还有虿盆炮烙，也组成了一个奇异的八卦，配合着姬昌的精心运筹，为周武王姬发的"吊民伐罪"的口号提供依据。当妖女妲己笑得最惬意时，也是周易大功告成之时。

如今羑里故址正大兴土木，建造本来未有的周文王演易大殿。依愚见，什么豪华设施也无须增添，只留下这几棵松柏一群乌鸦就足够了。当心施工损伤了树根，惊走了乌鸦。

如果说要增添什么的话，那就立一方周易作者的碑记，但不只是姬昌一人，还应加上殷纣和妲己。

诗仙与济宁太白楼轶事

　　我在想：如果在中学生语文知识问答中有这样一个题目："李白的出生地、籍贯与主要居留地在哪里？"多数的答案有极大可能是这样几个地方：由郭沫若当年考证出的李白出生的中亚碎叶这个地方；传统的说法中李白籍属的陇西成纪（今甘肃秦安）；当然更为人熟悉的是四川江油。因为李白离开四川出夔门就是从江油出发，这是无疑的。还有不少人都知道的是：李白曾在湖北安陆也住过一些年。然而，正是从这个安陆移居到另外一个地方，并在那里会见过杜甫，在那里安家住久，却较少有人知道。

　　这地方就是唐时的任城，曾是一个古国的所在地；也就是今日的山东济宁。李白移居于此，一是因为他的许多亲属当时在鲁西南一带为官，彼此有些照应；二是因为那时任城地区物阜民勤，风光宜人，诗人为美好山川所引，故毅然选居此地。但却不知为何，在一般的李白生命历程介绍中，任城这一重要节段竟较少披载。其实他自开元二十四年（公元736年）至乾元二年（公元759年），先后在济宁住了二十三年之久。他的儿子伯禽在这里出生，女儿平阳在此地长成，夫人许氏在这里去世，而在此地又迎娶了继室刘氏。如此种种，诗人与济宁应该说是结缘甚深的。

二十三年，占了诗人一生时光的三分之一还多一点，任城——今天济宁的名胜太白楼，就是一千二百多年前诗人的居宅原址（至于当时是租还是买的，恕难以考证）。他在这里生儿育女，漫游考察，留下了可资佐证的诗文："故万商往来，四海绵历。……耒耜就役，农无游手之夫，杼轴和鸣，机罕颦哦之女……行者让于道路，任者并无轻重，扶老携幼，尊尊崇崇，千载百年，再复鲁道……"（《任城县令厅壁记》）。离他当时的居宅不远，楼东运河边上有他的"浣笔池"，常有带着诗味的濯墨之水由此远逸。池边还有诗人手植的桑树和桃树，这也有诗人诗作为证的："楼东一株桃，枝叶拂青烟。此树我所树，别来向三年"。果树给一家人增添了许多欢趣。更为难得的是：树是诗人亲手栽植（以上第二个"树"为动词），足见这位唐代大诗人绝非四体不勤、桃李不分之辈。固然，当时此处的佳景没有录像，然而至今还留有诗人的手书真迹——碑石上镌刻的两个大字"壮观"，虽历经千年风霜，至今看上去仍不乏神采！

然而，诗人毕竟酷爱远游，南至天姥、匡庐，北达蓟州盘山，如风筝升高飘逸，但长线始终不断，远牵在儿女和夫人的思念里。

常言道："大丈夫四海为家"，又有人云："诗仙有酒便不问其他"。其实，所谓"仙"就是最潇洒最超脱之人；而"诗"却又是最人性化的升华。据今之太白楼周边的老居民告诉我，他们世居于此，祖辈的祖辈流传下来的情况是：当年李白不是总在外边不回来。即使在异乡外地，无论走到哪里，也时常北眺任城，看那楼窗灯下补衣人在穿针引线；天明又见女儿平阳和儿子伯禽在浣笔池的树下采食桑葚。也许他俩此刻在想、在问："爹爹手植的桑树都结果了，他为啥还不回来？还不回来？"人说有近亲血缘者往往能够相互感应——儿女是诗的心，父亲是心的诗。

这情景和感觉也许是出于笔者的想象，却也不全是。我非常重视流传于太白楼前、运河岸边老住户们中间的传说，宁可信其是，不愿信其非。作为大诗人的李白，早年在长安经历了那么多的洒脱与无奈，离开那"冠盖满京华"的都城后，辗转东下，他一方面钟情于云游，不离其诗酒，好像飘逸如仙，其实另一方面仍然是人，而且是一位真性情之人，他也不可能截然疏离儿女情长的普通人的生活，也有思念的惆怅乃至苦楚。只不过他又是一个绝对超常脱俗之人，不可能满足于一般小农"三亩地一头牛，老婆孩子热炕头"的日子，也不能总是蜗居于方寸以至方里的狭小之地。他热衷于名川大山，或步行或乘车船跋涉于大江南北，渴饮晨露以点亮灵感，夕见晚炊暂宿茅店酒至诗成。"仙"者，沉醉耳，逸兴耳，毕竟不可能永远地脱离"尘世"而独生，也不至于不食人间烟火而陷入麻醉。相反，在诗化的氛围中更通透了本质的人生，在夜静中更沉入那至纯而挚切的思念。在某种意义上说，比之于一般思维的人，他更懂得真爱、大爱与精滤过的近于天真的爱。

理由很简单：假若不如此，就成就不了真正的诗人，就淘滤不出超俗的大美之境。这既是虚，也是实的。较之一般人，相信他肯定是更会想，更会思念，其爱过切，过"疼"，这也才能达到如仙之境。否则假如有这样所谓的"仙"，完全不谙七情，不通人性，那么又与一团烟雾何异？！

另外，我不能不提及李白在任城——济宁的诗歌活动，当时是以诗会友，如在今天也近乎于诗歌笔会。距今一千二百多年前，在任城西面不远的单父台，就是他和杜甫、高适一起登高赋诗的所在；而东面曲阜的石门山，还遗有李白与比他小十一岁的杜甫依依惜别的余绪。当时初秋风透凉意，可以想见两位先贤挥手隐去的情景，落日洇红了浮云，秋虫唧唧更显山谷幽深……

然而，尽管李白与杜甫的个人情谊如此深厚，在当时，杜甫却还没有如后来"李杜"并称的幸运。虽说李白之一生后来也有"发配夜郎"的厄运（中途遇赦而被召回），但总的说来，其诗名在当时已被上下阶层所称道、推崇。而杜甫的所谓"诗圣"头衔，则是后世所给予的。正是因为自北宋以降杜甫与李白的地位几乎不分轩轾地被高度承认，便令今人有了一种误认：以为杜甫在当世即十分"火"了。其实不然，有一个说来有点残酷的关节是：李隆基天宝年间"口蜜腹剑"之奸相李林甫指使亲信编选唐诗，此举带有为诗人定位的性质，由于编选者迎合权势小人、贪图利欲，所选诗家殊为不公，故使当时即卓有成就的杜甫被完全排斥，无一诗选入。这种"权威性"选本影响所及，客观上造成了对杜诗的贬抑，以致此后长达一百三十年间近于被埋没。直到唐末公元900年，当时的优秀诗人韦庄既有慧眼，又主持公道，在所编选的唐诗集中编入杜诗多首。可以说，自此是杜甫比较正式地进入唐代著名诗人行列，开始被权威性地承认下来。虽远未达到今天的"李杜"并列，"诗仙""诗圣"齐辉之地位，但毕竟已有了一个比较公正的发端。言至此，当这之前的公元770年杜甫在湘江孤舟中因穷愁多病而黯然离世时，他能否预见到一百三十年后尚能有此一缕阳光之转机呢？

任城、济宁，还是任城、济宁，这里不仅是李白心境较为祥和的居留之地，也是杜甫应稍觉感慰之他乡。尽管当时他比李年轻，名气也不如太白。但李白并没有半点轻视他，以绝对平等的态度对之；足见诗仙的胸襟开阔，而且极有远见，知道这位子美君来日在诗的成就上未可限量。

而杜甫在任城，与在洛阳一样和这位诗兄度过了宝贵的温馨时光，相互交流、切磋、唱和，任城的暖风拂去他心头的不少积郁，潺潺的泉流也赠予他些许清爽。所以说，任城——今之济宁，在李杜的生命史和诗歌史上都是一个不能绕过的纪念地。然而，他们在当时，都还称不上"绝对幸运儿"，也许这才是真正诗人的命运。

感受南漳水镜庄

　　我国的读者对公元2、3世纪之间"三国"时期这段历史最为熟悉，在很大程度上得益于《三国演义》这部小说。此书虽系小说，但"三分为虚七分为实"，大致脉络和主要人物还是基本上有依据的。在中国版图上，三国故事的发生地最多的应是今之河北、河南、湖北、四川、陕西等地。当然，也涉及到江苏、安徽、江西、湖南、山东、甘肃等省的一些地方。但最有声有色、最脍炙人口的故事发生地，我觉得应首推今之湖北，而湖北又多集中在荆襄地区。

　　在过去一二十年间，我曾多次往访到荆襄地区，但襄阳以南不远的南漳县却没有去，应是一大遗憾。恰因去岁深秋季节的一次文学活动而得遂夙愿。我素知南漳可观之名胜景点颇多，在此仅就我拜谒与三国故事密切相关的水镜庄说说我的感受。

水镜庄位于南漳县城南郊不远处。东汉末年司马徽（字德操）因避北方战乱隐居于此。司马徽为当时品德学识俱为人称道的高士，作为学者、教育家也是敏于关注时局动荡的政治家，与同时隐居襄阳以南岘山的名士庞德公交厚，并和胸有抱负的徐庶、诸葛亮、庞统等交往密切。庞德公对司马徽誉为"水镜"先生，称诸葛亮为"伏龙"，庞统为"凤雏"。水镜先生对诸葛亮和庞统极为器重，断言"伏龙、凤雏二人得一可安天下"，并与徐庶竭力向刘备推荐诸葛孔明。因此，可以这样说，"三顾茅庐"虽发生于襄阳隆中，但发端于这里的水镜庄。刘玄德的"马跃檀溪"则是预示他不论经历多少周折也要使"卧龙"出世而共谋扭转乾坤之策。

　　一架铁索板桥晃动摇曳，恍若艰难地将我们这些远来的探求者承渡至一千八百年前的神秘处所，去感受一个耳熟能详却非常陌生的境界。眼前"水镜庄"三个古朴苍然的大字顿时使那些从书本上领略到的情景纷至沓来。庭院、古树、碑碣，尤其是庄院背景那扇形的山脊，都充溢着浓浓的沧桑意蕴。就连鼻息中感受到的混合着青苔和古木的气味，都使来访者确信这就是那位隐者居住、讲学以及与友朋知音纵谈天下大事的所在。纵然节令正值深秋，我们似乎仍可感受到先贤的体温，隐隐听到那流连在树丛叶隙间的吟诵之声。

　　当文友们竞相摄影留念时，我独步沿山壁而行于西向小径，沉思于当年水镜庄主人及相关的历史事件，揣摩彼时人们的心迹与活动，思考着不仅在当时而且可以贯穿时空的人生至理，经验和教训，亦可理解为古今人们的对话——

司马徽和庞德公无不具有济世之胸怀和知人之眼光，表面似淡然却并非疏离尘世，双肩虽无有形之担当实则不乏炽热之心肠。正因如此，才能一再向自认为值得信赖之君推荐贤能。从一定意义上说，"伏龙""凤雏"尤其是诸葛亮日后得以施展抱负，不仅是由于刘备的信任，亦有水镜先生等人的贡献在焉。只不过，他们只是基于做人的本分、济世之责任，而绝无个人利欲成分。由此见出彼等人格之高洁。他们后来的经历在继续验证着这一点。司马徽虽由于荆襄地区沦陷于曹操而实被襄胁至曹魏营中，但不久即疾终，说明其处境完全违其所愿而郁郁所致。庞德公则被召而不受，于鹿门山中采药而终，无愧于水清镜心之士也。

言至此，我忽然想起曾有论者说，三国时期某些有志有才之士（包括诸葛亮）不去投靠雄才大略的曹孟德而选择倾向于刘备，是典型的迂腐之举。当我乍听之时不禁摇头。但随后觉得不能简单地冠之以"势利眼""彻头彻尾的实用主义"了事。因为，这也是由于当下某种片面观点的影响，才造成这样以实力定取舍的非此即彼的选择法。事实上，如认为司马徽、庞德公乃至徐庶他们的倾向与选择是"迂腐"，那才是十足的可笑之见。他们在曹操与刘备之间所产生的感情倾向和行为选择，既不仅仅是因为刘是所谓"中山靖王之后，孝景皇帝玄孙"，也并非其人有什么"两耳垂肩双手过膝"的异相，本质上说，还是相对说来在强力制胜与仁厚服人之间的选择。尽管前者其势汹汹、凶悍异常，而后者暂时处于弱势，仍不能改变他们精神天平的定势。这种观念的形成既是本性向善所决定，又是后天教养之使然。总之是政治倾向与人性向背的自然契合，是难以改变的综合体，体现了他们清醒的价值观和政治观。可以说，在那个时间节段，荆襄地区形成了一个比较稳定也是比较清醒的"拥刘派"。它的形成不是偶然的，主观的人性"色泽"与政治要求适应了客体召唤，这就是一种信仰。这样的信仰在中国民间是符合最大多数人群的"心理倾向"的。他们往往并不如某些人的观念那样以表面的强弱乃至成败定爱憎，并不因雄才大略的"魏武挥鞭"乃至东临碣石诗情大发而模糊了对相对善恶的分辨。这与我们对历史人物功过的全面评价虽有联系却又并非同一概念。也就是说，历史人物的本领和功业与公众的人性道德评判有时是存在一定差异的。

　　与上述相联系的是，我又想到了"气节"。这个也许被某些更"明智"之人渐行疏淡的字眼，实际上仍有很重的精神价值。所谓"气节"，当然是坚持正义的高尚品质与节操。这也就是为什么在抗战时期人们对认贼作父背叛民族和人民的汉奸深恶痛绝。而在一千八百年前，徐庶（元直）纵然被诱骗至曹营，但终生不为曹魏设谋出力，一直受到后世百姓所称道。其母为他"事曹"（虽然并非心甘情愿）而自缢明义，被后世誉为历史上的"贤母"之一，足见"气节"之公众道德生命力。

那日，当我们由水镜庄返转，仍由铁索板桥走过。不知怎么的，我觉得晃动得轻多了。这时，我已背对山庄大门。但背对不等于背离，更不意味着遗忘。谨著此文，以为永证。

奔女石（外一篇）

说起来，那是十多年前，当时陕南安康和西安之间的铁路尚未通车。不消说，秦岭的高速公路亦未动工，只有一条盘山公路崎岖蛇行。欲问这公路算得上几级，我这外行还真说不准，只知此车迎面半扇大山，山左还是万丈悬崖，这之间是窄生生的弯弯道，汽车小心翼翼地转了过去，对面车也"碰"了过来，在我的感觉中，仿佛只有几寸距离没有"擦肩"。俗语说的"擦肩而过"，形容人来人往尚可，假如是汽车真的擦肩，恐怕就很能难"过"得去了。

然而，就是这样的一条秦岭公路，当年我还是走过一个来回。是出于不得已的选择，还是为了亲历奇谲而不惜冒些风险？事隔多年，还真的是记不准了。也许是两方面的原因都有吧。

沿途险象固多，但奇景也多，言其目不暇接亦不为过。事后我本就不想一一赘言，现在更不再一一追记。不过，有一桩记忆——

影像的情景的深刻印象，多少年来一直极其清晰地灵动在我的眼前，没成想在事隔十多年后由于一个偶然契机我是非将它写出来不可了。

那是一个梦，一个吓人的梦，梦中重历了当年乘车过秦岭的惊险！醒来时还忐忑不已。第二天早晨，为了冲淡昨夜惊梦的不安，一幅温馨而不乏浪漫的秦岭意象应约而来，这就是我要写的"奔女石"。

那是当我们的中巴由北向南行进在一处较平坦的地段时，右侧约二百米仍有错落的山石，而且连绵向更高处的山脊。这时，我特别注意到：在山石的阵列中，有一雕塑般的形象崛立，不，不是一般的突兀，而酷似一个呈奔跑姿态的女子，通身闪射出一种暗白的色泽，却极青春，极富有活力。我们车中的同行者随后也注意到了"她"，他们提示司机同志停一下，借此也可"方便"。但更多的目光还是不肯放过欣赏这尊奔女石，而且不由地发出各种各样的议论。有的说这女石是静态的，有的却说"恍然是动态的"。这时恰好起风了，好像是东北风。在我的感觉中是风推着她走，忽儿我的感觉又变了，好像是她拽着风走。

于是，在我们眼前，矗起一幅顶天立地的大写意画，背景是蓝天和滚滚的白云。再仔细看去，这"奔女"还有披散着的长发，甚至还有飘飞的围巾。哦，太生动，太"给力"了。此刻我忽然意识到：也许只是因为"她"，秦岭才有了永恒的青春。虽然，我并没有忘记眼下正是秋天，但"奔女"将秦岭的四季调化得总是春意盎然，生机勃发。

我们同行者中有一位肯动脑筋的小伙子，他忽闪着两只大眼睛问我："您说她的目标是啥？追的什么人？"这问题真不好回答；当然知道他也只是一种逗趣而已。其实在我看来，多少个旅者就有多少种猜测，而"奔女"的心中肯定只有一个目标，争分夺秒，去追那个"唯一"。这固然是人的想象，但我却相信，大自然的非常物象应该是有灵性的。

虽然，我们眼前的"她"，也许永远也追不到，但直至变成化石也不肯放弃；或许还因如此，她才永远保持着这追奔的姿势。

我们上车继续前行了。从理性上说，"奔女石"无疑是被我们甩在后面，而且愈来愈远；但另一方面，不知怎么我愿意她赶在我们前面，为了维持我这后一种感觉，竟不忍透过车窗去看外面。而其他人也没有说话，至于他们想的什么，我不知道。

有"奔女"在，整个秦岭就是动的。

"连心锁"命运

最早见到这个品牌项目，大约是在十几年前；后来去的地方多了，在不少山水胜地都能看到这样的景观。至于最起始的创意是谁，我未做查考，但至少在刚看到时还是觉得挺新鲜的，这就是旅游景点中的"连心锁"。

"连心锁"的红火时期，还是在前几年。那时我所看到的无不是密密匝匝，哩哩啦啦，令人眼花缭乱，在有限的地段实在有难以容下之势。不用问，这当然是旅者中的情侣和恩爱夫妻，双双对对亲手结下的印记：买一把锁，四目会意，锁好后含笑点头，珍重地带走钥匙，那上面还印有他们双方的指纹……以期此后的某年某月某日，能够再双双亲临此处，重启"连心锁"，那种感觉，定然是快感！美哉！

　　我曾去过几次的是距我生活的城市不算太远但亦不算太近的一个中等城市，那里因有一处不可替代的胜景常为未去者所向往。这几年中我因陪同外地朋友前去观瞻，所以来得次数多一些。这里恰好也有一处"连心锁"的设施，往往引动我的注意。我敏感地发现：与前几年相比，这"连心锁"的境况也发生了一些变化。首先我遗憾地看到，许多挂着的"连心锁"已经生锈，当然其中的原因之一是：景点方面保护得不够仔细，使这些"连心锁"在风雨中寂寂等待得太久。再者恐怕也是因为锁的主人们没有常来关怀料理。不知是原主人的钥匙丢了，还是再次重返此地发生困难？也或许是当日共同锁锁的双方，有一方已转向另一处景点，也未可知。

　　以我区区一己的有限思路，很难想尽许多"连心锁"未得悉心眷顾乃至被遗忘的真正原因。不过，虽然锁不是本人的，我还是为它们的寂寞处境而关心。这天，在秋雨的淅沥中，我还是禁不住揪紧了外套的衣襟，分明感到了几分清冷。

我正欲离去，有一位锁的主人走了过来。此人年约五旬，身体看似高大粗壮，但后背微驼，且胡子拉茬，未做修整。他在锁间仔细辨认，好像认出什么特征，就这样，终于打开了自己的锁，却没有再行锁上，而是对那锁深深地一吻，然后连钥匙一起带走……我不知这其中还有什么说词，譬如说应与景点方履行什么手续之类？没有，他径自走了，谁也读不出他的心事为何。只见他走出一程，还回头望了一眼，似乎多少还有眷恋之意。

　　哦，来了的也好，没来的也罢。说到归齐，这"连心锁"的点子固然很有创意，可毕竟离当事人太远了。岁月流转，风雨阴晴，中间什么情况都可能发生。"连心锁"纵然锁得紧，总是鞭长莫及。其实离得最近的还是彼此能够开启的心。

　　当然，"连心锁"作为一种商业旅游项目，不会因此而消停。买卖嘛，最重要的是当时的心气儿。心气儿到了，花多少钱也值。

　　朋友，不知您尝试过没有？

涿鹿之优

位居京西北八达岭外的河北省涿鹿县，在中华民族文化发展史上占据着相当重要的地位，距今约五千年的上古时代，黄帝、炎帝、蚩尤以及其部族曾先后角逐、会盟、鏖战于此。最著名的如"涿鹿之战""阪泉之战"等，皆在司马迁《史记》中有述。也就是说，涿鹿大地上发生的那些重大事件及其影响，不仅仅见于大量的民间传说，在经典史传中也是有记载的。以今天的历史发展眼光看来，当年中华民族祖先们角逐、交并的结果，也促进了华夏民族各支系之间的大融合。正因如此，如今在涿鹿大地上矗建的"三祖堂"内，黄帝、炎帝和蚩尤同为中华民族始祖之代表，也是很符合辩证史观的。

我本人自上世纪90年代至今，曾因公去涿鹿多次，包括"三祖堂"兴建后的拜谒活动，并写下《涿鹿三祖浴秋风》一文，而在十多年后的不久前，我又有幸与河北、天津等地的文友去那里采风。当地的年轻同志不知，问我："以前来过没有？"我以《水浒传》的习惯说法答曰："大约来过五七回吧。"

在此不想平面罗列黄帝城黄帝泉以及蚩尤寨的诸般遗存与相关的故事，因为它对许多读者而言已不陌生。我只想就本人数次来涿鹿采风考察引发的思考，概括而言当时黄、炎、蚩三个大部落何以在涿鹿碰撞，又何以在此驻扎、生息并最终决定了去留？有哪方面的重要因素？是偶然还是必然的？思考结果，主要原因有三——

其一是时代发展部落互动、迁徙的大趋势使然。当时在华夏大地，尤其是北方，散居着许多大小部落。最初阶段的聚众生息巩固之后则徐图发展；有的由相对固定渐呈流徙之势；有的在互动中则难免发生某种摩擦。如蚩尤为首的重要部落的东夷，开始掌握了冶炼技术，亦能获取鱼类之食，并在打造军器方面占得上风。在这种情况下，渐生向他处特别是今之华北大地发展之强烈愿望。我小时候上二年级时，常识课任老师就讲到黄帝、炎帝与蚩尤的故事。他说蚩尤部落虽然气盛，但仍嫌所处地域不够广阔，拿现在的话可以说：很想到外面的世界去大闯一番，当然，传说中的说法是：蚩尤部在东南方击败了炎帝部，直追赶到了现在的涿鹿。在那里，才形成了三大部落的会合与撞击。单拿这一具体事件而言，应该是符合实际的。但如扩及开看来，而是当时大迁徙、大碰撞、大融合的大环境、大趋势中的必然。之所以在涿鹿大地演出这一中华文明发展史上有声有色的话剧，并非完全出于未预料的碰巧，而是有基本走向的结果。当时黄帝、炎帝自西部黄塬地带东渐，而蚩尤则自东夷向今之华北更广阔的山野平原推进。从地理距离上看来，按既定走向大抵当于涿鹿一带相遇。历史的、地理的、机遇的诸种因素互为作用，使涿鹿这片地方据有大趋势的先机。此天时也。至于后来，炎帝部和蚩尤之余部向南运动和发展，固然有无奈的因素，但更是历史大趋势的驱动。其大致走向是，炎帝向今之中原地带，而蚩尤之九黎则在长江以南乃至今之西南生息。

十几年前笔者曾应邀去湘西花垣县参加"蚩尤文化节"，当地的苗族和土家族同胞都对我说他们的祖辈是从大北边过来的。我当时在心里惊叹：这"祖辈"一个跨越至今，可就是几千年的岁月啊！

其二是地理条件的吸引力和浸润力。以前我虽来涿鹿多次，除了参加历史遗存与体味文化遗韵而外，对于它地理状况之优势并未作应有的考察。其实涿鹿大地以近世的观点看来，好像位居八达岭、居庸关外，但恰恰是由于环山傍河，较大片的土地为盆地壮貌，总的来说是气候湿润，水源充足，颇利于耕作与饲养。历史上凡都望之区，兵民集中之域，无不需要物阜粮丰，始能保证食用等供应。上古时代虽交通、通讯不够畅达，不似今天瞬息可知，但既为有成大业之心者与智能在一般之上的首领，平时即不可能没有任何或远或近的哨探，以及对来自各方信息之敏感。因而在迁徙和互动中，便有着很强的选择性。无疑，涿鹿大地在那个时代能使"三祖"逐鹿于此，既是自然与合的"缘分"，也在一定程度上是有备而被吸附。涿鹿大地在地理上的优势，至今不但可见古已有之的韵致，而是正呈现出新的勃勃生机。"千里桑干，唯富涿鹿"，此语名副其实。不仅粮食品种丰富，还是华北地区的优质葡萄主产区之一。在餐桌上，莜麦、黍、稷等中国最古老和具有地域特色农作物主食又生发出新特色。另外，我强烈感到：涿鹿的气候和土质极适于各类瓜果的生长。昔日的黄帝城故址如今已成为长势喜人的瓜果和葡萄的摇篮；而长达里许的吊瓜长廊更蔚成奇观：有条形、葫芦形、金盆托瓜形，不一而足。真可谓：金瓜银瓜乱人眼，风送暗香佳客来。此刻，一年轻文友好奇地问："不知黄帝、蚩尤吃没吃过这瓜、这葡萄？"众人笑而未答。按一般记载，似此许多作物大都为西汉之后张骞等使者自西域带来，上古时代也许还在缺席。但可以肯定的是，今昔绝无完全断裂的过程，而是一个渐行的延续，涿鹿就是这种延续性的突出典型，此乃地利因素也。

其三是一方水土育一方人，促成涿鹿人性之质朴与重义。由于"三祖"在涿鹿的会合与角逐给人的印象太深，极易给后世人造成一种错觉：以为这里最初是没有任何"原住民"的。其实不然。如前所述，在黄、炎、蚩三大部落来此之前，涿鹿乃至北方大地亦有零散部落栖居，有不少民间传说能够说明：涿鹿的民风淳正，人性质朴而重义。外来大部落来此后，如黄、炎，又产生了深刻影响与相互溶解。举一个例子：当初炎帝为尝草、虫给众人治病，而被一种有毒的"蚰蜒"毒死，从此人们对这种昆虫恨之入骨，此后几千年，对其绝不原谅，无论老幼，只要见到蚰蜒，便骂一声"坏家伙"，然后一脚踩死，以示为炎帝报仇。爱憎分明，可见一斑。涿鹿人的这种重情仗义的本性，一直延续下来，我特别注意到：凡对涿鹿做出贡献或与涿鹿具有感情关联的人们，都被深挚地纪念着寄予悠长的怀思。如上世纪40年代后期丁玲在涿鹿温泉屯写作《太阳照在桑干河上》一书，一直为涿鹿人所传颂，并为这位著名女作家建了纪念馆；同是上世纪的1958年，郭沫若带领全国文联和作协的文艺家来涿鹿参加采风，也一直被传为佳话；还有战争中在涿鹿大地战斗过的将军、革命干部，涿鹿人也从未忘记……都说明这种美好的人性千年延续，不断发扬光大。不难看出当初中华先祖部落云集，此地人性"气脉"也是一个重要的吸引力。综观上述，天时、地利、人和三优兼俱，当是华夏先祖瞩目于此的主要成因。

艺文诗书

关于一部书的新春感想

　　一段不到百年的历史，在五千年的中华历史长河中，不过仅占几十分之一的等份，却因为有了一部小说，便使得后世一千七百余年间许多人掉眼泪替古人担忧。就连东瀛扶桑、朝鲜半岛和越南，也在争比书中人物的武艺和智慧，孰高孰低，相差几何；商人从中汲取谋略，似在追赶比尔·盖茨。然而我觉得，一般人在热评中往往忽略了一个人——恰恰是本书的作者罗贯中。

　　罗贯中先生，名本，号湖海散人。关于他的籍贯，一般认为是山西太原，今日有更具体的说法是太原市清徐县人。但也有一说是钱塘（今浙江杭州）人。传说中说他也曾有过图王霸业之心，却乏这方面的鸿运；虽也掺和过一些元末的揭竿抗元的活动，但似无多少建树。其原因是多方面的，然有一点可能多与个性有关，他生性与世寡合，却偏偏喜欢做小说，后来的兴趣就不可能不倾移于"创作"。既然在真实的兵戈相搏、攻城据地上无机少运，那么就不妨权在尺幅纸页上摆开战场，以楷书为王，行书为将，草书为卒，奋笔疾书如三尖两刃刀，将汉末纷争的中国一分为三，写到酣畅时，诡道迭生使人眼花缭乱，惯用火攻此起彼伏，难怪今世称武汉、南京、重庆等地为"火炉"罗列江滨，可是因为当年火攻太频太炽而余烬未息，烘得江流山壁也温度偏高所致？

　　一说到这部"才子书"，恐怕谁都得论及书中的众多栩栩如生、至今仍活跃在戏曲、电影乃至电视台《百家讲坛》栏目大腕口若悬河的讲演中。笔者也记得在大学时与同学们的争论中，讲《三国演义》就离不开书中的人物感情倾向与诸种评价。当时比较趋同的观点是：这部书的主线是情系诸葛亮的。自一百零四回诸葛亮五丈原"归天"之后，作者的笔下好像也无多少意趣，读者再往下读同样无多大劲头。还有人仿佛别有发现，认为作者总是从拥刘的正统观点出发，是旨在写刘备之"续统"史的。这样一位出身寒微的织席贩履之辈，能够以"中山靖王之后，孝景皇帝玄孙"自命，辗转半生，由几乎是居无定处而据川成为蜀汉皇帝，难道不值得大书特书吗？但在当时即有人别出心裁，认为不论作者主观意图为何，在经意与不经意间写出了曹孟德的不同凡响，其实曹操才是本书的最大看点。虽然曹操死得比诸葛亮要早，后面主要是孔明与司马懿斗法，但真正的重头戏还多是与曹操有关的那些事件。也就是说，曹操未统一中国而仍不失为大家，司马氏虽灭蜀、吴立晋仍在诸多方面有缺损之感。

我想，大抵在"文革"前多以诸葛和刘备为重心，是主流；而近年来人们的看法更趋多元，曹孟德为人所注目的"点"有看涨之势。

最使笔者难忘的是近年来有一次"饭局"中，参加者多为比较开放的中青年男士与女士。一个什么由头，大家谈到了《三国演义》，谈到了书中那些活灵活现的人物。有一位特别提到"永不会使人印象淡去的是一个人"，这就是"失败了疮疤没好就忘了疼"，赤壁之战落荒而走的曹阿瞒，途中三次仰天大笑引来了三支伏兵，但最后终于脱险。这位说阿瞒的笑不是阿Q所为，而是一个超凡大家的一种任性与潇洒。他的话得到座间几位女士的完全认同。有一位女士还进一步诠释说："这样的男人仅冲这一点就是很可爱的。"另一位干脆直言："很值得爱。"她还说："这一点比横槊赋诗更酷。""酷"，这个时尚语，在当时刚刚兴起，没想到一千七百多年前的一个"失败了疮疤没好就忘了疼"的主儿竟喜得这顶桂冠。同时，几位女士还对比了遇事常爱哭哭啼啼的刘备，说这样的男人没有几个女人会发自内心爱他的。孙权的妹妹孙尚香好像是乐意的，但那只是小说尤其是京剧《龙凤呈祥》表现出来的，为的是春节过大年中烘托出一个和和美美、甘甜如饴的气氛。当然，座间也有一二男士有不同意见，不过始终未占上风。而且就连他们也不得不承认："曹操的可恶可恨也说明作者刻画人物的本领还是出色的。"

凡认真读过这部书的人，谁也不能不感受到书中的精彩话语多多，但最使人不会忘记的是这句经典性警语——合久必分，分久必合。中国乃至世界历史多少年来的发展变迁都是印证过了的；近些年来至少在东中欧也还是经历了这样此伏彼起的地缘变化。当那几年变化剧烈时，曾使我产生出这样不无奇异的联想：一个患长睡症的人多年卧于病榻，一旦醒来，惊见卧床分成两截，头在"本国"，而双脚正被划在国界之外。这说是笑话也并非完全是笑话——合久必分是也。

又回到"三国"那段历史上来，不到一百年，却为后世人——自学富五车之士到目不识丁者——留下如此多令人印象深刻、耳熟能详的故事，其他历史阶段难得有比得上的。要说战争，中国历史上也并不缺乏这个混战那个之战，但哪个也比不上此段这么特殊。举其大者，如春秋战国之战，秦末楚汉相争，东汉建立前的刘（秀）、王（莽）之战，东晋淝水之战，隋末群雄并起之战，元末明初延续多年的大战等等，虽也有小说和戏曲传留与演绎，但还是比不上"三国"这段精彩。有明公的解释是由于事件本身有差异：春秋战国的纷争头绪太繁乱，而楚汉战争只是两军对决，比之于三国鼎立单调了些。而其他的一些战争历时再长也还是短，舞台的展示既需要宽度也需要长度，这些都比不上三国这段条件充分。云云。以上的种种理由也许都有些道理，但未可忽视的重要一点，还是因为有了《三国演义》这部奇书，才使本就非同平俗的一段历史如虎添翼。当然，小说毕竟还是小说，并非严格意义上的历史，所谓七分史实，三分虚构是也。不过我们仍不能不承认：是它活跃了历史，生动了历史，以众多人物形象立体化了的历史。尽管中国历史上的许多历史阶段，如东周列国、楚汉相争、隋唐之际之战等等，其后世都有种种演义小说出现，却仍然没有给人造成如三国这段人物形象立体化历史的强烈印象。如此，便不能不再次提到将一部书与一段历史并驾齐驱的罗贯中。故尔当有人将《三国演义》等四部古典小说推为中国古典四大名著，即约定俗成为世人所认定；纵是再挑剔的明公也极少质疑它的公正性。这恐怕比任何的权威性评奖更能经得起时间的验证。

以上区区两千余字的短文，当然不可能也无意于对一部七十万字的经典巨著进行全面评论，只是在大年假日期间偶然想到了几个"点"，作为对"一部书与一段历史""书中最酷人物""最经典警语"等的新春感想而已。

史实与虚构之间的"度"

"虚构",是文艺创作的一种艺术手法。在一定意义上也可以说,没有虚构就没有真正的艺术创作。这一常识,读者和观众大都是理解的。我这里主要说的是戏曲,无论是从现实生活中提炼的,还是取材于历史故事的,应该说都不可能完全排除艺术的虚构。这既是艺术创作之必需,自然也适合观众欣赏的需要。

说到中国的传统戏曲,不仅最善于虚构,有的还达到了依创作者需要而恣肆驰骋的地步。当然,我这里主要指的是历史题材或借助历史框架而设置人物、情节的剧目。如《杨家将》或由此派生出的一些剧目,便具有十分典型的表现。应该说,北宋时期的杨家将有一定的真实人物和情节骨架的基础。在这当中,至少杨业(继业)、杨延昭(即传说、戏曲中的杨六郎)、杨文广这三个人在正史上是站得住脚的。杨业之妻折太君(即传说、戏曲中的佘太君)

亦有其人。杨业，卒时为公元986年，享年六十岁左右，故称"老令公"，初为北汉大将，归宋后，累立战功，曾任代州刺史，在雁门关破契丹军，并收复今山西北部的云、应、寰、朔四州。宋太宗赵光义大举北伐，在高粱河之役大败。后杨业被辽军困于陈家谷口（今朔州南），身负重伤后绝食而死（这大约就是京剧《李陵碑》所依据的蓝本吧），其子杨延昭（958—1014），生存年间相当于宋太宗和真宗当政时期，延昭守"三关"（在今河北省中部一带）长达二十余年，比较有效地抵御了契丹军的进犯，常获胜绩。杨文广，卒于1074年，生存年间应在真宗和仁宗时期，一生中曾先后随狄青成战西南，为范仲淹所用去西北对抗西夏，立有战功，堪称这一时期的北宋大将。正史中载杨文广为杨业之孙、延昭之子，而民间传说则说他是杨宗保之子、延昭之孙，在中间多出了一个杨宗保，从而又多出了一个大名赫赫的穆桂英。民间传说与戏曲的出奇之处，常常是与正史中人物有"错辈"之举。我们不能认为传说与戏曲中的说法全无道理，但也没有理由否定了正史的可靠性。

传说与戏曲的大胆"创造"尚不止此。譬如：传说中的巾帼英雄穆桂英竟在很长时期里成为"杨家将"的中心人物，甚至超过了正史中的"三关"主将杨延昭，更不必说是杨文广了，其随意性有时是令人吃惊的。如杨宗保一会儿挂帅（《杨门女将》开头时），一会儿又成为穆桂英的先锋官（《穆桂英大战洪州》）；一会儿佘太君百岁挂帅（《杨门女将》），一会儿又是穆桂英直接挂帅（《穆桂英挂帅》）；一会儿佘太君又成为粮草的押运官（《四郎探母》）。而且其中有一个突出特点是：时间背景多是比较模糊的。至于当时的君王是哪个，太宗，真宗，还是仁宗，往往也不具体，只用一个"宋王"概括即可。征讨的对方为哪个，是辽还是西夏，同样大都不具体指明，常常笼统地以"北国"代之。在地理指向上，也并不严格考虑其合理性，如传说中在八达岭一带有一处"穆桂英点将台"，其实当时北宋军队到达不了今之北京附近，更不必说是北京以北了。最根本的一点是：北宋政权真正的一次大举北征是宋太宗时期的"高粱河之战"（公元979年），结果宋军大败，辽军追至涿州始止。自那以后，辽宋对峙基本上维持在今河北中部一线。这中间辽军也不断发起攻势，尤其是公元1004年的澶渊之役（今之河南濮阳），宋真宗在寇准的敦促下亲赴前线督战，虽有胜绩，真宗还是趁机议和，并以岁币缴纳契丹以苟安。所以说，在所谓杨家将祖孙活动的年代，北宋政权对北方辽、夏基本上是取守势。杨业和延昭父子的确是奋勇抗敌的忠忱之士，但中间纵有胜绩亦是悲壮之举。正如京剧《李陵碑》中杨继业唱词："那时我东西杀砍，左冲右突，虎撞羊群，被困在两狼山，内无粮，外无草，盼兵不到，眼见得我这老残生就难以还朝。"以及京剧《洪羊洞》杨延昭的唱词："叹杨家保宋王心血用尽，怕只怕熬不过尺寸光阴。"以上虽属戏曲中言，倒也本质上道出了当时杨家抗敌的惨烈情状。

由此可见，传说尤其是戏曲中，杨门几代女将们作为主力出征而且无不大获全胜，"敌血飞溅石榴裙""番王小丑何足论，我一剑能挡百万兵"，出征完胜之多，显然与史实距离太远！一个极其特殊的现象在某些传统戏曲中表现得十分突出：一般说旧中国"男尊女卑"的陋习非常普遍，而唯在戏曲中却常常反其道而行，这也是一个颇值得深加研究的有趣现象。记得上世纪50年代英国元帅蒙哥马利访华，我国国家领导人陪同看戏，他也提出了这个有意思的问题。

还有，在杨家将对立面人物设置上，戏曲传说的虚构幅度也是很大的。如潘美，戏曲传说中称潘仁美、潘洪等，总之都是一个十恶不赦之人。其实，正史中的潘美是宋初的一位重要将领，在统一五代之后北宋的版图征战中曾付出了很大努力，战功显著。但在公元986年今山西北部的攻辽战役中指挥有误，致使杨业身陷绝境，其后折（佘）太君控于朝廷，潘美受到降级处分。杨家将戏曲中多以潘美作为反面人物之首，可能是一种典型化处理方法吧。

在与杨家将相关的人物中，虚构得更加离谱的当属"赵德芳"，即京剧中出现频率很高的"八贤王"。赵德芳这个人物在正史上是有的，为宋太祖赵匡胤之次子（其兄曰德昭）。只可惜自从那个"烛影斧声"之夜的疑案发生，赵光义（宋太宗）继皇位之后，太祖的这两个儿子再也没好受过。就连戏曲中的这个似乎命运上佳的赵德芳，也在不久之后稀里糊涂地"消失"了。哪里有《贺后骂殿》中渲染的那种好运："孤（赵光义）赐你金镶白玉锁，加封你一钦王、二良王、三忠王、四正王、五德王、六靖王，上殿不参王，下殿不辞王，再赐你凹面金铜，上打昏君，下打谗臣，压定了满朝文武大小官员，哪一个不尊你是个八大贤王，带管孤穹。"在几乎所有的杨家将戏文中，几乎都不难看到"八贤王"的身影，以至于在民间，尤其是当年的戏曲观众中，老弱妇孺皆知"八贤王"，其知名度实在不逊于杨家将中的主要人物。"八贤王"成为一个符号，可谓是一位救火者、撮合者、主持正义和抑制奸邪的综合型化身。就连杨延昭与柴郡主的婚姻出现纠结时，也得求请"八贤王"赵德芳出头排解和撮合才得以成全美满良缘。所以，八贤王有时还是一种调和剂。久而久之，给了观众这样的一种强烈的感觉：杨门之事绝对离不开"八贤王"。

因此才说，这位"八贤王"与史实中的赵德芳实在是相去远矣！

当然，这样的大胆虚构乃至离谱的表现并非自京剧始，明人所著的《两宋志传》和《杨家府演义》等即在相当程度上脱离了史实原型，而且相互各有异同，各有"创造"。但有一点，其思想主调皆是歌颂忠勇抗侮、颂扬杨家将一门的忠烈壮举。也许正因为这一点，才能为世代民众所传颂，而且不断"丰富"，又演绎出许多新的故事。无疑，这样的主题是符合广大人民愿望的，在长期的历史演进中，激发人们倾慕正义，痛恨邪恶，乃至提高了应有的反抗意志和斗争精神。即使这样，另一方面也有一定的弊端。

其一，既然基本上是历史剧，还是应以正史为基干，无论如何演义与虚构，总是应有一个适当的度，不能任意性太大，更不能离谱太远。因为，任何艺术的想象，还是离不开"实事求是""一切从实际出发"这些基本的原则。我们中国历史上出现的许多演义小说，还都是以正史作为蓝本的。如四大名著之一的《三国演义》，就有"三分为虚，七分为实"的说法，纵然不全为正史所载，但其基本路线并没有脱离正史。当然，也有这种说法："正史也不绝对是确凿的。"即使这种说法有几分道理，却总是应该看到：毕竟修史者态度大都还是比较严肃的。而且一般说来，修史者所处的时代，与本事发生时相距并不太远，所依据的材料还是比较丰富和真实的。因此，对正史采取虚无主义态度是缺乏足够理由的。相反，如果轻视甚至漠视正史而对事件和人物随心所欲地虚构与"演义"，其负面影响所致极易使读者和观众误以为这就是历史事实；不论创作者的出发点为何，都不利于后代人比较可靠地认识历史，比较确切地掌握历史。甚至我还在想，离谱的"历史题材"的创作是否与近年来"戏说"成风有某种关系，至少也会给随意的"戏说"提供了某种"正当的"理由。总之，任何事物过度了，无疑就会带来某些或大或小、或显或隐的副作用。

其二，夸大与无限引申哪怕是某种积极方面的东西，包括虚构胜绩，纵然创作者的出发点是激励保国抗侮的忠勇精神，亦要行之有据。因为，毕竟这不是一般的、泛指的生活戏、人情戏。必须看到，杨家将所反映的那段大的历史环境，"大宋"对外采取的基本上是守势，初期虽也有过大举进攻之行动，但均以总体失败而告终。中期（如支持王安石新政的宋神宗）也有几次对西夏的军事行动，同样是徒具雄心，而迭遭败绩，就连宋将徐喜苦心营造的"永乐城"要塞（今陕西米脂西）也被敌方攻克。所以杨家将（尤其是女将们）的征则必胜，而且是大获全胜，实在与当时的大环境大情势太不相符。而依靠某种泡影式的夸大甚至虚构来投合人们的美好愿望，给后世以轻松的"解气"，其效果则有些顾此失彼。须知，在己方不利或相对弱势下，提倡"卧薪尝胆""以弱克强"是更具针对性的。尽管当时在总体不利的情势下，"真实的"杨家将也有一些局部的战术胜绩，这种忠勇无畏的精神无疑是可嘉的，但必须承认，在当时始终没有取得决定性的足以改变全局的佳绩（在当时北宋对外总体弱势下基本上亦无此可能），这是肯定的事实。笔者有时也感到奇怪，中国历史上的某个阶段、某个战役中，也不乏抗击外敌大获胜绩的战役，但相比之下，反没有杨家将故事影响深远。例如：南宋"岳家军"的抗金之战，如果没有投降派的干扰与破坏，岳飞和他的将士们是很有希望获得全局性胜利的；又如明代中叶"戚家军"的抗倭之战，戚继光和其他抗倭军事力量基本上已获得全胜。还有重大战役的胜利，如明末袁崇焕对后金的宁远、宁锦大捷，就连敌帅努尔哈赤亦被大炮击成重伤回师沈阳而死；公元13世纪后期，南宋末年的四川合川钓鱼城军民对气势汹汹不可一世的蒙元骁骑的抗战，长达36年，敌酋蒙哥汗也被大炮击成重伤而亡。这些实打实的，不含虚构的重大胜绩之所以没有杨家将流传那么深广，我想不是因为这些获胜的当事人忠勇精神稍差，还是因为多少年来在宣传手段和渗透力度上不及杨家将故事那么深入人心。可见，任何的人和事，宣传与渲染的密度和强度直接关系到各自不同的"知名度"和影响力。

其三，由戏曲联想到与传奇小说乃至剑侠小说的关系。中国民间传奇与剑侠小说的流行是有深厚基础的。其突出特点是神奇好看，甚至让读者如醉如痴、寝食两忘。这样的阅读效果的"奥秘"之一是在很大程度上脱离现实生活，与真实的社会矛盾与斗争也相去甚远，而将斗争最大限度地虚化、幻化乃至神化，使读者们在不知不觉中也进入了一个近于虚构的世界。它不是将斗争落在实处，不是对复杂的现实进行脚踏实地的艰苦斗争。它或将这种斗争（包括战争）简单化，或借助神力与莫名其妙的武器之类（如穆桂英"大破天门阵"、借助"降龙木"等等也是一例），总之，是既非现实主义亦非应有的浪漫主义的方法。杨家将的故事和戏曲当然与一般的民间传奇、剑侠小说尚有些区别，但在一定程度上脱离真实的大环境和虚化真实的现实斗争生活这一点上，应该说是有其共通之处的。难怪笔者当年在故乡胶东解放区，起初也非常爱看剑侠小说，后来在人民解放战争的大环境中，在地方干部和老师的启示下，我领悟到这些作品与现实斗争相脱离，也与真正的社会斗争是不合拍的，便自觉地疏离了那些剑侠小说和与此相近的作品。过了几十年，剑侠小说又重新红火起来，当与社会转型有关，我也是甚为理解的，但这时再看以前的和新编的类似杨家将的剧目，在认识与感觉上对照当年已有了不能重返的某些变化。

然而，已经产生了的毕竟已然产生，已经造成影响了的也不可能完全消除，传说也好，戏曲也好，至少都是有某种价值的文化遗产。不过，时代是前进的，人的认识也在发展，与时俱进，应有的反省和启示，不仅应当，而且还大有益处。最重要的不是一味回顾过去，而是指喻现在和启迪未来。

关于国粹京剧的别思

——兼与年轻朋友一起看戏所感

笔者是一个京剧的爱好者，自幼在胶东老家就随大人看了不少"老戏"，少年时代参军后也看了不少部队京剧团的演出，进城后公休日的大部分时间也花在自己买票看戏上了，直至"文革"才告中断。粉粹"四人帮"后传统京剧再现舞台，我又重温这种中断了数年的固有的强烈爱好。虽然因为工作忙看戏不似当年密度那么大，但有关方面对京剧作为国粹的重视与各方面的推助，还是使我受到了很大的鼓舞，也始终不渝地关注着京剧的发展。

然而，说实话，从感情上热爱甚至偏好京剧固然是基本的，但对它在坚守和发展实践中的某些方面始终有一些想法，以理性观照京剧，不能不引发了一些思考。早就想择要提出本人的看法和意见，但因考虑到它毕竟是产生于那个时代的一个古老剧种，尽管存在着这样或那样的"不适"乃至今天令人纠结之处，还是觉得应给予尽多的宽容。而况，众多好心的护持者对京剧素来抱有太多的珍爱与期待，很少有对其负面的声音表达，因而在我内心也就"模糊处理"了。

但到后来，听有关专家讲述，听京剧电视大奖赛某些评委和主持人常常倾向于说京剧对于传播历史知识尤其是进行传统道德教育是多么多么的重要，促使我不能不说出我一直想说的话，也许正因为出于对国粹的衷心爱护，特别是为更好地从正面宣传其真正值得弘扬的东西，才应使人们尤其是年轻一代正确认识京剧作为国粹的价值所在。而不是由于"保护"和宣传不当反而减弱甚至使他们产生不必要的质疑。

"从娃娃抓起"的老课题

这里便自然牵涉到一个"从娃娃抓起"的老课题。这一提法无疑是对的，近年来"娃娃票友"的发展是显著的。也就是说，自幼学唱学演京剧的儿童少年尖子的确出了不少，是自行涌现还是各地注意"抓"出来的，本人未详作考察。但我理解的"从娃娃抓起"，不单单是学唱京剧的一面，还应、甚至是更应包括京剧的受众者。当然，这些年，"京剧进大学"乃至进中小学亦是有行动的，但不能不承认，距离许许多多人（特别是年轻人）爱看爱听京戏这一比较理想的期望值，还是有一大段路要走的。实事求是地说，我们必须考虑到的一个重要因素是：毕竟我们今天的时代已不同于当年京剧兴盛期的那个时代环境，因此过分奢望也是不实际的。

除此而外，应该努力做到的还有哪些呢？宣传力度的加强，尤其是各种各样的演出手段的充分展示，让更多的人认识到国粹的价值，体味到京剧的独特魅力；更好地举办不同种类的京剧大奖赛的活动，使原先没有接触或了解不多的各个阶层、各个年龄段的观众有更多的机会鉴赏，进而汲取到它的真髓，等等。总之，最重要的是赢得更多的观众，获得真诚热爱它的"人心"。否则，如果只偏重于极少数"门内人"自我欣赏，或少数学唱京剧的酷爱者相互陶醉，终是难以改变京剧与广大公众相疏离的纯"内行化"的局面。

谁也不能期望所有的观众都成为京剧的行家，却可以吸引相当多的人能够接受以至喜欢它。据我接触的一些有相当文化素养的年轻朋友，他们中的大部分人对于作为国粹的京剧抱有一种善意的护持态度，有的则带有一种好奇的探求心理，希望接近京剧并深切地了解它。在有了较多的接触之后，他们中一半以上的人真的产生了亲近感，有了初步的兴趣。至少是对京剧优美的唱腔增加了好感，渐次又为某些行当和角色的服装所强烈吸引；再又对一些角色虚拟而细腻的做工有了较好的了解；有的也喜欢火爆的武打功夫和热烈的场面……经我进一步了解，他们对好听的唱段最为赞赏，对精彩的折子戏的兴趣远胜过全出大戏，对场面和表演上的虚拟手法由不习惯而逐渐习惯，对脸谱的种种讲究由不理解而有了初步的领略，对乐队"文武场"的重要作用也有了更多的关注，等等。另一方面，他们中的不少人对某些程式化过程（如"起霸"等）表示不够理解乃至不够耐烦；对某个行当如小生的唱法和笑声等还有欠习惯；对于武打中的"乱打"（即侧重炽烈效果而忽略阵线的分明）以及武旦有时过于追求"打出手"的火烈也有所挑剔，等等。这些有的可能属于接触时间不长尚须逐渐习惯，有的也许在程式和表演上确实存在值得商榷之处，但尚不算是大的障碍和原则方面，不足以构成这些层面的观众与京剧有所疏离或造成负面感。

年轻观众的宽容与"挑剔"

而影响这些年轻的有识者愉快接受的重要因素，恰恰属于我们某些内行专家经常提及的一些方面，即京剧的历史知识价值和道德教化作用。需要说明的是，他们不是完全否定这些方面的价值和意义。因为，如上所述，我所接触并做过认真了解的这些比较年轻的观众，大都拥有较丰富的历史知识，也掌握必备的历史观点，他们理解传统京剧产生的历史背景，并不完全以今人眼光去衡量，更不苛求京剧每个剧目所反映出的思想都要合于今人"尺寸"。问题是不能离大谱，也不可对明显陈腐的东西津津乐道。这些才是他们有所"挑剔"的。以下我想提供他们的一些看法，我觉得是相当有代表性的。

说到他们的理解与"宽容"，可以两个剧目为例：一是《锁麟囊》，除了作品本身的精湛，编排、结构尤其是唱词文字的讲究令他们赞赏而外，对因果还报的构思也给予充分理解。他们认为这总是一种善行的结果，给人的总体感觉还是良性的。另一个是《玉堂春》，除了文本和演出上的可取之处外，全剧的思想也"很有意思"。他们并不过于计较作为"明代"的王金龙嫖院而挥金如土，还是更看重他和苏三之间的情义，认为这在那个时代是极为难得的。这就充分说明，有相当文化知识底蕴的当代年轻观众，不仅能够看懂京剧，而且也有分析的眼光、辩证的态度。至于更大量的京剧剧目中正义与邪恶、暴虐与善良的鲜明对照，民族正气与对侵略者的不共戴天，以及英雄义士的扶正抑邪、见义勇为，普通民众之间的相互扶助，张扬公正平等的美好人性等等，他们认为这些都是京剧正面的、焕发光彩的重要部分，无疑属于人民性的精华。

　　但他们并不讳言事物的另一面——他们认为京剧中也带有不同程度的阴影部分。在他们对我表述这类看法时，我作为一个年龄上的长者告诉他们上世纪50年代，有关部门曾对京剧剧目进行过一番清理，针对当时认为是明显的糟粕部分（如思想内容有倾向问题，丑恶、淫秽等舞台现象等）禁演了一些剧目；改革开放后其中的某些剧目好像自动又上演了。他们以往虽不了解这些情况，却也没有表示什么。我理解是他们的好恶臧否基本上没有受到此点的影响。他们的"挑剔"主要集中在以下几个方面：

首先，他们不赞成笼统地认为传统京剧是传播历史知识的。他们接触到的或虽没看过却听说的许多与历史和历史人物沾边的剧目，除少数而外，大都与他们掌握的正史材料相去甚远。有的是张冠李戴，有的是任意抽换与添加，有的重要关节和人物干脆是子虚乌有。而其中的一些骨干情节和人物还甚关紧要，绝非是无所谓的陪衬。如果过多地将它们说成是"历史知识"，未必会产生预期的效果。而且此类情况，往往出现在为数不少也甚具影响的剧目中，如"杨家将"系列及其有关的剧目。对照正史，除了事情的主线尚有一定史实依据，部分人物（如杨继业、杨延昭、杨文广）尚有其人踪影，很大部分均为虚构，有的连辈分都弄混了（如杨延昭与"杨宗保"、杨文广的关系就是如此），至于"挂帅""出征"更为随意，一会儿这个挂帅，一会儿那个挂帅，直到男人阵亡殆尽而"十二寡妇征西"等等。至于与其有关的反面人物如潘仁美、潘洪等，应当是历史人物潘美的附会与移植，也与史实多有距离。在这方面，我接触的这些年轻人自有他们的观点：他们认为我国传统的"说书唱戏"人在虚构上大胆得非常出格，其实作为一种故事剧创作并无不可，但我们作为后代人不必过于强调它们的历史价值，更不必夸大其为历史教科书，相反倒是有责任进行适当引导。它们并非严格的历史，有的人物只是某种符号，或者是附着在史实线索上的故事剧。至于它们表现了什么思想主题，又当别论。这里，我不能不提及与我一起看戏、体会戏的这些年轻人别出心裁的思路：我本以为他们会将上世纪五六十年代颇受非议的《四郎探母》作为他们所持观点的典型，然而他们却认为：这出戏也许可以理解为完全跳出了史实的窠臼，而成为一出完整的情节剧、人物情感剧，甚至在表面上的悲剧色彩中实则带有浓重的喜剧成分，使他们看了，不自觉地与一般的"杨家将"系列剧剥离开来。这说明他们并非以教条的眼光去要求作品的历史真实，而反感的是将它们硬往"历史知识"上拉、靠而已。

更离谱的一类剧目如"薛平贵"系列，尤其是《大登殿》，说的是唐将薛平贵在西凉国当了国王，"杀"回唐朝，威风八面，等待他十八年的王宝钏也得到封后之位，与西凉国的代战公主同侍薛王，大登殿而皆大欢喜。薛平贵何许人也？是薛仁贵的转身？但经历情节也差异极大。那么又是谁？只能说是在虚构的道路走得忒远。但同样也作为似是而非的历史剧的面目出现，使人费解的是：愈是离史实甚远的"历史剧"，愈是为演出者所青睐。《大登殿》目前上演盛况火炽，而且有各个流派争演。与杨家将有关的剧目不仅有若干传统剧目，解放后的新编大戏也非止一出。那些年轻的京剧探索者问我为什么，我一时也想不出确切的答案。

其次是传统道德教育问题。如上所说，京剧许多剧目中蕴含着的积极正面的思想道德因素这里不再赘述，但即使有些本来比较具有良性因素的剧目，仔细分析思想内涵也相当芜杂，经常出现前后不同的情况。如薛平贵和王宝钏的系列剧，本来在《彩楼配》（或称《三击掌》)《别窑》的折子戏中表现了不以富贵取舍而在真爱相谐的美好品性，但到最后的《大登殿》，当荣华加身，还是那个王宝钏也立马表现出喜极意满之姿，由拒俗而随俗，唱出了"不斩我父还要封官"的自得之态。前后对照，解释为性格转换，总嫌有些牵强。又如《遇皇后·打龙袍》中的李后，故事之初（且不说史实为何）她被刘妃和郭槐谗害，逃出京城，苦居寒窑，后遇包公申明冤情而被迎回京城。其遭遇本很使人同情，但当她回京城途中，尚未至宫中，即唱出："待等大事安排定，我把你的官职就往上升。"所有这些，无非是透射出皇权的光影所及，纵是被压抑被摧折的关系人，也难逃"一阔心态就变"的怪圈。当我的年轻朋友们看到此处，每每遗憾地轻轻摇头，尽管他们非常理解当年的剧作者难以摆脱的时代局限性。

以上所举者还是"戏骨"不错只是稍嫌芜杂的剧目，而另有一些剧目在思想内容上即使以最宽宏的尺度衡量，问题也是明摆着的。仅举几例，如《游龙戏凤》在现在京剧舞台上相当活跃，感觉上也有争演之势，还有人美化曰："表现了皇帝与普通民女之间的爱情故事。"其实剧中人物明武宗正德在中国历史上可算是顶尖的荒唐无度的主儿，冶游江南、宣（府）大（同）而纵情淫乐，居"豹房"而成为变态玩家。只是因为当时明王朝气数未尽，虽然发生了刘六、刘七农民大起义，这个朱厚照侥幸没有遭到隋炀帝杨广那样当世被推翻的命运。似此主儿，不知表演起来有何美感，又有何真爱可言？当年的老本子中，当李凤姐跪下讨封时，正德唱道："孤三宫六院都封尽，封你为闲游戏耍宫。"《游龙戏凤》在舞台上的活跃，与近年来兴起的影视屏幕上"皇风劲吹"不能说没有一定联系，也许有人认为这类剧目可能会吸引观众，其实那要看什么样的观众。我的年轻朋友们看了朱对李的挑逗时说："就像吃了一只苍蝇！"另如《法门寺》，剧中人物傅朋在一场纷纭的案件中小受牵连，却最终获得娇妻美妾，拥有二姣（宋巧娇、孙玉姣）同侍，艳福非常。这些，都是过去中国男人的理想"格局"，也是过去京剧剧本中并非个别的情节安排。还有一些剧目，限于篇幅不能一一分解。简言之，大致包括非同一般地宣扬皇权至上而愚忠至贵；赞赏臣下或平民被凌虐尚不自省而感戴万分；不加分析地将反抗压迫的力量斥之为贼，而颂扬助纣为虐的鹰犬为义士贤能；对封建习俗陋行表示艳羡而正面推助，等等。应该说，都属于京剧文本中的瑕疵。

京剧就是京剧

综上不难看出：所谓京剧的道德内涵既然是那个时代所形成，必定保有那个时代的伦理内核。即使与今天我们所需要的道德取向重合，也只能说它在不同时代有相连接相继承的一面，因此，完全没有必要期望京剧担当道德教化者的重负。因为京剧是一门古老的艺术，京剧就是京剧。当然，形成于封建时代末期的京剧，其传统思想的"原汁"有的是陈腐的，甚至是丑陋的；但有的并不那么丑，甚至还有几分美。如《三娘教子》，她的"守节"与"教子"固然坚守的是封建道德，但她韧性安贫，教子"学好"还是有几分正气在，因而我的年轻朋友们也能接受。

再者，是对待京剧的态度问题。过去某个时间段由于意识形态（包括阶级斗争）的因素介入，过于苛求乃至指斥固有不当，但如单纯归为娱乐性而不计其他也未必全面。这里举一个例子。多听人言，说逢年过节常演《龙凤呈祥》是"图个吉庆"。为何？很显然是因为有"龙"与"凤"之配也。如是一般平民结婚则不够味儿，唯皇上或待做皇帝的贵胄与金枝玉叶的公主之类成婚才能使万民同乐"呈祥"。不是吗？所以，当一位比较内行的年轻朋友问我：为什么现在不大用《甘露寺》而几乎一律用它的别名《龙凤呈祥》呢？我笑答：可能因为是全本大戏之故吧。这里说明了一个问题：文本固然是过去的，大改几乎不可能，但导、演也应有个正确对待的问题，要求参与演出的人员保持清醒头脑亦不为过。演戏固然要投入，要有感情；却也不能全无理性。如何把握，表现了演出人员的水平，也直接影响到演出效果。感情投入与盲目性是两回事，不可因把握不当而加大了某种负面效应。

早前有个时期，一般观众反映京剧听不懂，但多半听唱得好听打得热闹还有"遮掩"的一面。现在相比之下听懂了，是好事，却也多了些"挑剔"，只因为"看门道"来了。

以前大半是因为不好懂、不习惯，形成隔膜而使观众（主要是年轻人）对京剧不够热衷；乃至懂些了，又多了某些剧目的思想内容陈腐、格调不适、气味别扭等原因而疏离京剧。这一点是否使内行们始料不及呢？改进的途径固有许多，但首要的是要有正确的引导，不是不适当的误导，实事求是，重在艺术，最忌不能津津乐道负面部分而引起反感。当然，如能站在更高角度，扬长避短，从内容到形式正确修改而又不伤其骨，则是京剧艺术之大幸也。

观古代清官电视剧所想到的

对电视剧本身之我见

新年和春节前后，先后收看了电视连续剧《一代廉吏于成龙》和《海瑞》。海瑞这个人物，应该说是所知者甚多，尤其是经过"文革"浩劫，原来不知海瑞者也有了强烈印象。在某种意义上，吴晗便是因海公而惨死的（当然罪责不在海瑞）。文痞姚文元就是因密谋炮制《评新编历史剧〈海瑞罢官〉》而实开"文革"灾难之先声。死去三百七十多年的海瑞，也因此罹难，被掘坟捣骨，再踏上千只脚；直至粉碎"四人帮"后，才又重新安葬复碑。至于于成龙这个人物，如实地说，以往比起海瑞来知道的人要少得多，但通过这次电视连续剧在中央一台黄金档播出，当有助于他知名度的提高，据说该剧收视率不算低。而且，电视剧本身从其艺术角度（特别是主要人物的扮演者）而言，的确获得了相当成功。中央电视台举行了几次座谈，是并无夸饰值得肯定的。相对而言，电视连续剧《海瑞》的创作态度虽也是严肃的，但可能因为人们对海瑞这个人物太熟悉、无形中要求更高的缘故，便显得厚实性不足。尽管如此，海瑞的形象还是给人留下了鲜明独特的印象。还有一个大名鼎鼎的清官包拯（民间俗称"包公"或"老包"），多年来，舞台戏剧形象出现得是数不胜数的；近年来电视剧"出镜率"也很高，但都是"戏说"和与史实不大沾边的随意离谱之作，至今还在电视屏幕上煞有介事地"疲劳轰炸"。不过，作为"日断阳，夜断阴"的包公传说，可谓家喻户晓，甚至已成为自古以来中国人清官情结的象征。但说来也怪，有关老包的传说虽多，见诸史实的具体事例却未必多而且详，也许是他所处年代较之海瑞、于成龙更早之故，因此要拍成特有史据的严肃的电视剧，说不定难度更不小哩。

人所熟知的"清官"和"好官"

过去见有的文章说，所谓清官也者，无非是出于文人之杜撰和古代下层人民期望之寄托，基本上是想象出来的货色。这种论断显然失之于偏颇。其实，在两千多年间的封建社会中，"清官"总是有一些的。所谓"清官"，就是在众多贪官和庸官中，比较廉洁而较有政绩，其中有的在可能的条件下也做了一些有益于百姓的事，有的还可能与权奸进行过一定抗争。也许正因为在那种社会条件下清官比较稀少，因而更显其难得，其事迹渐被演绎成民间传说，加以许多"创造"，愈被后人所称道。最典型的当属包拯（999—
1062），宋天圣年间进士，仁宗时官至枢密副使。曾任开封府尹，
执法严峻，不畏权贵，当时确有这样的说法："关节不到，有阎罗
老包"，足见其对不法之事是不通融的。其实包拯为官时，不仅个
人以廉洁著称，而且在强兵御侵等方面也有显著业绩。当他任监察
御史时，就曾建议选将练兵，充实北方边防，以御契丹。至于有关
包公的佳话传说，遍及大江南北，至今仍有传颂。还有明人创作的
公案小说《包公案》，对后来的公案小说有很大影响。戏曲中包公
戏更多，仅以包公为主角的即有《铡美案》《赤桑镇》《打銮驾》
《打龙袍》等多出。其中尽道包公的诸般好处虽不足凭信，但作为
一个"清官"确是够格的。

　　随之就不能不说到海瑞作为一个"清官"的真正资格。海瑞
（1514—1587），明嘉靖年间举人，在淳安知县任上即有清丈土
地、均徭役的政绩；升任户部主事时，因冒死上疏批评嘉靖皇帝
（明世宗）而被执下狱，数月后因嘉靖"驾崩"才得释放。隆庆三
年任应天巡抚，任中多有兴利除弊善举：疏浚吴淞江以除水患，推
行一条鞭法，限制权贵兼并土地，因此又遭大官僚地主攻讦，被罢
官赋闲达十六年，迤至万历十三年再被起用，先后任吏部右侍郎和
南京右都御史，严惩贪污，平反冤狱，未几疾终。海瑞在民间的传
说虽不及包拯那么多，但也有《大红袍》作为小说、弹词、戏曲的
统称。

至于于成龙（1617—1684）乃贡生出身，贡生实亦为秀才，但因成绩或资格优异而升入京师国子监肄业，则不再是本府、州、县的生员，便称为贡生，意即以人才贡献于皇帝。于成龙先为广西罗城县知县，后升迁至湖北、福建为官，直做到直隶巡抚、两江总督，一生清廉，作为"清官"也是够格的。民间传说不及包、海二位普遍，但我幼时亦见过《于公案》话本小说。

综合史证和民间传说，历史上的清官当以上述几位为最著。这几位共同的特点是廉洁而不贪，这一点也可谓"清官"的起码标准；同时还能扶正抑邪，有所建树，这就是更高的要求了。当然，千百年来，历史上还有一些"好官"，他们往往是在一个或几个方面突出，尽管由于某种原因，其中有的在民间流传的故事不多。如明嘉靖年间的兵部武选员外郎杨继盛，以刚直称世，因上书皇帝弹劾严嵩十大罪而下狱致死。明早中期的兵部尚书于谦，为官素有政绩，受到民众爱戴，尤其是在公元1449年"土木事变"中，他组织军民，守卫京城，使当时的局势转危为安。但就是这样一位于国家民族做出大贡献的栋梁人物，最后反以"谋逆罪"被害死。另如北宋时期的主战派宰相寇准，其事迹不仅在历史和民间传说中广为流传，真实的寇准确亦为官正直，触忤奸佞，因而遭贬、罢官，最后死于雷州半岛海康。我谓之"好官"与"清官"界线何在？似清晰也不绝对清晰。大约"清官"也者，多侧重于重操守清廉及显现在与普通百姓关系更直接的作为上。至于在历史上的贡献与分量，那衡量标准并非是同一的。

　　于是，这里便引出另一个问题，"文革"中（其实"文革"前即已有了）有一种几乎是普遍的观点：愈是"清官"愈反动。理由是他们在客观上对人民群众起到麻醉作用，所谓的缓和阶级矛盾只会延续封建统治的寿命。这种观点有其明显的荒谬性，因为真正的"清官"至少在当时减轻了对百姓的盘剥，在一定程度上减轻了负担，至少能暂时松一口气；"清官"所采取的一些兴利除弊措施，至少从客观效果上说也使部分子民受益；平反某些冤案，自然使受害人在漫天乌云中略见一片"青天"。所有这一切，在那个根基滞重的封建社会固然不可能治本，但在一定地区一定程度上治标有效也是好的。而且，哪怕是少有的正气清风尚存，对当时及后世也能产生一些积极影响。这也许就是真正的"清官"至今仍有某些借鉴之处的意义所在。

对"清官"也需作具体分析

　　以上肯定了"清官"的出现和存在及其正面影响，但不可因为匡正对清官评价的偏颇就不加分析一概打满分。不容忽略的是，"清官"所处的封建时代，其仕进的最初宗旨不可能不与"忠君"有密切联系，其教养和所处的环境造成他们的人生观和价值观也不可能有超越时代的突破。就他们的主观愿望而言，从一个方面可能极想当好"父母官"，所谓"爱民如子"；但就总体而言，从宏观上不可能不为巩固那个被认为是"天经地义"的制度而殚精竭虑。因此，"清官"的出现和确实的存在有难能可贵的一面，却肯定又具有无法解决的矛盾性，从一方面也可以说是时代的局限性。这里必须着重指出的是：不同的"清官"由于其时代背景、本人经历、教养和个性的不同，在其同为清廉之外，其作为和境遇也会有较大差异，以我们今天的眼光加以审视，其可能达到的思想高度与对社会发展起到的作用也肯定有所不同。

现在以今天各在电视剧"出镜"的三个典型"清官"为例分别作一分析：

首先来看包拯。从大的背景上看，包公为官的时代正当11世纪前半期宋仁宗赵祯在位时期。该赵在北宋皇帝中应该说是较有作为的。其时虽有契丹（辽）和西夏边患，但基本上处于相持阶段，宋王朝所辖地区处于经济相当繁荣、科技也有发展的情势下，当然阶级矛盾也很严重，赵祯实行了某些试图缓和社会矛盾的措施，尽管这些措施并未得到有效实施，但也不能说是毫无作用。在这一社会背景下出现一个廉洁刚正、"铁面无私"的老包，至少不是毫无伸展余地的。从其对抗贪暴、抑制豪强而声名远播这一点看，至少是最高统治者在一定程度上予以宽容的，正因如此，包拯所作所为虽未必完全能得皇帝欢心，但未出大格，故其仕途并非多蹇，好像尚无被贬谪、罢官的记录。包拯固然未反皇帝，但反贪官该是无疑的。言其"忠"当然是忠的，但这"忠"的内涵，不同的"清官"

乃至"好官"肯定也不尽相同。

再看海瑞，他仅为举人出身，当然不如包拯的进士牌儿亮。纵观其一生，虽也做到品级不低的大员，却仕途踬蹶，两度被罢官，第一次几乎身首异处。人道明朝宦官当权，加以"特务"横行，做官者常常朝不保夕；其实海瑞还算幸运，试想假如此公处于清雍正朝内或早在魏晋时期，绝对难得善终。其所以被罢官乃至身陷缧绁，还是因他过于刚烈，刚得有点固执，先准备棺材然后上疏，也算亘古罕见；至于疏中竟说"嘉靖嘉靖，家家干净"，有哪个封建社会臣子敢对皇帝如此直言？还有他侥幸被恕罪，累至应天巡抚，奉旨巡察江南，松江徐阶家族逞恶欺善，兼并霸占大量田地，海瑞也不顾徐阁老面子而坚持严惩凶犯。看来海公对强横的权贵有一种冰火不两立的烈性，因此难免触动权贵某些根本利益，甚至使最高封建统治者震怒，其处境可想而知。无论从海瑞的意向所达到的还是其性格所致，都与包拯有所不同。包拯尽管铁面，却仍较迂回；而海瑞近于直来直去。包拯与海瑞的区别点，还不仅是策略的讲究与否，而与所处的时代大环境对人的思想影响有关。熟悉历史的人们当然知道，公元16世纪中国在经济、文化、思想领域的发展，还有海外情势的影响，都显示出前所未有的新特点。我们不妨看看大致同时代的李贽（李卓吾）的某些思想，多少也能折射出海瑞某些作为的内涵。应该说，海瑞非一般意义上的"清官"可比，他的思想或隐或显已有了一些突破。尽管他居家中堂上自书"忠孝"二字，但这"忠"的具体含义不仅不完全同于他以前的包拯的忠，也更有别于他以后的于成龙。

　　于成龙的"忠"，是封建时代对皇帝典型的忠。他生长于相对来说更加僻蔽之地（山西吕梁地区离石县），作为一个前期的贡生有幸被进关不久立足未固的新皇朝所召用，而且是已届中年初蒙皇恩，颇有感激涕零之感。对照同时期的明遗官员士子犹豫彷徨尤其如顾炎武、黄宗羲、王夫之等坚不为清朝之官，于成龙先少了些民族气节（当然这种"民族气节"究应如何具体评价另作别论）。此后他无论在何任上最大的特点是恪尽职守、竭力效忠。这便很自然地得到收拢汉族知识分子以稳定清朝皇权的最高统治者和各地代理人的赏识和支持；尽管也会遇到一些龃龉，但总的来说于成龙是官运顺畅的，二十几年由七品县令晋至极品大员。于成龙的思想和作为之所以突现出"这一个"的鲜明特点，其实也是容易理解的。清王朝入关据位后，为强化自己的统治，对汉族知识分子采取既打又拉的政策，他们很需要顺从有奴性而又有能力治理地方的"忠臣"，而于成龙正是一个很想实现"自我价值"同时又肯为皇帝效命的人，在这一点上"主上"与"臣仆"之间可谓正相吻合。电视剧中不时表现出于公的执著与倔犟，对此我想作为一种"脾气"也许对皇帝是无伤大体的，但如像海瑞那样直刺当时的"天子"（康熙），其结果可能就不那么美妙了。历史进程的发展往往是曲折的、错综复杂的。今日我们的文艺作品（包括电视剧），尽道康熙大帝圣明，应是他对国家发展的某些方面有所作为，但就思想领域而言，清朝统治者的钳制政策以至闭关锁国不开放等等，较之明代在某些方面反而有所倒退。这就不难理解像于成龙这样出身卑微的封建官员，不循其道而尽心尽力焉有其他报效之途？所以，作为一个"清官"，于成龙也许是当之无愧的（康熙称之为"天下第一廉吏"恐非虚誉），但从其思想所能达到的高度较之海刚峰不可同日而语，甚至比早于他六百余年的包拯也还有某种缺憾。也就是说，如果说"清官"都有时代局限性的话，于成龙一生足以说明此点。可能是因为电视剧的编导对于成龙这个人物过于喜爱，没有在这方面给人以较多的合理的暗示。如此不仅不致损伤人物的艺术形象，反而更加真实而富于立体感。当然，如说有的"清官""巩固了封建统治"，也不可简单化，还要看巩固了哪些东西；既然不能要求一个"清官"完全突破封建制度的羁绊，他的全部行为就有起到"巩固"作用的，这又有什么奇怪？

感念当年的"书友"

　　自古至今，不少人有藏书的爱好。我虽有一定数量的存书，却还够不上真正意义的收藏；留给我珍贵记忆的倒是少年时期陆续购买和收集的三十来本书。这些书大部分是20世纪40年代解放区书店出版的，少量还是国统区书店所出版。这些书曾伴随我童少年难忘的时光，滋润我成长。说来有点好笑，在日本投降后的1945年至解放战争的1948年间，我曾怀着一种孩稚的天真心情，在家中西间屋的柜子上，举行了一个自办自赏的小小"书展"，在柜子上排了一个整齐的书的队列，而所用的"书立"则是我高小语文教师、北平名牌中学的高中毕业生王中戊老师回北平升大学前赠送我的纪念品。

　　我离家参军前，随身带了几本我最珍爱的书；其余的，在后来的回乡探亲时又陆续带了出来，可见对它们的珍惜之甚。然而在"文革"期间，我受难被拘，办公室兼居室被撬开，装在一个柳条箱内的上述藏书悉数被抄走。多年后，"落实政策"时也曾提出查询，回答是"不知是谁拿的，无法查找"云云。

书虽杳然，但记忆未泯，随着时光推移，愈觉这些"书友"之可贵，其余味品之似更新更浓，禁不住诉诸文字，聊作小小的弥补以慰己，并感念久别的"书友"。

在这些书中，有一本名为《蒋党真相》（翊勋著，华东新华书店1948年出版），作者真名恽逸群，曾在敌方高层机关做地下工作多年，回到解放区后，便将国民党内部一些鲜为人知的情况披露于世。全书为纪实新闻体，约二十万字，由若干章段组成。我所记得的有"笨伯小诸葛"，主要写了白崇禧及有关桂系的种种，揭示了所谓"小诸葛"诸多名不副实的事例，以及他与蒋介石既相互勾结又充满矛盾的关系。还有"志大才疏汤恩伯"，着重写这位"西北王"与蒋介石的特殊关系及与特务头子戴笠非同一般的"情谊"；尤其是提及的胡宗南的特殊经历与性格，读来颇觉新鲜。"顾维钧的外交生涯"写顾的英语水平颇佳，与其他外交家在"国联"每每与日本外交官发生舌辩多能压倒日方。因日本外交官的英语发音非常蹩脚，当他们在口头上辩不过中国代表时，便气急败坏地狂叫："战场上见分晓！"此外，书中还涉及顾在生活中的其他方面，如与一位南洋富孀的轶事等等。另如"长沙大火的内幕"，写抗战期间湖南长沙焚城大火的始末及背景，牵扯到许多国民党的要员，但最后似乎查成了"夹生饭"。在这本书中，我还读到了在别处未曾读到的一些人和事：如说有一位我党的忠诚干部，是曾国藩的曾孙，他不但背叛了其封建家庭，而且坚持革命气节，可歌可泣；有的还涉及戴笠的罪恶行径，与后来看到沈醉写到的内容可以相互印证。

《新人生观》（俞铭璜著，华东新华书店1948年出版），是我与上述"真相"前后脚在县新华书店购买的。当时印象很深的是这本十几万字的新书还散发着油墨香。甭说是全书的内容，单单"人生观"这个词儿，我也是第一次知晓。今天回头来看，此书是时代的及时雨，是为迎接全国解放，广大青年投入革命队伍而进行思想洗礼之必需，给人留下了极深的印象。

《毛泽东印象记》1946年由胶东新华书店出版，是美国记者爱泼斯坦等赴延安归来的纪实合集。记得买此书我花了北海币两角五分钱（新中国成立前夕一百元北海币可兑换一元人民币）。这些记者的文章大都直述、客观，但也不乏生动的记叙。如写毛泽东非常爱看京剧，外国记者们与主席一起观看，记录下了他看戏时的音容笑貌。如看《打渔杀家》，当教师爷自吹自擂、做出一副虚张声势的丑态，主席不禁大笑。他看《法门寺》，当宦官刘瑾叫他手下的太监贾桂落座时，贾桂不坐，说是"站惯了"，主席更笑出声来。这一切，显然都是外国记者们最感兴趣的着笔之处。

《东北抗日烈士传》由东北（解放区）书店出版。书中录有杨靖宇、赵尚志、李兆麟、邓铁梅等英烈的传略。此书不仅颂扬中国共产党直接领导下的有组织的抗日斗争英烈，也包括"九一八"事变后在爱国旗帜影响下的抗日武装首领，乃至从旧军队中涌现出来的爱国志士，无不义薄云天，感人至深。

《生死场》（萧红著，东北新华书店出版）让我第一次接触到萧红这位现代女作家。当时在县新华书店还看到她的《呼兰河传》，因兜里的钱不够，只买了这一本。或许因年龄太小之故，拿回家并未完全读懂。不知为何，在解放战争初期，我们县城的新华书店尚没有我国最重要的作家鲁迅、茅盾、老舍、巴金等的书籍。

《李有才板话》（赵树理著，1946年初胶东新华书店翻印）是我买的第一本解放区作家的著作。当时的印象很深：书不厚，纸也很粗糙，还夹有造纸时的杂质，纸张切得也不齐整，但皮面很厚、很结实，近于纸壳。我一翻就喜不自禁，出了城迎着夕阳倒着走，边走边看；剩下的一半晚饭后趁着月光在院里看完了。书中的许多"板话"都背了下来，像描写长工喝的稀粥是"勺子搅三搅，浪头打死人"，若干年后也没忘。那时留下的总体印象是：解放区作家写的书通俗好懂。

此外，还有古典小说《西游记》残卷（木版）、《说岳全传》全部（清钱彩著，木版）、《济公传》一册（清郭小亭著，现代铅印）、《今古奇观》一册（木版）。它们都是我在外祖父家东厢房的废物堆里拣出来的，是我最早接触的古典小说。

至于《春水红霞》，是1947年我县土改复查分浮财时，被贫下中农抛弃，由本村农会长老梁送给我读的。这套书是20世纪三四十年代天津言情小说家刘云若的作品。内容除"言情"外，还揭露了旧中国都市生活的阴暗面。作者对当时天津的三教九流、五行八作尤其是"三不管"的生活非常熟悉。书中写了一个买办大亨兼黑社会老大式的人物，横行霸道，无恶不作，竟将一个年轻的当红男旦掠至家中，加以阉割，伤愈后将其打扮得珠光宝气，以姨太太的身份出入交际场中，并与其他姨太太姊妹相称，恣意凌辱可谓灭绝人性。作者刘云若先生住天津，为当时几家报纸撰稿，20世纪50年代初还加入了天津作协，为第一批会员。

以上就是我当时购买和收集的一部分书。言其珍贵，是因其时间较早，均出版于解放前。得到它们的过程虽是随机的，但我从书中汲取的养分是多方面的。如今与它们失散多年，每每想来，心中满是感慨，怀念那些书，也回忆与那些书有关的时代。总之，来去都是缘分。

歪打正着与顺理成章

——忆当年的两段读书经历

　　世间之事，难免有心甘情愿和迫不得已或歪打正着与顺理成章的不同情况。这里说的是我的两段读书经历，也有歪打正着与自然所需的差异。然而其结果却是殊途同归，均有相当收获而且印象殊深，至今回想起来，记忆之清晰如在眼前。

　　我要说的第一段读书轶事是在上个世纪"文革"后期。当时我因"文革"前创作的中篇小说《文明地狱》被打成全国六十株"特大毒草"之一而被长期批斗、关押后又被下放至工厂劳动。上世纪70年代前期，由于受到厂党委书记老储同志（转业军人）的保护而放松了半专政状态，有幸被调至厂工会协助搞宣传。在批林批孔、评法批儒、批《水浒传》的浪潮中，我虽无权执笔写批评文章，却借为写文章而"准备材料"之机，读了不少过去未曾读过或未读全的各类书籍。原先并未料到：这家几千人的大厂图书馆竟有为数不少的古典和现代图书。其中，有的是"文革"前的藏书，更多的是"文革"中造反派从资本家和知识分子家里抄来的。为批判林彪信奉的所谓"克己复礼"，我全面而认真地通读了《论语》，而以前只是粗读过。为批《水浒传》，将那里收存的几种版本——七十回本、一百回本和一百二十回本统统读了一遍。还有与此相关者如陈忱所著的《水浒后传》，我上大学前做机要工作时虽曾约略看过，但因故未读完，也读得不细；至于《荡寇志》这部旨在仇视农民起义的清代俞万春所著的小说，我在上大学时只见过书却未允许阅读，没想在极"左"的形势下反而"堂而皇之"地读了。说起来似乎有点好笑，在读这些书籍时，当时真像是在从事一项《水浒传》的研究工程：在内心世界里已跳出了当时环境的桎梏，而自然地联想和思考了许多问题。这些资料和观点，尽管在当时未能用上，却在很大程度上充实了我读书心得的库存。只可惜的是，未敢留下读书笔记。但在若干年后，也没有抹去这些记忆的印痕。

我是粉碎"四人帮"两年后才正式"落实政策"，并被安排于天津百花文艺出版社工作。上班后的第一项任务就是筹备创办《散文》月刊——国内第一家专门发表散文作品的刊物。正式创刊后，又担任《散文》月刊的主编。尽管我在"文革"前有在天津作协《新港》文学月刊从事编辑工作的基础，但面对一本全新的期刊仍需进行各方面的充分准备，其中之一就是尽可能地掌握有关散文方面的更多信息，更广泛地阅读散文作品。

对我来说，之前，除在课本上读过鲁迅、茅盾、巴金等作家的散文外，最多的是当时盛行的杨朔、刘白羽、秦牧的散文作品。但仅此而言阅读范围肯定不够广泛，而唯有比较才能鉴别，在更广泛的基础上加以观照，对各家风格的了解，并细微体察其短长。这对编好刊物无疑利莫大焉。因此，我在工作余暇中，抓紧阅读了凡可能找到的我国近现代作家的散文，乃至外国的蒲宁、东山魁夷和纪伯伦等作家的散文；另外，也包括曾被批判或极少宣传的中国作家的散文，如梁实秋、胡适、张爱玲和徐志摩等人的作品。应该说，我的广泛阅读是有不少收获的，起码是开阔了眼界，有了更多的进行比较的依据，也有了更多的发言权。

这两个阶段较广泛的读书机会，一个可以说是歪打正着，另一个是工作需要，可谓顺理成章。上世纪70年代前后期的两个阶段，成为一种很有意思的鲜明对照。然而，无论是歪打正着还是顺理成章，有一点却是共同的。这就是如饥似渴，兼容并蓄，在我一生的知识文化积累上具有很重要的意义。这较之在大学里学习时，对不同作品的认识和分辨能力有了明显的提高。如对当时涉猎的《水浒传》的几种版本，除七十回本外，当时权威的说法是"好处是写了招安"，我却有自己的看法。我认为，在故事发展和小说艺术的完整性方面，由金圣叹删节的70回本最为好看（至于他当初的删节动机又当别论）。而别的版本在七十回之后尽管也有些不错的情节和被招安的结局，但总的看来，与前七十回相较，在艺术上似有不统一的痕迹，甚至使人感到不像是出自同一作者之手。这些看法直至今天亦未改变。另外，对于本书作者的原创意旨和作品表达的政治理想等问题，我的看法既不完全等同于"文革"前的传统认定，又对后来简单地认为是写了招安也有某种异议。但限于当时的社会条件我未能将自己的看法写成文章，直至最近的2012年，才写成一篇《水浒传新说》。当然，所谓的"新说"，也是个人的一家之言。

同样，在上述第二阶段中阅读某些近现代作家散文作品时，也产生过一些这样或那样的想法。具体说来，譬如"文革"前很少宣传的一些作家的作品，我通过认真阅读与思考的结果是：这类作品（至少以历史的眼光加以观照），还是有其可取之处的。此后我在面对许多文学作品的心态上更趋冷静：既不能因作家或作品某一方面存在可议之处便在总体上予以"冷处理"，但也不像在开放后许多人那样趋之若鹜，似乎觉得那些作品完全是高及云端，似乎完美得增之一分则太肥，减之一分则太瘦。这与曾经有过的过贬倾向同样是不够实事求是的。还是历史地、客观地、辩证地进行分析，给予尽可能的恰当评价为好。对这样的问题，无论抑扬，过分"带着情感"读总是不太可取的。

回头想来，之所以对这两段读书经历感觉如此深刻，其一是因为在一个不能读"闲书"和"杂书"的岁月里，却能意外地"偷"

读了一些不无意义的文学作品，它不仅仅是丰富了自己的知识矿藏，而且填补了在那个时代里的精神空白，其二是工作使命推动自己去夯实必须具有的基础积淀，同样是一种大有裨益的工程。

知识积累如建筑中的一砖一瓦，都是为了永无休止的崇高的精神建筑，这与有形的物质工程一样，都来不得半点虚妄，当然也同样忌讳"豆腐渣"工程。

少时的 "画"

　　现在，作家兼学丹青者有之，兼操书法者则更多。"写字"，写好写差，一般人均可为之；而作画，画到一定水平却不可小觑。我自知在画画上绝非轻而易举，因此未敢造次下什么功夫，但对既为作家或诗人又兼擅画作者是羡慕的。我所熟悉的朋友中就有这样的全才。外省有一位小我"一轮"的朋友，他本是工人出身的业余作家。当年在我下放工厂时他就是一个技术不错的车工，后来又成为文学爱好者。近几年来，他在书法和画画方面又有了长足进展。前些日子，他与我通电话时顺便告诉说：现在已是中国作协、书协和美协的"三协"会员了。我听后真的是佩服之至。

　　不过，要说谁在哪方面就是一门不门儿，就是完全的不行，恐怕也有点绝对化。说实在话，上大学时我除了文学专业课之外，业余时间对作曲还很"兴趣"了一阵子，曾试作了两首歌的曲子还在省市报纸上发表了。但后来也不知怎么就完全疏离，只是蜻蜓点水似的"点"了一下。至于"画"，少年时在老家也曾有过类似的经历，但还够不上明确的绘画艺术的尝试。

我的"画"，一是画地图。那是上世纪1947年—1948年之交我正式参军之前，当时解放战争正炽，在国共相搏的战场上，有的犬牙交错，有的我军正转入战略进攻阶段。从报纸上看，每天都有城镇易手，但总的说来我军收复与新攻克的城镇为多。当时，我已参加了试建时期尚处于秘密状态的中国新民主主义青年团。在故乡解放区担负了宣传等工作，其中有一项纯属我个人的爱好，即按照报纸上的报道绘制解放战争形势图。那时我能看到的报纸主要有两种，即胶东区党委的机关报《大众报》和另一种较为通俗的八开报纸《群力报》。我所画的地图分别为《华东战场形势图》《东北战场形势图》《华北战场形势图》《中原战场形势图》《西北战场形势图》。敌占的城市插小蓝旗，我军占的城市插小红旗，反复易手者以此类推。我将这些形势图贴满了我住的西屋的两面墙上。在一段时间内，每天都要拿出很大一部分时间来画，依战争形势发展不断改变标示。可以想见，当我忙于"调整"战场态势时，确实耽误了我日常担负的家中担水、拾草、推磨等活计，自然引起我母亲不高兴。在敦促无效的情况下，她一时气愤，三下五除二将墙上的"形势图"统统扯下来，还没等我缓过神儿来，就塞进锅灶下的烈焰中付之一炬。我抢救不及，又不好与母亲理论，痛惜之下竟放声大哭起来。哭过之后，我沉思的结果是：再画！除了依母命干完了农活、家务，就抽空默不作声地画一遍，然后又依原样贴在墙上。看了看，好像画得比原来的更工整。

说来也怪，这次"风波"过后，母亲没有再撕再烧。在我和母亲之间好像达成了一种无言的默契：我理解母亲要我干活的苦心；母亲也深深懂得了我"画图"不可更移的意志。

我的"画"之二，是画窗花。连画带剪，同样是1947年和1948年，画了两个年头的春节窗花。起因是由于战争，早年卖窗花的绝迹了，可我母亲偏偏喜欢过年要有个喜庆的气氛。为了使她不失望，我愣是向她冒领任务说："我来试试看！"但这时又需要材料，翻箱倒柜，找到了我大姐早年上小学时画图画用过的颜料小盅，有红、绿、蓝、紫、黄等；却没有白纸，战争年代，买都很困难，为此，我去了姥姥家，在她的厢房里，找到了外祖父当年在北平粮油店当账桌先生用的一沓白纸，画窗花的材料算是基本备齐。当我一试笔，居然并不觉得那么难不可及，几天时间，画了两套各六张窗花，而且都是难度较大的古典戏曲人物。一套是"水浒"人物，有武松打虎、石秀探庄、扈家庄扈三娘等；另一套是"三国人物"，有单刀赴会、赵云救阿斗和"空城计"之诸葛亮等。当1947年春节贴在窗玻璃上，不但我母亲看后眉开眼笑，还引得东邻三妗母啧啧称羡，在1948年春节前非要我给她家画一套不可。于是，我又"超额"完成任务……

但不久，随着我参军离家，也最终结束了我的任何"画"的举动。可以说，刚冒了个头就缩了回去。

但在此后几十年间，每当遇到重要画展，我还是尽量争取前去参观欣赏。这说明在我的心里，始终希望领略美术的价值。对于音乐，虽然再也没有写歌和作曲，却始终没有放弃唱歌的爱好，只要有卡拉OK的机会，我总是乐于参与的，尤其对外国歌曲（不仅仅是苏俄）更是情有独钟。至于毛笔字（不敢妄称书法），因为少时上学练过几年大楷与小楷，却终未妄怀真正"书法家"的目标。哦，倒是有一点，那就是京剧，只因童年时在老家过年正月村里举办"同乐会"，得正宗票友教了几出旦角的唱段，参军后便多年未唱。近年来如外出参加笔会时，有知情者怂恿我唱上一段，偶尔也有献丑之举；并在两年前出版了一本《石英京剧艺术散文》，但也是业余之余的兴趣而已。正所谓：琴棋书画非本业，随性怡情皆自然。

在《新港》，为纪念雷锋写诗

一晃之间，五十年过去了。

真的是一晃之间。尽管在这中间，时光跌宕起伏，世事纷纭变幻，但人间正道驱霾拨雾，终是向前。昨日许多情事，仍历历在目；相关人士的音容，还似乎那么亲切。然而，毕竟已过去了半个世纪。过去的当然不会回来，有些东西却十分值得我们去追忆、体味与深切感受。

1963年3月5日，毛泽东主席题写了"向雷锋同志学习"，在全国人民中间掀起了学习雷锋的热潮。当时，我在天津作协《新港》月刊编诗歌。在任何社会浪潮中，诗歌总是要首先做出反应。在全民学雷锋的热潮中，报刊作为时代的喉舌，自然应保持这种敏感度。我们的刊物，虽然主编是方纪同志，但他当时还担任着市委宣传部副部长和天津市作协主席，真正主持刊物工作的是常务副主编（其实就是执行主编）万力同志。在那些日子里，他和编辑部的有关领导一起，及时迅速地组织稿件，在本刊上大力宣传雷锋，宣传毛泽东同志题词的巨大意义。诗歌这种形式，无疑是最迅捷最具感染力的利器。当时电话这种通讯工具尚未普及，组稿约稿基本上是依靠写信。根据所掌握的能写的、写得快，比较有把握的诗人名单，我记得至少发出去十多封约稿信。但有一天，万力同志来到我那间约十平方米的办公室（兼寝室），他忽然觉得仅靠约稿还是赶不上即速发稿（也就是说越快越好，早一期是一期），因此说："石英，要不你先赶写一首。你曾在部队干过，体会比较深；先发为快，等约稿陆续来到，下几期接着再发。"我当时自然也被雷锋的事迹所感动，毫不犹豫地接受了这个任务。却也有一层担心：怕写不好，尤其是怕写得太一般化。

记得是当天晚上打好了腹稿，构思成大致的框架，第二天上班后才落到纸面上。正在这时，恰巧我们的主编方纪来到了编辑部。他平时虽不常来，但有时也过来走走、看看、问问。那天，他来到我们大办公室里面我这间小办公室，问我在写什么。我说在为本刊写一首纪念雷锋的短诗。他又问大概有多少行，我说至多也不过五六十行。他点了点头，过了一会儿，他又对我说了一番话，至今印象很深。他说："急就章不好写，但也不一定写不好。配合任务也是必要的，但不能只抱着任务观念；同样也要有新角度，成功与否不在于长短。"我也实话实说："不一定能写得好，只能尽可能把任务完成得好一些。"随后我还问他："您最近怎么不写诗了呢?"他淡笑着摇摇头说："我好久也不写诗了,都生疏了吧。"

我在当天下午完成了这篇诗稿,凭记忆,题目大约是《"雷锋号"汽车在大地上奔驰》(剪报早已在"文革"中失散)。交给万力同志审阅,他没做改动,在稿签上批了"即发"。好像是赶在最近一期:《新港》1963年5月号上。

半个世纪过去,与此相关的两位领导早已作古。但他们的才智、能力和严谨的工作作风,都曾潜移默化地对我产生过良性的影响。斯人虽已不在,正如雷锋的汽车辙印是永不会磨灭的。

地理偶记

中国地名趣谈

　　这里所说的地名，主要是指县以上单位的名字，主要是体现了中华民族传统文化的文字组合。一些为大家所熟知的地名组合只是简括言之，而对许多人尚未想到或较少知之者不妨多说两句。

　　概括来说，县以上地名组合无非有几种情况：如吉利字，方位字，地域特征指向字，直指为城或行政单位的字，等等。

　　所谓吉利字，应该说是数量很多，可以信手拈来。如长春、金华、永福、万年、长寿等等。所谓方位字，如沂源（沂河之源）、沁源（沁水之源）、江阴（长江以南）、泌阳（泌阳河以北）、华阴（华山以北）、衡阳（衡山以南）等，皆从水之北山之南曰阳，水之南山之北曰阴也。还有如临桂（靠近桂林）、临澧（临近澧水），也是方位。所谓地域特征指向字，如梁山（境内有水泊梁山）、五台（五台山景区在此）、泗水（境内有泗河流过）、洪泽

（境临洪泽湖）、都江堰市（与都江堰工程同名）。而直指为城或行政单位的字，如诸城（山东）、阳城（山西）、大城（河北），等等。另如徐州（当时九州之一）、莱州（明清时为莱州府治）、渠县（指明县级）、天镇（名虽为"镇"，实为县级）、内乡（名中有"乡"，实则为县，县名中此类称谓不少），等等。此外，尚有以历史人物主要是革命烈士命名的县名，但数量不多，如中山（广东）、左权（山西）、志丹（陕西）、靖宇（吉林）等，均为在原地名基础上易名者。

实在是挂一漏万，仅以几种地名字欲概括全国几千个县（包括县级区）以上单位非尺幅所能容纳，仅举数例以见群星之几点。但有一点必要指出：全国县以上地名上溯至秦始皇建三十六郡（更早的不计）以降，两汉、晋、隋唐、宋、金元、明、清、民国直至新中国成立后，均有设置。

秦置县今已很少，始终未改名者则更稀有。至今未改者如上蔡（河南）、蓝田（陕西）、新蔡（河南）、丹徒（江苏）、郫县（四川）、上虞（浙江）、修武（河南）等。笔者的家乡山东黄县，两千多年一直沿用此名，直至1987年改为龙口县级市。

汉置县就相当多了，因两汉时间很长，置县自然就多，但历经两千年从未改名者数目也还有限。但今之大部省份多少都有，如：阳信（山东）、广饶（山东）、彭泽（江西）、唐县（河北）、陕县（河南）、邹平（山东）、封丘（河南）、郓城（山东）、高邮

（江苏）、南城（江西）、高要（广东）、广德（安徽），等等，都是一些行不更名坐不改姓的汉置县。

三国时期还未统一，但置县的行政措施并未停顿，其中最突出的是东吴，在其辖区内多有推进。如永康（浙江）、永新（江西）、建德（浙江）、南丰（江西）、宁国（安徽）、浏阳（湖南）等；蜀汉亦有少量设置，而曹魏虽大而强，但重在征战，新置县很少。

晋朝建国后即动乱不已，却也有新县设置。如寿阳（山西）、同安（福建）、海丰（广东）、建阳（福建）、南康（江西）、宁都（江西）、富阳（浙江）等。均以当时至今未易名为准。

隋虽历时不长，但新置县不少（足见隋文帝时期曾立志振兴一把）。如河间（河北）、阳谷（山东）、威远（四川）、吴川（广东）、新津（四川）、新乐（河北）、永城（河南）、延川（陕西）、华亭（甘肃）、华容（湖南）、南溪（四川）等。

唐代近三百年之久，是置县较多者。如永清（河北）、金堂（四川）、广济（湖北）、德清（浙江）、扶风（陕西）、文昌（海南）、古田（福建）、浮山（山西）、金坛（江苏），等等。

五代十国乱而苦短，却也有新的置县出现，主要在江南"闽"和"南唐"比较重视。

宋虽屡弱，外患颇多，然经济文化相当发展，置县亦多。如上杭（福建）、新建（江西）、福安（福建）、英山（湖北）、通山

（湖北）、河津（山西）、通城（湖北）、宁远（湖南），等等。

金元时期也有为数不少的置县，如广平（河北）、栖霞（山东）、河曲（山西）、宁阳（山东）、宁津（山东）、南靖（福建）、蒙自（云南）、神木（陕西）、连城（福建）等。

明代所置之县如南召（河南）、永定（福建）、仁怀（贵州）、保康（湖北）、荔波（贵州）、新田（湖南）、南江（四川）、保山（云南），等等。

清朝版图扩大，新置县颇多，如海阳（山东）、古蔺（四川）、古浪（甘肃）、文山（云南）、福鼎（福建）、神池（山西）、和龙（吉林）、建昌（辽宁）、林西（内蒙古）、富锦（黑龙江）、德惠（吉林）等。

民国时期新置县也为数不少，如博爱（河南）、民权（河南）、玉树（青海）、和静（新疆）、古丈（湖南）、建瓯（福建）、循化（青海）。等等。

新中国成立后新置县名更多，仅举几例：吴旗（陕西）、金湖（江苏）、微山（山东）、林芝（西藏）、化德（内蒙古）等。

中国县以上地名虽多，但所用字数相对说来比较俭省。为何？首先是一字统领，便衍生出许多"子名"。诸如：一个"高"字，便有高阳、高平、高邑、高台、高安、高密、高县等等；一个"平"字，便有平度、平山、平乡、平乐、平江、平阴、平坝、平遥、平远、平陆、平定、平潭等等；一个"安"字，便有安平、安乡、安仁、安化、安丘、安西、安新、安国、安岳、安图、安塞、安福、安陆等等，举不胜举。

另一最有趣的现象是：不只是省字，还倒装组合。诸如：在山东省有昌乐，在广东有乐昌；在江西有吉安，在浙江有安吉；在江西有南丰，在河北有丰南；在山西有平顺，在河北则有顺平；在河北有阳原，在河南则有原阳；在山东有平原，在山西则有原平；在河北有康保，在湖北则有保康；在云南有罗平，在宁夏则有平罗等等，颠来倒去，巧妙自然。

至于在少数民族同胞的聚集地，常常为民族语言的译音。如：呼和浩特，乃是蒙古语"青色的城"；乌鲁木齐，为蒙古语"优美的牧场"；乌兰浩特，为"红色的城"；哈尔滨，为满语"晒渔网的场子"是也。

两本旧地图册

　　我曾拥有两本大地图册，一本是《中国分省地图》，另一本是《世界分国地图》，均为上世纪30年代初上海地舆出版社出版，当时国内顶尖的专家教授编撰，珂罗版精印。这两本地图册的编印风格和色调都有所不同："中国"的这本更为厚重，书页颜色较为柔和，多以黄、淡红、淡绿以及蛋青色为主调，而"世界"的那本则多以蓝、紫和橙色为主，看起来有一种不适的刺激感。加之我对国内地理比较熟悉，对世界地理相对陌生些，所以在很长一段时间里，我每天至少要挤出一个多小时趴在自家炕席上复习地理，翻看这本《中国分省地图》，并很快进入了着迷的状态。

　　这两本地图册有一段来历：1947年夏天，蒋军大举进攻胶东解放区，我当时上初中一年级，为了备战，上级决定提前放假，让我们回到各自的村庄参加土改"复查"。在那之前，我已加入处于秘密状态的中国新民主主义青年团，村党支部便要我协助"贫农团""分果实"记账。一次在村中首富、地主兼资本家家中记账时，看见地上有许多书籍被人来来去去地践踏，心生怜惜，不由得拿起来翻看。农会会长老梁便对我说："这些东西谁都不会要的，你爱看书，就拿回家去看吧。"我自然心喜，拿了几本，其中就有上述的两本大地图册和几本天津言情小说家刘云若所著的《春水红霞》《燕子人家》等。

这本中国分省地图册的知识含量极为丰富，甚至在全国解放后的几十年间，我也没见出版如此丰厚精美的地图册。甭说别的，仅每个省份的地图附加的文字说明就有一二十个栏目，能折成几折，拉直了足有一庹长。以"民"字为例，就有"民族""民风""民性"等等。譬如浙江省，"浙西民性比较文质儒秀"，"浙东则劲健强悍"。暂且不论是否精确，但详尽确是它的一大长处。又以"城市"一栏为例，河北省秦皇岛的小注为："北戴河，乃著名海滨避暑胜地，向负盛名，自开滦矿务公司开办以来，有更大发展……"还有我的故乡小港龙口，竟在山东省"城市"一栏中也占了一席之地，其注文曰："在黄县西三十里，民国初年欧战期间由华人自行开埠。民国三年（1914年）九月三日，日军三万余人由此抢滩登陆，掠夺财物，奸淫妇女，枪杀民众，并沿青黄公路自腹背进攻德占之青岛，为国耻纪念地。"龙口港作为"国耻纪念地"，我是第一次在这里读到的，在别处很少见提及此事。

作为原籍山东的我，对本省自然留意得多些。据此图中云，说山东有一百零八县，合乎"梁山泊"一百单八将之数。我未细数，不过据云在今之青岛的街道名称中，此一百零八县都在。在半个多世纪间，其中若干个县有的归并，有的撤销，有的划入邻省，已有很大出入。如黄河北侧郑板桥曾任过县令的范县划入河南，改变了山东西部的视觉形象。而在战争中及全国解放后新置的县就更多了。

　　就全国而言，对照当年的地图册，原东三省变化最大，几乎面目全非：如今之鸭绿江畔东段、今之吉林省数县原属辽宁；今之黑龙江省会哈尔滨属吉林省等等。而在这七八十年间变异最小的应是浙江、安徽、江西、湖北、湖南、福建、青海、新疆、陕西、山西等省份，面积大大"缩水"者为宁夏。而由于原绥远、察哈尔、热河省被撤消，除大部分地区属于后来的内蒙古自治区外，河北省也"兼并"了原长城外的大片地区，但该省最南端的濮阳、清丰、南乐等地区划入了河南，原在黄河以南的东明划入山东省，河北省成为名副其实的"（黄）河北"。看来，行政区划的变迁在近几十年间是很大的。

　　随着时代的发展，许多概念也在发生变化。如老地图册在提到中国的避暑胜地时，只举"三山一海滨"为最著名：庐山、莫干山、鸡公山以及北戴河，当时就连青岛、大连等也未列入顶级避暑胜地。当然，青岛另有特别称号——"东方之瑞士"，而哈尔滨是

"东方莫斯科"。

综观这本大地图册，始终贯穿着一条爱中华爱国家的基线，"地大物博"这一传统观念是经常被提到的。但对照今天，那时发现的矿藏及其他物种还是比较老旧的。如石油仅有陕西延长、甘肃玉门等几处；煤矿较多些，但也只有东北之抚顺、本溪，山东之淄博、枣庄、坊子，江苏之贾汪，河北之峰峰，山西之大同、阳泉等处；铁矿提及的更少，除东北外，仅有湖北大冶、山东金岭镇等寥寥数处。但果蔬等物产分布较广，如山东之莱阳梨、烟台苹果、乐陵小枣、胶州大白菜、肥城和河北深县之蜜桃，还有浙江黄岩、江西南丰之蜜橘等等。

地图册爱中华的意识有时还带有一种理想主义色彩，这表现在它对刍议中的铁路和港湾的介绍。如对浙江三门湾和海南岛榆林港建设前景的畅想，关于拟建铁路线的标示等等，似乎都意在鼓舞广大读者。就我的记忆，拟建的铁路线有济顺铁路（济南至河北邢台——邢台昔为顺德府之谓）、高徐铁路（自山东省胶济线上的高密至江苏徐州）、烟潍铁路（自山东烟台至胶济线中段的潍县）等。这些拟建铁路大都由外国公司投资兴建，可能是因为抗日战争爆发等原因，始终未见真的动工，因而图上均以虚线标示。以烟潍线为例，据我父母回忆，自民国初年即垫高了路基，准备了砂石，后来一直没通火车，倒是通了汽车。这条长达近三百公里的"汽车道"就在我村北二里许，传来汽车的轰鸣将近百年之久。以上拟建铁路中，唯在前些年修通了济南至河北邯郸的货运铁路线。

细究起来，这本地图册在某些说明文字的观点上也有不妥之处，反映出当时编撰者的思想局限。如在谈到南京时，说是"洪杨之乱为害"如何如何；谈到赣南地区时，对当时的红色苏维埃也有某些微词。我自幼酷爱史地，获此地图册后由于目视其图深记其文，在地理知识的积累上更见深厚，故尔至今去全国各地，纵是县级单位，初来乍到也能对该地略知一二。如最近所去之四川叙永，知其为川、滇、黔交界处，有"鸡鸣三省"之称；去湖北南漳，知其地为司马徽（水镜先生）当日举荐诸葛亮、庞统处，有"水镜庄"在焉；去山东齐河，知其为昔日津浦铁路重要车站晏城站所在地……这些印象，皆与那本大地图册有关。

我少年参军，离家前曾将这两本至为珍贵的地图册搁在一个木箱内，置于厢房里，几年后回乡探亲，遍寻不见。痛惜之下，苦于无法找回，只有深深追忆而已矣。

一个未尽了然的地理现象

几十年前不甚解的一个地理现象，直到现在仍然未尽了然。这个现象源起于我在上世纪30年代初收藏的上海地舆出版社出版的《中国分省地图册》，其中有相当一部分地名（大多有如现在的地级市或省会城市）与当时乃至今天都有所不同。如果笼而统之地言其"不同"也不尽恰切，更准确地说是"双名"。一个是大字正名，一个是小字号的括弧里的名字。而且当时我还有一个不解的情况是：这种现象在30年代南京国民党中央政府附近的省份较为多见（如江苏），而离得远些的省份则较少甚至没有，泛说无凭，具体列举如下：

30年代江苏省之省会在镇江，但该地图上标明的大字号正名是丹徒，在它的下面小字号括弧里是镇江。我将这种现象调侃地称为"正标题"和"副标题"。而江苏省的其他城市的如苏州，正大标题是吴县，副标题（括弧内）才是苏州；常州的正标题是武进，副标题才是常州；扬州的正标题是江都，副标题才是扬州；淮阴的正标题是清江浦，副标题才是淮阴；徐州的正标题是铜山，副标题才是徐州等等。而浙江省的宁波，正标题是鄞县，副标题才是宁波；温州的正标题是永嘉，副标题才是温州。更有趣的是，浙江省省会杭州的正标题是"杭"（杭县），副标题才是杭州；安徽省省会安庆的正标题是怀宁，副标题才是安庆。还有，离当时国民党政府首都较远的某些省会也有类此现象。如河北省省会保定的正标题为清苑，括弧内的副标题才是保定；山西省省会太原的正标题是阳曲，副标题才是太原；广东省省会广州的正标题是番禺，副标题才是广州；而吉林省省会永吉（即今之吉林市）只有这个正标题，好像没有副标题。

笔者自幼酷爱史、地，对于上述之副、正标题都不陌生，如：丹徒、吴县、武进、江都、铜山、鄞县、永嘉乃至怀宁、清苑、阳曲、番禺等地历史上有的早已有之，在不同的历史时期分别以等级不同的行政单位出现，其中大多数在今天仍为县级或县级市，但具体概念显然与上述30年代地图册上所标的"正标题"却有所不同。

从我看到那本大地图册的上世纪40年代中期，我就想弄清这个在我国版图上存在过的一个地理现象，更重要的是明了它当时这种设置的用意何在，还有它的时间段存在了多久等等。但在当时，有的情况我已从别的资料中得到印证。其一，我从家住县城的大表哥在日伪时期读的地理课本中看到有一课文是《鄞县和永嘉》，这就说明在日本投降前的40年代前期仍沿用上述地名。其二，当在我懂事后的40年代中期之后，解放区已不再使用上述"正标题"之名标，而恢复或改以上述"副标题"为正名，据我所知，国民党统治区亦如是。

尽管如此，仍没有从根本上解决此种现象存在多长时间以及相关的一些问题，我渴望寻求确切资料或从"明公"、"饱学之士"那里获得准确答案。上世纪80年代，有一籍贯苏南与我年纪仿佛的作家证实：在上世纪三四十年代，甚至更早一些，他们那一带的确通行过如上述"正标题"的名称；他的老乡瞿秋白先烈的传记中就说他是江苏武进人，实际上他就家住常州城里，说明在相当一段时间内，常州即称武进，而并非仅指今天的武进县地面。然而，这只能算作一个局部的旁证，还够不上严格学术意义上的结论。

直到上世纪90年代末期，有一次我到吉林出差，在饭桌上与长我十岁的一位老教授偶遇。他长期在江南地区任教，据他自称是"精研地理"，我喜出望外，向他虔心请教多年未详解的上述问题。他沉吟片刻，便一一道来。他说，我所谓的"正副标题"现象始于国民党中央1928年定都南京之后。因鉴于北京作为数百年的封建帝都老旧之风太重，决定定都南京，并将北京改为北平。由是影响所及，其他一些地方也相继易名，以示"焕然一新"。记得当时我曾插问："但实际上那些地名是很古老的，丹徒是秦置县，江都是汉置县，那么……"老专家的说词是："老有老的长处，古风习习嘛。"当我又问到为什么山东离南京和江苏都很近，好像都没有改，譬如济南也没有改为"历城"之类？教授的回答是："山东是军阀韩复榘把持，他当然要自行其是。"他最后说"正副标题"终了于抗战胜利还都南京之后，"副标题"基本上都成为"正标题"了。对以上解答我不能不信，但似乎仍未被彻底说服。如说："正副标题"现象终了于抗战胜利之后，那么在抗战初期却是说"太原保卫战"，而未言"阳曲保卫战"，毛泽东同志的文章写的也是"上海太原失陷以后……"云云。抗战期间的小说写的也是《保定外围神八路》，而并非"清苑外围神八路"。看来在一些重要节段时间上仍待考证。

基于一种认真执著的态度，对上述部分未明或似是而非之处我仍在进一步解疑求真。尽管也许对许多有识者而言，这并非是多么有价值的学术问题。

旅中偶拾

名与实

我喜爱旅游。

当我发现南粤的山形、瓦舍，酷似故乡的地貌、屋宇时，我便惊喜地感到：原来岭南鲁东尽管相距数千里之遥，却有如此相近的姻亲关系，其共同点远远大于异处，于是我和南方朋友们的心，无形中也贴得更近了。

当我发现，常年"养在深闺人未识"的湘西风景，一旦被发现其姿质不同凡俗，人们获得的便不止是目不暇接的佳山秀水，而且又一次沐浴着真理的光辉。真正美的东西是不会永久被埋没的！

当我发现，桃花源的地形幽奥，林深花繁，确是一个罕见的隐秘去处。我便恍然悟到：陶公的名篇，固然出自他的想象，但再奇妙的想象，也须有所依据，有所附丽，方能爆发出想象的火花；全无触发点，当似湿柴熏烟，势难生光，亦无从感人。

当我发现，地处大西南腹地之天府四川，经济文化不唯不闭塞，且新风习习，信息灵通，市声灯海，不逊江浙，青年着装，更胜京津。这固然有历史上多种特殊因素形成，但在地理上为一江所系，直贯中南华东，虽有三峡险阻，不能断其互市，虽处蜀中盆地，亦感海上信风。长江万里，功莫大焉。

当我发现，大西北的钻天杨，皆收拢枝叶，奋然向上，无意多占空间，一心奔向阳光。且同伴之间，不掣肘，少厮缠，各安其位，各做贡献，这使我联想到栽植它的人们，那么质朴，那么勤俭，总是在沙土地上寻找哺育树木的条件，而不是弃此地迁徙他处；更不去非分攫夺，只取自己应得的那一份报酬。望之思之，感佩之至。

当我发现……

总之，我在旅途中，不仅仅是观赏，而且重在发现。不仅仅是开扩了眼界，荡涤了心胸，陶冶了性情，锻炼了体魄，还不时采撷到哲理之花，引来真理的光束。

在我所到之风景胜地，或豪犷，或秀丽，或雄伟，或奇趣，却各呈异彩，常能占一方面的翘楚地位，大都名副其实，当盛名而无愧。

但也发现某些鼎鼎大名的风景胜地，绝不似文字宣扬和口头传颂的那么好，看山则干秃平庸，看寺则表势里俗，看水则水枯石陋，看树则无精打采。甚至标以种种雅号的风景点，诸如"撷香亭""会仙阁""龙吟池"之类，尽皆平平，徒具虚名。非独我缺乏慧眼不识真货，观者多感兴味索然。

倒是另有不少的风景和古迹，虽已有传，但远未驰名，却卓然不俗，比之于名气更大的风景胜地绝不逊色。我去过山东济宁，见那里李白旧居太白楼，高楼临风，逸然有致，真有谪仙气派。当年李白曾先后在此居住达二十三年之久，惜乎如今并无多少人知晓。而济宁运河畔竹竿巷一带，古风犹存，明清余韵，会使人想象当年运河作为南北动脉之盛况，千舟万楫、市肆昌隆之概。如考察那个时代的社会风情，堪称一个小小的缩影，但也很少为人注意。也许是因为近处有曲阜、泰山名胜，难免被掩，亦未可知。

更有甚者，前几年我回故乡，看到蓬莱以西黄县以东一带海滩，平阔如展，沙净泛金，好一派天然的理想游泳场地。再迤逦向西，龙口湾屼姆角，二十余里沙带，擎一半岛，浓荫藏秀，别有天地。尤值得称道的是，山阴处悬崖如劈，浪挂彩石，岩礁出没，琅琅有声，海中一石兀立，群鸟争巢。真是天成风骨，气格不俗。只惜交通不便，鲜有人至。实则较北戴河之海滩，青岛之礁岩，不仅毫无差池，且韵致当居其上，更使其他许多海滨胜景黯然失色。日后如交通更加发达，当可一显其真容于世人，作为新的旅游区，岂非一大美事？

可见，不唯人才有未被发现者，佳山秀水亦有被埋没者。在广袤无垠的大地上，人的足迹毕竟到达有限，众所闻名之地则趋之若鹜，未名之地则视而不见。即以上述矶姆角为例，距我幼时所居村庄仅三十里，我竟长至十余岁未曾涉足，更不知彼处景物之妙，直至"不惑"之年始得见其真颜，岂不愧乎。

冷与热

少时在乡，尝听大人谈及南北气候，皆谓北地寒冷，南方炎热，而且凡愈往北愈冷，愈往南愈热，似乎是绝对无异的规律。

后读《地理》，便更加强了这一观念，知西伯利亚为极寒，赤道近处为至热；并错觉为西伯利亚乃极北，赤道一带为极南。

但地理书也使我产生了一些疑问，如同为西北新疆，吐鲁番则是酷热地带，而塔城一带则属高寒，好像决定气候炎凉的还受其他因素影响。

及长，开始涉足南北，一方面印证了过去南热北寒的大的概念，同时也引起了一些歧异的思索。譬如有一次在福建武夷山自然保护区开会，时值6月，但林木葱郁，泉泽雨润，日间温度适中，晚间更觉清爽，屋内除几只蝙蝠偷袭进来戏闹一番外，没有蚊子，亦不用电扇，对比几千里外的北方京津地区，反觉凉快了许多。首次打破了我脑子里原有的"南热北寒"的既定观念。

又以避暑胜地而言，情况也较复杂。有一年我7月里去青岛参加笔会，住在素称最佳区域八大关路一带，但早晨6点钟起来即汗流浃背，热不堪言，几乎动摇了我对所谓"避暑胜地"的信任。及至返程后又去了承德避暑山庄，小住于外八庙，顿觉云凝风清，俨若秋日。始知同称避暑胜地，其间亦有差异，难道只是因为青岛南去千余里之故？还是偶然如此？个中诸种因素，还有赖专家们予以解释。

还有别种南北冷热交错的情况：有一年新年乍过，春节之前，我因公去福建，在厦门时气温正宜，但至福州时居室内即有清凉之感（仅零上六七度），归途上过闽浙山地，即大雪纷飞，漫天银网罩落，近年来在北方也颇罕见。及至杭州，积雪盈尺，气温骤降，住在招待所内，阴冷异常，再到上海，晚间就寝竟冻得两腿抽筋，凄苦中竟改变了"南温北寒"的旧观念。对比在京津时，办公室内有暖气，家屋有炉火，反而觉得北方温暖。殊不想这是人工改造调节的结果，而死抱着逢南必温的概念，当然便要大吃苦头。

可见，对于任何事物，不可大而化之，笼而统之，从泛泛的概念出发而绝对化。其实往往是大中有小，同中有异，冷中有热，刚中有柔，佳山中有陋石，沙漠中有绿洲。

只有身临其境，亲自体味，方能知其冷暖甘辛。

为此，我怀念武夷山区夏日清凉的雨，而对上述冬日无炉火居室中之滋味思则寒栗；我怀念羊城郊区的山形瓦舍，它唤起我儿时在故乡种种的美好记忆，深感伟大祖国南天北地在精神文化上脉流之交融……

名人遗址漫议

　　中国历史罕见的悠久，自然出的名人就多。很久以来，我就注意到一个有趣的现象：人们总是希望他那个地方有名人，为此甚至不惜争名人。在这点上，不论是有"身份"有地位的人希望如此，就连最普通的百姓也乐此不疲。我在乘火车时，就听陕西兴平的一位农民很郑重地对我说："明朝的九千岁刘瑾就是我们那里的人。"刘瑾，明武宗时的大太监，权倾朝野，劣行昭著。就是这样一个人，本乡人也以出生于此而稍许得意。

　　与名人相伴而生的便是名人家乡以及与名人相关的遗址之盛，确定了的、无争议的故址自不必说，多少需费些笔墨的倒是不那么确定、或有争执以及属于虚构却也似乎言之凿凿的几种情况。这些情况虽不乏趣味，却并不滑稽，纵是不那么确定的遗址也有相当的文化内涵与历史价值。

　　首先是不那么确定却仍有丰厚历史文化价值的遗址。这方面的例子并非个别。最近，笔者前往湖南常德参加了一个"桃花源诗会"。原因是该市下属之桃源县为传说中陶渊明笔下《桃花源记》中桃花源的原址。当然，所谓桃花源者，多半是诗人陶渊明理想中的世外桃源，一种精神寄托，而非真的武陵渔人发现的实有所在。据此，有人则认为常德之桃花源景区只能作为精神价值的象征所在，而不必看重历史遗存价值。这种说法部分是对的，但同时也不可忽略它实有的历史文化价值。因为，桃花源有否真实故址且不必说，但桃源县有些传说已逾千年。唐代大诗人刘禹锡即曾专程寻访，今之桃花源中之"甑月亭"印证此事。后来，历代文人多有咏此桃花源的诗文。仅以此桃花源故址传说至今，其历史文物价值亦甚可观，那么作为一处古迹名胜就很够格，至于最初有否桃花源真址又当别论了。另如：大家所熟知的黄冈赤壁与嘉鱼赤壁问题（还有武昌赤壁说），就是在较长时间内未确定的。当年苏东坡遭贬至今湖北黄州任团练副使，将附近江边之赤鼻矶误作三国时曹操与孙、刘鏖兵之赤壁，并作著名的前后《赤壁赋》，后世相当长时期人们也以黄州作赤壁鏖兵故址。但后经历史学家反复考证，认定今湖北嘉鱼附近江边为是。然而，黄冈之"东坡赤壁"至今仍游人络绎不绝，在某种意义上其盛况并不亚于"真赤壁"。何耶？一是由于苏轼和他的名作《赤壁赋》所封盖；二是九百年间人们已相沿至今，本身已成"古迹"，虽当初"误认"亦有相当之历史文化价值。名人效应是也。

　　第二种情况是实有名人遗址（出生地或相关活动地），但不同地点均有说词而不易断然确定者。如最早即有争议的有关诸葛亮生活及躬耕地襄阳说和南阳说。很明显，许多有文字记载处均曰"南阳"，因而今之河南南阳似乎理所当然将其"卧龙岗"作为诸葛孔明成长生活之地。但湖北襄阳有"隆中"，分明又是诸葛躬耕之地。于是各执一词，争议好久。最后据说"判"为"襄阳为躬耕地，南阳为纪念地"。因襄阳在当时亦是南阳郡属地，说是"南阳"亦不为不合理。又如大名鼎鼎的曾做过彭泽令的陶渊明，其归隐耕耘之地也不无争议。今之江西九江庐山区似乎很权威地认定当在本地；而与其毗邻的星子县则说在他们那里。各执理据是：前者称"悠然见南山"就是见的庐山；后者说他们那里有座山就叫南山，自然"悠然"见的就是"南山"了。还有关于秦朝方士徐福携童男童女东渡为秦始皇寻求"长生不老药"的启航之地，我所知者即有不同省份的三处，并且各有地名为据。另外是生是死之地也有不同说法。如明末农民起义领袖李自成兵败之后的结局就有：在今之湖北通山县被地主团练武装杀死说；在今之湖南石门县夹山寺隐遁说。后者取法名曰奉天玉和尚，遗有诗词残碑，云云。这类情况更为有趣的是：各开各的纪念会或学术研讨会，而且均有专家支持者参加。

第三种情况与实有景物稍稍离谱。其中有的出生或活动遗址本为实有，但传说却与此大相径庭。如三国时骁将吕布，其籍贯为今内蒙古包头西南（古称九原）人氏，却不知为何，今之陕西绥德传说为他们那里的。而小说中人物貂婵据云是米脂人，竟还有了墓冢。推想可能是正应"米脂婆姨绥德汉"之说吧？至于戏曲中人物"大破天门阵"的穆桂英，在国内也有她的不少"遗址"，诸如点将台、穆柯寨招亲的穆柯寨，不一而足。还有民歌和戏曲中人物木兰（其姓氏有花、朱、木不一），也有不止一处的"籍贯"。今日相当权威的"历史人物榜"木兰已成了实有的人物。还有孟姜女、梁山伯与祝英台等传说中的"名人"，基本上遍及东、南、西、北都有他（她）们的"老家"与栖息地，而且有的仍在争论不一。

对于以上几种情况，有的基本上已尘埃落定；有的仍在各持理据，争执不下，短时间可能还是"清官难断家务事"；有的本来就属于民间传说，估计还是要长期"美丽"下去吧？

龙山大米、小米与皇帝

　　这个问题提得似乎不伦不类，大米、小米这类粮食，充其量也只能做成农家粗食淡饭，与至尊的皇帝又怎能连在一起？

　　自然有它特有的联系，且听在下慢慢道来——

　　原来，这里所说的不是普通的大米和小米，而是远近驰名的山东章丘明水香稻和龙山珍珠小米。

　　明水香稻由来已久，据史书记载至少有两千年的种植史。它的贵重之处在于：只有依靠百脉泉灌溉的一小片稻田上种植的才算真品，其特点是米质优良，香味浓郁，所谓"一处开花满坡香，一家煮饭四邻香"，绝非虚誉。早在1959年，明水香稻参加了在印度举行的国际香稻品种展览，与各国参展的十种香稻进行比较，各国专家公认以中国明水香稻为最佳，其次才是美国、日本和印度的。

　　至于龙山小米，资格就更加古老，相传自有"龙山文化"以来就有龙山小米，原种叫"阴天旱"，以其阴天卷叶呈旱象而得名。它米粒圆大，粒色金黄，性粘味香，出米率大大高于凡品俗谷，且较一般小米营养丰富，脂肪、蛋白质及多种维生素的含量都是凡品望尘莫及的。

由上述不难看出：在世间一切知名度很高的人和物种中，明水大米和龙山小米无疑应属于名副其实的那一类。

然而，明水香稻和龙山金谷产地面积都不大，假如它们仅是在周围那一小片地方有些名气，或是只靠当地的老百姓承认，那么尽管它们的资格再老，品质再优良，恐怕也很难打出县界，更不用说是省界了。

细加察考，在历史记载和传说中，明水大米和龙山小米知名度的最高标志都是由于当时皇帝的赏识，成为钦定的贡品之后，才最终确定了它们身价百倍、不可动摇的地位。

不是吗？明水香稻自明代开始就作为贡米向皇帝进献，成为地方官僚邀功取宠的铺路台阶。龙山小米运气更是不错，在历史上号称全国四大贡米之一。特别是清代乾隆爷南巡驾幸章丘县境，地方官僚和名门望族便破例免俗独出心裁，以特产龙山小米做粥进献，正适皇帝用"小饭"的时辰，略一品尝，其味雅醇，非龙汤凤羹可比，当即龙心大悦，赐名为"龙米金汤"。

过去的传说如何评价不必说，有意思的是，直至今天，在明水香稻和龙山小米的优质产品宣传材料中，在样品包装盒面上，还都最醒目地标以"历代皇家贡品""乾隆御膳珍品"字样以壮声威，说明此物种规格之高。由此进而联想到在今日电视屏幕上，化妆品之优也是取之宫廷秘方所制，特别是慈禧用过者就更属绝品，似乎足以引动那些不惜重金以滋肌肤的女士跃跃欲试了。

也难怪影视界对于以末代皇帝以至承泽雨露恩的末代皇妃为题材的片子那么趋之若鹜了，而收视率确也不错。看来人们对于皇帝以至同皇帝沾边的人，兴趣就是大于对一般人。尽管这皇帝是个傀儡也是龙体，尽管那末代皇妃是个烟鬼也是金枝玉叶，或是平民女子被强拉上龙床也会染上某种神奇。

这种心理细想起来真有点令人啼笑皆非。

又回到明水香稻和龙山小米上来。这些经过千百年历史验证的特产确实品质优良，正因为它们不同凡品，才被特定为皇宫进献的贡品，而不是因为皇帝和皇族们吃了之后才化为神奇。所以，我仰慕的是灌溉明水香稻的百脉泉，是龙山特有的"阴天旱"谷种，以及那些世世代代侍弄它们并不断改良的胼手胝足的人们。

可是，也难怪那些名牌产品的宣传工作者们，他们总得找一个规格最高的象征来说明此品之优有根有据，真诚无欺，找来找去，就找到几百年前的嘉靖皇帝和乾隆皇帝那里去了，因为他们确实吃过，皇帝亲口吃过的还能有错。

尽管这样宣传还有持之不衰的吸引力，但据我所知，一般人在品尝明水香稻和龙山小米时，并没有想到当年皇帝金口品尝在先，而只是啧啧称赞佳品名不虚传。

生态万象

生存空间变奏曲（三章）

忽然想起"小小寰球"

半个世纪前，一位伟人在他的诗词中出语惊人，将偌大地球谑称为"小小寰球"。五万一千平方公里的庞然大物，在巨笔之下，竟一缩而为顽童手中的球儿。一时间，曾使我辈为之瞠目，但当时并未多想，只视为伟人的独特风格而已。

瞬息数十年过去，在我这凡夫的感觉中，地球也在缩小：以本人为例，早晨乘飞机越白令海倏忽万里，十余小时后即与女儿在温哥华共进晚餐，恍惚间将个西太平洋盛在酒杯；再向国内报个平安，一部手机将迢迢间距握在方寸。如此的感觉，还能说不是"小小寰球"？

这种感觉无异是：一切都在身边，一切都在逼近。可以说，无论在地球的任何一个角落，都不存在遥远的概念。无论是伊拉克的炮声还是高加索雪崩，听来都似在近邻；纵然我们这里已是冬令，非洲那边，干旱的草原烈焰也会灼得我辈心疼。

不可否认，地球"变小"给人们带来无数便利，神奇的力量将各色人等拉得很近。譬如欧盟的不断扩大，便使欧洲大多数国家的边界不再那么壁垒森严，甚至往来已不再需要签证。但事物往往也包含着另一面：假如强权主义者胃口很大，想以他们的方式，譬如说，以巡航导弹来"修理"地球，小球受伤的部位在呻吟，这时，同样也没有理由说那里离我们很远，完全与我们无关！

这也许就是地球"变小"的辩证法。

新的礼貌用语：注意安全

早年见面互问：吃饭了吗？因为那时在我们中国，确是有吃不上饭的时候。现在纵是有人还在这么说，也已是老旧习惯用语的残留。

近年来生活好多了（虽然对大多数人来说还没达到"阔"的地步），又要与世界接轨，不少人意识到"花钱买健康"的重要性，于是，一种礼貌用语应时而生：身体怎么样（或：身体好吗）？

不过，最近我忽有所悟：上述礼貌用语也有点过时。因为，健康固然重要，却未必是最最当务之急；除非暴病猝死，就算是绝症也并非那么真绝，起码在时间上也有缓冲，随着医术和药效的进步，还可请求阎王老子延期召回，这在很大程度上是可能的，而最要命的是须臾间的安危——由于各方面的发展变化带来的新问题。恕我冒昧率先改变礼貌用语：老兄，请注意安全！

我想，这不是调侃，也并非危言耸听。咱们不妨做些咨询，去问问——公路急转弯下的悬崖深涧；过街桥和地下通道中身后的黑影；煤窑中躁动不安的瓦斯；还有暗中窃喜的豆腐渣工程……

看它们作何回答。是故作深沉的默然，还是施展唇舌高声狡辩——以节节上升的大厦掩盖隐患？以公路加速延伸蔑视险情？以网吧的泛滥拒绝防火于未然？以失去眼球的痛苦换取鞭炮的爆响？

"注意安全"，说明隐含着不安全因素。这已不限于马路和建筑工地上的提示，也不限于某一个国家，它可能成为超越一国一地的杀手，而且情况各种各样：欲睹恐怖组织的残忍，请看莫斯科地铁隧道飞溅的血肉；欲见出境游中的不幸，请看泰国风景胜地大巴与火车的暴吻；欲知盲目偷渡的恶果，请看英国莫克姆海湾拾贝者的惨剧……

面对每天嚣杂的信息网，既不能草木皆兵，也不可听天由命；既不可因噎废食，也不能熟视无睹，无所作为。除了对SARS和禽流感及时采取应急措施，还得从战略高度研究不安全因素——这个带有21世纪变异特征的"物种"。一切应以人为本，一切应以人类的健康发展为前提。物质和精神文明的发展既然都是为了提升人的生存质量，那就要正视不安全因素能够在很大程度上销蚀发展带来的正面效应。建设与发展无疑是需要付出代价的，譬如高速公路乃至高速铁路工程中有时不可免地还要有牺牲，但能否要求付出的代价少些？这里与防患于未然的有力措施息息相关。不能搞单打一，不能临渴而掘井，也不能只期待万能的疫苗，更要人们多一些自省、自律、自卫和提升群体把握生存的安全意识，在熙熙攘攘热闹的步行街式生活环境中，尽量减少或避免并非绝无仅有的灾难和不幸。让"彩虹桥"永远映现的是雨后的彩虹，而不是泛着泪滴的血光！

假如今天我遇到正欲远行的你，脱口说了句：老兄，请注意安全！你是否会觉得多此一举？

面对拥挤与压力

时代飞速发展，须知：如今不是老子所处的时代，鸡犬之声相闻，老死不相往来。不能只看人口密度的平均数，还要着眼于类似春运期间火车站人头攒动，灯展盛会公园里拥挤的人群；条条马路如女士的长筒袜，如不减肥势必会把铁的护栏涨裂……

鸽子笼般的白领"平台"：方尺之间挤着电脑、电话再加一部手机，如在十平米运动场上小步滑行。公司和"集团"的电灯光吸吮着妙龄脸蛋的血色；不规律的生活却没使老板消瘦，人到中年撑着商战的"将军肚"，期待周末融入灯红酒绿，拂晓问残杯：今夕何夕？

竞争，还是竞争；效应，当然需要效应。商战中比较陌生的词语是礼让，一向就低的水也想往高处攀爬；最时髦的病是失眠和胃口失调；最看好的职业是心理医生。还有一个口号叫"自我加压"，可惜人的心脏毕竟不是水泵……

拥挤是事实，日益膨胀的城市人口，大幅度增长的出租车和私家车，能不拥挤？城市的空间远远跟不上青睐它的淘金者的需要；纵然住宅楼如雨后的蘑菇齐刷刷地冒长，还是容纳不了彬彬有礼的主人。你能怨城市的地盘不大？莫冤枉它。不说别的，就说盖楼所占的地皮与容纳车辆的街道之间就是一对矛盾，总不能让大楼都移开，完全辟成马路让"宝马"方便哪！看来缓解拥挤这一点，光靠每一个体来个缩身法省却所占空间不成，还得从宏观上强化调控，"软""硬"措施并行，纵然不能"万灵"，也是一宗舒筋活血的药方！

压力嘛，要怎么看。有的压力来自于客观，人小车大或时少事急，完全没有压力似也难免。有的压力来自于自身，志高如天，心阔似海，从字面上看是可取的，但如以此愣给自己加码，进行不适当的竞争，今天千万，明日上亿地累进；今天直"炒"，明日横"炒"，一时少了刺激则食不甘味，这样的压力恐怕是得"解铃还须系铃人"了。

今晨起来，檐下的春燕在呢喃提醒——莫迷恋精装修和家具本的气息，双休日去公园，让露珠照照面影，去寻求大拥挤中的小宽松；也暂使压力得以缓解，舍沉郁换取清新。虽说人各有志，却总得分清为什么索取为什么竞争；墨分五色，总共写好一个"人"。

君莫笑：拥挤中邪出小偷正出真才；压力下有人心灵扭曲有人挺身而出，以坚实的脚步足踏大地，以伟岸之身支撑生存空间，不只是为自己，也为"地球村"的居民们。至于地球嘛，"大"有大的气概，"小"有小的方便，既"小"之则安之，你不欺它，它不报复你；你待之以仁，它泽惠于你。如此，似也差强人意。

千年疫疠反思篇

我对"瘟病"这个词儿并不陌生，它甚至是与我牙牙学语同至。那时人们似乎并不知道它究竟姓甚名谁，比较模糊、比较抽象，却相当强烈，可谓谈"瘟"色变。不过，那时的"瘟病"人们不知其名。难道今日之"非典"就是SARS病毒的真正名字吗？如果说是，姑且只能是一个化名、一个代号而已。我们现在所做的一切工作，就是要它坦白交代：你到底是谁？

其实，在过去的若干若干年，人们一直在向一个又一个的不速之客拷问："你是谁？你要干什么？"有的在张牙舞爪之后匍伏就范；有的偃旗息鼓、锐气大挫；有的犬牙交错、魔道相持；有的变幻身形，隐身袭来⋯

"非典"如无声霹雳，使我回顾以往，更启我沉思未来。

一

公元217年（东汉献帝建安二十二年），在中国，尤其是中原大地上，一场瘟疫横扫四处，各色人等多有波及，不说平民百姓枕籍于庐舍，倒毙于路旁，即使上层官吏和营中军士也多有损折。单以当时著名文士"建安七子"而言，就有侍中王粲、司空军祭酒陈琳、丞相掾属刘桢和应场等四子亡于此疫。另三子中孔融已在几年前为曹操所杀，只有徐幹和阮瑀二子幸免于难。由此不难看出这场疫病流行之广，为害之烈。史书上没有记载死亡的全部数字，但可以肯定绝不是百分之三或百分之五的比例。我不知以惜才著称的曹丞相对写过《七哀诗》和《饮马长城窟行》这些才子们的夭亡是否痛动肝肠，但有文可鉴的是，他的世子、同为当时的文学家曹丕面对同侪纷纷谢世分明难于接受，深深流露出不胜感伤之意，唏嘘之声溢于言表。

毒菌之厉，竟至于此；以鄙琐之身，却能摧伤世之才俊。纵然咒之可恶至极，亦无济于事；纵使仲景再生，华佗不死，当时在疫病突来其势凶猛之下，恐也难扼其蔓延的局面。事过一千七百数十年的今天，当我重温王粲《登楼赋》时，不禁心中大恸：王侍中，你是被肉眼看不见的虫豸击倒的。你知道吗？——他当时多半是不可能知道的。

而我们今天知道了，这是时代的一大进步。

二

我生长在山东半岛北部，一个古称登州府的依山面海风光秀丽的所在，但并不因为它海蓝天青、表面空气清新就没有疫情。仅自我记事时起从父母口中得知的瘟疫爆发与流行次数，至少比我亲眼见到的海市蜃楼要多得不知凡几。

看来，有的疫病记录是在史书上，有的是载于府、县志上，还有些是存在于人们不寒而栗的记忆中。举其大者——

母亲曾不止一次地向我诉说：她二十岁左右刚出嫁不久，在我家乡有相当多的村庄暴发霍乱，不到半月期间内她生活的那个村庄就死伤过半。疫情发展迅速而猛烈，往往是这家人丁刚刚倒下，那家又爆出哭声；这家刚刚成殓，棺材还没抬至坟地，抬棺材的帮忙者即倒于地上。我母亲去照护我的婶子，被传染者多人，可能因母亲免疫力强，得以安然度过。此疫大约发生于八十多年前，但在三十年后母亲向我讲起，惨象似乎仍在眼前。

战争、动乱和外敌入侵，往往与疫疠并发而相互推波助澜。当年在松花江船上做役工的父亲回乡时，满怀愤郁地向我和家人讲起伪满某些地区流行"虎烈拉"（霍乱）的情状，尤其是在日寇强拉的中国劳工中最为严重。日本工头只要发现劳工中有人腹泻和发热等症状，即不分青红皂白，一律以"虎烈拉"患者拉至荒野深埋，其实有的并没有死，等于是被活埋。呼叫与呻吟软化不了狼子黑心，正如细菌和病毒对善良无助的人们永远不给予豁免权。

　　无论是细菌还是病毒，都是先于人类而存在；人类发展的历史，也是与各种各样疫病抗争的历史。然而不能不承认，在经济和科技贫弱的旧中国，每次来袭的疫魔势头的盛衰多是凭靠它的自限性而浮动，人们抗御疫疬的效果大抵类同于甲午黄海之战的结局。所差的是，细菌和病毒来去无踪，人们除了付出生命的代价之外，不需与之订立屈辱的条约。

三

　　人类也许远没有菌、毒数量众多，却生有一副副聪明的大脑。

　　时代发展，社会进步，科学昌明，物质极大丰富，尤其是近世以来，聪明的人们将一次次疫病的攻势控制在自己手中，以新的发现、有效的药物宣告了一个又一个的疫魔死刑或终身监禁。如牛痘之于天花，青霉素之于肺炎球菌，链霉素之于结核菌等等，流行性感冒尽管有时还在伺机反扑，但总的趋势已威势不再，强弩之末不足以使人闻之色变。

　　新中国在公共卫生和与疫病作斗争方面也不断迈出坚实的脚步，尽管那时遭受着一心与之为敌的国际势力的制裁和封锁，但社会主义的中国绝不会像醉心于"中央大国"的清皇朝那样，一味以嗅鼻烟壶当做最神妙的养生享受，而是以举国上下开展爱国卫生运动坚实了人民健康的领地。在很短的时间内，人均寿命有了大幅度提高。有一天早晨，"夜不能寐"的毛泽东在临窗的煦日映照下喜不自禁地为江西余江县消灭了血吸虫病而"欣然命笔"，写下了"借问瘟君欲何往，纸船明烛照天烧"的激情洋溢的诗句。与之同时，性病在中国也从最后的阴暗角落消失，羞于启齿的萎顿让位于"兄弟姐妹们站起来"。当然，那时最睿智的哲人也未必会想到被消灭的还会死灰复燃。

不仅如此，更会有新的菌株和病毒在暗自孳生，滚雪球般地增殖，向人类发起一轮又一轮的猛烈进攻。艾滋病就是够歹毒的一支。自它成气候以来，世人已有一两千万人丧生，另有千百万人煎熬于生与死的缓冲地带，全球每天竟有一万多人不断进入这个被无声宣判的行列。尽管目前在治疗这个顽症中，已有鸡尾酒疗法等问世，但要从根本上置艾滋病毒于绝地，仍需争强好胜的科学家们付出无数个眼带血丝的日夜。

如果说艾滋病在某种情况下有点"自投罗网"式的主动贴近的性质，而突然袭来的SARS病毒则是最大限度地主动荼毒无辜。媒体上统称是一场灾难，又称之为一场战争，也许都不错，但这种战争不同于一般战争，也不同于刚刚过去的一场高科技战争。过去的一般战争至少知道敌人是谁，大致自何方向我进攻。纵然是巡航导弹也知是泊于何处由何航母上发射的。而这种特殊的战争的敌人是看不到的，它具体在何时从哪里向哪个目标进行袭击。至少在眼前这个时候，人们大抵只是防御，还不能完全有效地进行反击。但有一点完全同于血与火的战争，我们的最高的和各级指挥部，就是战争的神经中枢和运筹帷幄稳操胜算的旗帜，我们的白衣战士——医护人员就是冲杀在第一线的尖兵。他们中有的人，随时都可能成为和平时期的董存瑞、黄继光和邱少云。

我们已知这个敌人叫冠状病毒变异体，而且搞出了它的基因密码，但正如美籍华裔病毒学家何博士所言：我们至今对它仍知之甚少。承认这一点并不意味着我们低能，反而在严酷的现实面前更能激励我们将制敌的能量发挥得更好。有的科学家说这个病毒颇有几分美丽，作为戏谑言语亦无不可。但我则看不出它有什么"美丽"，只觉其凶残与丑恶。其凶残与丑恶还在于它的善变。孙悟空的"三打白骨精"是比喻人性中之恶，而"非典"病毒很可能比白骨精更有适者生存、隐身变形的绝技。想不到四百多年前的吴承恩老先生（今有人又对《西游记》作者持异议，且不去管它）竟有如此预见：SARS病毒不就是当代微型的白骨精吗？

哈哈！不过我们今天的中国人不是唐僧。可见"非典"这个毒精灵诡诈而又盲目，未必详知改革发展中的中国今夕何夕；它自恃法力无边毕竟有限，肯定不料上下一心众志成城会产生出多么巨大的威力；它虽有变幻多端的隐身法术，但焉知既能有之必能破之的颠扑不破的真理？！

我赞扬群力，更感佩科学。科技不仅是第一生产力，在当前的非常时期，还是令一切毒株原形毕露妖术大挫的降魔神杖。

四

有一首歌的一句歌词是"你从哪里来？"我们也不禁要问：

"SARS病毒到底从哪里来？"

在"非典"猖獗期间，有观众给北京台邀请专家座谈时打来电话：都说这种病是人与人之间近距离飞沫传染，那么第一个患者又是谁传染的？这问题提得乍听有点幼稚的好奇，其实它颇似"第一个人是从哪里来的"以及"先有鸡还是先有蛋"那么玄妙哩。

尽管如此，专家和媒体总的趋向于动物由来说，而且更具体说百分之九十由病毒传染给人的疾病，皆来自于动物。此次"非典"之源，完全认定虽尚需时日，但已有讯息告知：最初感染"非典"者中，有的人或因职业或因习惯确与某些动物接触密切。这就引申出一个人们早有所想而今更感痛切的一个大课题：人与大自然特别是与动物的关系问题。如何摆正，如何恰当相处，已成为刻不容缓的当务之急和长远的战略大计。

最近，人们不断呼吁要善待动物，比过去更好地保护动物，保持生态平衡，莫要破坏大自然的既定环境。这当然都是对的。的确，"非典"向我们发出刺耳的信号，尽管这声音不那么动听，甚而不乏邪恶。但作为我们，应当作为一种红色警号来听，是改变某些人的恶习与陋习的时候了。任意和偷猎动物简直是一种罪恶，而不分青红皂白、活剥生吞各种各样的动物以满足变态般的口福不唯大不文明，而且势必遭到报复。仅是饕餮者本身招祸尚可视为咎由自取，而殃及鱼池、殆害众人不只是一般的"缺德"，如确因此行为播散病毒，还应诉诸法典！过去，我们反对此种行为，大都从爱护生灵、保持生态平衡的角度出发，尔今，病毒学家告诉我们：人们，当心你手欠多嘴，可要殃及自身的呵！

再者，舆论界多偏重于勿杀生，却很少注意到：与动物善处的另一方面是保持距离。还是要有一个合宜的规则：人就是人，动物就是动物。有的动物自有它的生存领地，你只能观赏，而不得混居。侵犯杀伤它们不好，难道过分亲狎就值得赞赏吗？我无法认同西方某些闲愁贵妇的观念：人之间太缺乏真诚，不如娇养某种动物作知心伙伴。也许人家的爱好我们大可不必去管。但对动物真正的爱护恐怕还是平等、善待，依不同物种各安生理，各居其域，基本上按大自然最初的配置行事。对于某些动物不须过分娇惯，不必过分尊仰，更不必另立一份不成文的"治外法权"，那些都不是真正的爱护，更不是回归自然状态。最重要的还要再提醒一句：最好保持适当距离，勿过分亲密接触（动物园工作人员例外）。我最近总是在想：如果病毒确是由某种动物传至人身，那么是怎样的接触通过何方式传导而后变异的呢？我一直在想。

须知：在许多时候，作为"万物之灵"的庞然大物——人，比起许多动物来，实在是娇嫩脆弱得紧哪！病毒一旦变异，或能将以十倍的凶恶、百倍的疯狂啮噬着人的金玉之体。并非危言耸听，已有的顽症就是从非洲黑猩猩传至人体的，还够不上前车之鉴吗？

五

人要成材，往往要缴学费；社会要发展，缴学费往往也是必要的。

"非典"袭击了我们，确使我们造成了不小损失。此点毋庸讳言。

很可能，我们过去对于许许多多预料到的灾害已有较充分的准备和应对的办法。诸如洪水、蝗灾、林火、地震、空难乃至他方加予的寻衅和侵扰等等。但对突如其来的传染性极强的疫病来袭，而且还是一个生面孔的"狼外婆"则一下子不那么适应。其实，按理说社会现代化的发展本来就应是一个全方位的配套工作。譬如说，当一幢几十层乃至上百层的高楼广厦直摩云天时，同时就要充分顾及到低矮工棚附近的公共卫生设备是否相应地健全到位。又譬如：当全国许多角落都是一个个大工地，密密麻麻的工匠在脚手架上节节飞升，我们便要想，这当中有多少是医院设施？而医护人员是否足备于应付突发的疫情？当我们中的很多人乘"宝马"香车云集"新贵族"酒店品尝"龙虎斗"时，是否考虑到我们还有哪些资深陋习和不良俗尚需要彻底纠正以消除和减少其负面效应？当我们为取得容易看到的胜利成果而通宵达旦振臂欢呼时，也应更具远见更为宏观地加大对危害人们生命健康的科研项目的投资，等等。如果说我们以往注意得尚有缺欠，那么我们来日切不要使"非典"病毒这个据说颇有几分"美丽"的罪恶精灵——再劫营成功，哪怕它在花冠上再加上别样的镶边。

"亡羊补牢，未为晚也"，人类与疫疬斗了千年万年，看来今后还得再斗下去。借用一位伟人的语式稍加改动："十三亿中国人，不斗行吗？"当然这里说的绝不是自窝斗。古人事实上也斗过，那时科学不昌明；如今人更聪明，有现代的科技医疗水平，但现代社会也有另一面：城乡人口密集，大城市更是高度集中，交通条件便捷，这些都加大了交叉感染，"输出""输入"之弊。当代信息无比灵通，不封闭固好，却也增加了负面心理传导。但不能因为这些而不发展，只能是保持清醒头脑，承平已久，警惕还有敌人。不是"阶级敌人"就不是敌人吗？"非典"病毒就是。

感受环保纵横谈

当前，环境污染已成为社会发展的诟病。其来源是多方面的，如工业烟雾和废气的排放，在很大程度是历史发展之必需带来的副效果。至于汽车尾气的危害在过去年代固然就有，但情况的加剧则是在近年来私人纷纷购车与其他方面的车辆剧增的现状下才愈演愈烈。而最"时尚"也是最值得注意的，是某些天良丧尽、只为自家谋取暴利，不顾污染环境，残害生灵，恣意排放有毒物质而造成严重恶果者，除执迷不悟之外，也许还存在其他致患原因，但不管怎样，环境是需要大家来保护的，因为环境的好坏直接关系到人们的生活质量和身心健康。

本人新中国成立前生活在农村解放区，新中国成立后亲历了"大跃进""文革"和改革开放。解放区农村生活时期基本上没有现代工业设施；新中国成立后每一座工厂、每一桩工业生产设施的出现，让人们在欣喜若狂的同时，基本上没有注意到环保的问题；可以说，直到"文革"前的上世纪60年代前期，也还没有将工业发展中可能带来的环境污染问题提起注意。其原因我想一是我们国家和人民太想早日实现工业现代化，太想使国家富强了，人们都在抓矛盾的主要方面，而暂时顾不上或忽略了其他。再者，不能说不受到当时科学发展水平的局限，特别是与世界全面信息的沟通尚不能畅达。也许，除去专业部门和专门人士，一般人对环保问题的重要性还远没有认识到位。另外，存在的一个实际情况是：相对而言，那时工业发展的水平仍不够高，分布也不够广泛，在广大地区内，环境污染问题相对原来并未达到严重的程度。正所谓：业兴则问题可能亦多，事少则纠纷可能也少；正面的分量增长，而负面的因素有可能也不那么突出。

但有一个实例，我觉得很典型也很突出：1978年秋，还是"四人帮"粉碎不久，国家处于百业初兴时期。那时，中国作协的工作刚刚恢复，第一个大型的活动，就是组织了由各省、市作协代表参加的40余人的访问团，赴东北鞍钢和大庆各生活半个月。我当时在天津，也参加了这次体验生活的活动。我与内蒙古的诗人查干、广西的少数民族诗人包玉堂等，算是年轻的成员。既然比较年轻，相对也较敏感。一到鞍山，就发现北半个天空，各色烟雾弥漫：黄、绿、蓝、灰、红，势头很猛，汹涌不绝。这是我生平头一回看到这样的奇异景象，当即产生一个想法，多少有点盲目地问我身旁陪同参观的一位中层干部："这样大的烟雾，对人的呼吸不会有妨害吗？"因为此刻我的鼻息间已经嗅到了难闻的异味。这位同志没有正面回答我，而是说："在这样大的工业钢铁基地，有些烟雾是难免的。"此后，在我们举行的座谈会上，再没有谁提出过类似的问题，反而是作家和诗人们，以空前"开眼"的欣喜心情，在作品中歌唱这些高大的烟囱和五颜六色的矗天烟雾，有的还使用了"绚烂"这类词儿。当然，说起来那还是三十多年前的旧事，不可以用今天的认识加以嘲笑与非议。但至少说明，在上世纪七八十年代，人们还没有足够重视工业废气排放这个重大课题。此后，我再没有去过鞍钢，无疑人家早已进行了整治，大大改善了环境的状况。诗人们也许不再那样"歌唱"了。

改革开放以来，我国的经济建设出现了划时代的大发展，整个中国走上了真正的快车道，"正能量"的巨大成就是举世公认的。然而，在经济大发展的同时，环境的污染，雾霾的纷至沓来，空气状况的恶化，凡此种种，固然来自许多方面，但工业排放以及相关设施的大量涌现，燃料用煤的遏制不力，占据着非常重要的份额。相关方面从来没有放松采取必要的措施力求改善，但发展的巨大步伐与减少负面效果之间无疑还存在不小的矛盾；再加上一些单位仍然没有将环保努力置于足够的地位，改善的措施不够决断，以致至今存在的问题仍相当严重，情况必须根本改变，已到了刻不容缓的地步！

然而，建设和发展带来的环保症结固然不容稍缓改变，但我认为：总还应看到尚存的一个历史形成的过程。也就是说，最初大致是为了前进而带来的负面因素。当然，对此不可一味原宥，因为当矛盾发展到一定的关头，原先的次要方面也可能上升为严重的破坏性因素。不说别的，就说近年来我们所居住的首都北京以及周边的天津、石家庄、保定、邢台、邯郸等大中城市，雾霾肆虐已渐成痼疾，毋庸置疑地对市民的健康构成了威胁；而且，如不下大力气，采取卓有成效的治理措施，指望空气的自行"净化"已不可能。当年，在狄更斯笔下的著名的"雾伦敦"，已在我国大面积的城市上空复映，甚至是有过之而无不及。我们固然殷切期待上下同心协力打好一个个"清污"的环保战役，而且也有信心会使我们的生存环境越变越好，但我觉得尚须做较长时间的精神准备。由于非理性的情况并非一朝一夕所形成，由于致成环境污染的来源与大跨步的建设和发展这一"硬道理"紧密相连，因而采取某些大动作有时很可能会出现牵一发而动全身的效果，甚而在一定程度上也可能影响生产和发展的上升指标。这一点或许是出于我这外行人的想象，未必宜于忒性急。当然，每一段时间的延伸，都要付出代价。但不论是战争危害还是和平建设，有时某种代价还是不得已而须付出的。前几天看《环球时报》，说有专家估测至少在淮河以北地域，由于环境污染与空气恶化的结果，人们要付出平均减寿5.5岁的代价。目前，此说还有争议，姑为参考性的警示吧。但不论精确与否，反正不良的生存环境要付出代价的结论绝非妄语。那么，一方面要有积极的态度和有力的措施，另一方面也要拿出必要的时间且付出一定的代价，纵是无奈亦应淡定对之，足够的精神准备也是一种实事求是。

其实，环境污染问题何止仅限于城市，即使在传统意义上的农村，也存在着大致相似的问题。尤其随着城镇化步骤的推进，许多农村在环境上也发生了很大的改变。以笔者的故乡为例，近年来就发生了翻天覆地的变化。拿住宅格局来说，许多一二百年乃至更老的村庄正彻底改观，百年以上的古宅与其他房屋基本拆毁，取而代之的是经过规划了的一排排整齐的民房。我们那地方，自古盛行田地里的水井台上也大多种植些梧桐、楸树等，招来各种鸟类筑巢或"联欢"于树冠之上。树叶，尤其是梧桐蒲扇般的大叶招清风于田畔，挥甜露于口唇之间，清风、甘露、鸟语、木香，可谓声情并茂。而今，树株稀少，几近荡然；灵鸟歌止，应答无声。当然，工业设施的发展，骤增的汽车等交通工具，较之当年，自然是今昔两重天。但我虽欣然于今天之巨大的变化与发展，竭力扼制内心保守之弊，但有一点是不可能回避的，即空气的质量与当日相比肯定呈"退化"趋势。我手头上虽乏准确数据，但鼻息间的空气"味儿"已远不如原来清新。我确信，自小习惯了的故乡空气"味儿"已谙然于心，凭感觉也不至于离大谱。还有，除环境状况与空气质量外，尚应注意保护有价值的古树和古民宅，如果仅为了"规划"整齐而不进行仔细审别，也会造成无法追补的损失。正所谓：无论是无形还是有形的，凡是珍贵的都要保护——"老九不能走"。

我们常说，不能以损失环保为代价而谋求发展。这话当然是正确的，但更完整地说，发展与保护应是并行不悖的统一体。只要涉及发展，本身即应同时考虑是否有利于环保的问题，环保本来亦应是"硬道理"的有机组成部分，而绝不是分外的补充。只要提到这样的认识高度，才永远不致或被视为游离的"附件"。

　　至于汽车尾气排放对环境污染的影响，这对城市空气所起的负面作用已非常清楚，其所占份额一般都是仅次于工业污染源。众所周知，近年来多座城市对此也采取了一些相应措施，如限号出行、大力提倡多乘公交车、提供自行车服务点等等。然而，从实际效果上看，其限制的效果不说是杯水车薪，也远远跟不上汽车尤其是私家车的暴涨势头。君不见，在各种琳琅满目的车展实则车售的市场上，花样翻新、吸人眼球的招数层出不穷，与其说是豪车的各施其技，不如说是促销女郎的纷亮姿首，以使过多的踌躇顾客下决心掏腰包。而在环境方面，可知马路上每增添一辆流线宝贝，就必在空气污染的账单上多写一笔份额。但在日益增长的拥车者的需求面前，社会也还是要给予必要的满足。在这方面，我不禁联想到香烟行业，情况虽不尽相同，亦可比一二。尽管明知吸烟有害健康，但吸者却难扼制，供者依然基本上敞开大门。所以，我还是觉得，在涉及积极发展总体要求的权衡上，环保问题便自觉不自觉地有些纠结；在大刀阔斧采取有利于环保的举措上，不可能不顾及到发展的总体进程。本人不是专门研究经济问题的，考虑问题时难免会渗透着感情的平衡因素，不可能情绪化地一味急于求成。因为我知道，今日中国的汽车生产量全球第一，它在生产总值中必定不是一个无足轻重的部分，不然，为了环保大计何以不果断地削减汽车的供售，而眼睁睁地瞅着汽车后尾上那个似隐亦显的圆孔嘟嘟嘟地出气儿，日复一日地加入空气污染的无声大合唱呢？

瞻前顾后，不能不说，此中的矛盾无疑还是需要协调。

环境的企业污染，可不是一个一般的污染源。在环保问题上，一个资历不算老却具有致命烈度的弊患，就是一些丧尽天良、利欲熏心的"人"，为了获取足以撑破了肚子的邪恶利润，不惜毒害他人的健康和生命。他们的所谓"企业"，不仅是向天空冒烟儿很成问题，更想方设法、偷梁换柱地排放有毒有害的废水污水，乃至将致命的剧毒化学品、重金属直接排进本是供百姓饮用的江河中。最近，广西贺州的不法业主，将含有重金属镉和铊的废水直接排入贺江，造成粤桂之间地域严重污染，后果极其严重。像这样极端恶劣的事例绝非个别。这类案例，与前述之一般工业排放和汽车尾气造成的空气污染的不同点在于：行为人明知此举将造成明显的恶果，但还是要昧心而为之。所以，从动机到效果，都是一种犯罪。这使我联想到新中国开国初期，抗美援朝运动中，上海的药棉和纱布供应商，竟将被污染甚至带着脓血的"医疗用品"，送到朝鲜战场，以致不少志愿军伤员伤口严重感染而不治。今日的为牟取暴利而施放毒害废水、废料的"致富者"，与当年丧心病狂的奸商在本质上何其相似！

近年来，这样的犯罪型污染之所以频频出现，而且屡禁不绝，关键在于社会转型期某些人心灵的扭曲，人性中邪恶面之充分释放，以致不择手段逞其私欲。行为者来自于"心毒"，而且这些人在实施他们的行为时，往往都带有某种赌徒心理和敢于冒险的"魄力"，致使"逮到了就是得到了"的恶性实用主义被崇尚乃至被无限放大。由此，我想起上世纪80年代初，我出差去广州，在回程列车上与一个当时被称为"倒爷"的中年男子坐在一起，闲聊时，他说的一段话使我印象极深："我去广州、深圳倒腾点服装，纯粹是小打小闹，就是富了，也不是大富，更不算暴富。真要想暴富，那得出绝招、损招。往大里说是'要想富，先修路'，往小里说是'要想富，先耍酷'……"那时候，"酷"这个字眼才刚出现，而且这位倒爷说的这个"酷"字的含义，与稍后些时候小青年们所谓的"酷"还不完全一样。倒爷的"酷"，有些厚黑学的味道。对此，他的另一段话可为佐证。他说，香港、澳门的有些财势大亨、大佬，最初发迹的道路都是"啥道都走"，意思就是不择手段，无所不用其极。但照这位倒爷的话是"倒成气候了之后，立马就人五人六的了。站在街面上一跺脚，四角乱颤。再到后来，在官场上也有了地位"。而且，不知是这位倒爷自悟，还是他从别人处躉来的生意经，说什么"财富多得流油了以后，再搞点慈善事业也是蛮合算的"。不论这位倒爷引来的"经验"是否完全符合事实，却也部分道出了某些人在被暴富的邪念熏黑了心之后，确实连做人起码的道德和良知都可以弃之不顾。在他们看来，纵是丧尽天良、毒害他人的手段，只要"成功"了就会被人刮目相看，就会被社会承认。今日远未绝迹的以破坏环保底线以求暴富的"人"，应该都是在潜流中发育了三十多年的恶性实用主义哲学的延续。对于这类造成的环保侵害，已经非一般措施所能解决的了，只能是施以重典，使敢于以身试法的人明白：以破坏环保、侵害众人的生命和健康达到"致富"目的是绝对不容许的；而且要在经济上予以重罚，不是只在口头上说说，而是真正惩罚到使之倾家荡产，付出足够昂贵的犯罪成本，才能以儆效尤。道德的教育和制度的保证都很重要，但法律的严明才能使某些亵渎道德、罔顾制度的不法之徒受到应有的震慑。最终不仅要使贪腐分子明白"得到了的未必就是得到了"，而且也要使一切迷信"损招"暴富的"成功者"，最终也能恍然，"非法得到的也会变成一无所有"。

任何方面的污染源流，都是要认真整治、不能含糊的，但其致成性质也有约略的不同。有的形成之初，还有可理喻的一面；而有的自始至终只能是绝对的"零容忍"。仔细加以分解，处理起来才能有一个准确的把握。

其实，影响与妨害环保大计的因素，细抠起来当然不止上述的几个方面，还有许许多多的个人生活习惯和文明素养所致。电视屏幕上几乎天天指出有些人在公共场合吐痰，尤其是乱扔垃圾。尽管垃圾桶就在咫尺之距，也还是不肯多走半步。还有的人随意攀折树木花草，等等。这些不文明行为，也与我们的生存环境有关。这类因素从表面上看，对环境的负面效应似乎不占举足轻重的份额，但其实却牵涉到个人素质修养和道德层面的深层问题。看来，无论环境的污染来自哪种源流，也无论是制度的保证还是法律的监督，从根本上说，从一切事物的源头上说，还有赖于精神文明的建设，有赖于心灵的净化工程。

天、地、人密不可分，环保，魅力永恒。天空少了有害气体，地面少了污水流溢，最终还要靠比较干净的人心。个人素质的提高，公德意识的增强，同样不应是一句空话，至少应与净化空气同步。在一定意义上，也可以这样说："生存环境的真、善、美，首先取决于人的心灵的真、善、美。"

心情乃养生之魂

    和平时期，物质生活有了长足的提高，"养生"成为热门话题之一。广大人群，尤其是城市居民，无不重视养生工程，不遗余力，想方设法挖掘养生的妙法，扩大促使健康心身延长生命的渠道。有关方面提供了一些可能的条件，满足人们的需求，如中老年人早晚的各种健身操，电视台举办的各种养生健体的专题节目，电视广告或网络宣传中对于形形色色养生药物和食品的"饱和轰炸"，当然也免不了闻风而动、对症下药的江湖骗子和疑似骗子的"大忽悠"，不一而足。

    应该说，人们对养生的重视，对延长生命的渴望，不但可以理解而且应从正面加以肯定，并应认为是社会发展过程中的积极现象。对于个人或团体采取有关促进养生的措施，一般说也是有益的。就是某些养生药物与补品的推介活动也不能一概加以排斥。然而，且不论这些举措与活动中往往还有真伪掺杂、良莠不一的情况，而且健全的养生道路也存在进一步识别与合理遵循的问题。同样是不可盲目跟风，同样需要应有的智慧，同样应因人因具体情况而宜。

本文不打算为养生开出万全的药方，也不奢望指明哪种是对的，哪种是有误的，只想针对养生、健体、长寿之道中最关键最不可忽略的内功——即人的心情这一课题谈谈相关的看法。

所谓心情，即人的情绪心境。近些年来许多城市文化人喜欢称为"心态"，譬如说他们看到某个人挺有精气神儿，体貌在同龄人中显得健朗而年轻，便往往赞赏说："您主要是心态好。"其实，仔细分解（至少从字面上讲）这心态还是重在外在的表现，而传统说法的"心情"，则是外由内溢，是从骨子里涌出来的：是好心情，还是坏心情，抑或是不好不坏的平常心情。而这样真心情，是装不出来的，它最本质最内在，是精神领域中最真实的体现。如果是好心情，至少在这一时期肯定会使免疫力上升，生活的质量提高，自信心也必然会增强；反之，如果是坏心情，无论是身体状况还是生活与工作的质量都将会大受影响。长此下去，坏心情还会使原本隐伏的病症乘机冒头，更不必说，生命力明显下降，自然也会影响到人的寿命。

好心情对于人的良性影响，恐怕没有谁会质疑。但问题如仅限于此大概是没有多少意义的；重要的是如何才能有这样的好心情，特别是长期保有这样的好心情。如果不深入地加以揭示，那只能是一个肤浅得近乎空话的问题。

好心情，不是凭空产生的，甚至也并非容易享有的，我们平时经常听到这样的话，好像是经验之谈："好心情需要本人善于调理，调理到一个良好状态。"这话不能说不对。其实任何人都需要具备这样的调整功能：不能任凭"情绪流"自由地泛滥，应以理性加以调控，哪怕是一种坏心情也能转化为比较良性的状态。

然而，却不能过分夸大这种调控的效果，实事求是地说：心情如何也得以现实情况为基础，即必须承认不同的人与生活中的不同处境、不同的生存条件以及每个人的心理承受力等因素是密切相关的。如果某个人他（她）的处境的确比较优越，上下左右给予其人的多是良性的、正面的，乃至非常受用的感觉，那么其人在某一时间段甚至相当长的时期就将是全心身的滋养。以精神变物质，物质变精神的规律予以验证，一般而言得到惠泽肯定是十分利于养生的。假如是相反的情况，处境相当不佳，负面的因素纷至沓来，恶性感觉不时袭扰，这无疑便在相当程度上减弱了他（她）的免疫力。坏心情很难根本排除，如果长时期地恶化下去，原来积郁的病因就会乘机蠢动，而最终至于泛滥。这些疾患当以恶性肿瘤关系最为直接。毫无疑义，任何恶症都是内因与外因的契合所致；而坏心情则是病魔最理想的诱因和生发的温床。有的时候，我们看到有人平时似乎很开心很愉快，突然听到他得了某种恶症好像颇感意外，其实有时外人看表面，常常会有误判的情况：殊不知在该患主的内心已积郁很久，只是在别人面前不爱表露而已。

总之，心情怎样对于人之健康、安危和寿命的关系，是无论怎样估计都不过分。几年前，我与一位学者聊天。他虽不是专职中医，但对医道、养生甚至更高广阔一点说，对于生命科学确有较深而独到的思考和见解。他说：假如（只能是假如）一个人从出生到生命即将终结完全具有绝对的幸运处境，所得到的完全是良性的对待（没有任何负面的感受）；既没有三灾八难，也没有心理上的挫折，纵然只有平常的饭食、平常的住行条件，活到一百岁是"小菜"，活到一百二十岁也并非是奢望。我听了他这话，总体的一个感觉就是：此公是个"心情（或曰情绪）决定论者"，抑或是一个"心境理想主义者"。记得当时我觉得他说得太绝对、太不切实实际的时候，他接下来又说：可惜的是世上几乎任何人也不可能一生每时每刻都沐浴在绝对如意的处境和良性感觉之中；哪怕是百分之九十五的良性状态就无愧于幸运儿了。而凡是负面的处境和恶性感觉对于健康与寿命都是要刨分的。如果本应是百分，这回减几分，那回又减几分，减来减去也就减掉不少。哪些东西是刨分的因素呢？如工作环境不适或不顺，上司没好脸，没好气，隔三岔五还要"剋嗤"几句，内心压抑，想离开又有难度；再如意外灾祸，亲属遭遇车祸空难等等，心中"很受伤"；自以为尚有能力，但尽管使劲儿多不如愿，深怀挫败感；竞争上岗或申报奖项名落孙山，等等等等。这当中有的是受到了客体的排挤和打击，甚至己方本来是对的，实属"命运"不佳，"排列组合"恰碰上倒霉字儿；有的则是本人的性格或思维方式等原因，不善于处理人际关系，解决矛盾的方式方法不力，以及对自己定位不准，而造成许多事情自寻烦恼。有些压力是客体加予的，而有的在某种意义上是自我加压。这位学者举出有一种职业运动员，可谓无休止地投入比赛，将自己几乎变成机器，毫无稍歇。究竟是职业之必需，还是一种心理惯性使然？也许其本人认为，只有像陀螺那样不断加速运转，才会使自己舒服，从心里得以释放；却没有想到，一个无时无刻都处于竞技状念的人，其实已违反了生理常规，最终也不会获得真正的良性状态的好心情。我听后觉得此公的说法颇有几分道理。"负性减分""人为加压过犹不及"是也。

不过，话又说回来，好心情固然与"人逢喜事"，坏心情也与"倒霉连连"有关，不能过分夸大人为调控人为扭转的可能性，也就是说，不能陷入"唯意志论"的窠臼。但我又认为：超常的心理承受力在相当程度上可以抗拒恶劣环境（命运条件）的重轭，而在坚强意志的调控下，使本应坏到了家的负性心情维持在不离大谱不减重分的水平线上。我们常说某某人物三起三落仍然坚忍不拔，至少未被压垮，这无疑是要有很强的心理调节功夫的，否则便难以支撑较长期命运低谷的挤压。有人说，这是靠理性的力量。其实也要有一种不太恶劣的心情，才能保持心身大致的常态。而况，这种超常意志和心理承受力，在广大人群中并不具有普遍性。比较特殊的个例应是遗传基因与出色的历练的结果。

综上所述，无论是天赐良机，好事迎门带来的好心情，还是机运悭吝，步履蹀躞，但仍不甘束手缴械，坚韧搏斗，稳中求取，保持心身不致倒下，虽无气盛之态却亦不是生活的卑者。但所谓"搏斗"不意味着不切实际的"增殖"，当明知不可为或负面障碍太重太厚，适当舍弃那份"好处"，善于避开对健全心灵的摧折，也不失为一个智者。

管住嘴，迈开腿，晚忌饱，晨喝水，粗杂粮，荤素配……多少养生的妙诀，不厌搜求的长寿灵方，都不能忽略一个重中之重——心情是最不能缺少的药引子。有了不错的心情，配伍的药味才能各尽其能，发挥出它应有的作用，没有起码的好心情，负面的积聚太多便能化为毒素，非虚言也。

尽管说谁都难以保证终生都有好命运好心情，但还是要力争较好的心情尽多地增加，尽量使"减分"的坏心情少而再少。有志气、有信念的世人不宜将生命的质量押在天天"又娶媳妇又过年"的"好事儿"上；正确的人生观和价值观即使不等于就是好心情，至少是心情调和剂。

如果你认定"心情"是养生的排头兵与信号弹，那就决不能让坏心情挖生命的墙脚，以有效地扼制这个惯于"刨分"的窃贼。

无休止的惯性竞技也许可以带来机械性的兴奋，还会带来个人极其可观的光灿收入；但生命毕竟不是纯粹的竞技，良好心态统领的应是一个健全、丰富、稳定而有意义的人生。在一定意义上说养生也不仅为一己之利而"养"，众人之"养"就是一个健全社会的正能量工程，每一个体好心情的总合浇灌的当是民族的常青树。

"弱势群体" 的时尚

　　说不准从什么时候，一个相当流行的名称在中华大地铺衍开来，这就是说起来很有些理直气壮的"弱势群体"。至于这种时尚的"发明者"是谁，有没有享受"专利"，在下就不知其详了。

　　不过，有一点是肯定的，在我所听到的自命为"弱势群体"的人，出口时一般都是挺自豪的，那神情，那语气，却像是只要拥有了这个身份，便可以走遍天下也不怕。但久而久之我发现，所谓"弱势群体"的行当和身份是相当不确定的，有很大的任意性。有时矛盾冲突的双方都自恃为"弱势群体"，都觉得很委屈。如城市中的小摊贩、露天烧烤者毫无疑问自认是天经地义、正南八北的"弱势群体"，理应对他们网开一面，而城管队员则觉得自己管也不是，不管也不是，也好像是受夹板气的"弱势群体"；在地铁车厢中行乞者更认为自己是真正、嫡系、自古以来就是正牌的"弱势群体"，而本来就被挤成"照片"，又被乞讨专家逼得不胜其扰的打工者同样是"弱势群体"；跑断了腿、看够甩脸子的办证者自认是"弱势群体"，而一天里"侍候人"没完，这个证那个证办个没完的"女同志"也委屈地觉得自己是"弱势群体"。再到后来，银行的小储户觉得自己是"弱势群体"，而实习期的银行职员也有一种"弱势群体"的感觉。再到后来，某些充满"同情心"的雅士们认为小偷、贼人甚至砍人者也不失为"弱势群体"，理由是他们也是被迫无奈，如果他们不是"弱势群体"的话，也不至于干那些"活儿"了。

如此这般，看来关键问题不是"弱势群体"该不该同情，而首先是对这一概念弄没弄明确。其定义准不准？有没有边沿？由谁来下定义？该不该下定义？甚至是能不能弄得清楚？扩大一点说，它究竟是一个道德涵义的问题还是法律层面的问题？一连串需要弄清的多了去了。

首先是"弱势"。何谓"弱势"？是无权无势，是无官职少身份，是收入低生活水平差，还是能力弱活动天地小？等等。也许我孤陋寡闻，尚未看到权威文本的明示与确凿无误的规定条文，但也间或听到有人非正式的解释和坊间颇带感情色彩的抒发。有愤愤不平者指向官员、专家、大腕、大款（所谓大腕、大款一般指明星、开发商等等）。这种指法看似有理，但如深入推敲也有问题。如果说官员就是强势，逻辑也未必严密。如今官员中固然有贪腐分子，却也有殚精竭虑热诚为民众办实事的公务员，那么这样的官员对于"弱势"又"强势"在哪里？

须知既为"势"者，威迫也。不是仅仅有官衔、有钱财、有职业特长，自然就有威势，对所谓的"弱势"就构成必然的压力，这样的认识方法显然是很表面的。其实，只要是合法的，纵然有职务称谓、身份地位和钱财数量，严格地说还不意味着就与"强势"挂钩。所谓"强势"，其意态就是居高临下，咄咄逼人，本身就已有负面的意味在其中。我不知道当初作为"弱势"的对应面"强势"概念的发明者考虑到了此点没有？如果认为"强势"者就是以上那几类人，那么，凡是尚未成为官员、大款、大腕者均可列入"弱势群体"，这样虽不明晰，却暗指式的划分，对于民族的团结，对于社会的安定，势必将产生不可低估的负面效果。

当然，对于社会的分配不均、贫富悬殊等现象确应引起足够重视，应通过反腐和其他得力措施逐步使社会更趋公平，逐步提高民众的生活水平，使正派守德，以勤俭劳动所获者受到鼓励，使相反的情况得到正当抑制。但必须看到，造成"身份"、地位和财富多少的因素是相当复杂的，对此必须保持清醒头脑与辩证分析，决不能以不确定的、简单片面的划分而表爱憎定优劣，否则，不仅会产生负面的社会效果，还会引申出更加荒谬的结论。

非确定的、简单地划分带来的负性效果之一，就是只重表面的"弱势"，而不看人的本质尤其是人性之善恶。只看行当，看

"身份"，看"上下"，以致欺人恶棍只因暂时并非千万富翁也自命为"弱势群体"，坑人骗人、碰瓷儿专业户更是"一贫如洗"弱势群体，还有"性工作者"也是流动状态的"弱势群体"；而正派善良、小有积蓄、衣食住宅尚好的守法户则不是。长此以往，影响所及，最低限度是扭曲了正当的价值观和人生观。其实，正如头脑清醒的智者所言："横茬的恶人、欺压良善的亡命徒是哪门子的'弱势群体'？其实这类东西才是真正的'强势'哩。"真是一语中的！

对于所谓"弱势群体"，有一种说法似乎更为冠冕堂皇。说卖淫固然不大光彩，但生活所迫不得不"下海"，其情可恕；在地铁中行乞固然对交通与乘客有所纷扰，但身残无助，不得不舍掉脸皮，其意可怜。其实，最近发现数起地铁行乞者，其刻意包装原来是假残，其收入不仅可观，而且出乎善良人之想象，每天都有数百元进账，月收入不亚于一个普通的公务员。另，最近上海警方破获一惊人的卖淫嫖娼团伙，其"天使"档次的卖淫女每单生意均可分成数千元，有的一单即可逾万，不仅不是为生活所迫，而且大都有不错的工作。有的白领年薪可达一二十万，但仍嫌不足，还要"发挥优势"赚大钱，又有何办法？这样的"弱势群体"到底弱在哪里？是钱少，还是体弱？抑或是"身份"？当然，如欲壑难填，那永远也不会满足；体弱？看跟谁比，与拳击大王比倒是弱的，那是笑话！身份？既然自称"天使"，身份已至高无上，何谈"弱势"？将这类行当、这类人士也归于"弱势群体"实在是不伦不类！其实，倒是有其最弱的一处，这就是道德的沦丧，人格的猥污。

再就是所谓"群体"。既是"群体"，就不是一个人，甚至也不是几个人，至少是一伙甚至一个组织。有人解释为"一类"人，那么，按什么划类？是按钱财多少？按地位高低？还是按品性优劣——凶悍还是老实？好像都不好划分。再说，既为"弱势"，一般都比较本分，那就应该是本本分分做人，无来由地还要"群体"干啥？难道是以群体来壮大威势？

按正常思维，这是很难理喻的。应该说，在中华民族大家庭中，只有为民族伟大复兴英勇奋斗的群体。如果再分的话，就是职业、行业的不同。如果人为地划分"弱势"与"强势"，只会在舆论影响和人的潜意识上加深对立因素，甚至制造本来并不明显的鸿沟。而且，在本来不易明显划分或时有变化的人群中，使某些品性不端与意欲获取不当利益者，以所谓"弱势群体"作为盾牌乃至最牛气的"虎皮"。

看到有的文章提到：所谓的"弱势群体"者，如果任意加以强调与张扬，很容易使人闻到当年"阶级斗争"的气息。我倒是不想做这样的对比，因为"阶级斗争"是在那个时代社会矛盾和思想演化的产物，对此作出全面而合理的评价，并非简单的几句话便可以分析透彻。而无论如何，今天的社会现实已发生了很大变化，一个远非权威性的概念和术语还不致于产生那样的影响力。然而，有责任感的人们却不可以漠视它的负性效应，因为不论最初"创造者"

的动机如何，肯定是会被利用来达到非正当的目的。至少应使最大多数有良知的人们认知：对任何缺乏确定意义、易生误解的说法和口号，均应对之保持清醒，正确加以辨识。至于是使其自动退出健康的语境还是在有力的舆论冲刷下渐行枯萎，时间当会给出恰切的答案。

关于"强女人"的话题

有那么一个时期，"女强人"这个词儿是很风行的，似乎成为一种时髦的尊称。其实，意思人们是理解的，但细究起来却并不那么雅观。因为按传统的解释："强人"也者，多本是剪径截道、打家劫舍之谓也。也有人在报端上指出这一点，近来，这个称谓似有收敛之势。

怎么称呼还在其次，重要的是它所指的那一类人是确乎存在的。尤其是在妇女能撑半边天、男女平等愈来愈成为自然趋势的今天，确有一部分有能力、有才智、有气魄而又适逢机遇的女性在不同的领域表现出她们不逊于须眉的态势，甚或在某些领域，也许更适合女性展现风采。

如果说"女强人"的提法不够严密，或有漏洞，那"强女人"总该可以吧。或者稍为累赘一点，"强有力的女性"亦未为不可。

既为强女人，必有强女人的志向、气魄、性格及能力，也就是，必是诸种较强素质的总合；否则，如属仅凭运气而撞进"强女人"之门，那当然不是真正的强女人。

　　本人平时与"强女人"打交道虽不很多，但在有的场合下，直接间接地也有所了解，大致也领略到了她们的某些状貌与特点。她们中或为女官，或为女经理、女董事长，或为女导演，也或为其他多种行业的强力大腕等等。

　　在我的印象中，凡为女官者，大都较之一般女性有魄力，行为果断干练，具有指挥者风度，有的还表现出一种不为本性别所囿的勃勃雄风。

　　在我的印象中，凡为女经理、女董事长或其他方面的女企业家，有一般女商人的诡谲细敏，更有不逊于男企业家的经营心计，其魄力和权谋兼有女官和大款的双重优势。在某些影视作品中，我们更能看到这层女性的行业形象，她们每每在写字楼里与对手讨价还价，在豪华轿车中手机不离手，其中有的纵然是"住别墅的女人"，那副居高临下的神态也与一般白领丽人不同。

　　在我的印象中，有的女导演固然也有艺术家的灵感，但由于她们的职业经常指挥"千军万马"，或室内，或室外，或高山，或原野，运筹于帐幕之中，拍板于号令一瞬。久而久之，也形成一种强有力的指挥家风格，高屋建瓴的赳赳气势压倒了小儿女的柔媚情趣。

在我的印象中……好了，不必赘述，还有别的一些方面的强女人，都能表现出那种很有气势的强有力的特性。

这是她们的性格特质所决定，是职业磨炼而使然，可谓主观与客观相互契合的结果。

这是时代推助的机遇，也是女性个人努力获得的定位。

强女人当然也有一般女性的喜忧苦乐，也有一般女性共有的正常感情需求。其中有的还具有多方面的爱好和丰富的才情。"强"与"刚"固然有一定的联系，但二者也并非同义语。何况，性格的丰富并不排斥"刚柔相济"。

然而，也不能否认，"强女人"之所以强，一般说来当然有其不同于寻常的方面。一是她们自身本性之"强"。有如上述，"强"虽不等于"刚"，但刚气还是比一般女性要多些。

不能想象，如一味柔弱，缺乏闯劲，或总是柔情似水，如绵藤缠株，那怎么能强得起来。这就是说，凡为真正的、够格的强女人，其性格的本质方面应有强的属性。二是职业、身份、地位这些既成的因素也会造成她们与普通女性不同的一些表现，

如既为女领导干部，特别是较高层的女领导，自觉或不自觉地会形成一种公众形象：更较端庄，更较持重，甚至更加严肃（如果不是更加严厉的话）。纵然有时面现笑容，那也是略带矜持的笑，是布雨济苗的笑。这也许是职分上的要求，也许是个人心理养成的结果。至于是成功的女学者，当然还要多几分雍容与厚重，有的直

如深山密林，智境幽深。而女企业家之属，在通常的"强"之外还多了几分富丽，具有传统的强者与现代时髦交集的多元现象。三是这种本性特质与职分陶养的结果，便造成两相交互发生作用：本来性格之强促进了所担职分的到位，而职分表现的充分发挥又回固了本来性格之强。这样在公众感觉上自然会使人产生"强女人"确有与众不同之处。至少对于一部分"强女人"来说，这种公众感觉是鲜明的。

其实，公平地说，这种情况对于"强女人"说来也是没有办法的事，或者说是自然形成的态势。譬如从职分上说，无疑"强女人"是经常处于支配地位（当然在极少的情况下也要被支配），这样久而久之就有可能习以为常，难免有时显得居高临下。又譬如为使更深沉更成熟，就难免少些活泼与率真；为使严谨缜密，有时就显得少了些自如与轻松。事物往往都有正反两面，这一面太充分，那一面就可能有些不足，至少从表面上看是这样的。又譬如忙于公务，作为家庭主妇的事务自然就很难兼顾得那么均衡。有一位铁路大站的党委书记曾对我诉说：她也很想多照顾一下孩子，但站里的事情的确千头万绪，临时突发的事情也很多，往往不能按正常下班的时间回家，甚至一忙活就是大半夜，不得不在办公室里和衣小憩。其实她也想多尽一些妻子的责任，也很想在公休日与丈夫到河边柳侧走走，但很少能够找到这种空闲。她说话间颇觉有些无奈。所幸她有一个能够理解她的丈夫，多担起本应由她担负的家务。这样才帮助她完成了一个"强女人"形象的塑造，但在另一方面她也付出了不少的代价。在个人感情生活上，"强女人"一般都有健全的家庭，有配偶以至子女。但由于这类女性既较"高"又很强，其中有的在择偶问题上较平常女性可能不是更顺利，有时难度反而更大。

我认识一位男编辑朋友，三十多岁尚未结婚，不久前经人介绍认识了一位厅局级的女领导干部，她比他大两岁，也从未结婚。

他们见了几次面，最初的感觉还可以，过了一段彼此却后退了，很难说是哪一方不情愿。我那位年轻的编辑朋友觉得她太"干"太"硬"，而且太忙，即使在相处的短时期内，他也感到她还有比"处"对象更重要的牵挂，他和她在一起，越来越觉得有一种莫名的心理压力，所以……而人家女方呢，似乎总得迁就他一些什么，这样下去，也对她无所补益，甚至没多少意思。如此，其结果可想而知。

这位男士"处"过的那位女领导干部感情上是否"太干""太硬"，这只是他的感觉，笔者无从得知。但他既然真的感觉到了，又不是出于遁词，那或许反映了某种真实。在我看来，所谓"干"也罢，"硬"也罢，如前所述，无非是天性和后天熏养使之然，并没有什么奇怪的，也大可不必要求任何女性都千人一性，千部一腔，每个人的感情都那么丰富而纤细，每个人的性格都那么温柔而多情。纵然有一部分女性真的"干"一些，"硬"一些，不那么纤细，不那么温柔，只要她们事业有成，为国家和民族做出了贡献，大可不必过于苛求面面俱到。

当然，话又说回来，如果更完善一些要求（绝对完美是不可能的），如果凡为"强女人"，能够既强且韧，既刚又柔；既有魄力之威，又有丰富的情感天地；既有高屋建瓴指挥者的形象，又有平易近人的淳朴作风；既有令人钦服的社会性格，又有健全的个人生活……如此等等，是不是就不能达到和谐的统一？是不是就只能是绝然的冲突与矛盾？是不是能够尽量融合得好一些，是不是能够达到辩证的统一？

我想肯定有一定的冲突和矛盾，但又不是完全不能谐调的。有了主体的业绩和成功，偏倚一些也无伤大雅，但偏倚终还不是最完善，如果能够更完善干嘛不力求其完善？问题的关键在于主观与客观的合理谐调，尤其是主观上有意识地加以调整，如丰富的学养、多方面情趣的陶冶、对某些职业习性作必要的制约，尤其是个人主观认识上的足够重视，这样的"调整"，肯定将是有效和有益的。而我认为，调整主要是内功，外在（如服饰等）不说是全无意义，但至少不是最重要的。

以上说的是"强女人"的自我完善，这并不意味着男人（包括"强男人"）就不存在进一步自我完善的问题，只是命题所限，这里就不别作涉及了。

最后，我还想特意再提一下有关影视作品中的"强女人"。她们多是商海女杰乃至"白领"巨擘一类。本人对这一行"强女人"

接触不多，更少研究，但既然影视屏幕上不乏此族倩影，想必是从生活中来。

我对影视中这类"强女人"总的印象是谋略过人，呼风唤雨，十分了得，其魄力与成功率均不让异性商界巨子，她们与别的行当"强女人"显著的不同是，通身上下珠光宝气，出则"宝马""凌志"，入则花园别墅。与其说是具有丰富的修养和情趣，不如说是有着得天独厚的享宴与乐趣。

或许这就是当代所谓"中产阶级"女性中的代表，也未可知。

这一类"强女人"个人生活绝不单调，感情世界绝不干瘪，而且经常在商海和爱海双海里游泳。不仅有异性追求，而且有的还是交叉角逐。在这方面，似乎是完全不必虑及她们"太干"或"太硬"的了。

这只是事情的一个方面，从另一方面看（至少从影视上看是这样）这类"强女人"都相当造作，在表面的强有力中显得虚浮，表面的丰富之中显得空乏，甚至在表面睥睨男性大腕之中仍透射出对"强男人"的依附。

说穿了，仍是另一类"金丝鸟"的变种，是"强男人"的点缀。但不知是影视的制作者弄假了这一类"强女人"，还是这类"强女人"本身就是一种心灵扭曲的角色。

如果说，生活中真实的"强女人"能够为人所理解所推崇的话，那么那种人为包装成的、心灵扭曲的假"强女人"则是可厌的。

真实的"强女人"纵然某些方面还不够完善，人们也只是企望她们完善些更好；而虚假、扭曲了的"强女人"则只有"真诚"这副药剂可救。

　　"强女人"是因其强才引起我们注目，而不是由于我们注目才显现其"强"。

从我的河南朋友想及其他

　　有一次在"饭局"上，说起我们伟大国家各省人的品格习性，有位明公侃侃而谈，云：某某省的人性豪爽，真诚可交；某某省的人信义较差，口碑不佳。另一智者更具体点出河南人，说是如何如何，颇有微词。我开始未说话，觉得如今是多元的开放年代，人各有见解，说得不对反正也犯不了死罪，管它作甚？可说到河南人，便在很大程度上触动了我的切身体验，就不能缄口不语了。于是我说："完全以某省某市的人说事儿，未必就准确。其实说到底，哪里也有仗义守信之人，哪里也有不够做儿（天津方言，"做"读zòu）的分子。"接着，我明白无误地亮明自己的看法："就我的体验来说，河南人不但可交，而且总的来说都挺够意思！"这时那位智者仍坚持自己的理由，说："河南出过司马懿，此人城府很深，非常奸诈。还有近代的窃国大盗袁世凯，也是惯耍阴谋之人。"我说:"至于司马懿、袁世凯应该做何全面评价,先不谈它,但河南的优秀人物也不少。随便举一些吧,汉代名医张仲景,唐代大诗人杜甫、李贺、李商隐、刘禹锡,散文大家韩愈等等,都是,更有抗金英雄岳飞;现当代的英雄烈士也不少,杨靖宇、吉鸿昌等等,也都是,这些,够得上是重量级的人物了吧?"

这顿饭,由于一番与己没有多少关联的争论,弄得有味也没吃出味道来,甚至还有点不欢而散。也许我这人太重个人体验,尤其是太感人家的好儿,吃饭回来我还真滤了一下,觉得我共过事的,交往过的河南朋友令我感念的真不少。

我原在天津供职的出版社有一位河南籍的老同事,他与韩愈是同乡。这位同事从官衔上说直到退休也未身担要职,但由于他良好的编辑作风和慧眼识稿的能力,多年来为出版社组来不少好稿,联系了不少有实力的作家,无论是在经济效益还是社会效益上都为社里做出了突出贡献。多年来,我们相交甚好,其实我还真没给过他什么"好处",而他就是出于对同志的信赖对出版事业的热爱,退休后也热情关心社里的效益。至于对我个人,那更使我感激莫名,凡是他能够帮上忙的,从来也不嫌麻烦,也可以这样说,我之所以离开天津二十年后还对那里保有相当深的良性感觉,其中一个重要因素,就是因为有这样一位老同事和老朋友的存在,尤其是他对我不渝的情谊。不是有人这样说嘛,"地方算什么,关键是得有人在;对故乡的感情,本质上是对父母的感情;对一个地方的怀念，关键是对朋友的怀念。"我觉得这种说法在很大程度上是有道理的。

我还忘不了一直未离开河南的另一位朋友。他本是一位擅长写儿歌、特色鲜明的乡土诗人，我与他神交已久却未谋面，直到十五六年前我去河南开会才见到了他。他带我至郑州以北的黄河岸边风景区，拜谒了黄河母亲的塑像。在路上，出于正直的秉性，他对我谈到了文艺界种种不平现象，我也对他做了真诚的劝慰，但也仅此而已。在以后的一些年，他在一家出版社供职，先后给我出了两本散文集。更使我觉得难得的是：当他离任之后，还向出版社新的负责人介绍我和拙作，并主动邀请我参加他们在外地举办的一些活动，绝对没有许多人难以摆脱的"人一走茶就凉"的习性。他通常话语不多，但极淳朴，与他相交，自然会感到一种恒久的亲和力。我有时一直在想：像他这样的人，现在和今后会是更多了还是更少了？

另一位我必须提到的是豫北重镇的一位报界同行和女记者。记得还是我在天津《散文》工作时，就收到过她的散文稿，回答过她提出的有关散文创作的问题；我来北京工作后，好像也收到过她的来稿，却忘记了发表过没有。后来，她要出一本散文集，来信请我为之作序。我答应写了。或许是为了答谢我的写序之劳，她邀请我去林县（现为林州市）红旗渠看看。红旗渠在那个年代是很有名的，我也向往已久，很想实地去考察一番，便应约前去。因为这位报界同行接待能力有限，便与林州当地的另一位很有功力的散文作者一起陪同我。我当时对红旗渠的印象确实很好，深感它绝不仅仅是一项浩大艰辛的水利工程，也是一个不同凡俗、引人入胜的太行景观。但从那次回来以后，再也没有机会同这位女作者碰面，不久我也离开了报纸文艺副刊，当然也无可能再发她的稿子。不过，从那时直到现在，每年的新春和春节之交，都会收到她的贺卡，寥寥数语，却能感受到人与人之间的真诚祝愿。就这样，十几年中从无间断。

　　还有一次是河南风格的群体展现，更不能不表。近二十多年来，我出差不计其数，但这一次我的印象最深。当时我还在报社文艺部工作，有一次我们动议举行一个不大不小的笔会，在地点问题上一时定不下来，有同志提出豫南的鸡公山很有特点，在暑期又不热，可以考虑。这也启发了我，对此也很感兴趣，当年我读小学地理课本，就说江西庐山、浙江莫干山、河南鸡公山为三大避暑胜地。后来就由我先去联系一下看看可行性到底如何。我先去郑州，由那里的文友给信阳文联打个招呼，以便由他们带领上山。然而不巧的是：郑州方面与信阳文联没有联系好，也可能是失之交臂，当我深夜在信阳站下车后，转了半天也未能与接站的人见面。这时信阳站正在改造大修，周围环境很乱。有两个治安巡逻人员见我这副模样，便主动关心地问我情由。我据实相告。两位同志完全理解。他们热心地将我送至一家熟悉的旅馆，并作了交代，更使我没想到的是，次日清晨，他俩又来到旅馆，将我送至开赴鸡公山的汽车站，交代一辆中巴上山后多加指点。车主是一位花甲老者，一路上谈笑风生，十分有趣，直把我送到山上距管理处不远的地方。在这里，我恰又遇到一位刚下夜班的民警，这位胖民警不厌其烦，把我直送到管理处门口，因时间尚早，管理处还未上班，等了一会儿，主任来了，也是满面春风，相待诚挚。当我说明了来意，他更是高兴，早餐后他叫车陪我看遍了山上主要景点，并特别介绍说：如果开笔会的话，这里意大利楼最适合。午饭后，主任还提出要我到距此不远的中国名关之一武胜关看看，因时间紧促，晚上我还要赶回北京的火车，只有心领他的盛情了。但从此一别十年有余，那武胜关之行很可能是终身遗憾了。虽然，我们那次筹划中的笔会后因经费等原因未能开成，但我豫南短暂之行所遇到的一系列素昧平生的普通河南人，却使我没齿难忘——这是一个热诚善良、乐于助人的同胞群体。对这件事的前前后后，多年前我就专门写过文章，但迄今仍有未尽之意，足见它给我的印象之深感觉非常！

近年来去河南少了，只是两年多前李商隐故乡举办李商隐作品研讨会，邀我参加。在会上我受益良多，并作了即席发言（后来河南的一高等学校校刊登载了这篇发言）。回京以后，我在报纸发了一则有关这次研讨会的简讯。这本是应做的和力所能及的事，但商隐故乡那里的市委宣传部立即来信表示谢意，并邀我再次去他们那里。因为那里北面有一高山，山上有古代神农氏的祭祀地。此项遗址已得到专家论证确定无疑。我其实不是不想去，但考虑到那里乘火车不大顺当，有途经的列车是早晨5点钟，而车站离市区足有数十里之遥，不知怎么，要人家凌晨就起来准备接站我实在不忍心，可又没有别的通道，所以一直延宕至今未再成行。然而，作为李义山故乡人的那份执意，却已成为人与人之间美好的悬念。他们要我瞻仰的那座高山我忘记了名字，我姑且就称之为"义山"吧。

如依我写，类如上述的河南朋友还有一些，都是我铭感难忘的，但作为文章，占的篇幅已够多了，恕我不能一一。

我之所以破天荒地写了这样一种类型的文章，一是因为我和这些河南人的交往不是出于时下某种市场交易，既非"等价交换"，更非"不等价交换"。因为我总觉得没有给他们做多少事情，也没给他们什么好处。所做的一点点，也是作为一个编刊人和编报人的分内事。说实话，比给有的地区有的人所做的少得多，却得到他们那么多的精神回报和在文学事业的实际帮助。仅就这一点说，难道还不够可贵，还不值得我珍惜一生吗？二是因为我本与河南毫不沾亲带故，那里既非我的出生地，又没在那里工作过，完全超越了一般惯常的模式圈。说到这里，我不由联想到有位伟人数十年前在一篇著名文章里写到的一段话：因为是老同乡、老同学、老部下……便不讲原则，一味亲近乃至相互护庇（大意如此）。上述河南人肯定既非同乡、同学，更谈不上老部下，但比同乡、同学又怎样？我自己心中是最有数的。当然，伟人的那段话就是批评那种庸俗作风的，况且那是数十年前的风习，时代发展到今天，恐已有很大改变。我这人，坦白地讲是个"体验派"，而不是惯从俗常说法出发的"概念派"。就我的切身体验而言，还极少碰到同乡、同学在我心目中，比上述河南人更使我感激涕零的事例（所谓"极少"，并不是绝对没有）。

言至此，我似乎可以就本文开始提到的以地域来分人品、定口碑的问题，进一步谈点体会。总的来说，那是不科学非辩证的。一个省那么大，几千年至今，出了一些了不起的人物固然是所在省的乡亲值得夸耀的，闲聊时表白表白也在情理之中，但那毕竟还不等于那个省每个人自己。另一方面，不论哪个省，出了一些歪瓜裂枣乃至十恶不赦之徒，也不是那个省大多数人的过错。正如不能因为秦桧是江宁人就罪责南京人一样，还有秦的帮凶万俟卨是河南原阳人，也不能为河南人怎么怎么着提供佐证。我始终持有一种也许是太"格涩"的观点，不可将一个人籍属何地看得过重。当然，作为"出生地"的事实是不能更改的，另外总会有些美好记忆使人怀念。但也难免会有些不愉快的事情令人遗憾。除了个别绝对幸运儿之外，我就不信一个人在他故乡碰到的都是美不胜收的事和玲珑剔透的全真大善人。从辩证法的角度看，那是不可能的。

既如此，眼光就不能太狭窄（主体和客观都不能）。以我个人的体会，不敢说是放眼世界，起码是着眼于我们伟大国家960万平方公里土地的范围。我曾写过一篇文章，名为《神州情真是家乡》。也就是说，只要是彼此真情相待，与人为善，就有如临家乡那样的感觉，而不必人为地设置亲疏的藩篱，河南也好，河北也好，乃至湖南、广东等等都好，只要情真为善都会感到一种亲情的温暖。

这种感觉厚了，也就不会动辄"他们河南人，我们XX人"的搅清个没完，也就不会XX省人不讲信义，XX省人真诚豪爽简单地贴标签。因为，如果有人的体验与你的概念满拧的话，起码就不可能认同，又何必发生那般无益的争执？还是让各人根据自己的体验去品味，如此有何不好？

质疑专家的一个定式

近日，从电视上看到对一个案件的报道勾起我久已思考的一个问题。

这是一桩命案：一位七十多岁的老妇在家中被人掐死，经公安部门侦查，作案人乃是她的亲孙女。后者杀害老人的原因是：奶奶阻止本就不好好上学的十五岁孙女将两个男生带回家里"睡觉"，其孙女就对她下手，然后将其移入另一房间，自己按照原来计划与两个男生同睡，并与其中之一发生了性关系。第二天她又安然地到外面洗澡去了。事件的本身已够令人吃惊，而事发后那"女孩儿"的表现则更有些匪夷所思。当女记者问她：你奶奶的尸体就在十米以外，而你就能"睡"得那么踏实？她立马答道：踏实。那位女记者当即感到：一个十五岁的"女孩儿"其冷静和无所谓的表现连老练的成年人恐也难以相比。

事情本身的非同寻常自不待言，而在事后，一些心理咨询专家、未成年问题研究专家对此纷纷发表高见。我觉得有些是有道理的，但有的却不敢苟同，至少是不能完全苟同，这就牵涉到我较长时期以来在思考的相关问题。这些问题表面上似乎很有道理，也被众人约定俗成地认同为一个定式，我却觉得未必尽然，至少是简单化、表面化了些。问题的结论之一就是单亲家庭，上述"女孩儿"的父母离异，专家们则主要归之于由于单亲家庭，造成子女在感情上、心理上、教育上等方面的严重缺失，如此便难免在性格上趋向于孤独、压抑或浮躁等等，导致其干出这样的事情来。所谓"单亲家庭"之类派生出的一些问题肯定是有一定根据的，尤其在近年来离婚率有所增加的情势下对于子女（如果有的话）产生的影响应予重视也是非常必要的。但要说出现了类似问题便主要地或在很大程度上与单亲家庭这方面简单地挂钩，则无疑有些片面化之嫌。而且，有的专家在下结论时是那么自信、斩钉截铁，给人们的感觉就是一种放之万人而皆准的定式，我觉得就不利于向更广阔更深层加以探讨了。

　　其实，往更广阔处进行观察事情并非尽皆如此，大家所熟知的《红灯记》（原来的电影曰：《自有后来人》），奶奶、爹爹和铁梅祖孙三代不仅"单亲"，而且在血缘关系上并不沾边，但小孙女在生活的困迫和时代的风雨中，尤其是在"单亲"奶奶和爹爹的影响和教育下，比一般女孩子则更加懂事而日趋成熟，在她奶奶和爹爹相继牺牲之后，担当起与她的实际年龄不相称的重任，实现了爹爹和奶奶的遗愿。如果说这纯属艺术虚构出来的文艺作品，不足为凭，那么，刘胡兰却是确有其人其事的人物。她自幼丧母，父亲又为她娶了继母，虽非"单亲"，但毕竟生母不在。然而她并未因此而扭曲，在一定意义上反而更促使了她的早熟，终于在小小年纪和时代风雨中，成长为一位杰出的英雄人物。如果说这类杰出人物属于凤毛麟角，那么当年笔者在故乡所看到的"单亲"孩子，幼年丧父或丧母者，大都能够与其父或母亲相依为命，在清贫孤弱中多了一份勤俭和坚实，所谓"穷人的孩子早当家"比一般人更懂事，更有责任感，哪里有如某些人的思维定式中认为的那种扭曲心理或怪戾的行径？如上，却是普通的公众。当然，也许有人说那是过去，时代不同了，人也要有变化，好像那种定式已成必然。好，就拿开头那个案件发生后，电视台主持人叫通了某省今年文科"状元"的母亲，因为这位考生属于"单亲"。那么情况是怎样的呢？其母痛快地答曰："十几年来，都是我一个人抚养女儿，孩子在各方面都很健全。"主持人问："有什么孤独、忧郁、暴躁的性格表现吗？"再答更加肯定："没有，完全没有。"这一回答十分有力地证明某些青少年心理学家与未成年教育家的片面说法并非金科玉律（如果不说是一副清醒剂的话），而且在客观效果上还有不小的副作用，即所谓单亲家庭中成长的孩子无可置疑地要有某些心理缺损；或从另一方面说，他们出现某些问题乃至极端行为可以理解，皆由单亲或其他家庭变故使之然。这种推演看来宽容，实际上对真正了解与施教是极其不利的。

由此不禁又使我联想到某些时尚的未成年"知心"呵护人的"经典"思路：即几乎所有未成年人出现的问题皆应归咎于家长对子女的不理解和不当对待而造成；即基本上是以未成年者代表自命，笼统地、片面地包容万能，不适当地强调顺其自然，据我所知，由是引起了许多家长对这种时尚理论的正当不满，同样是犯了主观片面性的毛病。其实，所谓"单亲"或家庭变动也者，大半还只能算是外因的一个方面，真正要正视的还是青春期这个年龄段。应该说，这个年龄段虽属必经的正常过程，但往往还是被许多"过来人"有所忽视或低估了，弄不好还是一个相当严重的问题哩。青春期，看来是个极其美妙的词语，但在整个人生中又是一个重要关头的转折期。众所周知的事实是：人在这个时期从生活和心理上都在发生着近于急遽的变化和发展；但容易忽略的事实是，不同的孩子在一些方面（生理、心理、生态环境）程度是不同的：有的可能是比较顺利地自然过渡过来，而有的则要经历比较激烈的冲撞。这就需要引导，对情况特殊的还要加意引导。作为未成年的个人，只强调"顺其自然"恐怕是不完全的。作为一个有灵魂的人，必要的克制与疏导并非是多余的。近年来，随着物质生活的丰富和观念的开放，一些舆论和心理学理论则不加分析地倾向于"宣泄"，只强调"压抑"不符合正当人性。殊不知在一个人一生的正当成长中，对于任何欲望如果只是一味强调自然释放，而在任何情况下都不予必要的收敛与克制，恐怕能够合格地通过人生的各个关口是不可想象的。不错，人本身也有动物属性，但毕竟有别于一般的动物，这本是不言自明的浅显道理。其实说白了，人的精神境界越高，应该是离低级动物越远；反之，精神素质越低俗，便与低等动物的某些行为越贴近；那种极端低劣的行径，甚至还不如某些动物（迄今为止，人类对动物了解也远不能说是完全透彻的）。不可否认，人是有其本能的，但人之为人，却不能任本能所为，否则便消解了人起码的精神品格和社会属性。如果任本能所为，不唯是低俗的问题，恐怕离犯罪也不远了。

时下，一些媒体大声呼吁加强青少年的性教育，并指责我国性教育不完备，还有吞吞吐吐的"不透明"的现象。这当然是有意义的事，但我也注意到，许多"性教育"，只偏重于讲器官，讲功能，而忽视了结合一定的道德与自律全面地引导，甚至还听到宣讲者说要"顺乎自然"的声音。功能是自然的，但怎样比较正确地实施那些功能却不能完全与应有的人格、道德、法律脱轨。否则便在很大程度上扭曲了"性教育"的正面意义。

由此便不难看出，本文开头发生的那桩令人齿冷的事件，绝不仅仅是由于"单亲家庭"所致，而在很大程度上是发生在一个特定青春少女身上过于"顺乎自然"恶性"释放"而又未得到应有的有效引导和约束的典型案例。

另外，同样不可忽视的是社会环境。假如青春期中的未成年人在家中和学校听到的是正面教育（哪管是严格的教育），而在大街上、公共汽车上，更不必说是网上和某些电视屏幕上看到了许多与之相悖的情景，他们就很可能由困惑而做出更符合本能的选择；如果他们在家中和学校里听到的训教多是要他们诚信和真纯，而在社会上偏偏是比比皆是的伪劣和诈骗现象，这便很可能在一些本就脆弱的心理堤防上凿开一个个大洞，弄不好就会造成精神的决堤。在这个问题上，宏观地解决问题势必要有赖于社会环境、人群道德状况的极大改善，自然会十分有利于青少年的生态与成长。

　　从"单亲"之类的定式无疑透射出片面表面化的演说的苍白。窃以为在深刻、复杂的自然与社会的大课题下面，未成年问题的专家和一切迷津的指点者们有必要静下心来补补课。

拐与被拐面面观

　　关于拐卖妇女问题，时常见诸报端，此类案件虽屡破屡判，但似乎仍无完全遏止之势。对于丧尽天良、罪行昭著的人贩子，正常的、有良知的人们无不切齿痛恨，这我也有同样心情，并深切理解和同情受害者及其亲属的痛苦。然而，从另一方面说，我非止一日，非止一年，愈来愈痛切地别有思考，对于一些新闻媒体和报告文学作者们在拐卖妇女问题上的报道以及他们说明的致成动因，颇感有点简单化乃至想当然的意味。无非是说那些拐卖妇女的歹徒去到被拐妇女的所在地，施以巧言伎俩，欺骗这些妇女说外地有好工作并有优厚报酬，致使天真的妇女们轻信他们的谎言而随其离家，辗转行程千里以至数千里之遥，糊里糊涂地被贩卖甚至被转卖多处，在备受凌辱摧残之后，始觉上当受骗，其中个别人冒死逃出或发出求救信息，于是才得获解救，云云。

所有的有关拐卖妇女的报道，谈及被拐的过程、原因几乎是千篇一律的，只是各个被拐的妇女结局有所不同而已。

　　对此，我始感某些报道和解释很缺乏说服力，继则做过一些调查了解，发现许多妇女被拐骗的动因和过程并非那么简单，也并非所有的都是出于天真。试想，一些并非孩童的成年妇女怎么听了别人（有些还是从不相识的陌生说客）一番花言巧语，便都轻易相信外地有轻松舒适的工作和大叠的钞票在等着她们，然后便像牲口似的那么一长串驯服地被牵走？更重要的一点是：在同一个地方发生了这样的事情，真相已经大白，被骗妇女的苦情已为乡亲们知晓，一批人贩子已被惩治，但这一地区仍会发生类似的事情，而且情节几乎完全一样，那些再一拨一拨的被骗上当者竟然未接受以往他人的教训，依然重蹈覆辙。

　　何也？

　　在这样的问题上，仅作出想当然的、简单化的报道和解释对于防患于未然，从深层探索上"治本"显然是一种很大的缺欠。当然，无论出于何种动因，无论拐卖的具体过程如何，人贩子理所当然都应受到严厉的惩治，这从司法的角度而言是无须赘言的，但如从更广阔的社会原因和被拐者的心理因素上加以考察，却绝非是简单地一挥笔便能做成文章的。

　　事实上，有不少当事人固然出于天真无知误信人贩子的种种许诺而离家，但确有一些被拐者原本即有厌倦现在的生活状况，不安于眼前的劳动的想法，热衷于到外面闯世界，相信如流行歌曲所鼓噪的"外面的世界很精彩"，甚至梦想一出走就能少花代价而发财致富，成为另一种快活生活的享受者。其中有的只不过将人贩子（当然她们当时并不识其真面目），作为一个"棍拐"或借以说服家人的契机。而人贩子恰恰就利用了她们的这种心理，投其所好，把"外面的世界"描绘得繁花似锦，使人醉眼迷离。及至图谋得逞，便露出狰狞面目，而受害者这才发现一切并不是她们所期望的那样，但已入樊笼，悔之晚矣。这就是那些罪大恶极的人贩子屡试不爽、时唱有声的三部曲！

深层的索源往往发人深思。在这个问题上要治本，对敢于以身试法的人贩子加大打击力度固然是重要一环。但有关方面亦应充分正视那么容易"受骗上当"的具体社会环境和时尚心理，加强必要的宣传，进行正确的引导。在这方面，仍然不可忽视必要的教育，提高"她们"的文化素质（主要指的不是学历而是精神世界）。从妇女被拐卖及其他形形色色被骗上当的事例中，不能不看到，强烈的诱惑是各色人的最大陷阱，而易于受骗者的内心往往具有这种被诱惑的"基因"，否则，犯罪者则较难施其伎。这恐怕是一个不争的事实和必然的规律。

提高文化和心理素质当然不是一朝一夕的事，而是一项长期的扎实的"工程"，但却不能因此而听之任之，只待做一些"亡羊补牢"式的修补工作。那样的话，一些见钱眼睛滴血的歹徒们就永远具有孳生和"发迹"的土壤和气候，铲除起来自然增加了难度。

对于身居本乡、放眼外面世界，以至期望发财致富的"她们"，如属正常心理，当然也值得"恭喜"的。但确实应有清醒的认识：发财或致富的捷径是没有的，凡属正当之途，往往都要付出艰辛的劳动，天上掉馅饼的幸运毕竟是极罕有的。因此在求职（例如找上门来的招工等等）过程中一定要保持清醒的头脑，有几分自我保护意识也不是多余的，对于不法之徒在未暴露其罪恶面目之前的令人眼花缭乱的"游说"不可轻信，世上恐怕绝少有那种只凭举手之劳就奉送你金元宝的"大善人"。

至于某些迷恋"外面的世界很精彩"而追求个人享乐，最终落入陷阱而大呼上当的被拐卖者，从法律角度上说当然仍要惩治那些犯罪者，从人道主义考虑当然也要拯救她们，但她们个人的品性实在很难得到人们深切的同情，她们之所以上当的动因更难令人苟同。这是一个很复杂的社会问题和人性课题，很难在一篇短文中得以透彻地阐释。

警醒、警策、警戒、警号、警笛，一连串的"警"字，构成一个内部和外部、精神和行为的综合完整的积极有效的防御体系。亡羊补牢，重要的更在于健全精神之"牢"，才能少亡羊不亡羊，乃至擒灭损羊之狼。这方为万全之策。

面对不洁不熟之物

在北京街头,有些烤羊肉串的摊点无论是在卫生、技术等条件上都不符合要求。而一些违法经营坑害顾客者,也时见被工商执法部门取缔,这无疑是极为正当的措施。每当在报纸上或电视屏幕上见到这类报道,我和许多人都交口称赞。

但遗憾的是,这正当的措施并未从根本上治理那些违法经营和坑害顾客的昧心牟利之徒。在我工作的所在地附近就有这样一个烤羊肉串摊点。许多人都说这位"烤主"实际上并不会此种技术,羊肉的原料也多属污秽不洁之物,而且大都烤得半生不熟时就"不该出手也出手",却大半夜将一个十字街头搞得浓烟熏天,成为附近一处特殊的"景观",严重污染了环境。据说,有关部门也曾对其干预过,但这个"堡垒"很坚实,有长期据守不撤之势。

何耶?难道"烤主"有何特权,还是有其他不可思议的神通?

答曰：都没有。只是眼下有太多的人爱吃羊肉串，而且越来越成为一种时尚。为此，每当执法部门来干预，便有羊肉串的"信徒"提前来向"烤主"报信，使其迅即转移，等到执法人员一离开，便又迅速占领阵地，生意又红火起来。

一日晚间，作为一个好奇者，我专程来到这个摊点，想亲眼鉴赏一下"烤主"的道行。使我感到奇怪的是，这个摊点被围得里三层外三层，往往一排羊肉串烤得半生不熟，即被顾客"抢"去，有一人专门收钱，还忙得不亦乐乎。而这些虔诚的食客拿来便大吃起来，吃光的杆儿被告知扔在灶下的兜子里，不擦不洗，重又作为杆儿串起新的羊肉块。食者都亲眼所见，但并不因此而拒绝食用。

有人以为这类不加审别、囫囵吞枣式的顾客定是饿得急了的衣衫褴褛的漂泊者，或是外地来京的打工族等等。其实非也。根据我的观察，恰恰与此相反，食者十有八九是穿着入时的年轻人，而且女性远多于男性。据一旁报摊的人讲，多半是从附近星级饭店、合资企业下班的"女孩儿"，其中也不乏"白领丽人"，只是可能还达不到"住别墅的女人"的阶层。当然，也有的是属于习惯于夜生活的歌舞厅小姐之类。

由此我在想：如此不及烤熟就急不可待地购食，恐怕不仅是出于口味的喜好，在很大程度上还是一种从众的时髦，为此而不惜以无视卫生条件为代价，这不能不使人感到惊异！

又或曰生食也是一种新发现。有的文摘报上还宣传生吃的种种好处，这些顾客不顾羊肉串没有烤熟就吃或许是受了这类报道的影响。但我想这多半是出于猜测，因为报载的生食是有其先决条件的，决不是在宣传"不干不净吃了没病"，更不是倡导复归为原始人的吃法。

果然，不久问题就来了。几位相识的中年女士告诉我，她们下班后等候公共汽车时，因感到饥饿又经不住羊肉串的诱惑，购食了一两串，以致患了急性肠炎，有的还去医院挂急诊、输液，云云。

然而，那个羊肉串摊点并无冷落之势，仍然烟熏火燎，卫生条件仍无任何改善，操作方式依然"三年一贯制"……

为什么人们总是不接受教训？不仅不从别人的遭遇中接受教训，甚至连本身的教训也不深切记取，"好了疮疤忘了疼"？深层思之，说怪也不怪，人们（杰出的优秀的奇人例外）往往在理智和感情之间存在着矛盾。这种矛盾在任何情况下要断然加以克服是极不容易的。以食不洁的、未烤熟的羊肉串为例，或因太馋，或因极端喜食，或因侥幸，或因自信本人消化力和免疫力特强，也就经不住诱惑而不问青红皂白地趋之若鹜。

生活中还有更甚于此的例子：有人明知河豚有毒，因慕其美味而食之，有的竟因此而送命。

其实，笔者本人也未能免俗，去年闹胃病服汤药，医嘱在此期间忌食生、冷、辛、辣，而我平时爱吃大蒜和辣椒，结果因未遵医嘱而刺激了肠胃，极大地影响了药剂的效果。

以上例证，虽情节轻重不一，但动因相似。皆因个人所欲压过了理智，凡人之"劣性"得逞所致也。

不然，为什么我们经常从晚报上看到一些巧舌如簧的骗子，或以"金砖"或以"美钞"为诱饵，诱骗一些人尤其是老年人上当？有人倾囊予人，有人甚至提取一生积蓄，"自愿"地奉送骗人者。乍听，还以为是天方夜谭，不可思议——难道人间真有这样的傻瓜？但这是事实，有名有姓、有据可查的事实。

更令人啼笑皆非的是：尽管报上不断揭露、不断提醒人们谨防上当，但上当者还是不接受教训，愿者上钩。那些骗子们深知某些人心理上的弱点，投其所好，多能屡试不爽。

呜呼!非因骗子（包括非法牟利者）智商超常也，乃上当者（或侥幸未上当者）所欲难禁也。如头脑十分清醒、能以理智力量支配己行者，则任何巧舌如簧的骗子都难以施其伎。购食不洁不熟之羊肉串甚至妨碍执法人员取缔不法行径者，与直接被骗钱财者性质虽略有别，但也属于某种不健全心理，以爱食贪食之欲而不顾自己健康为代价，值吗？有意无意以钱财资助不法牟利者，在客观上是否有利小我而伤大我之嫌？人生往往有许多始料不及之后果，此亦恐如是。

我的"饮酒史"

现在，我给人的印象是：滴酒不沾。其实朋友们哪里知道，我小时候直至十六七岁，还是酷爱喝酒的哩。

我的老家在山东省胶东半岛的一个港口县，在那里度过了我的童年和少年时代，随后参军离乡。我们那地方也是产酒的，是本地小有名气的"龙口高粱烧酒"，据说在龙口港还不止一家，当地人俗称"烧锅"。我的父亲在关东做事，每隔三年回家一趟，他生活节俭，但有两宗钱是必花的，一是隔三岔五到县城澡堂去洗澡，二是爱喝两口烧酒。他每次回家，准要买上一两瓶高粱酒，零敲碎打地解馋。

起初，我只觉得这酒好闻，香得很（这足以证明我的本性与酒量是很对路的）。后来见我父亲将喝过一些的酒搁在后窗台高处，就想喝一口尝尝。因我七八岁还没长高，够不着，我就踏着椅子，喝了一口，果然很对口味。过了几天，抬头看那酒瓶，馋瘾又来，一时克制不了自己，又咕嘟喝下一大口。就这样，今天一大口，明天一咕嘟，那瓶酒只剩下小半的小半，我父亲肯定是发现了，但奇怪的是，他并没有"揭穿"我（父亲终生也没有打过我一下），只是悄然地把酒转移至我不知道的地方。

这就是我最初的"饮酒史"，也是酒对我启蒙的一课。

父亲一走又是三四年，这中间我无缘与酒接触。十一岁那年，邻村我的一个干哥哥结婚，他们家经商出身，比较富裕，婚礼办得相当排场。那是我童年时期仅有的一次出"远门"，那感觉就像成年后出差一般，在干妈家竟住了三天，享受了生来没有见识过的饭菜，尤其是喝足了酒，不过那不是高粱烧酒，而是用乡间黍子米做的黄酒，可以用碗喝。当时喝着滋润，量也大，事后也有浑身热乎乎的感觉，不过，我总算是过足了瘾。事后多年我回想起来还有些难解：我那玉面佛般的干妈为啥如此惯我？小小年纪就任性我去灌黄汤，也许是喜庆之日才特殊对待吧。

这是我第二次与酒结缘，也是平生对黄酒佳酿的一大体验。

从那次后，时光一下子就跨越了五六年，我已经成为近四年军龄的小兵了（一直在军队做机要译电工作）。1952年山东团省委召开团代大会，我作为四十三名山东省模范团员之一在大会上受到了表扬和奖励。这本来是个好事，谁知福祸相倚，只是因为大会结束后会餐可以饮酒，我可能是一时高兴，喝了五七小杯，当时还没怎么着，回到单位酒劲发作，在宿舍里昏睡了一天一夜。因为来了加急电报，同科的同志拍我脑瓜才叫起来，赶到办公室将电报译出，只差四个小时就误事了，好险！

这一下惹了麻烦，也给了早就盯上我的"原则性"极强的同事以把柄，两天后在团支部大会上批了我整整一个下午又一个晚上，大家的言词极严厉，提到了高度原则上：无非是"创造了译电工作新纪录受到表扬，产生骄傲自满情绪"啦；"发展下去必然导致敌我不分滚到身败名裂万劫不复的泥沼"啦，等等。

一闷棍把我打得有点发懵，会上也做了一些检讨，但更招来雨点般的指责，说我的检讨"极不深刻""避重就轻"，下面还要做出书面检查，一定要提高到"世界观的高度"，"从大是大非来查根源"。然而，这很难使我"愉快接受"，第二天就像病了一般，整天也没吃饭，只在床上躺着，表现出经不起打击的脆弱性。到后来三八式正团级的"老科长"（其实那年他才二十九岁，以今天的标准还是地道的小青年）来到宿舍，动员我去食堂吃饭，开导我"要以正确态度对待批评"。尽管科长也有责备之意，但态度温和多了，这使我觉得此次还不是自上而下的"重点批评"，而多半是那位"原则性"极强的同志大力组织动员的结果，事后也没有严厉追索书面检查，倒是原来机关团委本要我担任的团委委员由那位好同志取代了。说实在话，我对这一点并不甚在意。

但有一个效果是彻底的，即从那以后我基本上再未喝酒。虽然我还不至于幼稚到认为那个批判小战役只是因为我喝酒所导致，但不知为什么，此后一想喝酒便想起当年被围攻的滋味，着实很不好受。这么多年来，出去难免碰上热心人劝酒，逼急了，我也只能是沾沾唇意思意思，所以引得最近一次有位文学感觉极好的年轻同志当场说我："您这不是喝酒，是吻酒。"我听了，也只能苦笑而已。